Swallow Knights

Friends

Swallow Knights Tales

김철곤 글 · 김성규 그림

판타지 장편소설
FANTASYSTORY & ADVENTURE

7

dream
books
드림북스

SKT 7 (완결)
Swallow Knights Tales 7
THE END OF SWALLOW KNIGHTS TALES

초판 1쇄 인쇄 / 2015년 12월 3일
초판 1쇄 발행 / 2015년 12월 24일

지은이 / 김철곤
그림 / 김성규

발행인 / 오영배
책임편집 / 편집부
펴낸 곳 / (주)삼양출판사 · 드림북스

주소 / 서울특별시 강북구 도봉로 173
대표 전화 / 02-980-2112 팩스 / 02-983-0660
편집부 전화 / 02-980-2116 팩스 / 02-983-8201
블로그 / blog.naver.com/dreambookss

등록번호 / 제9-00046호
등록일자 / 1999년 3월 11일

값 15,000원

ISBN 979-11-313-0255-2 (04810) / 978-89-542-4475-6 (세트)

* 지은이와 협의하에 인지는 생략합니다.
* 잘못된 책은 구입한 곳에서 바꾸어 드립니다.

이 도서의 국립중앙도서관 출판시도서목록(CIP)은 서지정보유통지원시스템홈페이지
(http://seoji.nl.go.kr)와 국가자료공동목록시스템(http://www.nl.go.kr/kolisnet)에서
이용하실 수 있습니다. (CIP제어번호: 2015031655)

Swallow Knights Tales

김철곤 글 · 김성규 그림

SKT 개정판

7

THE END OF
SWALLOW KNIGHTS TALES

dream
books
드림북스

Swallow Knights
Tales

Contents

제1화

왕자님과 나 下

5.

"어이. 쇼메 왕자님아."

배정받은 방에 들어오자마자 나는 목소리를 깔았다. 기분 아주 저기압이다. 그러나 그런 내 기분을 깡그리 무시한 쇼메는 으리으리한 객실에 들어오자마자 침대에 걸터앉아 투덜거렸다.

"으이구. 이 나라나 저 나라나 순 바보들밖에 없어서 짜증 나네."

"사람이 말하면 좀 듣는 시늉이라도 하시죠?"

"제길. 배고파. 야, 천민. 주방에 가서 햄이라도 훔쳐 와. 야채는 싫어."

"어째서 외교 특사가 햄을 훔쳐야 하는데!"

숨 쉬듯 자유자재로 사람 성질 긁는다는 점에서 키스와 부정할 수 없는 공통점을 가지고 있는 남자였다.

결국 나는 계속 딴청을 피우는 쇼메에게 버럭 화를 내고 말았지만 쇼메는 그야말로 뻔뻔한 표정으로 날 바라보며 대답하는 것이었다.

"그야 그게 바로 네 일이니까. 잡일."

"아니, 그 전에 할 얘기가 있는데 말입니다…….."

아까 전에 어떤 사기꾼이 우리 임금님이 알면 거품 물고 쓰러질 초대형 사기를 치는 걸 목격했기 때문에, 주방에 숨어들어 가 햄을 훔칠 의욕이 전혀 생기지 않아!

"어째서 그런 감당 못 할 거짓말을 한 겁니까!"

카론 경도 침묵으로 내 말에 동의하고 있었다. 물론 그의 표정은 '보호해야 할 골칫덩이가 둘씩이나…….' 였지만 말이다.

"내가 할 일은 내가 알아서 책임져. 참견쟁이 따위 필요 없어."

'누가 참견쟁이야! 다만 당신 목이 날아가면 내 목도 도매금으로 날아가기 때문에 이러는 거야!' 라는 말은 겨우겨우 되삼켜야 했다. 쇼메는 몸을 일으키며 말했다.

"그보다, 모두 잠깐 나가 줘."

혼자 있고 싶은 심정이야 이해하겠지만, 일단 대답부터 해 달라고!

"안 나가?"

쇼메가 묻자 카론 경이 처음으로 입을 열었다.

"안 됩니다."

그는 경호기사로서 단 한 순간도 쇼메를 자기 시야 밖에 둘 생각이 없었다. 물론 그토록 철저하게 밀착 경호를 하는 이상적인 기사는 거의 없지만, 세상에 딱 한 명 있다면 그건 바로 카론 경이었다.

"하아. 책임감 넘치시는군. 맘대로 해. 남자 옷 벗는 거 보는게 취미라면 어쩔 수 없지."

한숨과 함께 쇼메는 검은 정장을 벗었다.

나는 깜짝 놀랐다. 하얀 실크 셔츠가 새빨간 피로 염색되어 있었다. 셔츠가 미처 흡수하지 못한 핏방울이 바닥에 떨어질 정도였으니 그 출혈은 말 다한 것이다.

쇼메는 몸에 달라붙어 벗기 힘든 셔츠를 두 손으로 잡아당겼다. 단추들이 바닥에 투둑 떨어졌다. 그는 아무리 빨아도 절대 핏자국을 지울 수 없을 정도로 축축해진 옷을 쓰레기통에 집어던졌다. 그의 몸을 감고 있는 붕대는 이미 제 기능을 잃은 지 오래였다.

"아아, 미치겠다. 상처 다 터졌네."

쇼메는 붕대를 풀며 아무렇지도 않게 투덜거렸다. 그것은 이오타를 탈출하면서 얻은 검상이었다. 미처 아물기도 전에 무리하게 움직이니까 다시 벌어지는 것도 당연했다.

겉으로는 너스레를 떨고 있었지만 통증을 참는 그의 안색이 급격히 창백해지는 것은 어쩔 수가 없었다. 아직은 병상에서 일 어나서도 안 될 몸이었던 것이다.

"야. 햄 훔쳐 오는 김에 붕대도 같이 훔쳐 와. 되도록 많이."

"그러지 말고 여기 의료원에 가서 치료받는 편이……."

내 안타까운 목소리에 쇼메는 곧바로 쏘아붙였다.

"너 바보야? 아니, 바보라는 건 알고 있었지만 그렇게 엄청난 바보였어?"

"네?"

"내가 어째서 장례식장에나 어울리는 이 두껍고 멋대가리 없 는 정장을 선택했을 것 같아? 이 상처를 숨겨야 하니까. 내가 어 째서 최대한 빨리 회담을 끝내고 객실로 왔을 것 같아? 이 상처 를 숨겨야 하니까! 그런데 제 발로 의사한테 가서, 이런 꼴인데 도 어쩔 수 없이 니샤에 올 수밖에 없는 절박한 상황입니다, 라고 광고하라고? 너 대체 어느 나라 편이냐?"

너, 너무해! 그렇게까지 말할 건 없잖아! 나는 빨개진 얼굴로 그를 노려봤다. 쇼메는 집어치우자는 듯 손을 내저었다.

"됐어. 너하고 말싸움한다고 뭐가 달라져. 가서 붕대나 구해 와. 가능하면 진통제도."

그때 카론 경이 자신의 여행 가방을 열었다.

"여기 있습니다."

카론 경의 가방 속을 빤히 들여다본 쇼메가 기가 질렸다는 듯

이 중얼거렸다.

"……혹시 부업으로 의원 하고 계십니까?"

클래식한 여행 가방 안은 각종 붕대나 치료제로 가득했던 것이다. 그 외에는 필기구와 세면도구, 안경, 셔츠 두 벌, 속옷 정도가 전부. 향수 따위는 일절 없다.

의무병도 울고 갈 본격적인 치료 도구만으로 가득한 이 삭막한 여행 가방에, 그나마 이멜렌 님이 손수 만든 아기 천사 장식 안경집이 있다는 것이 '믿기 힘들겠지만 애처가'라는 사실을 조그맣게 증명하고 있을 뿐이었다.

"왠지 당신과 있으면 다칠 일이 많이 생길 것 같아서."

뼈가 있는 카론 경의 말을 코웃음으로 받아친 쇼메는 벨트를 풀며 말했다.

"이제부터 바지 벗을 건데 계속 구경하실 분?"

결국 나와 카론 경은 방을 나왔다. 방에서 나오자 난 머리를 긁적거리며 말했다.

"정말 쇼메 왕자, 어쩌자고 저러는지 모르겠어요."

"알 수 없지. 하지만 회담은 쇼메 왕자의 몫이다. 베르스에 해가 되는 짓은 하지 않겠지. 어쨌든 저 사람도 우리와 같은 배에 타고 있으니까."

역시 카론 경답게 짧고 명료한 논리였지만, 쇼메를 대하는 거리감만큼은 확실히 느껴졌다. 쇼메는 일만 저질러 놓고 나 몰라라 하는 사고뭉치가 아니다. 아니, 오히려 빈틈없고 치밀한 쪽이다. 그러니까…… 이자벨 님도 인정했을 정도로 말이다.

"니샤가 딴생각 품고 있는 건 아니겠죠? 가령 우리를 해치려고 하거나."

"국왕의 태도를 보면 그건 아닌 것 같지만, 그렇다고 방심해도 좋다는 의미는 아니야."

펭귄 국왕은 그릇이 큰 군주로 보이지는 않지만 그렇다고 뒤에서 음모를 꾸밀 야심가로 보이지도 않았다. 하지만 어떤 유형의 군주이든 내일 2차 회담 전에 동맹 서류가 가짜라는 사실을 알아챈다면, 적어도 우리가 산 채로 베르스로 돌아가지는 못할 것이다.

"카론 경은 계속 여기 있으실 거죠?"

그는 말없이 고개를 끄덕였다. 물론 니샤 왕실은 나와 카론 경에게도 따로 객실을 배정해 주었지만, 그는 단 한 순간도 이 방문 앞을 떠나지 않을 것이 분명했다. 무례만 아니라면 쇼메의 침대 옆에 서서 경호하고도 남을 사람이었다. 아닌 게 아니라 지금은 긴장을 늦출 수 없는 상황이니까.

"아, 저 그리고……."

나는 미레일 경에 대해 말을 꺼내려다가 입을 다물었다. 카론 경의 시선이 막고 있었다. 아무 말도 꺼내지 말아 달라고.

나는 복잡한 표정으로 그에게 깊게 고개를 숙여 보이고는 슬쩍 쇼메의 방문을 열고 훔쳐봤다.

'내 저럴 줄 알았지.'

저런 몸으로 어떻게 혼자 치료를 해? 쇼메는 붕대를 감는 둥 마는 둥 대충 칭칭 감은 몸으로 잠들어 있었다. 침대 주변에는 카론 경이 준 진통제가 흩어져 있었다.

쇼메는 아무도 미워하지 않고 아무도 사랑하지 않는다. 자신이 지옥으로 떨어트린 사람에게 미안해하지 않고 자신을 지옥으로 떨어트린 이자벨을 원망하지도 않는다. 남의 괴로움을 동정하지 않고 자기 괴로움을 하소연하지도 않는다. 원래 그런 별 아래에서 태어나서 그런 것인지, 강대국의 왕자이기 때문인지 아니면 마키시온의 볼모로 소년기를 보냈던 상처가 그를 그렇게 만든 것인지 나로서는 알 도리가 없지만, 어쨌든 얄밉지만 안타까운 그런 존재였다.

나는 관두라는 카론 경의 만류에도 불구하고 다시 방으로 들어갔다. 완전히 탈진한 쇼메는 내 인기척도 못 느끼고 있었다.

나는 두 눈을 꽉 감은 그의 얼굴을 바라봤다. 식은땀으로 엉망진창이었다. 나는 조그맣게 투덜거렸다.

'결혼이나 해라, 멍청이.'

고맙다는 말도 못 들을 호의를 베푸는 일은 누구라도 하기 싫을 것이다. 하지만 나는 투덜거리면서도 붕대를 들었다. 이래 봬도 붕대질만큼은 키스의 수제자라 자부하면서.

6.

2차 회담은 예정대로 아침에 열렸다. 카론 경은 미리 마차를 준비해 놓았다. 최악의 경우를 대비한 도주로는 항상 그의 몫이었다.

그리고 나는 언제 부상당했냐는 듯이 활기찬 쇼메와 함께 당당히 회담장에 들어섰다, 는 거짓말이다. 나는 응접실로 쫓겨났다. 어젯밤 나의 극진한 간호를 눈곱만큼도 고마워하지 않는 쇼메에게 '주방에 가서 차나 만들어, 천민'이라는 짜증 만점의 푸대접을 받았기 때문이다. 역시 도와주는 보람이 있는 사람이라고는 입이 찢어져도 말 못 할 녀석이었다.

'에이이이! 재수 없는, 재수 없는, 재수 없는, 재수 없는 녀석 같으니라고!'

나는 입술을 길게 내민 채 응접실 주방을 찾았다. 마대 자루로 열심히 바닥을 닦던 어린 시녀는 내 긴 금발과 멋진 제복을 보자 '상당히 고귀한 분'으로 착각했는지 곧바로 하던 일을 멈추고 고개를 조아리는 것이었다. 실은 똑같이 혹사당하는 입장인 나는 머쓱한 표정으로 물었다.

"저어, 차를 끓여야 하는데 도구 좀 빌려 주세요."

"네?"

"회담장에 차를 가져가야 해서요."

"그런 일은 저희에게 시키시면……."

"아니, 어떤 편식이 심한 양반이 제가 만든 차만 먹겠다고 고집을 피워서 말입니다. 아, 그리고 소금도 빌려 주세요."

그녀는 당최 뭔 소린지 모르겠지만 알아서 하라는 투로 고개를 끄덕였다.

그래, 쇼메. 굳이 소금 맛 미네랄 홍차를 마시는 게 그토록 소원이라면 나도 어쩔 수가 없지. 나는 치졸의 여신에게 지배당한 채 이글거리는 화로의 불길을 바라보고 있었다.

나는 분명 기사지만 검술보다 다른 쪽에 재능이 있다는 것을 부정할 수가 없다. 그러니까 배우는 데 상당히 힘이 들지만 별로 인정받지는 못하는 그런 스킬들 말이다. 가령 완벽한 술 따르기라든가, 바느질, 화장, 여자를 즐겁게 해 주는 백 가지 방법이나 음료의 적정 온도 맞추기 등. 이오타산 로제 와인의 최적정 온도가 9도이고 그것의 스파클링은 7도, 강렬한 마키시온산 레드는 16에서 17도, 그것을 증류한 브랜디는 취향마다 다르지만 일반적으로는 실내 온도에 근접한 23도, 녹차는 그 종류와 분쇄 정도에 따라 다르지만 보통 60에서 80도 사이의 신선한 물을 쓰고 발효의 진행에 따라서 적정 온도도 높아진다.

나는 그 온도를 살짝 손가락을 대 보거나 눈짐작만으로 1도의 오차 없이 맞출 수 있다. 기사만 아니었으면 접대 장인 소리 들으면서 살았을 것이다. 그런 의미에서 펄펄 끓는 물이 필요한 홍차는 시간과의 싸움이다. 100도에서 온도가 최대한 떨어지지 않도록 주의해서 정확한 분량을 정확한 시간에 우려내는 것이 포

인트다(물론 그 피날레로 소금을 한 큰 술 넣어 줄 것이다).

'그런데 찻잎은 어디 있는 거야?'

나는 정작 홍차 잎이 없는 것을 알고는 이리저리 선반을 뒤졌다. 하지만 찻잎은 (물론 소금도) 어디에도 없었다. 어쩔 수 없이 예의 그 시녀에게 다시 물어보려고 주방을 나왔다. 그리고 시체를 보았다.

"……!"

이상하리만큼 적막한 응접실 한복판에 쓰러져 있는 시체는 아까 그 소녀였다. 날카로운 흉기에 목을 베인 그녀의 시체는 눈을 뜨고 있었다. 결국 피하고 싶었던 사태가 벌어지고 말았다.

"그 여자, 너 때문에 죽은 거야. 그리고 너도 곧 쇼메 왕자 때문에 죽을 것이고."

건조한 목소리에 뒤를 돌아보자 한 사내가 서 있었다. 시종의 유니폼을 차려입고 있었지만 그 옷에는 핏방울이 묻어 있었고 손에는 날카로운 비수가 들려 있었다. 농담이라도 진짜 시종이라고는 생각할 수 없었다. 나는 조금씩 뒷걸음질 치며 말했다.

"……니샤 국왕이 보낸 암살자냐."

"하나는 맞고 하나는 틀려."

적어도 암살자라는 것은 확실하니까, 그럼 니샤가 아니란 말인가!

"누가 보낸 거냐."

"천국에 가서 잘 생각해 봐."

그와 함께 그의 손이 움직였다. 카론 경에게 들은 말이 있다. 암살자의 비수는 총알보다 빠르다. 그리고 대부분 심장이 아닌 목을 노린다. 왜냐하면 심장은 늑골에 의해 보호되기 때문이다.

"큭!"

나는 몸을 틀며 왼팔로 목을 가렸다. 칼은 예상대로 목을 향해 날아들었다. 팔목에 암기가 깊게 박히자 통증과 안도감이 동시에 밀려왔다.

그가 또 다른 비수를 꺼내는 순간 나는 주방으로 다시 뛰어갔다. 기억하기는 싫지만, 카론 경의 다음 말도 떠올랐다.

그런데 그 비수에 독이 묻어 있으면 어쩌죠?
해독제도 함께 있길 빌어야겠지.

주방에 들어간 나는 팔에 박혀 있는 비수를 뽑았다. 설마 독은 없겠지. 분명히 오늘은 깜빡하고 독 바르는 걸 잊었을 거야. 내가 미덥잖은 기대를 늘어놓으며 배수진을 칠 때 주방 문 밖에서 암살자의 목소리가 들려왔다.

"큭큭큭. 마침 독이 다 떨어졌을 때 찔리다니 운이 좋은 놈이야."

제법 나와 궁합이 잘 맞는 암살자였다.

"하지만 도망칠 곳도 없는 주방에 숨은 것은 실수야. 네놈이 던지는 어설픈 비수는 눈 감고도 잡을 수 있으니까."

나는 뚱한 눈으로 들고 있는 비수를 바라봤다. 호스트 양성 과정 중에 '단도 던지기'는 없으니까 당연히 던져 본 적 없다. 이럴 줄 알았으면 다트나 연습해 둘걸.

내 비수 따위는 아무런 위협도 안 된다는 것을 알고 있는 암살자는 주저 없이 문을 걷어차며 뛰어들었다.

물론 그와 함께 내가 던진 비수는 암살자는커녕 엉뚱하게도 벽에 맞고 튕겨 나갔다. 다만 내가 문 위에 살짝 올려놓은 펄펄 끓는 찻주전자가 암살자를 덮쳤을 뿐이다.

"우앗! 뜨거!"

그가 얼굴을 쥐는 순간 달려든 나는 그의 안면을 있는 힘껏 걷어찼다. 외마디 비명과 함께 나자빠진 암살자를 뒤로하고 나는 밖을 향해 뛰었다. 문을 열고 나가려는 찰나 소녀의 주검이 눈에 들어왔다.

"……미안."

가슴이 찢어질 것 같았지만, 지금의 나는 그녀의 눈을 감겨 주는 것 외에는 해 줄 수 있는 것이 없었다. 나는 테이블보를 찢어 피 흘리는 팔을 동여매며 밖으로 나왔다.

7.

'나한테 암살자가 왔다는 것은 지금쯤 쇼메 왕자와 카론 경에

게도…….'

니샤가 아니라면 이오타가 보냈단 말인가? 어쨌든 암살자가 덮치기 전에 회담장으로 가야 했다.

나는 일단 복도를 걷던 근위병에게 다가갔다. 그는 내 팔을 보며 깜짝 놀란 표정으로 물었다.

"맙소사! 이 상처는 뭡니까!"

"미안해요."

"네?"

내 기습 펀치에 턱을 맞은 병사가 바닥에 쓰러졌다. 나는 그의 칼을 뽑은 뒤 회담장으로 뛰었다.

"쇼메 왕자! 지금 암살자가 있습니다! 어서 피신을!"

나는 회담장 문을 박차며 뛰어들었다. 그와 함께 널브러져 있는 네 구의 시체들과 검을 뽑은 카론 경, 그리고 총을 들고 있는 쇼메 왕자가 눈에 들어왔다. 쇼메는 내 얼굴을 보더니 피식 웃었다.

"뭐야, 그 얼굴은. 내가 살아 있어서 실망이라는 표정이네?"

"아아, 그렇고말고요!"

살해당하기 일보직전이길 기대한 것은 아니지만, 죽을 각오로 뛰어왔는데 이렇게 손쉽게 제압한 것을 보니까 맥이 다 빠지는 군. 하긴 나는 몰라도 저 두 명은 그리 손쉬운 먹잇감이 아니니까. 쇼메는 하얗게 질린 펭귄 국왕의 이마에 총을 들이대며 비아냥거렸다.

"기왕 암살할 거면 돈 좀 더 써서 괜찮은 놈들을 고용하지 그랬어."

"자, 잠깐! 쇼메 왕자! 진정하시오! 이건 나도 모르는 일이오!"

"내가 알 게 뭐야. 집에서 생긴 문제는 집주인이 책임지는 법이잖아?"

쇼메 왕자는 말은 그렇게 하면서도 총구를 거뒀다. 그 역시 이게 니샤 국왕이 계획한 일은 아니라는 것을 알고 있는 것이다. 국왕이 암살을 계획했다면 굳이 서로 대면하는 회담장을 그 무대로 선택하지는 않았으리라.

카론 경은 수사관답게 암살자의 시체를 조사하더니 곧 그의 목 뒤에 새겨져 있는 작은 문신을 발견했다.

"철십자 표식입니다. 남부 콘스탄트에서 보낸 것 같군요."

"오, 교황청이? 황송해라. 나도 꽤 거물인가 봐?"

나는 교황청이 쇼메를 노린다는 사실에 깜짝 놀랐지만 쇼메는 '나는 적이 많아 참 행복해요' 라고 비웃을 뿐이었다. 그러고는 덜덜 떨고 있는 국왕을 향해 방긋 웃었다.

"외람되오나, 지금 굉장한 분들이 제 목을 노리고 있어서 이만 도망쳐야겠사옵니다. 동맹 건은 조만간 다시 이야기하도록 하지요."

완전히 얼어 버린 국왕은 어리둥절한 얼굴로 고개만 끄덕였다.

8.

확실히 니샤 왕국은 암살에 관여하지 않았다. 제발 빨리 떠나 달라는 식으로 당장 왕궁 문을 열어 줬으니까. 결국 교황청이 쇼메 왕자를 노리고 니샤 왕실에 숨어든 것이다. 베르스를 향해 전속력으로 달리는 마차 안에서 쇼메는 뭐가 그렇게 즐거운지 웃음을 터트렸다.

"이것으로 확실히 교황청은 내 적이라는 것이 증명되었군. 뭐, 교황은 날 잡아 이오타의 혈통을 빼앗고 싶을 테니까. 하하, 덕분에 니샤와의 동맹도 보류되고 여기 온 소득이 하나도 없구만."

소득이 없다는 사람치고는 지나치게 표정이 밝았다. 카론 경은 침묵하고 있었다. 긴장한 것이라기보다는 무엇인가를 마음 깊숙이 참고 있는 것 같았다.

"어이, 카론. 수고했어. 하늘에서 미레일이 보고 기뻐할 거야."

미레일의 이름이 거론되자 카론 경이 천천히 고개를 들었다. 쇼메를 바라보는 그의 눈빛은 싸늘했고 또 격렬했다.

"쇼메 왕자."

"응?"

"왜 이런 일을 저지른 겁니까."

"무슨 소린지 통 모르겠는데?"

나도 당황했다. 갑자기 무슨 말이지? 그러나 카론 경은 확신에 찬 어조로 추궁하기 시작했다.

"못 알아들으시겠다면 좀 더 자세하게 말해 볼까요? 당신은 처음부터 암살자가 있다는 것을 알고 있었습니다. 또한 그들을 남부 콘스탄트에서 보냈다는 것도 알고 있었지요. 도리어 일부러 자신을 암살토록 유도했습니다. 틀렸습니까?"

"헤에. 수사관이 증거도 없이 그렇게 몰아붙여도 되는 거야?"

카, 카론 경. 쇼메 왕자가 일부러 자신을 죽이라고 했을 리가 없잖아요.

하지만 카론 경은 근거도 없이 그런 말을 늘어놓는 사람이 아니다. 그는 공문서를 읽는 것처럼 차갑게, 하지만 확고한 어투로 추리했다.

"니샤 왕실을 나오면서 제가 처리한 암살자들에 대해 물어봤습니다. 오 일 전 왕실 청소부로 위장 취업했더군요. 암살자가 특별한 이유도 없이 니샤 왕실에 잠입할 리는 없습니다. 그러니까 오 일 전부터 당신이 오기를 기다린 것이 분명하지요."

"호오, 그래서?"

"당신은 이틀 전 즉흥적으로 니샤에 가겠다고 말했습니다. 갑작스러운 일이었지요. 즉, 그 전까지 누구도 당신이 니샤를 방문하리라는 것을 아는 사람이 없었습니다. 그렇다면 교황청은 어떻게 당신이 니샤에 오리라는 사실을 오 일 전에 알고 암살자를 보냈을까요."

"……."

"그건 바로 그 정보를 교황청에 알려 준 사람이 당신이기 때문입니다."

도저히 믿기지 않는 사실이었다. 하지만 카론 경의 추리는 틀림이 없었다.

나는 서로를 바라보는 카론과 쇼메를 황망한 얼굴로 번갈아 가며 쳐다봤다. 곧 쇼메가 커다랗게 웃어 젖히며 박수를 쳤다.

"와아, 대단해. 멋져. 감탄했어. 괜히 은의 기사가 아니네? 솔직히 미레일이라면 눈치 못 챘을 거야."

하지만 카론 경은 결코 웃지 않았다.

"이제부터 그 이유에 대해 숨김없이 대답해 주시기 바랍니다. 만약 당신의 행동이 베르스의 국익과 어긋난다면, 절대 묵과하지 않겠습니다."

쇼메는 '그거 충성스러운데?' 라는 비웃음을 보이며 대답했다.

"일주일 전 교황 레오 3세에게 익명의 투서가 도착했지. 교황이야말로 이 세계의 진정한 지도자가 되어야 한다고 응원하는 베르스 왕실의 어떤 광신도로부터 말이야. 그 투서의 내용은 쇼메 왕자가 외교 특사로 니샤를 방문할 것이라는 정보였어. 교활한 교황은 그 사실을 백 퍼센트 믿지는 않았지만 믿겨야 본전이라는 생각으로 니샤 왕실에 부하들을 심어 두었지."

"왜 몰래 그런 투서를 보낸 겁니까."

"이유는 아까 내가 말했잖아?"

"......?"

"추리는 날카롭지만 정치에는 의외로 둔하군. 한 가지 네가 착각하고 있는 것은, 교황은 날 죽이려고 한 것이 아니라 납치하려고 했다는 것이야. 이오타의 순혈 왕자인 나를 잡으면 이오타의 왕권을 차지할 명분이 생기니까. 나는 교황이 그런 짓을 하고도 남을 탐욕스러운 자라는 것을 알고 날 미끼로 던진 것이고 예상대로 교황은 나를 물었어. 그 사실을 증언해 줄 증인이 바로 니샤 국왕이지."

카론 경은 쇼메의 수를 읽은 듯 움찔했지만 나는 아직도 뭐가 뭔지 파악할 수 없었다. 쇼메는 말을 이었다.

"반면 이자벨은 내가 죽어 주기를 바라지. 왕위 계승 서열 1위인 내가 살아서 다른 권력자가 날 소유한다면 자기 계획대로 이오타의 왕권을 장악할 수가 없으니까. 교황과 이자벨이 뒤에서 동맹을 맺었다는 사실은 대충 예상했지만, 어쩔 수 없이 손을 잡고 있을 뿐 서로 신용하는 사이는 아니지. 무엇보다 교황이라는 작자는 탐욕 덩어리야. 기회만 온다면 언제라도 이자벨을 밟고 이오타를 집어삼킬 놈이지. 그런 교황이 몰래 날 납치하려고 한 걸 이자벨 섭정(攝政)이 알게 되면 어떻겠어? 여왕님 심기가 무척 불편해질 테지. 이번 일로 교황과 이자벨의 밀월 관계에도 금이 가게 될 거야. 우리는 그만큼 시간을 버는 거고. 어때? 베르스의 국익과도 별로 어긋나지 않지?"

쇼메의 속마음을 알게 된 나는 감탄스럽기보다는 소름이 끼쳤다. 처음부터 니샤 같은 약소국에 굳이 직접 가서 동맹을 맺겠다고 고집 피운 것 자체가 연극이었다.

정말 미친 것이 아닐까. 물론 전략적으로 이오타와 교황청을 분열시키는 책략은 필요하지만, 그렇다고 자기 목숨을 미끼로 던진단 말이야?

교황청의 암살자들은 결코 허술한 자들이 아니다. 만약 카론 경이 쇼메를 지키지 못했다면 쇼메와 우리 모두 죽거나 납치되고 베르스는 멸망했을 것이다. 아닌 게 아니라 정말로 암살자가 나를 죽이려고 했고 나 때문에 아무런 죄 없는 여자까지 죽지 않았던가! 이건 계략이라기보다는 도박이었다. 그것도 몹시도 위험천만한.

이런 일에 이유도 가르쳐 주지 않은 채 나와 카론 경을 동참시켰다는 것을 알게 되자 쇼메에게 화가 치밀어 올랐다. 멋대로 북부 콘스탄트와 군사동맹을 맺었다는 사기를 치질 않나! 주변 모든 사람들이 자기 계략의 도구 정도로만 보인단 말이냐! 정말이지 한 대 갈겨 주고 싶은 기분이었다.

카론 경은 말없이 쇼메를 바라보았다. 이윽고 입을 연 그의 말에는 서리가 내려 있었다.

"미레일도 이런 위험한 당신을 지켜 주다가 죽은 겁니까?"

"와아, 사나워라. 엄청 무서운 눈빛이네? 뭐, 그렇게 말 안 해도 처음부터 날 원망하는 줄 알고 있었어. 그래, 네 말대로 내가 아니었다면 미레일은 죽지 않았을 거야. 그래서 날 미워해도 좋다고 말했잖아?"

도리어 뻔뻔하게 대꾸하는 쇼메의 목소리도 조금 떨리고 있었다. 그 역시 자길 위해 죽은 사람 이름 따위 일 분이면 잊어버리는 냉혈한은 아니다. '흥. 주군을 위해 죽는 게 기사의 당연한 의무지'라고 일부러 커다랗게 떠들면서도 실은 참을 수 없이 괴로워하는 것이다. 그가 이토록 무리하는 이유도 어쩌면 죽은 미레일에 대한 부채 의식 때문일지도 모른다.

쇼메 왕자는 카론 경을 향해 말했다.

"너는 검에 능한 자는 검으로 상대하고 머리에 능한 자는 머리로 상대하지. 비겁함을 모르는 고결한 긍지. 그래, 그게 네가 사는 방식이지. 하지만 나는 검에 능한 자는 머리로 상대하고 머리에 능한 자는 검으로 상대해. 그게 내가 사는 방식이야. 결국 그렇게 살다가 미레일을 잃은 나를 너는 결코 이해할 수 없겠지만, 네가 너처럼 살아갈 수밖에 없듯이 나도 나처럼 살아갈 수밖에 없는 거다."

긴 흑발의 기사는 두 눈을 지그시 감으며 회답했다.

"당신은 꽤 영악하게 살아가는 자라고 생각했는데, 지금 보니까 나만큼이나 요령 없는 사람 같군요."

"신기하네. 미레일도 똑같은 말을 하던데."

사람마다 사는 방식이 있기 마련이다. 혹자는 그것을 '신념'이라고도 부른다. 모두가 마음속에 품고 사는 그것은 남들은 이해할 수 없는 것이고 이해해 주길 기대해서도 안 되는 것이다.
단지 그것을 고집스럽게 지키며 사는 사람을 요령 없다 말하고
필요에 따라 손쉽게 바꿀 수 있는 사람을 영악하다 말할 뿐이다.
그중 누가 올바른지는 아무도 모른다.

9.

마차가 멈춘 것은 도시 한복판을 통과할 때였다. 우리는 습격
을 예방하기 위해 일부러 사람들의 눈이 많은 시가지를 가로지
르고 있었다. 하지만 그 정도로는 교황청의 집요함을 당해 낼 수
없었던 모양이다.

마부가 떨리는 목소리로 말했다.

"저어, 아무래도 계속 가는 것은 무리인 것 같습니다."

나는 놀란 눈으로 마차 밖을 보았다.

석궁과 라이플, 철퇴 같은 살벌한 무기들로 중무장한 병사들
이 길을 막고 있었다. 또한 어느 틈인가 퇴로도 차단되어 있었
다. 족히 백여 명은 되어 보이는 군대가 앞뒤를 가로막았다. 곧
묵직한 고함 소리가 들려왔다.

"쇼메 왕자! 벌집이 되고 싶지 않다면 당장 마차에서 나오시
오!"

설마 저들이 통행세를 안 낸 것에 화가 난 이 나라 불량배일

리는 없고, 보나 마나 교황청의 병사들이다. 설마 도시 한복판에
서 이럴 줄이야. 골치가 아파 온다. 카론 경이 침착하게 말했다.

"일단 내려야겠습니다."

역시 쉬운 일이란 없는 법이다. 목적을 달성하고 우아하게 니
샤를 빠져나가고 싶은 욕망을 접은 우리들은 순순히 마차에서
내렸다. 전속력으로 마차를 몰아 저들을 뚫고 나가고 싶어도 이
미 마부부터 도망쳐 버렸으니까 달리 방도가 없었다.

쇼메는 우리들을 둘러싸고 있는 엄청난 수의 병사들을 보고는
휘파람을 불었다.

"아니, 이거 암살자가 아니라 군대를 보냈네?"

그래. 교황 성하가 스케일이 좀 크지. 그들은 최후통첩 같은
말을 던졌다.

"쇼메 왕자. 우리는 당신을 교황청으로 모셔가기 위해 온 병
사들이오! 얌전히 따라 준다면 아무도 다치지 않소."

"……이젠 신분을 숨기지도 않는구먼."

쇼메 왕자가 투덜거리자 나 역시 짜증이 치솟았다.

"어차피 납치 음모를 들킨 마당에, 교황청이 눈치 볼 것 없이
달려들 거라는 생각은 안 해 보셨슈?"

"아, 그럴 수도 있겠네."

그럴 수도 있는 게 아니라 지금 그러고 있잖아! 현재진행형으
로!

쇼메는 교황청 병사들에게 잡상인 내쫓듯 손을 내저으며 말했

다.

"지금 우리 바쁘니까 포교 활동은 다른 데 가서 해 주겠어? 이제부터 교회 꼬박꼬박 나갈 테니까."

응답은 총성이었다. 귀를 찢는 굉음과 함께 우리 발밑에서 불꽃이 튀었다.

쇼메는 떨떠름한 목소리로 중얼거렸다.

"거 농담을 모르는 녀석들일세."

일부러 자극하지 마! 이 와중에 개그가 나와?

당장이라도 검을 뽑을 태세의 카론 경은 뭐라고 조그맣게 중얼거리고 있었다. 어쩌면 '미레일, 이런 주군 모시느라 정말 짜증 났겠구나' 였을지도 모른다.

진짜로 쇼메가 납치되어 버리면 계획이고 자시고 다 끝장이다. 여기서 살아 돌아가 봐야 아이히만 대공이 내 이마에 손수 총알을 심어 줄 것이 분명하다.

하지만 이런 포위망을 어떻게 뚫고 도망친단 말인가. 나는 고립무원의 사방을 둘러보며 빈정거렸다.

"위대하신 쇼메 나리, 이제 왕자님의 뜻대로 교황청의 꼭지가 돌아 버렸으니 아주 흡족하시겠습니다?"

"음. 교황청이 예상보다 터프한데? 다음부터는 주의해야겠어."

과연 그 '다음'이 오기나 할지 심히 의심스럽습니다만.

"도망칠 길도 없는데, 이제부터 어쩔깝쇼? 네? 어쩔 거냐고!

이 푼수 왕자야!"

버럭 짜증을 낸 내 머리를 툭 때린 쇼메가 말했다.

"어쭈. 천민 주제에 말투 한번 아름답네. 왕실 가서 보자."

"왕실에 못 간다는 쪽에 전 재산을 걸어도 아깝지 않은 분위기입니다만!"

"사내자식이 쫄기는. 일단 둘 다 내 옆에 붙어. 저놈들은 나한테 총 못 쏴."

쇼메의 말대로 나와 카론 경은 쇼메 곁에 바짝 붙었다. 저들이 쇼메 왕자를 죽일 생각이었다면 애저녁에 죽였다. 하지만 목적은 납치니까, 쇼메를 방패로 쓰는 기묘한 전술도 구사할 수 있는 것이다. 내가 말했다.

"이 다음엔?"

그러자 쇼메가 곧바로 품속에서 총을 꺼내 방아쇠를 당겼다. 역시 쇼메는 명사수였다. 총에 맞은 병사 하나가 허수아비처럼 바닥에 풀썩 쓰러졌다. 꽤 먼 거리의 목표물을 단 한 발로 명중시키다니 정말 대단……한 게 중요한 게 아니고! 지금 뭐하는 짓이야!

"하지만 나는 저놈들을 쏠 수 있지."

쇼메가 히죽 웃었다. 이제 확실히 알겠어. 어째서 이 사람이 아이히만 대공의 수제자인지!

격분한 교황청의 병사들이 철퇴와 검을 뽑아 들며 우리에게 몰려왔다.

카론 경은 '내가 언제까지 이 짓을 해야 하는지 모르겠다' 라는 짜증의 단골 멘트를 내뱉으며 그들에게 뛰어들었다.

쇼메는 내게 총을 건넸다.

"야, 천민. 너한테 검은 무리니까 이거 써라. 그리고 항상 내 근처에 있어. 혼자 떨어져 있으면 죽게 된다."

"응?"

엉겁결에 내가 총을 받자마자 쇼메도 검을 뽑으며 달려 나갔다. 이것은 수적으로는 절대 불리한 싸움이지만 상황은 생각보다 절망적이지 않았다. 쇼메를 산 채로 잡아야 하는 교황청으로서는 총이나 활 같은 치명적인 무기는 겨눌 수가 없었고 온몸을 동원하는 원시적인 방법으로 쇼메를 제압해야만 했다.

그러나 쇼메는 분명 검술의 달인, 그리 쉽게 잡힐 위인이 아니다. 게다가 적이 머뭇거릴수록 더욱더 기가 살아서 사정없이 검을 휘두르는 더러운 성격의 소유자이기도 했다. 하지만 그 혜택은 쇼메의 경우고, 나는 얘기가 달랐다.

"으아악!"

산지사방에서 달려드는 적들은 내 목숨을 보존하는 것에는 별 관심이 없어 보였다. 나는 들이닥치는 검이나 철퇴를 가까스로 피하며 도주하고 있었다. 게다가 자신을 방패로 쓰라고 자상하게 말한 쇼메는 지 혼자 저 멀리 가 버려서 눈곱만큼도 도움이 되질 않았다.

'네놈이 짠 치밀한 계획이 이거였냐! 어디가 자기 일은 자기

가 책임지는 거야?'

피눈물을 흘리며 쇼메를 쏘아본 나는 마차 주변을 빙글빙글 돌며 수많은 칼날을 피해야만 했다.

하지만 그것도 잠시뿐, 나는 결국 적이 깊숙이 휘두른 검을 피하다가 바닥에 쓰러지고 말았다. 곧바로 병사 하나가 쓰러진 나를 꿰뚫을 기세로 검을 높이 들어 올렸다.

'다, 당한다!'

내가 반사적으로 총을 겨누는 순간 병사가 기겁을 하며 나를 찌르려 들었다. 그 기세에 나도 모르게 방아쇠를 당기고 말았다.

찰칵!

"엥?"

찰칵, 찰칵!

"설마……."

나는 황급히 약실(藥室)을 살펴봤다. 그리고 저 멀리서 날뛰는 쇼메를 향해 애처롭게 외쳤다.

"총알이 없잖아아아아아! 이 바보 왕자야!"

그러자 쇼메는 상대의 검과 엉켜 힘겨루기를 하면서 나를 바라봤다.

"아! 깜빡했다. 이리 와서 가져가!"

"……이 자세 보고도 그런 말이 나오십니까?"

아아, 쇼메 왕자, 당신이라는 인간은 정말이지 알면 알수록 개같…… 이제 됐어. 다 짜증 나. 내가 죽으면 유령이 되어서 네놈

모가지를 힘껏 졸라 줄 테야!

나는 들고 있던 총을 상대의 얼굴에 집어 던지며 몸을 굴렸다.

그러나 키스 경에 이어 나의 '싫은 자식 리스트' 베스트에 등극되는 기염을 토한 쇼메 왕자에게 한 대 먹여 주기 전까지는 절대로 죽지 않겠다! 라고 다짐한 지 일 분 만에 나는 다시 걷어차여 바닥을 굴렸다.

어째서 카론 경처럼 싸우지 못하냐고 비난하지 말아 달라. 중무장한 군인들을 상대로 '보통 기사'가 십 분 이상 견딘 것만 해도 기적에 가까우니까.

"이 미꾸라지 같은 새끼가!"

아까 내게 '총을 맞은' 병사는 시퍼렇게 부은 얼굴로 칼을 내리 찌르려 했다. 그리고 이번에도 멈칫했다. 이제 내게는 총도 없는데 말이다.

"뭐, 뭐야, 저건."

이 남자가 멍하니 바라보는 것은 내가 아니었다. 그가 보고 있는 것은 이곳을 향해 진군하고 있는 엄청난 수의 병력이었다. 그리고 그들의 선두에는 예의 펭귄 국왕이 말을 타고 있었다. 그가 지휘봉을 휘두르며 외쳤다.

"동맹국의 외교 특사를 보호하는 것은 짐의 의무다! 돌격!"

아니, 저 사람이 저렇게 의리가 넘쳤던가? 엄청난 함성과 함께 니샤의 군대가 밀려왔고 상황은 반전되었다. 제아무리 교황청의 군대가 강병이라고는 해도 세 배를 넘는 니샤의 군대에는 밀릴 수밖에 없었다.

쇼메와 카론 경 역시도 예상 밖이라는 표정으로 가슴을 쫙 편 펭귄 국왕을 바라봤다. 혼란은 순식간에 정리되었다.

"와하하! 어떻소! 이제 짐도 베르스의 동맹으로 자격이 생긴 거요?"

자랑스럽게 말하는 국왕 앞에서 쇼메는 미소를 지으며 무릎을 꿇었다.

"여부가 있겠습니까. 베르스와 니샤가 영원한 혈맹이 될 것임을 의심치 않사옵니다."

제아무리 약소국의 새가슴 국왕이라지만, 분명 왕은 왕이다. 자기 홈그라운드에서 버젓이 외교 특사가 납치되는 것을 참기에는 너무도 분통이 터졌을 것이다. 물론 이유는 그것만이 아니었다.

국왕은 이게 본론이라는 눈빛으로 한마디를 덧붙였다.

"에, 그리고…… 북부 콘스탄트의 바쉐론 국왕께도 동맹을 위한 짐의 이 아름다운 의협심을 잘 좀 말해 주시길 바라오."

"……."

"꼭 말해야 하오!"

하아, 1절만 하지. 하긴, 방금 교황청을 적으로 돌린 이상 북부 콘스탄트를 꽉 잡지 않으면 이 나라에 미래는 없겠지. 이러다 북부 콘스탄트와의 동맹이 거짓말이라는 사실이 밝혀지면, 아마 저 불쌍한 국왕은 첨탑 꼭대기에서 뛰어내릴지도 모를 일이다.

에이, 몰라. 다 쇼메가 알아서 하겠지. 천민은 아무것도 모릅니다요.

"얼레?"

그때 병사 한 명이 하늘로 날아올랐다. 아니, 정말 비유나 은유 따위가 아니고 말 그대로 인간 대포처럼 포물선을 그리며 날아올라 3층 건물 옥상에 떨어진 것이다. 그리고 곧바로 다른 병사들도 줄줄이 하늘로 날아오르는 기이한 현상이 벌어지기 시작했다.

쇼메는 두 눈을 가늘게 뜬 채 그 미스터리를 지켜보다가 신음소리를 냈다.

"뭐냐, 저거. 저놈들 왜 갑자기 중력을 위반해?"

"당장 피해야 합니다!"

카론 경이 날카롭게 외치며 쇼메의 팔을 잡았다. 곧 그 '현상'의 원인이 드러났다. 단 한 명이 병사들을 닥치는 대로 집어 던지며 이곳으로 다가오고 있었던 것이다. 그자의 정체를 알아차린 순간 나는 졸도할 것 같았다.

"이단심문관 루터."

짧은 머리에 낡은 신부복을 입은 그 거인은 예전 보탕 사건 때문에 신세 진 적이 있었던 교황청 사도좌법원 소속 '검은 추기경' 루터였다. 쇼메를 꼭 납치하고 말겠다는 교황청의 의지를 보여 주는 것으로 저 산더미 같은 양반의 출현만큼 확고한 증명은 없으리라. 대담하기 짝이 없는 쇼메마저도 적잖게 긴장한 표정으로 말했다.

"젠장. 저 덩치로 숨어 있기도 힘들었을 텐데."

말 그대로 대포알도 튕겨 낼 것 같은 거구를 낡고 검은 신부복으로 감싼 루터는 쇼메를 손가락으로 가리키며 입을 열었다.

"긴말 안 하겠습니다. 당신을 죽여서라도 끌고 오라는 명령을 받았습니다."

"저 자식, 되게 무서운데?"

쇼메가 슬쩍 고개를 돌리며 중얼거렸다. 그렇게 딴청을 피우면서도 날카로운 눈매는 재빠르게 도주로를 찾고 있었다. 쇼메가 아무리 겁이 없다고 해도 루터 같은 괴물과 정면으로 싸울 만큼 철딱서니 없을 리는 없다. 그건 물론 나도 카론 경도 마찬가지다.

그러나 루터가 누구인지 모르는 펭귄 국왕은 상대가 '고작' 한 명이라는 사실을 알고는 자지러지게 웃는 것이었다.

"하하하! 쇼메 왕자! 뭘 그렇게 걱정하시오. 짐의 군대를 믿으시오!"

"저도 믿고 싶습니다만, 이 세상에는 쪽수로 못 이기는 녀석도 존재합⋯⋯."

하지만 말릴 겨를도 없이 국왕이 호기 좋게 공격을 명령했다. 공을 노린 병사가 창을 꼬나들고 루터에게 뛰어든 순간 둔탁한 소리가 터졌다.

"맙소사!"

루터의 커다란 손바닥이 투구를 눌러쓴 병사의 머리를 내리쳤을 뿐이었지만, 마치 망치로 못을 박은 듯 병사의 머리가 몸속에 박혀 버렸다.

그 '차력'은 단번에 상대의 사기를 꺾었다. 루터를 포위한 다른 병사들은 그 모습을 보고는 비명을 지르며 모두 뒤로 물러섰다. 비명이 터지긴 국왕도 마찬가지였다.

"저, 저, 저 괴물은 대체 뭐요!"

쇼메가 굳은 미소를 보이며 대꾸했다.

"교황청 넘버 투."

루터는 별 시답잖은 것들이 다 덤벼든다는 투로 국왕을 향해 말했다.

"교황 성하께서 당신에게 무척이나 실망하셨습니다. 곧 처벌이 있을 테니 각오하시길."

비로소 루터의 정체를 파악한 국왕은 저승사자라도 본 듯 당장 낙마할 것처럼 당황하기 시작했다.

"쇼, 쇼메 왕자…… 확실히 바쉐론 국왕이 우릴 지켜 주는 거지?"

"물론입니다. 하지만 지금 관건은 오 분 후에도 우리가 살아 있을지에 대한 것입니다만."

그 냉정한 대답에 국왕은 곧바로 말머리를 돌렸다. 왕실을 향해 전력으로 달리기 시작한 펭귄 국왕이 외쳤다.

"조, 조만간 지원군을 끌고 다시 오겠소! 그럼 짐은 이만!"

점이 되어 사라지는 국왕을 바라본 쇼메가 허망한 목소리로 말했다.

"……한 십 분 동맹했나?"

루터는 예상대로 그리 인내심이 많은 자가 아니었다.

"쇼메 왕자, 이자벨에게 잡혀 봐야 죽은 목숨이라는 것은 잘 알고 있을 것입니다. 그리고 지금 교황 성하의 권유를 거절하면 역시 죽은 목숨이라는 것도 잘 알아 두시길 바랍니다."

"쳇. 친절한 설명 감사합니다."

그렇게 말하며 루터를 향해 걸어가는 쇼메에게 내가 외쳤다.

"어, 어디 가는 겁니까!"

"어쩌라고. 저 살육 머신과 싸워서 이길 자신 있냐? 없다면 이 방법밖에 없잖아."

항복하겠다고? 쇼메는 잔뜩 짜증을 내며 루터를 바라봤다. 그리고 미리 장전해 둔 총을 꺼냈다. 역시 항복할 양반이 아니지.

"싸워 못 이기는 적이라면 줄행랑이 최선이지."

총성이 울렸지만, 루터는 마치 마술쇼처럼 자신의 머리를 향해 날아든 총알을 손으로 막았다. 상식적인 경우였다면 총알은 손바닥을 뚫고 머리에 명중했을 것이다. 그러나 상대를 반중력의 세계로 보내 버리는 환상의 인간에게 상식을 기대하는 것은 애당초 무리였다.

"쇼메 왕자. 지금 아주 큰 실수를 하셨군요."

납작해진 총탄을 바닥에 떨어트린 루터의 입가에 소름 끼치는 미소가 번졌다. 으르렁거리는 맹수의 진동이 여기까지 느껴지는 것만 같다.

"젠장. 역시 항복할걸 그랬나."

라고 말하면서도 쇼메는 이미 산길로 도주하고 있었다.

"뭐해, 천민! 죽고 싶지 않으면 뛰어!"

"당신이 말 안 해도!"

나와 카론 경도 죽고 싶은 심정으로 그 뒤를 따라야 했다.

나는 도망치면서 단 한 번도 뒤를 돌아보지 않았다. 두 눈에 핏발이 선 루터가 지축을 울리며 쫓아오는 모습을 보면 다리에 힘이 풀려 쓰러져 버릴지도 모르기 때문이었다.

10.

우리는 일반적인 인간은 다닐 리가 없는 첩첩산중에 숨어서야 가슴을 쓸어내릴 수 있었다. 만약 도망치던 중에 카론 경이 검을 뽑아 거대한 물탱크를 넘어트리지 않았다면 지금쯤 우리는 '괴물 성직자의 밥'이 되었을 것이 뻔했다.

루터라는 작자의 몸 구조는 대체 무엇으로 이뤄져 있는지 곰과 같은 덩치에 치타 같은 스피드를 뿜어내니까, 그야말로 폭주 기관차였다.

"에이, 올해는 날 노리는 괴물들이 뭐 이리 많아. 그래도 이오타에서 만난 놈보다는 지금 녀석이 조금은 덜 최악인 같아 다행이지만."

뭐 누구? 쇼메는 다시 찢어진 상처를 꾹 누르며 인상을 찡그렸다. 카론 경은 예의 암살자에게 당해 피를 흘리는 내 팔을 보고는 근처의 넝쿨을 잘라 능숙하게 지혈해 주었다.

"다행히 동맥이 끊어지진 않았군. 힘껏 누르고 있어라."

내 팔에 묵묵히 넝쿨을 감아 주던 카론 경이 한숨을 내쉬며 사족을 달았다.

"이럴 것 같아서 따라오지 않는 편이 좋을 거라고 말했던 거다."

"하하, 후회하고 있습니다."

으으, 온몸에 안 쑤시는 곳이 없군. 빨리 리더구트에 가서 쉬고 싶…….

그때 땅이 파이며 몸이 떠올랐다. 폭약이 바로 옆에서 폭발한 것만 같은 강렬한 충격이 몸을 덮쳤다. 비명을 지르며 바닥을 구른 내가 몸을 일으키자 어느새 눈앞에는 검을 뽑은 카론 경과 루터가 대치하고 있었다. 쇼메 역시 허를 찔린 눈빛이었다.

우리들을 어떻게 찾아낸 것일까! 정말 루터에게는 짐승의 본능이 있는 것 같았다.

"카, 카론 경!"

나는 입술과 코에서 피를 흘리기 시작한 카론 경을 바라보며 외쳤다. 그는 한쪽 눈을 뜨지 못하고 있었다. 루터의 기습에 옆 얼굴을 세차게 얻어맞은 흔적이 역력했다. 루터가 피에 젖은 주먹을 풀며 말했다.

"뇌에 곧바로 충격이 갔을 거야. 서 있기도 힘들 거다."

"……."

카론 경은 피를 뱉으며 그를 쏘아볼 뿐, 아무런 말도 없었다. 루터는 마치 나약한 미물을 조심스럽게 다루듯 말을 이었다.

"내 목적은 쇼메를 데려가는 것이다. 널 죽일 생각까지는 없어. 그래서 나름대로 힘을 조절해서 때렸는데…… 네게는 조금 과했던 것 같군."

단 일격에 비틀거리는 카론의 다리를 보며 루터가 말했다. 그것은 죽기 싫으면 물러나라는 경고였다. 하지만 카론 경은 숨을 고르며 회답했다.

"전력을 다하지 그랬나."

그 순간 루터의 허리춤에서 핏덩이가 쏟아졌다. 카론 경도 자신을 노리며 습격한 루터의 일격을 받는 순간 반사적으로 그의 복부를 베어 버린 것이었다.

당한 루터마저도 눈치를 못 챈 순간적인 공방. 크게 잘려 나간 루터의 옷 밖으로 내장이 흘러나왔다. 섬뜩한 광경이었다.

"이거 상대를 얕본 대가로는 꽤나 가혹하군."

루터는 그 말을 유언으로 스르르 땅에 쓰러졌다, 가 되어야 정상인데, 아무렇지도 않게 흘러나온 내장을 손으로 밀어 넣으며 무덤덤하게 말하는 것이 아닌가.

"자, 그럼 계속 싸울까."

뭐, 뭐, 뭐 저딴 게 다 있어!

그때 총성이 울렸다. 이번에는 막지 못한 총알이 루터의 어깨에 박혔다. 물론 그런다고 쓰러진다거나 아파한다거나 하는 일은 조금도 없이 단지 무서운 눈으로 쇼메를 바라볼 뿐이었지만 말이다.

"뭐 간지럽게 해서 미안한데, 나도 구경만 하고 있을 입장은 아니라 말이야. 설마 군대까지 끌고 온 주제에 지금 이걸 비겁하다고 말하진 않겠지요, 신심 깊은 성직자님?"

총을 바닥에 던진 쇼메가 검을 뽑으며 빈정거렸다. 솔직히 여럿이서 거대한 공룡을 사냥한다고 비겁하다 말할 사람은 없을 것이다. 내게 있어서 루터는 인간이라기보다는 오래전에 멸종했다는 어떤 거대한 육식동물에 가까웠다.

"그래. 죽는 게 소원이라면 들어주마."

입매를 비튼 루터와 카론 경의 발이 움직였고 거의 동시에 카론 경이 등지고 있던 바위가 산산이 부서졌다. 둘의 움직임은 맞물리는 톱니바퀴처럼 끊이질 않았다. 뒤를 잡은 카론 경의 일격을 루터가 튕겨 냈고 그와 함께 날아든 강렬한 펀치를 카론 경은 허리를 틀어 간발의 차이로 흘려 버렸다.

보고 있으면서도 믿기 힘든 장면이지만, 카론 경과 쇼메의 검은 번번이 루터의 팔뚝에 튕겨 나가고 그때마다 칼이 울리는 금속성의 소음이 터졌다. 그런 뒤에는 여지없이 내 머리보다도 커다란 주먹이 운석 같은 속도로 들이닥친다. 단련된 근육은 강철과 같다는 말이 있긴 하지만—그게 사람에 따라서는 비유가 아니라 사실이 되기도 한다는 것을 지금 처음 알았다.

"큭. 이런 빌어 처먹을 괴물이!"

찌르는 공격마다 강렬하게 튕겨 내 버리는 루터에게 기가 질린 쇼메가 욕설을 퍼부었다.

어처구니가 없기로는 카론 경도 마찬가지였다. 인간이라면 뱃속이 드러날 정도의 중상에 쓰러지거나 하다못해 움직임이라도 둔해져야 하는데, 이쪽은 어떤가 하면 도리어 더 날뛰고 있지 않은가. 카론 경도 머리를 크게 맞은 쇼크 상태라서 이대로라면 누가 먼저 쓰러질지 짐작할 수가 없었다. 아니, 솔직히 루터가 우세해 보였다.

이런 상황에서의 변수는 바로 나였다.

'나한테는 관심도 없으니까.'

루터는 내게는 아예 등을 보이고 있었다. 그럴 만도 한 것이 싸움과는 인연이 없어 보이는 몸집의 비무장 청년이 자신에게 정권 찌르기를 한들 간지럽기나 하겠는가.

하지만 나는 이래 봬도 알테어 님에게 강철을 끊는 검술을 전수받은 몸!

나는 단 일 초라도 루터의 움직임을 훼방 놓을 수 있기를 빌며 근처에 있던 목검 같은 나뭇가지를 집어 들었다.

'하지만 실패하면……'

당연한 말이지만, 루터에게 타격을 입히기 위해서는 나도 루터의 공격 범위 안으로 들어가야 한다. 그리고 저 주먹에 맞는 순간 내 머리가 산산조각 날 것이다. 인간의 목숨이란 참으로 속된 것이라서 나는 루터의 커다란 등을 보면서도 선뜻 발이 떨어지지 않았다.

'공룡 씨, 제발 날 무시해 줘!'

나는 마음을 굳게 다지며 등을 보인 루터를 향해 뛰어들었다. 그리고 일생일대의 힘을 모아 그의 어깨를 내려쳤다.

둔탁한 소리와 함께 굵직한 나뭇가지가 쪼개졌고 움직임을 멈추고 고개를 돌린 루터가 나를 노려봤다. 그건 정말 악귀의 눈빛이었다.

"⋯⋯망했다."

나를 향해 날아드는 펀치를 보며 나는 희미하게 중얼거렸다. 바위고 성벽이고 단숨에 부숴 버릴 것 같은 루터의 주먹에 그 풍압만으로 머리칼이 날리고 몸이 밀려나고 뺨이 찢어졌다. 피할 생각조차 못 했다.

내 코앞까지 다가온 주먹이 멈추자 그의 그림자에 눌려 나는 털썩 주저앉았다.

"⋯⋯성가신 놈. 네놈부터 죽이는 건데."

나를 내려다보는 루터는 목 끝까지 피가 끓어오르는 소리로 그렇게 말했다.

나는 그를 올려다보았다. 그의 몸을 두 자루의 칼날이 꿰뚫고 나와 있었다. 카론 경이 찌른 칼날은 폐를 관통해 가슴을 찢고 나왔고, 쇼메 왕자의 칼날은 강철 같은 복근을 뚫고 나왔다. 그 두 자루의 칼이 악룡을 사냥한 성검처럼 빛났다.

"죽었어?"

쇼메는 보면서도 믿기지 않는다는 얼굴로 중얼거렸다. 나는 멍한 얼굴로 고개를 끄덕였다. 루터는 미동도 없었다. 이러고도 죽지 않는다면 온몸을 네 조각으로 잘라서 세계의 네 귀퉁이에 뿌려 놓지 않는 이상 안 죽는 생물체라 여겨도 될 것 같았다.

그러나 그 방정맞은 망상은 어쩌면 사실일 수도 있었다.

"세, 세상에!"

움찔거리던 루터의 손가락 끝이 곧 품속에서 어떤 약병을 꺼냈고 그는 그것을 통째로 입에 넣어 씹었다.

그 거대한 몸에 박힌 칼을 뽑을 겨를도 없이 루터는 팔을 휘저으며 쇼메 왕자와 카론 경을 후려쳤다. 둘은 검을 놓치며 튕겨 나갔다. 그리고 루터가 어떤 야수에게서도 들어 본 적이 없는 끔찍한 포효를 내지르며 카론 경에게 달려들었다.

"카론 경! 피해요!"

하지만 몸을 일으킨 카론 경의 얼굴로 루터의 주먹이 날아들었고 카론 경의 목이 꺾이며 몹시도 불길한 소리가 터졌다. 처참하게 쓰러진 은의 기사를 잡아 올린 루터의 모습은 유황불로 이뤄진 날개만 있었다면 그 자체로 악마였다.

루터는 반쯤 실신한 카론 경의 목을 부숴 버릴 기세로 움켜쥐었다. 그르렁거리는 그의 목소리는 피에 절어 알아듣기 힘들 정도였다.

"인트라 무로스 놈들이 재미있는 약을 하나 주더군. 전쟁이 일어나면 병사들에게 지급할 거라던데…… 온몸이 부서져도 심장이 멈출 때까지 싸우게 만든다더군. 네놈 때문에 이따위 걸 쓰게 될 줄은 몰랐다. 인정하마. 싸움은 네가 이겼다. 하지만 목숨은 내가 가져간다."

"그만 둬! 항복하겠다. 날 데려가."

쇼메가 루터를 노려보며 외쳤다. 그러나 루터는 곧 광기 어린 웃음을 내뱉었다.

"이미 늦었어."

"아아, 늦은 건 나다."

불현듯 들려오는 허스키 보이스에 나는 사방을 두리번거렸다. 그런 매력적이고 중성적인 목소리를 가진 여성을 나는 딱 한 명 알고 있다. 하지만 정말 그녀의 목소리란 말인가?

곧 루터의 그림자 속에서 검은 가죽 제복을 입은 큰 키의 여자가 솟아올랐다. 루터는 자신의 온몸을 넝쿨처럼 옭아매기 시작한 그림자 때문에 카론 경을 놔줄 수밖에 없었다.

약물의 부작용 탓인지 두 눈동자가 새빨갛게 터진 루터가 거칠게 고함쳤다.

"적현무 키르케 밀러스. 북의 마녀가 여기는 왜!"

"네가 여기 온 이유와 정반대의 이유라고 할 수 있지."

저, 정말로 키르케 님?

검은 군모를 눌러쓴 그녀는 새빨간 입술의 끝자락을 미묘하게 틀어 올리며 말했다.

"이봐, 교황의 사냥개 씨. 이쁜이들 그만 괴롭히고 네 개집으로 꺼지렴."

물론 그렇다고 물러날 루터가 아니었지만 인내심을 가지고 설득할 키르케 님도 아니었다. 그의 대답이 없자 키르케 님이 고개를 기울이며 미소 지었다.

"이런. 내 말이 잘 안 들리는가 보구나."

그 말이 끝나는 순간 그림자가 칼날처럼 솟구쳐 오르며 루터의 귀가 바닥에 떨어졌다.

"이제 좀 들리니?"

"큭!"

"자비를 베풀 때 받아 두려무나. 자주 오는 기회 아니니까."

루터는 당장이라도 키르케 님을 찢어 죽일 것 같은 표정을 보였지만—거기까지였다. 그는 피투성이가 된 몸을 돌려 사라졌다.

급히 카론 경을 부축한 쇼메가 성질을 쏟아냈다.

"야! 이 여자야! 왜 이제야 온 거야! 조금만 늦었으면 다 죽을 뻔했잖아! 나를 경호하는 기사마다 죽게 만드는 저주의 왕자로 만들 셈이냐?"

카랑카랑한 고함 소리에 키르케 님은 눈썹을 찡그리며 귀를 막았다.

"사내놈이 칭얼거리기는. 아신이 움직이는 데는 여러 가지 절차가 필요한 법이야!"

어안이 벙벙했다. 내가 아는 키르케 님은 인정이라든가 정의 같은 불확실한 것에 이끌려 누굴 도와줄 분이 아니다. 그렇다면 이미 이 모든 일이 '계획되어' 있었다는 것인데, 쇼메 이 인간은 대체 어디까지 우릴 속이고 있었던 거냐!

그때 쇼메의 어깨에 기댄 채 눈을 뜬 카론 경이 키르케 님을 보고는 복잡한 표정을 지었다. 금방 생각을 정리한 그가 입을 열었다.

"쇼메 왕자, 북부 콘스탄트와 동맹을 맺은 것이 사실이었습니까."

"아아, 그렇게 됐어. 이 나이 먹고 뒷감당 안 될 사기 칠 리가 없잖아?"

"그럼 그렇다고 미리 말씀하셨으면!"

카론 경은 드물게 화를 내며 자신을 부축한 쇼메의 팔을 뿌리쳤다. 나도 얄미울 수밖에 없는 것이, 배고파 죽기 직전에 '실은 음식이 있었지롱' 이라는 말을 들은 것과 다를 바가 없었던 것이다. 쇼메는 도리어 억울한 건 자기라는 투로 팔목을 매만지며 투덜거렸다.

"아니, 모두를 구한 내가 왜 멸시를 당해야 해? 미레일이었다면 날 칭송했을 거야. 존경스러운 눈빛으로 우러러봤을 거라고."

그래, 한탄해라. 손가락으로 땅바닥을 후비적거리면서 마음껏 칭얼거려! 아무리 그래도 당신이 밉살스러운 왕자라는 사실은 결코 변치 않는답니다.

"야! 하등한 천민! 너도 날 찬양해!"

"닥쳐. 왕자."

이제 저도 막 나가기로 했습니다.

어쩐지 생각에 잠긴 모습으로 우리들을 물끄러미 지켜보던 키르케 님이 쇼메에게 말했다.

"이오타의 왕자여, 우리는 약속을 지켰다. 나의 주군께서는 열흘 내로 나 아신위 적현무와 제7무장전투여단을 베르스로 급파할 것이며 뒤이어 군단급 병력을 추가로 지원할 것이다. 나는 아직 너를 믿지 않는다. 하지만 주군의 명령이 있는 이상 나 키르케가 너와 베르스를 도울 것임은 의심하지 않아도 좋다. 그러니 너도 약속을 지켜야만 한다. 만약 지키지 않는다면……."

"귀가 잘려 나가겠지."

"과연 귀뿐일까? 아주 중요한 부분을 잘라 주겠어."

"어, 어디……?"

"궁금하면 약속 어겨 봐."

의미심장한 협박을 쏟아낸 키르케 님은 위험한 윙크를 남겼다. 그러고는 쇼메 왕자와 카론 경과 나를 훑어보고는 어쩔 수 없는 녀석들이라며 고개를 흔드는 것이었다.

"나라를 되찾으려는 왕자와 기사도에 몸을 던진 기사와 정의를 믿는 애송이라……. 낭만은 남정네들이 다 차지한 것 같군. 어쩐지 손해 보는 느낌이네. 후후."

그리고 군모를 깊게 눌러쓴 그녀는 (정말 마녀처럼) 그림자 속으로 사라져 갔다. 쇼메는 그런 키르케 님의 모습에 진절머리가 난다는 듯 혀를 찼다.

"저 여자 말 들었어? 어딜 자르겠다는 건지 끝까지 안 가르쳐 주네."

안 궁금해!

"그런데 무슨 약속을 한 겁니까?"

나는 순수한 호기심에 물었다.

바쉐론 국왕이 소국 베르스와 동맹을 맺고 군대를 보내겠다는 의미는 드디어 이오타와 교황청을 비롯한 자신의 오랜 원수들과 싸울 칼을 뽑았다는 의미다.

우리 베르스로서는 더할 나위 없이 기쁜 일이지만—대관절 어떤 약속이기에 쇼메가 북부 콘스탄트를 움직일 수 있었단 말인가.

'천민이 알아 뭐해'라면서 무시할 것 같던 쇼메는 이번에는 의외로 순순히 말해 주었다.

"첫 번째, 이오타와 교황청의 사이를 갈라놓는다. 그건 방금 지켰고. 두 번째는…… 에, 그러니까 두 번째는……."

"두 번째 약속이 뭔데요?"

어째서 말을 못 하고 우물거리는 거야? 쇼메가 에라 모르겠다며 커다랗게 외쳤다.

"내가 이오타를 되찾으면 바쉐론 국왕의 둘째 딸과 결혼하기로 약속했다! 제기랄!"

"와앗!"

나는 물론 카론 경도 깜짝 놀란 얼굴로 쇼메를 바라봤다. 원래 독신주의자인 쇼메는 정말 먹기 싫은 시금치를 억지로 먹어야 하는 어린아이의 표정으로 중얼거렸다.

"나중에 대충 얼버무리고 도망치려고 했는데, 아까 키르케 분위기 보니까 그랬다간 내 엄청 소중한 부분 하나가 절단 날 것 같고. 아아, 내 인생도 끝장이군."

"결혼이라……. 아하하하."

"뭐가 웃겨. 망할 천민아!"

그것은 분명 정략결혼이다. 이오타를 되찾고 왕위에 오른 쇼메 국왕과 북부 콘스탄트의 공주가 결혼해서 두 왕조의 혈통이 뭉치게 된다면, 마키시온 제국이 분열된 지금 세계 최강의 혈맹이 탄생하는 것이다. 그런 차가운 계산에 의해 바쉐론 국왕은 자신의 둘째 딸과 쇼메가 결혼할 것을 동맹의 조건으로 깔았던 것이리라.

하지만 그것과는 별개로 평생 이 여자 저 여자 울리고 다닐 것 같던 바람둥이 쇼메 왕자가 결혼한다는 사실 자체가 어쩐지 정말 엉뚱한 소리 같아서 웃음이 나왔다. 그 순간 문득 떠오른 무서운 사실 하나.

"아니, 잠깐. 그런데 그 둘째 공주 나이가 분명히……."

"아아! 괜찮아! 나 연상 취향이야! 내 수비 범위 내라고!"

쇼메는 그 말 나올 줄 알았다면서 일부러 커다랗게 말한 뒤에 도망치듯 산을 내려갔다.

이런 거 밝히면 정말 미안하지만, 그녀의 나이는 41세였다. 그런데 어째서 아직까지 시집을 못 갔는가는 상상에 맡기도록 하자. 아무튼 쇼메는 이 전쟁에서 지든 이기든 앞으로의 인생이 그다지 순탄치는 않을 것 같다는 서글픈 예감이 든다. 나는 이것 참 대단하다 싶어서 카론 경에게 물었다.

"카론 경이라면 나라 되찾으려고 이모뻘 되는 분과 결혼할 수 있……."

"싫어."

카론 경은 '흥. 목에 칼을 들이대 봐라' 라는 단호한 입장을 보이며 산을 내려갔다. 으음, 은의 기사조차 타협할 수 없는 문제란 말인가. 나라를 되찾기 위한 쇼메의 처절한 결단이 느껴지는 순간이었다.

11.

몇 가지 첨언하자면 베르스 왕실 역시 쇼메가 뒤에서 북부 콘스탄트와 동맹을 맺은 사실은 몰랐다고 한다. 쇼메는 일부러 욕심 많은 왕실 관리들이 겉으로 동맹 협상을 망치도록 내버려 둔 것이다. 그래야 이오타를 방심시킬 수 있을 테니까.

이런 의미에서는 베르스 관리들도 꽤 쓸모가 있지 않은가. 그 야말로 허허실실(虛虛實實)이다.

그리고 쇼메는 '잡일'이라고 할 수 있는 니샤 외교 특사를 자청해서 일부러 교황이 자신을 납치하도록 유도한 뒤 이오타와의 사이를 갈라놓았다. 키르케 님이 굳이 루터를 살려 보낸 것도 알테어 님을 제외하면 교황청 최강이라는 '검은 추기경'이 납치에 실패하고 '은의 기사'라는 별 볼 일 없는 소국의 기사에게도 패배해 만신창이가 되어 돌아왔다는 것을 모두에게 알리기 위한 책략이었다.

교황청의 사기는 떨어지고 이오타와의 관계가 흔들린다. 그리고 그 사이, 북부 콘스탄트가 군대를 움직인다. 모두 쇼메의 계략이었다. 정말이지 쇼메 왕자는 (41세의 농염한 여성과 결혼을 언약한 것은 차치하고라도) 여러 가지 의미에서 나와는 전혀 다른 종류의 대단한 인간이다.

베르스에 도착하자마자 카론 경은 병원으로 향했다. 루터의 주먹을 두 번이나 받아 낸 카론 경의 상태를 본 주치의는 은의 기사라고 목숨이 열 개쯤 되는 줄 아느냐며 그야말로 펄펄 뛰었다고 한다. 더 이상 몸 망치기 전에 검을 놓고 별장에서 몇 년쯤 쉬라고 했다는데—그럴 사람이었다면 애저녁에 그랬으리라는 것이 내 결론이다.

쇼메는 병원에 가기도 전에 베르스의 마신(魔神) 아이히만 대공에게 불려갔다. 역시 이 모든 '음모'의 근원에는 그 충격의 할아범이 버티고 있는 것이 분명했다. 쇼메는 절대 인정 안 하지만 확실히 쇼메 왕자의 성격은 그의 스승인 아이히만 대공을 닮았다(툭하면 총 쏘는 것까지도).

그리고 나는? 국왕 전하로부터 용맹스러운 기사 표창을 받았다, 라면 얼마나 좋겠냐마는 그런 일은 절대 없고 단지 간단한 치료만 받은 뒤에 오븐 속의 치즈처럼 흘러내리는 육신을 질질 끌고 내 마음의 고향 리더구트로 향했다. 뭐, 달리 갈 곳도 없지 않은가. 박복한 인생 같으니.

"하아아. 다녀왔습니다아아……아아앗!"

리더구트 생활 이 년 차에 접어드는 나는 더 이상 키스에게 놀라지 않을 자신이 있었다. 지금까지 관찰한 키스의 믿기지 않는 생태를 정리해 보면 다음과 같다.

(1) 혼자 시 쓰고 혼자 훌쩍거린다. => 다들 슬슬 피한다.
(2) 삼 일 밤낮 브리핑도 안 하고 겨울잠을 잔다. => 소파를 뒤집는다.
(3) 요가 연습하다가 사지가 원래대로 돌아오지 않아 괴로워한다. => 걷어차 준다.
(4) 이상한 음식 만들다가 재료 다 날리고 실패한 뒤 도주한다.

=〉잡아서 때려 준다.

(5) 지명 나간 사람에게 엉뚱한 지도 던져 주고 매우 즐거워한다. =〉응징한다.

(6) 요상한 아가씨 몰래 데려와 놓고 들키면 어릴 때 헤어진 여동생이라고 우긴다. =〉동생과 함께 추방한다.

(7) 갑자기 사라져서는 며칠 후에 엉망이 되어서 돌아와 끙끙거린다. =〉매우 구박한다.

(8) 양기를 흡수해야 한다며 속옷만 입고 돌아다닌다. =〉카론경에게 이른다.

(9) 오밤중에 정원 앞 나무 위에 올라가 달 보고 술 마신다. =〉갈고리로 끌어내린다.

이쯤 되면 기사단장이고 아니고의 차원을 떠나서 인간이냐 아니냐에 대한 심각한 고찰이 필요한 수준이다.

이런 혈압 오르는 일거수일투족을 관찰해 온 나는 설령 키스가 우주선을 타고 저 하늘로 날아가 버린다고 해도 '그럴 수도 있지'라면서 고개를 끄덕일 자신이 있었다. 하지만 이번에는 확실히 나의 허를 찔렀다.

"키, 키스 경."

"아? 오셨습니까아?"

"어째서……."

"네?"

"다, 당신, 어째서 일을 하고 있는 거야!"

나는 경악에 찬 고함 소리를 내질렀다. 그렇다. 키스는 일을 하고 있었다. 정확하게 말하자면 청소. 내 분신과 다를 바 없는 마대 자루를 들고 리더구트를 정성스럽게 닦고 있었던 것이다.

이것은 필시 키스 경이 저지른 기괴한 행동 중에서도 베스트원이다. 물론 평범한 사람에게 청소란 지극히 정상적인 행동이지만—이 인간이 이러고 있으면 엄청 불안하다고! 랑시와 쇼탄도 키스 경의 '평범한 모습'에 두려워하며 구석에 숨어 와들와들 떨고 있었다.

"어째서라뇨? 그야 전 청소의 요정이니…… 때, 때리지 말아요."

"당신, 또 뭔가 음험한 음모를 꾸미고 있는 건 아니겠지? 아니, 분명 그걸 거야."

"아아, 제 이미지가 그것밖에 안 되었습니까아!"

"그것조차 안 됩니다."

내 퉁명스러운 대답에 키스는 이제야 알았다는 듯 음침하게 대꾸했다.

"후후후. 지금 제 모범적인 봉사 활동을 질투하고 있는 거로군요. 아아, 남자의 질투는 보기 흉합니다아."

오 초 후.

"누가 누굴 질투한다는 거야! 이 코알라 단장! 내가 토 나올 정도로 지겹게 하고 있는 게 청소라고! 노닥거리는 당신 앞에서 허구한 날 걸레 들고 뛰어다니던 총각 기억하지? 그게 바로 나야!"

그러나 역시 키스는 두 손으로 귀를 꼭 막고 '오호호호. 그렇게 질투하시면 제가 미안해지잖아요' 라는 제스처를 보였다. 과, 관두자. 이 악마의 페이스에 말려들면 패배하는 거야.

"게다가 그 머리는 뭐야! 엄청 튄다고!"

키스 경은 그 갈색 곱슬머리를 나만큼이나 환한 금발로 염색한 채였다. 게다가 엄청나게 비싸 보이는 사파이어 귀걸이에 새하얀 제복까지 입고 있으니, 희미하게 웃는 빨간 눈동자와 어울려 벚나무 분백색 꽃무리처럼 아름다워 보였다……라는 건 지금 전혀 중요하지 않다.

당신 대체 왜 이래! 어째서 제정신인 거야. 당신도 결혼 상대 잡혔어?

키스는 어리둥절한 내 표정을 살피고는 빨간 눈을 가늘게 뜨며 웃었다.

"아, 뭐랄까요. 그래도 명색이 여러분의 보스인데, 한 번쯤은 청소해 주는 것도 좋겠다, 싶어서 말입니다아."

"하아. 그런 일은 한 번이 아니라 자주 좀 해 달라고요."

"네. 저도 그러고 싶군요."

그는 사근사근한 목소리로 대답하고는 다시 청소를 시작했다. 마치 다시는 청소할 기회가 없는 것처럼 꼼꼼하고 정성스럽게 말이다.

그 날 키스 경은 1층과 2층, 욕실까지 반짝반짝 청소한 뒤 십 년은 먹어도 될 분량의 땅콩 잼을 만든 다음에야 잠이 들었다. 물론 그 날 이후 다시 원상태로 돌아갔지만 말이다. 역시 알 수 없는 사람이었다.

12.

안 하던 짓 하는 것도 전염되는가 보다. 며칠 후 나는 또 굉장한 뉴스를 들었다.

"뭐? 카론 경이 휴가를 가? 이 시기에? 정말?"

"그렇다니까. 이멜렌 님과 함께 별장으로. 신기하지?"

"신기하네."

왕실 소식통 랑시 경으로부터 카론 경의 휴가 소식을 듣고 나는 고개를 갸웃거렸다. 물론 그 사람이 지금까지 쌓아 둔 유급 휴가만 다 써도 일 년은 놀고먹을 수 있지만(게다가 누가 감히 헬스트 나이츠 부기사단장이 쉬겠다는데 말리겠나) 주치의가 반협박조로 쉬라고 사정해도 무시하던 카론 경이 갑자기 제 발로 휴가라니? 키스 경의 이상행동과 더불어 깜짝 놀랄 충격의 연속이었다. 물론 놀란 사람은 나뿐만이 아니었다.

"아아아아아! 나한테는 말도 안 하고 가 버리다니, 이럴 수가 있는 겁니까아아아!"

왜 그랬는지는 댁의 평소 행실을 보면 자연스럽게 유추할 수 있지. 그러나 키스는 멋대로 카론 경을 '사랑의 배신자'라고 단정한 뒤 입에 담기도 민망한 말들을 퍼붓고 있었다.

천만다행이다. 만약 카론 경이 옆에 있었다면 리더구트에 피바람이 몰아쳤을 것이다.

"어쨌든 저는 가고 말 겁니다! 저도 휴가를 신청하겠어요!"

"댁은 어차피 365일 펑펑펑펑 놀잖아! 주치의도 그랬다며? 더 이상 게으름 피우면 나무늘보나 코알라 비슷한 걸로 진화하게 될지도 모른다고!"

"저 한 몸 편하자고 이러는 게 아니에요. 지금 카론 경과 이멜렌 님은 물가를 뛰노는 어린아이 같은 무방비 상태! 어떤 위험이 닥칠지 몰라요! 어서 제가 가서 치명적인 위협으로부터 그 연약한 커플을 지켜 줘야 합니다!"

"댁이 바로 그 치명적인 위협이잖아! 아직도 자기 포지션을 모르겠어? 금슬 좋은 부부 생활을 파탄으로 몰아넣는 가정 파괴범은 바로 당신이야! 현실을 받아들여! 그럼 마음이 편해질 거야!"

"아니에요오! 난 청소의 요정이에요!"

"으이구!"

그런데 키스 경은 정말 여행 가방을 꾸리고 나타난 것이었다. 장난이 지나치다.

어처구니가 없는 표정으로 바라보는 우리들을 향해 키스는 작별 인사를 남기며 문을 열었다.

"그럼 안녕히."

어느 날 그가 떠났다.

13.

그리고 그날 밤, 나는 돌아오지 않는 키스의 사무실로 들어갔다. 처음부터 아무도 살지 않았던 것 같은 그곳에는 향기 없는 달빛과 새하얀 편지지만이 나를 기다리고 있었다.

나는 그 편지를 집어 들며, 어쩐지 운명 같은 것이 있다고 직감했다. 처음 이곳에 와서 그를 만난 것부터 그와 헤어지기까지의 모든 순간이 이 편지를 펼치는 아주 짧은 시간, 머릿속을 지나갔다.

내가 얼마나 당신을 미워했는지 모를 겁니다.

베아트리체를 지키지 못한 당신을.

당신은 절대 모를 겁니다.

술에 취해 그녀의 이야기를 꺼내는 당신의 순진한 얼굴을

애써 태연한 척 바라봐야 했던 내 마음을.

하지만 용서하기로 했습니다.

이제는 그 비극을 기억조차 못 하는 당신을 미워하는 것은

너무 가혹한 짓이라고 생각했기 때문입니다.

하지만 아무것도 기억하지 말아 주시기 바랍니다.

붉은 커튼 뒤에 무엇이 숨겨져 있는지 궁금해하면 안 됩니다.

왜냐하면 당신도 저처럼 그것을 보게 된다면 기꺼이 목숨을 바칠 불행한 인간이기 때문입니다.

그러니 당신의 머릿속에 망각으로 덧칠된 그 오 분을 영원히 잊고 평안하시길 기도합니다.

— 당신을 미워했던 키스 세자르가

제2화

돌아오지 않는 날들

1.

"어쩌지? 빨리 구하지 않으면 네 아내는 죽을 거야."

"키릭스!"

"화내지 마. 네가 자초한 일이야."

키릭스는 이멜렌을 찌른 자신의 검을 바라보며 웃었다. 증오를 제외한 그 무엇도 믿지 않는 새빨간 눈동자는 악마가 달아 준 의안(義眼) 같았다.

무자비한 침묵 속에서 카론은 키릭스의 눈동자를 똑바로 주시했다. 그 눈동자 속의 불길은 업과 같은 것이다. 그러니 도망친다고 사라지지 않는다는 것을 카론은 알고 있었다.

둘의 검이 충돌하는 순간 압도적인 힘에 밀린 카론의 몸이 흔들렸다. 파고들어 온 키릭스의 팔꿈치가 얼굴을 때리자 얼마 전 루터에게 받은 충격이 더해져 균형을 마비시켰다. 키릭스는 휘청거리는 카론의 복부를 걷어차 이멜렌에게서 멀리 떨어트려 놓았다.

"억울해?"

키릭스는 몸을 일으키는 카론에게 말했다.

"아무것도 억울할 것 없어. 네 검술과 네 여자와 은의 기사라는 네 이름까지 모두 내가 만들어 준 거잖아? 나와 같은 길을 가는 대가로 말이야. 이제 그걸 내게 돌려줘야 한다고 억울해하면 안 되지."

입술을 꽉 깨문 카론은 긴 흑발을 날리며 표범처럼 튀어나갔다. 다시 검이 충돌했다. 은비늘의 뱀처럼 얽힌 둘의 칼날이 서로를 삼키기 위해 움직일 때마다 시퍼런 스파크가 터졌다.

그 '매듭'이 억지로 풀어졌다가 다시 엉키기를 몇 차례나 반복했다. 그것은 결코 키릭스가 동정을 베풀기 때문이 아니었다. 지금 이 순간을 위해 머릿속에 두 자루의 검을 그리며 수도 없이 연습했던 카론의 검술은 키릭스의 예상보다 훨씬 더 높은 수준이었다.

덕분에 수십 차례의 팽팽한 공방이 오갔다. 놀랍게도 먼저 금이 간 쪽은 키릭스였다.

"……!"

자기 자신도 의식하지 못한 찰나의 빈틈을 카론이 파고들었다. 키릭스의 움직임이 뒤틀렸다. 그 수많은 대결 중에서 카론이 키릭스의 균형을 깨 버린 것은 이번이 처음이었다.

카론은 철벽의 한 귀퉁이가 무너지는 것을 느끼며 피에 젖은 검을 다잡았다. 다시는 오지 않는 기회, 누구에게나 자기 인생 마지막 싸움을 해야 할 때가 온다. 카론은 지금이 바로 그때라고 느꼈다.

당황한 키릭스는 황급히 몸을 뒤로 빼려고 했지만 카론은 곧바로 그에게 따라붙었다. 카론과 키릭스의 검이 서로를 물었다.

검과 검은 충돌하지 않았다.

둘의 움직임이 멈춘 것은 카론의 칼날이 키릭스의 목덜미에 닿은 그 순간이었다. 조금만 더 파고들었으면 제아무리 키릭스라도 절명했을 일격 직전에 카론은 검을 멈춘 것이다. 완벽한 카론의 승리였다.

목 언저리에서 피를 흘리는 키릭스의 표정이 창백했다. 그것은 믿을 수 없는 자신의 패배 때문이 아니었다. 카론이 자신을 살려 주었기 때문도 아니었다. 그가 짜내듯이 말했다.

"카론…… 이게 네 결심이냐."

그 말과 함께 키릭스의 칼에 잘린 카론의 오른팔이 땅에 떨어졌다. 그는 기사로서의 자신을 포기하며 얻은 그 일격의 마지막 순간에 검을 멈춘 것이다. 키릭스를 죽였다면 기사의 생명과 같은 오른팔을 잃을 일은 없었으리라.

하지만 주저해서가 아니었다. 오히려 단호한 의지에서였다. 카론의 얼굴과 목덜미에는 땀과 피에 젖은 머리칼이 엉켜 있었다. 그는 가쁜 숨을 억누르며 입을 열었다.

"키릭스 세자르. 네가 준 검술과 은의 기사라는 이름, 지금 이렇게 돌려준다. 그러니……."

영원히 검술을 버린 그의 눈빛은 차분하고 또렷했다. 그 청광(清光)을 머금은 눈동자가 키릭스를 향했다.

"이제 내게서 사라져라."

그 목소리의 울림은 증오도 원망도 아니었다.

키릭스는 알았다. 이 남자는 결코 강제로 길들이거나 증오로 더럽힐 수 없다는 것을. 아니, 처음부터 알고 있었다. 그 사실 때문에 집착했고 그 사실 때문에 포기했다.

"내가 졌다."

키릭스는 뒤돌아서며 말했다. 문득 그가 부럽다는 생각이 들었다. 자신의 전부를 포기하면서까지 지키고 싶은 소중한 것이 존재하는 인생이란 부러울 수밖에 없었다. 송두리째 망쳐 버리고 싶을 만큼 말이다.

"잘 있어라. 다시 만날 일은 없을 거야. 약속하마."

그들의 긴 결투는 이것으로 끝이었다.

카론은 그렇게 결별하며 떠나는 키릭스의 뒷모습을 눈에 담았다. 그와 함께했던 과거는 그리 나쁘지 않았다. 아니, 오히려 고마웠다. 항상 키릭스를 대할 때마다 언젠가는 능가하고 싶은 위험천만한 녀석이라고 생각했지만 그가 없었다면 귀족 출신의 견습 기사들에 의해 기사 작위를 받는 것 자체가 불가능했을 테고, 설령 기사가 되었다고 하더라도 악투르에서 보르츠와 싸우다 기사가 된 첫 해에 전사했을 것이다. 이멜렌을 만날 수도 없었고 은의 기사는커녕 평생 관직도 얻지 못한 채 외딴 시골의 검술 선생 정도로 인생의 마침표를 찍었을 것이다.

항상 무리하는 카론의 고집을 현실로 인도한 사람이 키릭스였다. 그는 선과 악을 불문하는 마법이었다. 용의 등에 탄 것처럼 단 한 번도 멈추지 않고 구름 위 하늘 끝까지 올라갔다.

그리고 이 순간, 그 질풍의 시간이 지금보다도 더욱더 거대한 폐허 속으로 걸어가는 키릭스의 뒷모습과 함께 막을 내렸다는 것을 느낄 수 있었다.

"이멜렌!"

카론은 머릿속을 아득하게 만드는 고통을 억누르며 이멜렌에게 달려갔다. 그녀의 눈에서는 의식하지도 못한 눈물이 흐르고 있었다.

"미, 미안. 조금만 기다려."

카론은 불안했다. 이미 적잖은 시간이 흘렀다. 그녀의 출혈이 더 심해지기 전에 어떻게든 줄을 풀고 그녀를 데려가야 했다.

하지만 키릭스가 단단하게 매듭지어 둔 굵직한 밧줄을 한 팔로 어떻게 풀 수 있단 말인가. 역시 검으로 잘라야 할까? 그때 카론은 의외의 것을 보았다.

'매듭이…….'

키릭스는 누구라도 줄을 당기기만 하면 손쉽게 풀 수 있도록 매듭을 묶어 놓았던 것이다. 그리고 이멜렌을 찌른 것도 일부러 맥(脈)을 피해 생명에는 지장이 없어 보였다. 카론 정도 되는 기사라면 출혈 상태만 봐도 알 수 있는 사실이었다.

'처음부터 키릭스는 이멜렌을 죽일 생각이 없었던 건가.'

그것은 키릭스의 잔혹한 성격에 비춰 보면 기대하기 힘든 사실이었지만, 이것은 누가 보더라도 싸움이 끝난 뒤 쉽게 데려갈 수 있도록 '배려' 해 놓은 것이 아닌가. 어쩌면 그는 카론에게 죽기 위해 온 것일지도 모른다. 미레일에게 했던 말마따나 처음으로 돌아갈 수는 없으니까 말이다.

그때 카론은 자기 귀를 의심했다.

"……카론."

그의 눈동자가 흔들렸다. 사실 그는 아직까지 이멜렌의 목소리를 모른다. 악투르의 첨탑 위에서 처음 만났을 때부터 지금까지, 단 한 번도 들어 본 적이 없으니까.

그러니 이것이 이멜렌의 목소리인지는 알 수가 없지만, 분명 가냘프게 울먹거리는 소리를 희미하게 들은 것이다. 카론은 놀란 얼굴로 이멜렌을 바라봤다.

"……나 때문에…….."

그녀의 작은 입에서 나온 울먹거림은 태어나 처음으로 꺼내는 목소리처럼 작고 여리고 촛불처럼 흔들렸지만, 카론은 분명히

들을 수 있었다.

"당신은 언제나 나 때문에⋯⋯."

그리고 그녀도 처음으로 보았다. 물기 어린 눈동자로 그녀를 바라보는 그의 모습을. 그런 순진하고 착한 얼굴은 처음이었다.

"다행이야. 목소리를 되찾아서 정말 다행이야."

카론은 단지 책 읽기를 좋아했던 평민 소년이었다. 검술에는 관심도 없었고 애당초 어울리는 체격도 아니었다. 그런 그가 검을 잡은 이유는 어머니의 죽음 때문이었다. 어떤 젊은 귀족이 길거리에서 과일을 팔던 카론의 어머니를 검으로 찔러 죽인 것이었다. 굳이 그 잔인한 살인에 이유가 있다면, 그 귀족이 그날 그냥 기분이 나빴고 술에 취해 있었다는 것 정도였다.

어머니를 잃은 이튿날, 그녀의 죽음에 눈물을 흘리는 사람이 이 세상에서 오직 자신밖에 없다는 사실을 알게 된 그는 울음을 멈췄다. 어떻게든 가장 높은 위치의 기사가 되어 복수하기 전까지는 어떤 일에도 슬퍼하지도 기뻐하지도 않기로 다짐했다.

시간이 흘러 그는 기사가 되었지만, 복수는 이뤄지지 못했다. 어머니를 살해했던 그 귀족은 또 다른 귀족에게 사기를 당해 전 재산을 잃고 자살한 지 오래였다.

세상에는 미워할 것들밖에 없었다. 하지만 아무리 미워하고 경멸해 봐야 바뀌는 것이라고는 아무것도 없이 오직 증오만이 켜켜이 누적되어 갔다. 어차피 복수심이란 자신의 심장을 향해 시위를 당긴 화살과 같은 것이기 때문이다. 그가 이멜렌을 만나지 않았다면 그 역시 키릭스처럼 자신에게 화살을 쐈을 것이다.

"앞으로도 계속 곁에 있어 줘. 당신에게 하고 싶은 부탁은 그것뿐이야."

카론이 그녀에게 말했다.

이 허무한 세상은 여간해서는 아무것도 잡히지 않는다. 뿌연 안개 속에서 도무지 확신할 수 없는 유혹의 목소리만 들려올 뿐이다. 이런 세상에서 이토록 또렷하고 확실하게 존재하는 소중한 사람이 있다는 사실만으로도 그는 행복했다.

> 내게 금빛과 은빛으로 짠
> 하늘의 천이 있다면,
> 어둠과 빛과 어스름으로 수놓은
> 파랗고 희뿌옇고 검은 천이 있다면,
> 그 천을 그대 발밑에 깔아드리련만
> 나는 가난하여 가진 것이 꿈뿐이라
> 내 꿈을 그대 발밑에 깔았습니다.
> 사뿐히 밟으소서. 그대 밟는 것 내 꿈이오니.

그는 한 여자의 죽음으로 들게 된 검을 한 여자를 구하면서 내려놓았다. 후회는 없었다.

2.

"유능하더군요, 카론 샤펜투스란 사람은. 제대로 한 방 먹었어요."

"후후후. 이 나라의 보물이지. 게다가 욕심이 없고 정치에도 관심이 없어서 권력자들도 좋아해. 동화에나 나올 법한 기사 아닌가?"

쇼메의 너스레에 아이히만이 농담으로 회답했다. 쇼메는 병상에서 일어나자마자 아이히만 대공과 만났다. 그러고는 뜬금없이 카론의 이름을 꺼냈다. 그러니까 니샤 왕국에서 그가 자신의 계략을 단숨에 간파한 사실을 말이다.

"은의 기사가 적이 아니길 다행이네요. 검술만큼이나 무서운 머리를 가졌더군요."

드물게도 허심탄회하게 카론을 칭찬하는 쇼메를 아이히만은 말없이 바라보기만 했다. 백발을 무색하게 만드는 다부진 체구를 가진 그 불세출의 정치가는 담배 케이스에서 굵직한 담배를 꺼내 불을 붙인 뒤에 입을 열었다.

"슬슬 본론을 말하지 그러나, 쇼메 군. 설마 세상에서 가장 잘난 자네가 갑자기 카론 군을 칭찬하지 않고는 견딜 수가 없어져서 병원을 박차고 나와 날 만나자고 했을 리도 없고."

쇼메는 방긋 웃었다. 역시 눈치가 빠르다, 라는 표정이다. 그런데도 쇼메는 또 카론을 입에 담았다.

"일반적으로 피해자가 범인이라고는 생각하지 못하는 법이니까요. 하지만 카론은 그런 선입관에 휘둘리지 않았고, 그래서 제 계략을 알아챌 수 있었던 것이지요. 이런 나라에서 썩고 있기엔 아까운 인재더군요."

"2절까지 하는 건가?"

"그런데 말입니다, 그렇게 카론의 그런 추리를 듣고 나니까 저도 하나 떠오르는 것이 있더군요. 그게 무엇이냐 하면…… 아이히만 그나이제나우 대공은 과연 누구 편이냐 하는 의문입니다."

"내가 누구 편이냐고? 너무 아파서 정신이 어떻게 된 거 아니냐."

"스승님이 제게 '공짜로' 준 고급 정보들은 아주 유용했습니다. 특히 이오타와 교황청의 움직임에 대한 세세한 정보 말입니다. 그 덕택에 쉽게 계략을 짤 수 있었고 이자벨에게 선수를 칠 수 있었지요. 네, 어제까지만 해도 선수를 쳤다고 생각했지요. 그런데 문득 궁금한 것이 떠올랐는데, 대체 대공은 그 정보는 어디서 얻었냐는 것이지요."

아이히만은 코웃음을 쳤다.

"건망증이라도 걸린 건가? 전에 말하지 않았나. 북부 콘스탄트 정보부에서 빼냈다고."

"이런, 그럼 또 한 가지 궁금증이 생기는군요. 그렇다면 어째서 그 사실을 바쉐론 국왕은 모르고 있을까요? 설마 정보부가 그 중요한 정보를 중요하지 않은 정보라고 판단해서 국왕에게 보고하지 않았던 걸까요?"

쇼메는 독수리 같은 눈매로 아이히만을 바라보며 말을 이었다.

"아니면 지금 아이히만 대공께서 거짓말을 하고 계신 걸까요."

"무슨 말을 하고 싶은 건가."

"별거 아닙니다. 단지 제게 준 정보의 출처가 어딘지 솔직하게 알려 주시면 됩니다."

"……."

아이히만은 언변의 달인답지 않게 침묵을 지켰다. 곧 쇼메가 입을 열었다.

"말할 수 없겠지요. 그건 이자벨 크리스탄센 인트라 무로스 방첩국장이 준 정보니까."

카론에게 계략을 간파당한 뒤에 쇼메 역시 떠오른 것이 있었다. 아이히만 대공은 다른 누구도 모르는 그 정보를 어디서 구해서 자신에게 알려 주었을까? 아무리 그가 뛰어난 책략가에 방대한 연줄을 지니고 있다고 해도 이런 상황에서 오직 이오타만이 가지고 있는 정보를 알고 있다는 사실은—아이히만이 이자벨의 측근과 내통하고 있거나 아니면 그 자신이 이자벨의 측근이라는 결론뿐이다.

쇼메가 말했다.

"처음에는 감히 그런 생각은 하지도 못했습니다. 당신은 베르스를 위해 평생을 몸 바친 정치가이자 저의 스승이며, 이오타에서 도망친 저를 거둬 주셨고 또한 제가 움직일 수 있도록 많은 정보를 알려 준 분이니까요. 그런 가장 믿을 만한 조력자가 첩자라고는 아무래도 의심하기 어렵지요. 하지만 바꿔서 생각해 보면 당신만큼 첩자일 때 치명적인 위력을 발휘하는 사람이 또 있을까요. 당신은 언제나 마술처럼 알아내는 정보들을 우리에게 제공하고 있지요. 우리 모두가 당신에게 정보를 의지하고 있습니다."

"내 마술이 불쾌했나?"

"아닙니다. 하지만 관객의 입장에서는 마술사의 비밀이 궁금하기 마련이지요. 개인적으로 그 신기한 마술의 비법은 바로 이자벨이라고 생각합니다. 또한 그게 사실이라면 지금까지 우리들은 우리들도 모르게 이자벨의 각본대로 움직여 준 셈이지요. 제가 틀렸습니까?"

"이런, 이런. 오로지 불유쾌한 추측들뿐이로군. 부모를 잃은 슬픔이 지나쳐 머리가 어떻게 된 거 아니냐? 설령 그 망상이 사실이라고 하더라도 증거 없는 추리란 감상에 빠진 시 나부랭이처럼 아무런 의미도 없다고 내가 가르쳐 주지 않았던가?"

"그렇다면 정보의 출처를 알려 주시기 바랍니다."

"……."

"그걸 대답 못 하는 게 바로 증거입니다."

"흥. 존경심을 모르는 제자로군."

"먼저 존경받을 가치가 있는 스승이 되어 주시기 바랍니다."

쇼메는 차갑게 대꾸하며 품속에서 총을 꺼내 테이블에 내려놓았다.

"만약 제가 이자벨의 첩자였다면, 그때 저를 카론이 어떻게 했을 것 같습니까. 그리고 당신이 이자벨의 첩자라면, 지금 제가 당신을 어떻게 할 것 같습니까. 참 쉬운 질문입니다."

쇼메에게 있어서 아이히만은 언제나 믿을 수 있는 사람이었다. 존경하는 스승에게 배반당하는 경우는 생각하지 못했다. 아무리 비상한 머리를 가진 쇼메라도 그것만큼은 감히 예상하지도 못했다. 그런데 정말 아이히만이 첩자라면.

"전 당신을 죽일 수밖에 없습니다."

라고 말하는 쇼메의 두 눈에는 부모를 잃었을 때도 드러내지 않았던 섬뜩한 분노가 맺혀 있었다.

쇼메는 누굴 좋아하지도 미워하지도 않는다. 그의 메마른 유년기는 그가 아무에게도 정을 주지 못하도록 만들었고, 그렇기 때문에 배신하고 배신당하는 일에 일일이 유감 따위 두지 않는다.

하지만 그런 쇼메에게도 아이히만 대공만큼은 예외였다. 그가 아니었으면 자신은 단지 마라넬로 황제의 손아귀를 벗어나지 못하는 비참한 볼모로 남았을 테니까. 상처투성이의 소년을 이자벨이 위협을 느낄 만한 차기 이오타 국왕의 재목으로 키운 자가 바로 아이히만이었다.

그런 그가 실은 자신을 마음껏 이용하기 위해 사육했던 것뿐이라는 사실은 쇼메의 마음을 찢어 놓기에 충분했던 것이다.

담배 연기와 함께 나온 아이히만의 대답은 무겁고 건조했다.

"그래, 사과하지. 난 이자벨의 첩자라네. 그럼 이제 어쩔 텐가. 스승을 쏠 텐가?"

"대공!"

"아니면······."

아이히만은 순은 재떨이에 암회색 담뱃재를 털었다. 그렇게 팔을 뻗은 그가 일순간 쇼메의 손목을 잡아챘다. 쇼메의 첫 번째 실수는 적을 앞에 두고 제대로 총구를 겨누지 않았다는 것이고 두 번째 실수는 당당한 체구를 가진 아이히만의 완력을 과소평가했다는 것이며 세 번째 실수는······.

아이히만이 잡아챈 쇼메의 팔을 꺾어 그의 등 뒤로 돌며 말했다. 이미 쇼메의 총은 아이히만의 손에 들려 있었다.

"정체가 발각된 첩자가 순순히 잡히는 경우를 본 적 있나?"

아이히만이 쇼메의 머리에 총구를 겨눴다. 그가 부러질 정도로 팔을 뒤로 꺾자 미처 아물지 않은 쇼메의 상처에서 피가 터졌다. 분명 기절할 정도의 통증인데도 쇼메는 입을 꽉 다문 채 죽여 버릴 것 같은 눈매로 자신의 스승을 노려볼 뿐이었다. 이 쇼메답지 않은 실수 역시 끝까지 아이히만을 첩자라고 믿기 싫은 마음의 빈틈 때문이었다.

"쇼메 군, 자넨 여전히 감상적이야. 내가 그렇게 가르쳤는데······ 복습하지. 다시 한 번 첩보의 기본을 알려 주겠네. 상대가 첩자라는 것을 알았다면 입을 다물고 철저하게 역이용해야 하네. 이렇게 계집애처럼 대놓고 원망해도 상대는 결코 참회의 눈물을 흘리지 않아, 이 어리석은 애송이.”

“스승을 믿은 것이 그렇게 큰 잘못입니까!”

찢어지게 외치는 쇼메의 목소리는 분노가 아닌 괴로움이었다. 하지만 아이히만은 강철을 녹인 피가 흐르는 인간이었다.

“인간적인 마음이란 때에 따라서는 죽어 마땅한 잘못이 되기도 한다네. 특히 전쟁에선.”

무서울 정도로 담담하게 쇼메의 입을 막은 아이히만은 권총의 격철(擊鐵)을 당겼다.

“그러고 보니 사격술도 내가 가르쳐 줬군.”

‘찰칵!’ 하는 장전음이 접견실을 울렸다. 분명 쇼메는 모두가 자신을 믿게 만들되 자신은 누구도 믿어서는 안 되는 위치다. 그러나 지금 이 상황이 그 사실을 가르쳐 준 사람을 믿은 것에 대한 당연한 죗값이라 평가한다면, 그것은 너무도 가혹한 처사였다.

“그래, 당신 말이 전적으로 옳아.”

쇼메가 중얼거렸다.

“이번 달에만 두 번 배신당했어. 밥벌레 무지렁이도 이 정도는 아니야. 내가 사람 보는 눈이 이것밖에 안 된다면 베르스 녀석들에게 더 피해 주기 전에 죽는 편이 낫지. 그러니까 어서 죽여. 미워하지도 원망하지도 않을 테니까.”

아이히만은 말없이 제자의 눈동자를 바라봤다. 처음 볼모로 잡혀 있을 때 봤던 그 공허한 눈동자, 부모와 왕국 모두에게 버림받아 원망하는 것조차 진력이 난 지친 눈동자였다.

그가 처음 쇼메를 제자로 택한 것도 그 눈 때문이었다. 그것은 뭔가를 채워 넣어 주지 않으면 미안할 정도로 텅 빈 구멍이었다.

아이히만이 장전을 풀며 말했다.

"정말 제대로 배운 게 하나도 없는 녀석이야. 내가 그렇게 빨리 포기해도 좋다고 가르쳤나?"

"또 무슨 꿍꿍이야."

"스승을 대하는 말버릇부터 고쳐라, 고얀 놈."

그 말과 함께 아이히만은 쇼메의 꺾은 팔을 느슨하게 풀어 주었다.

"일단 내가 첩자라는 걸 알아낸 건 칭찬해 주마. 하지만 언제라도 베르스를 전복시킬 수 있는 첩자가 어째서 아직까지도 너희들을 도와주고 있는지는 궁금하지 않던가?"

"……."

평생을 온갖 권모술수를 부리며 살아온 아이히만의 시커먼 속을 어떻게 알겠냐마는, 분명 그는 언제라도 쇼메를 납치하거나 죽일 수 있었고 원한다면 베르스 전체를 이자벨의 손에 쥐어 줄 수 있는 힘이 능히 있는 자였다.

쇼메는 분명 어떤 이유가 있어서 그러지 않는 것이라고 생각했지만, 그 '어떤 이유'가 무엇인지까지는 추리해 보지 않았다.

솔직히 스승이 자신을 배반했다는 사실에 감정적이 된 탓이었다.

순간 그 '이유'가 떠오른 쇼메의 표정이 바뀌었다. 아이히만의 속을 알아챈 그는 깜짝 놀랄 수밖에 없었다. 만약 쇼메의 예상이 맞는다면 아이히만은 엄청난 도박을 하고 있는 셈이었다.

"서, 설마 당신!"

"쇼메 군. 난 태어나서 남에게 단 한 번도 부탁을 해 본 적이 없어. 지금도 부탁이 아니야. 자네의 그 눈을 다시 한 번 믿어 보게. 과연 내가 첩자라는 사실을 모른 척 넘어가는 것이 득이 될지 아니면 독이 될지, 판단해 보게나."

하지만 쇼메는 벼랑 끝에서 던져진 아이히만의 밧줄을 밀쳐 버렸다. 이 판국에 뭘 믿고 뭘 판단한단 말인가.

"제 머리에 총을 겨누고 꺼낼 말은 아닌 것 같군요."

그러자 아이히만은 놀랍게도 들고 있던 총을 다시 테이블에 내려놓았다. 쇼메의 팔도 풀어 주었다. 하지만 쇼메는 구석에 몰린 맹수처럼 계속 아이히만을 사납게 노려보았다.

아이히만은 노구를 움직인 것이 부담되는지 어깨를 휘휘 돌리며 말했다.

"이제 좀 공정해졌나?"

"흥. 고마워서 몸 둘 바를 모르겠군요. 처음부터 끝까지 제멋대로인 노친네…… 으아악!"

아이히만이 무뚝뚝하게 다시 쇼메의 팔을 잡아 꺾었다.

"쇼메 군. 왕자에겐 왕자에게 어울리는 말투가 있다네."

"이, 이것 좀 놔요! 으윽!"

성질 나쁘기로 따지면 연륜으로 보나 내공으로 보나 아이히만이 한 수 위였다. 항복을 선언한 제자를 풀어준 아이히만은 그야말로 '대공의 말투'로 점잖게 입을 열었다.

"쇼메 왕자여, 선택하시게. 마지막의 마지막까지 나를 믿고 입을 다물 것인지, 아니면 그 총으로 날 쏠 것인지. 이게 자네에게 내주는 마지막 과제네."

쇼메는 한동안 자신의 스승을 바라봤다. 그가 이자벨의 첩자인 것만큼은 확실하다. 그러나 자신을 죽이기는커녕 총을 돌려주었다. 하지만 어쩌면 이것조차 음흉한 계략의 일부일 수 있다. 아닐 수도 있다. 그 어느 쪽도 가능성이 있었다.

그는 마지막 카드 한 장을 남겨 놓고 모든 판돈을 걸어야 하는 상황에 놓인 도박사처럼 아이히만이라는 존재에 대해 철저하게 계산했다. 만약 죽이는 게 옳다는 결론이 난다면 주저 없이 방아쇠를 당기리라 마음먹었다.

잠시 후 계산을 마친 그는 총을 집어 들었다. 그리고 자신의 품속에 넣었다.

"좋습니다. 대공을 믿도록 하지요."

"그쪽인가? 후후. 과연 어떻게 될지."

"하지만 이제 당신은 제 스승이 아닙니다."

사제 관계를 끊는 쇼메의 말투는 단호했다. 하지만 아이히만은 그 발칙한 반항에 도리어 즐거워했다.

"어미는 새끼가 자기 품을 완전히 떠나는 모습을 볼 때 가장 대견해한다지. 그래, 우리의 인연은 끝났네. 그리고 이것으로 내 수업도 끝나네."

아이히만은 그의 멋진 정장을 점잖게 다듬으며 밖으로 향했다. 그러다가 문득 무슨 생각이 났는지 발걸음을 멈추고 물었다.

"그런데 한 가지 궁금한 것이 있는데, 내가 준 정보의 출처가 북부 콘스탄트 정보부가 아니라는 것을 어떻게 알았나? 그쪽에서 자네에게 친절하게 대답해 줬을 거라고는 생각하지 않네만."

"정말 모르시겠습니까?"

"모르겠군."

쇼메는 대답 대신 이제야 저 철벽같은 늙은이를 이겼다는 시건방진 미소를 보이며 아이히만을 바라보기만 했다. 잠시 후 아이히만의 표정이 흐려졌다.

"그거였나. 하찮은 잔재주에 당했구먼."

그는 쓴웃음을 지으며 접견실을 빠져나갔다.

아이히만의 말마따나 북부 콘스탄트가 쇼메에게 자신들의 정보를 까놓을 리가 없다. 그런데 쇼메는 어떻게 알았을까. 실은 알지 못했다. 단지 '찔러 본' 것이었다. 그런 유도심문이란 닳고 닳아서 이제는 쓰기도 창피한 잔재주지만, 그렇기 때문에 때로는 고수에게도 통하는 법이다.

접견실을 떠난 아이히만은 문득 담배 케이스를 놓고 왔다는 것을 알았다. 역시 늙은 탓일까, 칠칠치 못하다고 생각했다. 은퇴해도 좋을 정도로 말이다. 다시 들어가 가져올까 하다가 그냥 행정부 집무실로 발걸음을 옮겼다.

'쇼메 군. 자넨 이런 날 이해할 테지. 어쩌면 앞으로 나와 같은 인생을 살아갈지도 몰라. 하지만 키스 녀석만큼은 영원히 날 미워하겠지. 설령 내가 이 세상 모든 사람을 구해 낸다고 해도 그 녀석은 절대 나를 용서하지 않을 거야. 어차피 악당의 인생에 남는 것이란 아쉬움뿐이라지만, 솔직히 그것만큼은 좀 섭섭하군.'

그는 복도를 걸었다. 거인의 퇴장이었다.

3.

키스는 나무에 기대어 있었다. 기대지 않으면 쓰러질 것만 같았다. 해가 떨어진 목초지는 남(藍)으로 충만했고 풀도 땅도 방목 양도 모조리 쪽빛이었다. 꼭 가난한 화가가 부족한 물감만으로 그려낸 풍경화처럼 이것도 저것도 제 색깔이라고는 하나도 없었다. 내일이 와도 원래 색으로 돌아가지 않을 것 같았다.

키스는 고개를 들어 별들의 천정(天頂)을 바라봤다. 이른 별들이 점멸하고 있었다. 만약 자신에게 마법의 붓이 있다면 스스로 기준점이 되어 이 세상을 영원히 멈추게 만드는 불변의 자오선

(子午線)을 하늘 위에 그리고 싶었다.

하지만 시간은 무심히 흐르는 것이고 그래서 영원한 것은 아무것도 없다. 그는 천천히 시선을 내려 앞을 바라봤다.

"와아. 날 기다려 주고 있었던 거야, 키스 세자르 씨?"

"이러다 바람 맞는 건 아닐까 걱정했습니다."

키스 앞에 나타난 사내는 마치 거울 같았다. 밝게 물들인 키스의 금발만 아니었다면 누가 가짜이고 진짜인지 아무도 구분할 수 없을 정도로 똑같았다. 인공의 냄새가 물씬 풍겨왔다.

키릭스가 말했다.

"궁금해 죽겠어. 카론이 날 죽이지 않은 이유는 나 때문일까, 너 때문일까?"

"모르죠. 하지만 나 때문이었다면 견딜 수 없을 겁니다."

"또 궁금한 게 있는데. 어째서 넌 지켜보고 있으면서도 도와주지 않았지?"

"견딜 수 없었기 때문이지요."

키스에게 있어서 키릭스를 죽이거나 혹은 죽는 것 자체는 두렵지 않다. 오히려 원하던 바. 하지만 자신의 죽음을 전력으로 막아 주는 자에게 죽음으로 보답할 수는 없었다. 그것만큼은 견딜 수가 없었다.

순간 섬광처럼 뽑힌 키릭스의 송곳니가 키스를 찢었다. 검조차 뽑지 않은 키스는 담담하게 말했다.

"성격 많이 너그러워지셨군요. 키릭스 세자르는 마음에 안 드는 건 주저 없이 베어 버리는 사람 아니었습니까?"

그렇게 말하는 키스의 얼굴을 타고 핏물이 흘렀다. 키릭스의 검 끝이 수려한 키스의 얼굴을 사선으로 할퀸 것이다. 깊게 패인 그 상처는 영원한 흉터로 남겠지만 적어도 목숨을 해칠 정도는 아니었다.

키스는 칼끝에 뭉친 핏방울을 털며 조롱 섞인 미소를 보였다.

"네 얼굴을 보고 있으면 나도 누가 진짠지 헷갈려서 그렇게라도 구분을 해 놓으려고."

"편리하네요. 진작 이러지 그랬습니까."

키스는 눈을 감기는 핏줄기를 닦았다. 키릭스는 흥이 깨진 표정이었다. 마치 자신을 죽이라고 가슴을 들이대는 것 같지 않은가. 인형을 찔러 봤자 솜털만 휘날린다. 즐거울 리가 없었다. 그래서 그의 가장 소중한 부분을 건드리기로 했다.

"베아트리체가 지금 어디에 있는지 알아?"

순간 키스의 눈빛이 흔들렸다.

"이자벨 옆에 있어."

키스의 마음이 커다란 진동을 울리며 흔들렸다. 다시 키릭스가 칼을 휘둘렀을 때 키스는 검을 뽑아 그것을 막고 있었다.

"와아. 당장이라도 만나고 싶어 하는 눈빛이네? 착하기도 해라."

"거짓말하지 마! 네놈들이 그녀를 찾았을 리가 없어!"

커다랗게 소리치는 키스의 눈동자가 떨리고 있었다. 키릭스는 그제야 만족스럽게 웃었다.

"거짓말인지 아닌지는 직접 확인해 보면 알 수 있잖아?"

그 말과 함께 키릭스가 키스를 몰아붙였다. 평정을 잃은 키스의 균형은 손쉽게 깨졌고 동시에 두 자루의 검이 그를 덮쳤다. 새파란 불꽃이 터지며 키스의 검이 유리 조각처럼 깨졌다. 충격을 이기지 못한 키스의 몸이 튕겨 나가 흙바닥을 굴렀다.

키릭스는 얼마든지 키스에게 최후의 일격을 먹일 수 있었지만 그러지 않았다. 이런 곳에서 편하게 죽는 것은 너무 과분하다고 생각했다. 좀 더 절망에 빠트릴 필요가 있었다.

"키스. 더 재미있는 사실 알려 줄까?"

키스는 분노에 얼룩진 눈동자로 키릭스를 노려보며 몸을 일으켰다.

"베아트리체 말이지, 정신이 완전히 붕괴되었어. 이자벨이 그 여자 머릿속에 자철광(磁鐵鑛)을 심었거든. 그 장치가 그나마 남아 있던 정신을 부숴 버렸어. 이제는 너도 알아보지 못해. 그냥 인형이더라고."

"닥쳐! 그런 말에 속지 않아!"

하지만 키스의 목소리는 분명히 떨리고 있었다. 천연 자석이 뇌에 무슨 영향을 주는지는 모른다. 이자벨이 정말로 베아트리체의 머리를 절개하고 그런 알 수 없는 장치를 집어넣었는지도 알 수 없다. 미레일이 애써 숨겨 준 그녀를 인코그니토가 다시 찾았는지조차 직접 확인하지 않는 이상 믿을 수 없다. 모두 다 키릭스가 꺼낸 말일 뿐이니까.

'그럴 리가 없어. 베아트리체를 찾았을 리가……'

하지만 단지 그 '가능성'만으로도 키스를 흔들어 놓기에는 충분했다. 키스마저도 베아트리체가 숨어 있는 곳은 모른다. 또한 유일하게 알고 있던 미레일은 이미 죽었다. 그러니 확인하기 위해서는 직접 이자벨에게 돌아가는 수밖에 없었다.

키릭스는 그것을 원했다. 베아트리체를 구하려고 찾아온 키스를 마음껏 조롱하며 죽이고 싶었다. 더 이상 원래의 모습으로는 돌아갈 수 없는 부서진 영혼을 공유하는 자신들에게 그 이상으로 어울리는 파멸은 없다고 생각했다.

"빨리 와야 해. 기다리고 있을게."

그들은 똑같은 눈동자로 서로를 바라봤다.

4.

카론은 홀로 누워 있었다. 임시 병상이 된 침실 문에는 '절대 안정'이라는 푯말이 붙어 있었다. 한 팔로 이멜렌을 안고 별장까지 온 그는 정신을 잃었고, 다시 눈을 떴을 때 그를 반긴 것은 진통제가 억누른 희뿌연 통증과 익숙한 암흑이었다. 시력을 잃은 탓이다. 또 며칠간 눈은 그 기능을 상실할 것이다.

"……"

팔을 잃은 사람은 한동안 없어진 팔이 계속 붙어 있다는 착각을 느낀다는 말을 들었을 때, 카론은 그 말을 이해하지 못했다. 하지만 이렇게 겪고 나니까(게다가 당분간 눈까지 보이질 않으니) 자신이 더 이상 검을 잡을 수 없는 몸이 되었다는 사실을 실감하기 힘들었다.

평생 일하던 직장을 은퇴한 이튿날이 이런 기분일까, 육체적 고통에는 익숙한 그는 보통 사람이었다면 당장이라도 시녀를 불러 진통제를 더 달라고 고함칠 아픔마저도 차분하게 받아들이며 눈을 감고 생각에 잠겼다. 격한 통증을 참아내는 그 이지적인 이목구비는 식은땀에 젖어 있었지만 일그러지기는커녕 도도할 정도로 반듯했다. 그런 사람이었다.

잠시 후 의사가 들어왔다. 소식을 듣고 단숨에 왕궁에서 달려온 왕실 주치의였다.

"카론 군. 참을 만한가?"

"제 아내는 괜찮습니까?"

늙은 의사는 혀를 찼다. 기가 질린 첫 번째 이유는 팔까지 잘린 주제에 그 목소리가 여느 때처럼 맑다는 것, 두 번째는 가장 첫마디로 이멜렌을 찾았다는 것이다. 수많은 환자를 만나 봤지만 이렇게 얄미울 정도로 침착한 사람도 없었다.

"이멜렌 양은 지혈을 마치고 지금은 잠들어 있네. 워낙 몸이 여려서 고열에 시달리고는 있지만, 그것도 오늘 밤 안에 회복될 거야. 장검에 찔려 그 정도면 기적이나 다름없는 걸세."

사실 왕실 기사나 그의 부인을 '군'이니 '양'이니 호칭해서야 안 되겠지만, 국왕과 아이히만 같은 사람들을 모시는 의사다 보니까 그 이상의 존대는 도리어 어색했다. 게다가 노의사의 눈으로 보기에 둘은 여전히 소년 소녀들이었던 것이다. 어려 보이는 외모 때문만이 아니라 권력이 아닌 무언가에 집중하는 그 모습이 그랬다.

　카론은 눈을 감은 채 잠자코 듣기만 했다. 그런 그가 돌연 방긋 웃으며 대답했다.

　"목소리가 돌아왔습니다."

　"뭐?"

　"그녀가 말을 하게 되었습니다."

　"이것 참……."

　주치의는 찡그린 얼굴로 머리를 긁적거렸다. 물론 그녀의 목소리가 돌아온 것은 기적 같은 선물이지만, 덕분에 팔까지 잃은 사람이 뭘 그렇게 기뻐하고 앉았단 말인가!

　그는 쏟아내고 싶은 말이 산처럼 쌓여 있었다. 보게, 내 경고를 마이동풍으로 듣다가 이 꼴을 당하니까 기분이 찢어지게 좋은가? 자넬 보고 있으면 또 무슨 사고를 칠까 겁나서 심장이 내려앉을 것 같아! 이러다 시력까지 영원히 잃는 수가 있어!

　카론의 눈이 보이지 않는다는 것을 알고 있는 주치의는 마구 인상을 쓰며 소리 없이 투덜거렸지만, 곧 평온한 그의 표정을 보며 입을 다물었다. 그건 의사가 보기에 가장 이상적인 환자의 얼굴이었다.

그런 행복한 사람한테 '당신은 내 말을 따르지 않아서 그 꼴이 된 거야!' 라고 소리쳐 봐야 자기 입만 아플 것이 뻔했다. 게다가 더 이상은 검을 잡을 일도 부상을 당할 일도 없다는 것을 알았다. 그가 말했던 '은퇴'가 바로 지금이라는 것을 알 수 있었다.

"그래. 이멜렌 양이 목소리를 되찾아 정말로 다행이로군. 적어도 의학으로는 할 수 없는 일이지. 수고했네."

결국 주치의는 이 세상 제멋대로 사는 젊은이에게 역정을 내기는커녕 엉뚱한 소리를 하고는 한숨을 내쉬었다. 그는 자신의 반생도 살지 않은 어린 기사에게 묘한 질투심을 느꼈고 또 한편으로는 '내 자식 아니길 다행이지' 라는 안도감도 느꼈다. 그는 이멜렌의 상태를 보러 가겠다는 말을 남기고 촛불을 끈 뒤 방을 나섰다.

간간이 들려오던 밤부엉이 소리도 잦아든 병상은 그야말로 고요했다. 카론은 조금 고개를 돌려 하얀 베갯잇에 뺨을 묻으며 잠을 청했다.

상처가 아무는 대로 긴 머리를 잘라야겠다고 생각했다. 아무에게도 말하지 않았지만 카론이 견습 기사 시절부터 머리칼을 기른 이유는, 자신의 뽀얗고 가느다란 목덜미를 감추고 싶기 때문이었다. 어려서부터 부지런히 단련한 몸이라서 엔디미온처럼 '여자로 착각할 정도' 는 분명 아니지만, 검술로 먹고 사는 기사의 것이라고 하기에는 가느다란 편이라 그걸 드러내 적에게 얕 잡혀 보이는 것이 싫었다(물론 머리를 기르면 기르는 대로 생겼던 문제도 얼마든지 있었다).

그런데 이제는 잘라 버리기로 했다. 그리고 기왕이면 이멜렌 이 잘라 주면 더 좋겠다는 느긋한 생각을 하고 있을 즈음 복도를 밟는 소리가 들려왔다.

아무리 다시는 검을 잡을 수 없다고 해도 카론의 청각은 정교 한 기계처럼 민감해서, 나무 복도가 삐걱거리는 희미한 소리만 으로도 자신의 방으로 다가오는 자의 정체는 예의 의사가 아니 며 150파운드에서 180파운드 사이의 몸무게에 크고 발달된 몸 을 가진 왼손잡이라는 것을 알 수 있었다.

'어쨌든 암살자는 아닐 테지만.'

평소 같으면 곧바로 검을 들고 기척을 숨겼겠지만—지금의 자 신에게 찾아올 킬러 따위는 없다. 아니, 설령 킬러라고 하더라도 이런 몸으로는 어찌할 방도도 없지 않은가? 게다가 카론은 그 체격 조건에 딱 맞는 사람을 두 명이나 알고 있었다. 그중 하나 일 것이다.

소리 없이 문이 열리자 카론이 눈을 감은 채 말했다.

"키스."

"정답입니다아."

평소였다면 오밤중에 남의 침실에 불쑥 찾아온 키스에게 '나 가! 나가!'라는 고성으로 반응했겠지만, 지금은 서로 아무런 말도 없었다. 카론은 자신이 키릭스와 싸울 때 키스가 근처에 있었다는 것을 직감적으로 알고 있었다. 그리고 도와주지 않은 이유도 알고 있었고 지금 자신을 찾아온 이유도 알 수 있었다.

어둠 속에 서 있는 키스가 말했다.

"꼴 좋습니다아."

만약 카론의 시력이 정상이었다면 그런 말은 하지 않았을 것이다. 지금 키스의 얼굴도 상처를 감싼 붕대에 감겨 있었다.

키스의 조롱에 코웃음을 친 카론은 거의 십여 분이나 입을 다물었다. 묘한 정적의 대화였다. 그런 그가 이윽고 입을 열었다.

"키스. 난 사라졌던 네가 갑자기 왕실로 돌아왔을 때, 그래서 '당신이 바로 카론이란 사람이로군요'라고 말했을 때…… 넌 내가 짊어져야 할 업이라고 생각했다."

"맙소사. 그런 고약한 생각을 했단 말입니까?"

"업이란…… 이루지 못할 꿈을 이룬 것에 대한 대가야. 그것은 피하거나 부정한다고 사라지지 않아. 진심으로 받아들이지 않으면 영원히 사라지지 않은 채 끝없이 마음 한구석을 불태워."

만약 키릭스가 없었다면 카론은 은의 기사가 되지 못했을 것이다. 또한 카론이 없었다면 키스는 세상 모두와 단절되어 소멸했을 것이다. 그 모든 것이 사슬처럼 연결된 업의 연속이다.

그리고 이제 키스에게 남은 일은 키릭스를 잠재워 자신들을 둘러싼 업의 고리를 아무것도 없었던 처음으로 되돌리는 것이다. 그것이 올바른 인간관계의 끝맺음이다.

"그러니까 아무것도 미안해할 것 없어. 내가 시작한 일을 내가 끝마친 것뿐이니까."

그렇게 말한 카론은 키스에게 추호의 원망도 없었다. 키스를 받아들인 것, 키릭스와 결별한 것, 그 대가로 팔을 잃은 것, 그 모든 것이 다른 누구도 아닌 자신을 위한 선택이었다.

그 마음의 온기를 느낀 키스는 고개를 숙이며 떨리는 목소리로 말했다.

"지금 당신 눈이 안 보여서 다행이에요. 제가 우는 모습을 보여 주고 싶지 않……."

"거짓말."

"아, 아니 진짠데."

"속일 생각 하지 마. 너 지금 웃고 있지?"

웃고 있었다. 뭐랄까, 분명 카론이 꺼낸 말은 제법 감동적이었지만 그것도 그럴 듯한 표정으로 했어야 멋지지, 첫사랑 고백하는 어린애처럼 빨개진 얼굴로 두 눈까지 감고 말하는 모습을 보고 있자니 산전수전 다 겪은 키스로서는 안 웃을 수가 없었다. 그걸 눈치챈 카론이 바락 소리를 질렀다.

"남이 진지하게 말하면 반의반 정도는 진지하게 받아들이란 말이야!"

"……애늙은이."

"닥쳐! 난 어렵게 속에 있는 말을 꺼냈는데!"

카론은 '그래, 됐어. 난 어차피 재미도 없는 애늙은이니까!' 라고 쏘아붙이며 고개를 돌렸다. 결국 키스는 웃음을 터트리고 말았다.

'바보로구나. 그 말을 받아들이면 난 정말 나쁜 놈이 되는 건데.'

키스는 어쩔 수 없는 사람이라는 듯 고개를 저으며 벽에 기댔다. 모두 내가 원해서 선택한 거니까 넌 조금도 신경 쓸 것 없어, 라는 말만큼 사람 미안하게 만드는 소리가 또 있을까. 참 잔인한 말이다.

키스는 자신이 꽤 뻔뻔한 인간인 건 사실이지만 그걸 당연하게 받아들일 만큼 철면피는 아니라고 생각했다. 그러고는 그의 상처 입은 몸을 바라보며 쓰린 웃음을 보였다.

"이렇게 가슴 아플 줄 알았으면 처음부터 당신을 만나지 않았을 텐데."

"그래도 악연은 아니야. 분명히."

키스는 고개를 끄덕였다. 악연일 리가 없다. 도리어 과분했다. 시시한 인연은 결코 상처 주지 않는다. 하지만 소중한 인연이기 때문에 그것을 끝내야 할 때 마음이 쓰라린 것이다. 지금 카론의 눈이 보이지 않아서 정말 다행이라고 키스는 생각했다.

키스가 미소 지으며 말했다.

"그럼 이별입니다, 카론. 그녀와 함께 영원히 행복하길."

키스는 그렇게 떠났다. 카론은 멀어지는 키스의 발걸음을 못

들은 척 머리를 돌렸다.

그는 키스가 왜 떠나는지 알고 있었다. 다시 돌아오지 않는다는 것도 알고 있었다. 그리고 잡을 수 없다는 것도 알고 있었다. 이별을 고하는 그에게 어떤 말도 할 수 없었다. 한 마디라도 꺼내면 그때는 정말로 견딜 수 없을 것 같았다.

'고마웠어.'

카론은 끝내 입 밖으로 나오지 못한 작별의 인사를 마음속으로 되뇌었다.

5.

키릭스에게 있어서 키스란 몸속에서 떼어낸 종양 같은 존재다. 자기 일부라는 것을 인정하기 싫지만 인정할 수밖에 없는 것. 하지만 바꿔 말하면 키스 역시 키릭스를 그렇게 볼 수밖에 없었다. 서로를 증오할 명분은 충분했다.

"그런데 저건 또 뭐야."

키릭스는 자신을 기다리고 있는 라이오라의 '상태'를 보며 중얼거렸다.

그는 떨떠름한 얼굴로 라이오라에게 다가갔다. 아무리 충성심을 기대할 수 없는 부하라지만 자신을 돕기는커녕 이런 데서 이해할 수 없는 짓거리나 하고 있단 말인가.

"이도 저도 안 되니까 자연의 친구라도 되어 보려는 거냐?"

그루터기에 걸터앉아 있는 라이오라의 어깨에는 작은 새 한 마리가 앉아 있었다. 생김새로 봐서는 야생 문조쯤 되어 보였다. 밀밭에 뛰어들다 그물망에 걸렸는지 아니면 독수리 부리에 찍혔는지 어쨌든 날개가 부러진 그 새는 어미라도 대하는 양 라이오라의 창백한 목덜미에 파고들기 위해 파닥거리고 있었다. 필사적이었다.

키릭스가 카론과 죽도록 싸우든 말든, 키스를 죽이든 말든 찾아와 보지도 않은 라이오라는 태연하게 대답했다.

"오셨습니까."

키릭스는 전에는 몰랐는데 자신의 검술 선생이 실은 엄청 뻔뻔하다는 것을 느꼈다. 그는 라이오라에게서 떨어질 줄 모르는 작은 새를 바라봤다.

"그 넋 나간 새는 뭐야. 새로 사귄 숲의 친구?"

"글쎄요. 멋대로 와서 이러고 있습니다만."

키릭스는 코웃음을 쳤다. 조금만 더 살면 자그마치 5세기를 생존하게 되는 전대미문의 괴물과 체온도 없는 그의 차가운 몸을 어미로 착각해서 달려드는 얼빠진 새끼 문조라니. 더없이 어울리는 한 쌍이구나, 라고 키릭스는 기가 차서 빈정거렸다.

"이 녀석에게 저는 고목으로 보였을 겁니다."

라이오라는 새를 조심스럽게 집어 들며 말했다. 어쩌면 그 문조는 춥고 습한 밤공기를 피해 몸을 숨길 나무 구멍을 찾다 라이오라를 발견한 것인지도 모른다. 이미 죽었기 때문에 결코 죽지 않는다는 아이러니를 가진 라이오라에게 고목(枯木)은 제법 어울리는 비유였다.

라이오라가 문득 생각이 난 듯 말했다.

"오백 년 가까운 긴 시간 동안 사람들이 변함없이 해 왔던 말이 뭔지 아십니까?"

"옛날이 좋았지."

"…….."

"틀렸어?"

"아니, 그 말도 있긴 있었습니다만…… 영원히 살 수 있다면 행복할 거라는 말은 변치 않고 들어 왔습니다. 사람들은 항상 제가 영생을 얻어서 행복하겠다고 말했지요."

"원래 인기 없는 남자가 남의 여자보고 이러쿵저러쿵 평이 많은 법이지."

그건 분명 아주 오래된 테마였다. 고대 유적 벽화에서도 영생을 찬양하는 그 시답잖은 글귀를 어렵잖게 발견할 수 있을 정도로 말이다. 그것은 또한 인간이 얼마나 발전 없는 존재인지 증명하는 헛소리기도 했다.

"그래서 지금 행복하신가?"

키릭스의 웃음은 자조였다. 영생(永生)의 라이오라와 단생(短生)의 키릭스 사이에는 '불행'이라는 부정할 수 없는 공통점이 있었다.

"하여튼 인간의 고뇌는 모조리 시간 때문이라니까. 너무 오래 살든가, 아니면 너무 빨리 죽든가. 모든 인간의 수명이 똑같다면, 가령 왕이든 거지든 모든 인간이 무조건 50년만 살다 죽도록 하늘이 정했다면 인간의 근심은 절반 이하로 줄었을 거야."

키릭스는 그렇게 말하고는 몸을 숙여 라이오라의 손에 담겨 있는 새를 바라봤다. 날개가 부러져 어차피 곧 죽을 운명이었다. 그런데도 그 새는 이제야 자기 공간을 찾았다는 듯 만족스럽게 몸을 부비며 손바닥을 부리로 콕콕 쪼고 있었다. 키릭스는 그 모습이 어쩐지 자신과 닮았다는 생각을 했다.

"헤에. 널 좋아하는 거 같네?"

라이오라는 그 새를 천천히 두 손으로 감쌌다. 손가락 사이로 엷은 빛이 흘렀다. 그리고 그가 다시 손을 폈을 때 그 안에 담겨 있는 것은 한 줌의 재였다.

라이오라는 말없이 하늘로 그 재를 날렸다. 바람에 날리는 먼지를 바라보며 키릭스가 말했다.

"행복해졌군."

"오밤중에 이런 데서 연애질이라도 하냐? 이 자식들아."

라는 불쾌한 목소리의 주인공은 대부분 합법적인 직업인이 아니다. 불량배라든가 도적 혹은 강도 같은 부류 말이다. 지금 라이오라와 키릭스를 에워싸는 여덟 명의 남자들도 전혀 건실한 사람들로는 보이지 않았다.

그들은 얼굴만으로도 귀공자 티가 나는 키릭스와 몹시 고급스러워 보이는 옷을 입은 라이오라를 보고는 만족스럽게 웃었다. 물론 불행한 사실은 그 고급스러운 옷이 실은 프론티어 뱅가드의 리더만 입을 수 있는 제복이라는 걸 모르고 있다는 것이리라.

"흐흐. 꽤 있어 보이는 놈들이잖아? 니놈들 납치하면 니들 애비가 돈 좀 주려나?"

키릭스는 깔깔 웃으며 대꾸했다.

"미안하지만 이 금발 남자의 아버지는 수백 년 전에 죽었고 내 아버지는 얼마 전 내가 죽였기 때문에 돈 받긴 힘들 거야."

"……."

강도들은 방긋 웃는 키릭스를 멍청한 표정으로 바라보다가 정신을 차리고 쌍심지를 켰다.

"이게 실성했나! 어디서 헛소리를! 달랑 칼 두 자루로 우릴 상대하겠다는 거야, 뭐야!"

"미안하지만 세 자룬데? 난 두 개 쓰거든."

"아무튼!"

'대체 뭐하는 놈들이야!' 하는 분노가 치밀어 오른 강도들이 검과 도끼를 치켜들었다. 찍어 죽이고 돈이나 빼앗자는 심산이었다.

키릭스는 별로 먹고 싶지 않은 너절한 간식거리를 바라보는 눈으로 그들에게 말했다.

"지금부터 너희들이 죽을 수밖에 없는 두 가지 이유를 알려줄게. 참고해."

"뭐?"

"첫 번째, 상황이 안 좋았다."

"무슨……."

"두 번째, 상대가 안 좋았다."

"이런 미친 새끼!"

"나라면 좀 더 길고 점잖은 대사를 선택했을 거야. 왜냐하면 그게 네 유언이니까."

그 순간 강도의 두 다리 사이에서 치솟은 키릭스의 검이 머리 끝까지 몸을 정확히 절반으로 갈랐다. 웅장한 분화구처럼 시뻘 건 액체가 터졌다.

그 기이한 '분수'를 목격한 강도들은 방금 자신의 동료가 두 조각으로 분열되었고 곧 자신들도 같은 상태가 될 거라는 사실 을 알았다.

키릭스가 환하게 웃으며 검을 들었다.

"자아, 모두 행복하게 해 줄게."

제3화

여왕님과 함께

1.

이야기를 모두 들은 쇼탄은 담배를 깊게 빨아들였다. 그러고는 심란하게 연기를 내뿜으며 말했다.

"키스 경과 카론 경의 사랑의 도피? 어째서 결론이 그래?"

그러나 랑시는 (불필요한 일에는 항상) 진지했다.

"아니, 이건 확실해. 지금 내가 궁금한 건 어느 쪽이 먼저 고백했냐는…… 꺄악! 왜 때려!"

"고장 난 기계는 때려야 정상으로 돌아온다지?"

"난 원래 정상이야! 지극히 노멀하다고!"

"드레스 입고 그런 말 해 봐야……."

"남의 취향 간섭하지 마! 남의 취향 간섭하지 마! 남의 취향 간섭하지 마!"

쇼탄은 빽빽거리는 랑시를 손바닥으로 밀어 버렸다. 하늘이 형 무라사에게 막강한 힘을 내려준 대가로 그 뒤에 태어난 조슈아에게는 부작용만 선사한 것이 아닐까 하는 쓸쓸한 생각마저 들었다.

며칠이 지나도 돌아오지 않는 키스 덕분에 쇼탄은 머리를 쥐어뜯을 수밖에 없었다.

"아아, 정말 키스 경 왜 안 돌아오는 거야? 왕국이 안팎으로 어수선한 이 판국에!"

손톱을 잘근잘근 씹고 있는 쇼탄을 빤히 바라보던 루이가 툭 말을 던졌다.

"걱정돼?"

"당연하지!"

"정말로?"

"아무리 무책임에 게으름뱅이라도 어쨌든 대장은 대장이야. 걱정되는 게 당연하잖아!"

"그래? 잘 생각해 봐. 네 차용증서, 키스 경이 가지고 있어. 키스가 사라지면 네 빚도 사라지잖아?"

"……!"

순간 움찔한 쇼탄의 귀에 루이가 음흉한 목소리로 속삭였다.

"너 방금 안 돌아왔으면 좋겠다고 생각했지? 네 눈이 더러운 탐욕으로 반짝이는 것을 봤어."

"차, 착시입니다아."

루이는 애써 시선을 피하는 쇼탄의 두 뺨을 잡아 강제로 돌렸다.

"날 똑바로 보고 말해, 이 저주받은 영혼."

"자아아들 논다, 얼간이 듀엣. 네놈들은 세계 멸망의 날에도 그러고 있을 거다!"

키스 경의 소파 위에 올빼미처럼 웅크려 있던 지스는 춤바람 난 며느리 바라보는 시어머니의 눈빛으로 그들을 흘겨봤다.

쇼탄을 손바닥을 비비며 제법 진지한 목소리로 안건을 꺼냈다.

"농담이 아냐. 이 상태에서 전쟁 나면 우리 모두 전방으로 끌려간다고! 어쨌든 우린 아쉬울 땐 기사니까! 적어도 왕실이 우리한테 위문 공연을 시키진 않을 거야. 다 죽을지도 몰라!"

잠자코 이야기를 듣던 크리스가 두 손을 꼭 쥔 채 말했다.

"슬퍼하실 것 없어요. 신께서는 우리의 죽음을 가엽게 여겨 천국으로 인도하실 겁니다."

"저어, 크리스티앙 신부님. 우리 아직 안 죽었는데요?"

"언젠가는 죽잖아요!"

"……가끔 난 니가 진짜 무서워."

오르넬라를 만난 뒤부터 묘하게 위험해진 폭언의 성직자, 크리스티앙이었다.

이 와중에서도 혼자 속세를 떠난 분위기로 책장을 넘기고 있는 루시온을 본 루이가 살짝 빈정거렸다. 아무래도 서민들은 이런 모습에 심사가 뒤틀리기 마련이다.

"루시온 경은 좋겠네. 집안도 빵빵하니까 전쟁이 나도 가문으로 돌아가면 되잖아?"

그러자 루시온 경은 귀찮은 파리 내쫓듯 대꾸했다.

"전 이미 입대 신청했습니다. 전방으로."

루시온은 아무렇지도 않게 말하고는 다시 책으로 시선을 옮기는 것이었다. 말하자면 '난 너희와는 달리 진짜 기사란 말씀이야!' 라는 귀족의 얄미움이랄까.

루이는 하나부터 열까지 반박할 수 없는 완벽한 (재수 없는) 귀족의 표본 루시온을 분한 표정으로 바라봤다.

"왜 그렇게 쳐다보십니까?"

"아니 그냥, 눈부셔서."

또한 루시온 옆에서 말없이 '군사학 입문'을 읽고 있는 레녹 역시도 입대 신청을 했다. 빛나는 그들 맞은편에 있는 쇼탄과 루이 주변에는 어쩐지 초라한 오라가 쓸쓸히 흐르는 것 같았다.

"그건 그렇고, 넌 왜 며칠 전부터 넋 나간 사람 얼굴 하고 있는 거야, 미온 경?"

생각에 잠겨 있던 미온은 쇼탄이 어깨를 툭 치자 소스라치게 놀라며 그를 쳐다봤다. 덕분에 더 깜짝 놀란 쇼탄은 뒤로 슬금슬금 물러서며 미온을 응시했다.

"전쟁 나면 살길이 막막해져서 고민하는 거냐? 걱정하지 마. 넌 다시 호스트 하면 갑부가…… 미안."

농담이라도 해 보려던 쇼탄은 미온의 상태가 너무 안 좋은 것을 알고는 입을 다물었다.

쇼탄은 자신을 바라보는 미온의 눈동자가 초점을 잃은 것을 알았다. 무슨 말을 하는지도 듣지 못하는 것 같았다. 키스가 남긴 편지를 읽은 다음부터 미온의 마음이 산산이 부서져 있다는 것을 쇼탄은 알 길이 없었던 것이다. 동료들에게 항상 기운차던 미온의 그런 모습은 처음이었기에 걱정스럽게 그를 바라볼 수밖에 없었다.

곧 루시온이 책을 내려놓고 말했다.

"엔디미온 씨."

"……."

무의식적으로 자신의 이름에 반응한 미온이 이번에는 루시온 경을 쳐다봤지만 빛이 없는 눈동자는 변함이 없었다. 작은 불씨 하나 없이 냉기만 남은 벽난로 같았다.

"엔디미온 씨. 제 말 들립니까."

"……."

결국 보다 못한 지스킬이 그에게 소리치며 다가갔다.

"뭐라고 말 좀 하란 말이야! 멍청아!"

루시온은 한 대 후려치려는 지스킬의 팔을 잡아챘다.

"이거 놔! 저런 바보는 내가……."

그 순간 지스는 흠칫 놀라며 몸이 굳을 수밖에 없었다. 엄청난 소리와 함께 루시온의 주먹이 미온의 얼굴을 강타한 것이었다.

모두는 난생처음 보는 진짜 귀족 루시온의 '폭행'에 입을 쩍 벌렸다. 루시온은 주저앉은 미온의 멱살을 아랑곳하지 않고 잡아 일으켰다.

"엔디미온 씨, 잘 들으세요. 지금 당신이 처한 문제가 무엇인지 말하기 싫다면, 묻지 않겠습니다. 다만 그게 무엇이든 체념하진 말아 주시기 바랍니다. 당신은 언제나 그래 왔지 않습니까?"

"루시온 경."

미온은 며칠 만에 처음으로 갈라진 목소리를 흘렸다. 루시온은 그를 잡은 손을 풀며 말했다.

"하지만 혼자 해결할 수 없는 일이라면 언제라도 말하세요. 기다리고 있겠습니다."

"……고마워요."

미온은 고개를 숙였다. 그러고는 말없이 자신의 방으로 올라갔다.

그런 그를 지켜본 루시온은 다시 자기 자리에 앉아 책을 들었다.

쇼탄이 소곤거렸다.

"박력 있는데?"

"역시 백작님이셔."

루이가 맞장구치며 서로 고개를 끄덕거렸다. 일부러 장난스럽게 말하면서도 단 한 번도 의지를 잃지 않았던 동료 미온에 대한 걱정은 매한가지였다. 이들 중 누구라도 미온이 도움을 원한다면 전력으로 도와줄 것이다. 설령 목숨이 위험해진다고 하더라도 거절할 사람은 없을 것이다.

하지만 그것은 아무리 힘들어도 미온 스스로 해결할 수밖에 없는 문제였다. 말하자면 그것이 엔디미온의 업이었다.

"야! 키스!"

그 순간 문이 박살 나며 거구의 사내가 성큼성큼 들어왔다. 그러고는 주변을 두리번거리더니 이를 부득 갈았다.

"역시 안 돌아왔군. 이 망할 놈."

그 사람을 본 랑시가 고개를 기울이며 중얼거렸다.

"……나 아직 안 위험해졌는데?"

견백호 무라사 랑시는 당장이라도 키스를 두들겨 패 버릴 것 같은 기세로 스왈로우 나이츠의 기사들을 바라봤다.

"그 여우 같은 자식 지금 어디 있는지 말해!"

한겨울인데도 탄탄한 가슴이 훤히 드러나는 새하얀 늑대가죽 옷을 입은 모습부터 범상치 않은 근육질의 남자가 송곳니를 드러낸 맹수처럼 으르렁거리고 있으니 모두들 긴장할 수밖에 없었다. 그러나 아신의 기백이고 나발이고 다 소용없는 사나이가 한 명 있었다.

"우리도 그게 궁금하다고! 그리고! 사회에 불만 있어? 왜 멀쩡한 문짝은 때려 부수고 난리야!"

랑시가 빽 소리를 치자 뱀 앞의 개구리처럼 움츠러든 무라사가 머리를 긁적거리며 우물쭈물 말했다.

"아니, 나는 그냥 툭 쳤는데 문이 멋대로……."

"자꾸 곰탱이 같은 소리 할래?"

"……미안."

인간의 먹이사슬이 꼭 힘으로 결정되지는 않는다는 것을 확인하는 순간이었다. 본전도 못 찾은 무라사는 또 헛걸음을 했다고 투덜거리며 리더구트를 나갔다.

그때 뭔가 결심한 랑시가 그를 뒤따라갔다.

"형!"

무라사는 의아한 얼굴로 동생을 바라봤다.

"부탁이 있어."

"부탁?"

4대 아신위 중 하나이며 동생을 끔찍이도 아끼는 견백호 무라사는 깜짝 놀란 얼굴로 동생을 바라봤다. 자기 기억이 틀리지 않는다면 '형 따윈 꼴도 보기 싫어! 집에서 나가!'라는 강렬한 '부탁' 이후 동생이 자신에게 뭔가를 부탁해 본 적은 한 번도 없었던 것이다.

"내 부탁, 들어줄 수 있어?"

"뭐든지!"

이 일을 계기로 드디어 동생과 화해할 수 있다는 들뜬 기분에 무라사가 몇 번이나 고개를 끄덕였다.

이런 비유는 아신에게는 실례지만—조슈아에겐 꼭 거대한 강아지가 꼬리치는 것 같은 기분이었다. 그러나 동생의 '부탁'을 들은 무라사는 예정과는 달리 당장 '예스!' 라고 대답할 수는 없었다. 설령 조슈아가 '날 이 나라의 여왕으로 만들어 줘!' 라고 했더라도 신분과 성별의 한계에도 불구하고 어떻게든 만들어 보려고 해 봤을 정도인데 말이다.

"미, 미안하지만 그 부탁만큼은……."

"이것만 들어주면 형을 따라갈게. 이 왕국을 떠나도 좋아."

"정말? 아, 아니 아무리 그래도 그 부탁은……."

"절대 안 된다는 거야?"

"그것만은……."

조슈아는 작은 주먹으로 무라사의 복부를 퍽 때리며 소리쳤다.

"됐어! 형 따위는 다시는 안 볼 거야!"

무라사는 뒤도 안 돌아보고 떠나는 동생을 울상이 되어 바라봤다.

2.

지금 베르스 왕실의 분위기를 딱 두 글자로 표현하자면 '개판' 이었다. 전쟁을 앞두고 열린 어전 회의의 출석률이 절반도 안 된다는 것만 봐도 알 수 있었다. 그나마 참석한 절반도 그리 충성스러워 보이지는 않았다.

"그렇게 쇼메를 받아준 것부터가 잘못이었습니다!"

이미 전 재산을 타국으로 빼돌린 관료가 소리쳤다. 피둥피둥한 살집 덕분에 가만히 있어도 씩씩거리는 그 남자는 채무자를 대하는 빚쟁이처럼 만두 국왕을 흘겨봤다. 예전 같으면 삼족의 머리가 날아갈 불경죄였지만 도리어 쩔쩔매는 쪽은 국왕이었다.

"조, 조금만 더 기다려 봅시다."

이번에는 다른 관료가 회의 테이블을 쾅 때렸다.

"기다린다고 뭐가 달라집니까! 이오타가 당장이라도 쳐들어올 마당에 교황청까지 등을 돌렸으니, 이제 어쩌실 겁니까!"

이들이 뭍에 오른 생선처럼 펄펄 뛰는 이유는 교황청의 발표 때문이었다. 니샤에서 쇼메가 저지른 일로 기분이 상할 대로 상한 교황은 일방적으로 베스르와의 외교를 단절하고 베르스 교구의 철수와 더불어 오르넬라 성녀의 교황청 귀환을 명령한 것이다.

지금 오르넬라는 모든 업무를 중단하고 교황청으로 돌아가는 중이었다. 이것은 사실상 교황의 선전포고나 다름없었다. 이러니 평생 강대국의 눈치만 보고 살아온 베르스 관리들이 세상 무너진 듯 발광하는 것도 당연했다.

"방법은 하나입니다! 지금이라도 쇼메를 이오타에 돌려보내고 이자벨 섭정과 레오 3세에게 국왕 전하께서 직접 가서서 머리가 땅에 닿도록 사과하는 것! 이 나라가 살아날 길은 그것뿐입니다."

치욕을 해결책이라고 당당하게 주장한 그 관료는 세상에 둘도 없는 묘안이라도 생각해 낸 듯 스스로 자랑스럽게 어깨를 폈다. 더 한심한 주장도 있었다.

"차라리 이참에 왕권을 포기하고 이오타에 복속되는 게 현명합니다! 우리가 진심으로 고개를 숙인다면 현명한 이자벨 섭정도 자비를 베풀어 우리를 용서할 겁니다."

이쯤 되면 일종의 광기였다. 한없는 무지와 추한 생존 욕구가 한데 뭉쳐 고약한 악취를 뿜어 대는 흉물을 만들어 낸 것이다. 혹자는 그것을 두 자로 줄여 '매국'이라 부르기도 한다.

"위고르 공! 위고르 공도 한 말씀 하세요!"

관리들은 무사안일주의의 상징이자 처음부터 쇼메를 싫어했던 위고르를 부추겼다. 여기저기서 채근당한 위고르는 마지못해 입을 열었다.

"그럼 이 위고르, 전하께 소견을 올리겠습니다. 아시다시피 소인은 위험한 상황을 싫어합니다. 가능하다면 이 나라의 국권을 바쳐서라도 목숨을 부지하고 싶습니다. 굴욕적이라도 좋으니까 이 나라를 살릴 묘안이 나온다면 그걸 지지하고 싶습니다. 그게 제 솔직한 마음입니다."

"그렇습니다! 그게 합리적인 사고예요!"

저마다 위고르의 말을 거들고 있었다. 위고르는 한숨을 내쉬며 그들을 바라봤다.

"그런데 아무리 좋게 봐도 댁들의 한심한 머리로는 그 묘안이 안 나올 것 같습니다."

"지금 뭐라고……."

관리들은 귀를 의심했다.

"우리가 백기를 들고 제발 쳐들어오지 말아 달라고 애원한들 이오타가 받아들일 것 같습니까? 아니요. 들은 척도 안 할 겁니다. 왜냐하면 원하면 언제라도 이 나라를 삼킬 수 있기 때문입니다. 이오타가 손가락 하나만 까딱해도 쓰러트릴 수 있는 약골, 그게 바로 우리나라입니다."

"이 나라엔 아무런 가치도 없다는 의미입니까!"

"가치야 있지요. 하지만 그것은 남부와 북부로 뻗어나갈 수 있는 교두보로서의 군사적 가치입니다. 아직도 모르시겠습니까? 이오타가 이 나라를 침략하려는 이유는 이 조막만 한 나라에서 뭔가 뜯어내기 위해서가 아니라 이 나라를 발판으로 삼아 세계 전쟁을 벌이려는 데 있습니다. 그런데도 우리와 화평을 맺고 물러설 것 같습니까? 무슨 수를 써서라도 철저하게 부숴 버린 다음 이 위에 전진기지를 세울 겁니다."

위고르는 얼마 전 이오타가 준비하고 있는 군수물자를 확인하고 졸도하는 줄 알았다. 그 엄청난 수치의 전쟁 자원은 약소국 베르스와 싸우기 위한 준비로는 너무도 거창한 양이었던 것이다.

이오타는 분명 세계와 싸울 기세였다. 그리고 그런 그들에게 베르스는 '그냥 지나가는 길목' 정도일 뿐. 하지만 멍청한 인간일수록 최악의 상황을 무시하기 마련이다.

"말도 안 되는 소리! 설마 세계를 상대로 싸울 리가 있겠소? 우리가 할 수 있는 최선의 조건을 내걸고 불가침 조약을 제안한다면 분명 이오타도 받아들일 것이외다."

"조건이라. 이오타의 군홧발에 이 나라가 짓밟혀도 좋다는 조건 외에 다른 조건은 안 될 것 같습니다만."

"그건 과대망상이오!"

관료들의 기이한 낙관론에 위고르는 기가 찼다. 이자들은 지금까지도 마키시온 제국이 분열되고 쇼메가 권좌에서 밀려나고 교황청이 우리나라를 적으로 삼은 일련의 사건들이 모조리 '불행한 우연'일 뿐이라고 생각하는 것일까. 발이 네 개고 꼬리를 흔들며 '멍멍' 하고 짖는 동물이 뭐냐고 물어봐도 답을 모르는 것과 다를 바가 없었다.

위고르는 만두 국왕과 페르난데스 왕자를 바라보며 자신의 주장을 정리했다.

"모든 상황을 종합해 볼 때, 이 난국을 극복할 수 있는 최고의 무사안일주의는 바로 죽을힘을 다해 맞서 싸우는 것뿐이라는 게 소인의 결론입니다. 이상입니다."

관리들은 위고르의 '배신'에 길길이 날뛰었다.

"이 유서 깊은 왕국을 불바다로 만들 작정이오? 귀공의 애국심이 그리 부족한지는 꿈에도 몰랐소!"

"그런 거창한 건 꿈에 잘 안 나오지요."

일일이 진지하게 대꾸하기도 지쳐 버린 위고르가 '꺼져! 밥벌레!' 라는 아이히만의 눈빛으로 그를 쏘아봤다. 땅이고 집이고 가족이고 모두 해외로 보낸 뒤라 자기 몸만 떠나면 가뿐한 관료들은 갑자기 애국지사로 돌변하며 땅을 쳤다.

"대체 이 나라가 어떻게 되려는지! 무능한 왕에 사리 분별도 못 하는 간신이 나라를 망치려 들다니!"

"말조심하세요!"

앳된 목소리가 터졌다. 떨리는 페르난데스 왕자의 외침에 관료들은 도리어 콧방귀를 뀌었다.

"왕국이 망하면 국왕 자리에 앉을 수 없어서 노하신 겁니까? 따지고 보면 왕자님의 감상주의 때문에 일이 이 지경이 된 것 아닙니까! 처음부터 이럴 줄 알았습니다!"

그들은 쇼메를 받아들인 일을 집요하게 물고 늘어지기 시작했다.

세상에서 가장 짜증 나는 인간이 평소에는 눈곱만큼도 도움이 안 되다가 꼭 문제만 터지면 '내 이럴 줄 알았어!' 라고 지껄이는 유형의 인간이다. 이런 인간에게는 밥도 먹이지 말고 하루 종일 구석에 세워 둬야 한다는 것이 아이히만의 지론이었지만, 불행하게도 그는 지금 이 자리에 없었다. 하지만 다른 사람은 있었다.

"이 나라는 모두가 평등한 것 같아 보기 좋습니다. 신하가 왕한테 막말해도 살려 두고 말입니다."

"감히 누가!"

라고 관리가 돌아보는 순간 그의 말문이 막혔다. 그 정체는 예전 평화회담 때 베르스에 온 적이 있는 사람이었다. 그리고 그자가 지금 이 자리에 있다는 것은 여러 가지 의미로 해석될 수 있었다.

"이자벨 섭정의 눈을 피하느라 예정보다 조금 늦은 점 사과드립니다."

타이트한 검은 가죽 군복을 입고 있는 키르케 밀러스는 만두 국왕을 향해 정중하게 경례를 붙였다.

"아이고! 키르케 공! 사과라니 당치도 않소!"

국왕은 그야말로 '버선발'로 키르케에게 뛰어가 그녀를 영접했다. 국왕의 키가 그녀의 가슴에도 못 미친다는 점이 시각적으로는 그리 감동적이지 못했지만, 북부 콘스탄트와 베르스 사이의 밀약을 전혀 모르고 있던 관료들에게는 실로 '감동'적일 수밖에 없었다.

"아니! 감히 어전회의 중에 멋대로 여자가 들어오다니! 무례하구나! 썩 나가라!"

어떤 관료에게는 꼭 그렇지만도 않은 것 같았다. 여전히 분위기 파악 못 하고 일갈을 날린 어떤 관료의 입을 위고르가 황급히 틀어막았다.

"제발 그 무식한 입 좀 다무세요!"

관료는 위고르의 손을 뿌리치며 말했다.

"대체 저 가슴 큰 여자가 누군데 이러는 겁니까!"

"제가 당신이라면 4대 아신 중 하나인 분의 가슴을 품평하는 말은 꺼내지 않았을 겁니다."

"……!"

국제 정세에는 초연할 정도로 무관심한 베르스 관리가 모르는 것이 당연하다면 당연하겠지만—아신이라는 말을 듣자마자 그가 소스라치게 놀랐다.

"그, 그럼 저 여자가 바로 명주작?"

"적현무야! 이 바보 자식아! 자꾸 그러다간 네놈 예언대로 이 나라가 쑥밭이 된다고!"

혈압이 치솟은 위고르가 쩌렁쩌렁 소리치고 말았다.

순간 키르케의 눈썹이 움찔했다. '가슴'과 '명주작'이라는 두 단어만으로도 당장 능지처참을 당해 마땅했지만, 그녀는 바닥을 흘낏 보고는 꾹 참아냈다. 제법 괜찮아 보이는 카펫이 피로 물드는 것은 원치 않았기 때문이었다.

이 왕실에 나타난 자가 적현무라는 것을 알게 된 관리들은 (위고르마저도) 실은 국왕이 엄청난 빅카드를 숨기고 있었다는 것을 눈치챘다. 북부 콘스탄트와 밀약을 성사시킨 장본인은 쇼메와 아이히만이었지만 국왕과 페르난데스, 오르넬라, 카론, 엔디미온을 제외한 모두에게 비밀로 했기 때문에 이제야 그 기적 같은 사실을 알게 되었던 것이다.

관료들은 방금 전 자신들이 쏟아 냈던 폭언들을 어떻게 주워

담을 수 없을지 고민하기 시작했다.

'이거 가만있어 봐라?'

순간 금발 머리를 한 올 흐트러짐도 없이 깔끔하게 넘긴 엘리트 관료 위고르의 머릿속에 커다란 그림이 그려졌다. 그는 (여자 문제는 추잡해도) 분명 머리회전이 빠른 자다. 최근 뭔가를 뒤에서 꾸미는 것 같던 아이히만과 어쩐지 조급해 보이던 쇼메 그리고 갑작스러운 교황청의 변심이 머릿속에서 이리저리 부유하며 자기 자리를 찾아갔다. 그리고 결론을 내렸다.

"전하! 어째서 전하의 가장 믿을 만한 충신인 제게 이 사실을 숨기셨단 말입니까!"

위고르는 버림받은 애첩처럼 처절하게 국왕에게 매달렸다. 다른 것은 몰라도 아이히만은 알고 있는데 자신은 모르고 있었다는 사실이 그에게는 참을 수 없는 굴욕이었다.

"허허허허. 이런, 섭섭하게 생각하지 마시오. 귀공을 의심한 건 아니오."

그렇게 말하는 국왕의 눈은 분명히 의심하고 있었다.

악명 높은 제7무장전투여단의 제복을 입은 부관으로부터 공문서를 넘겨받은 키르케가 국왕에게 그것을 건넸다.

"이것은 제가 북부 콘스탄트 국왕 바쉐론 전하의 전권대리인임을 증명하는 서류입니다."

국왕은 긴장감에 몸이 굳었다. 말 그대로 북부 콘스탄트의 우두머리가 자기 앞에 서 있는 것과 다름없었다. 본격적인 군사동맹의 신호탄이었다.

키르케는 딱 부러지는 군인의 말투로 말했다.

"그럼 예정대로 나 키르케 밀러스 북부 콘스탄트 왕국군 중장이 베르스 국왕으로부터 북부 사령부 합동작전국 합참지휘 본부 총참모장의 권한을 인계받고자 합니다. 또한 베르스 국왕과 왕족을 제외한 모든 관리와 귀족, 평민, 군인에 대한 통제권과 생사여탈권을 위임받고자 합니다. 이의 없으십니까?"

그 거창한 직책은 사실상 국왕의 모든 고유 권한을 그대로 이양받는 것이다. 그걸 위임하게 되면 전쟁이 끝날 때까지 키르케의 명령이 곧 베르스 국왕의 명령이 된다.

바쉐론 국왕은 결코 의리나 정의 때문에 베르스를 돕는 것이 아니었다. 그에게도 눈엣가시 같던 교황청과 이자벨 섭정을 이 기회에 꺾어 버리고 싶었고, 그러기 위해서는 이오타가 베르스를 점령하는 것을 막아야 했다.

또한 본국이 있는 남부 사령부는 바쉐론 자신이 직접 지휘하고 북부에는 키르케를 파견해 지휘토록 함으로써 철저하게 자신의 뜻대로 움직이도록 만든 것이다. 분명 동맹국끼리 공평한 위치는 아니었지만 베르스는 그걸 투정 부릴 처지가 아니었다.

"만약 거부하신다면 즉시 동맹을 철회하고 모든 병력을 본국으로 회군시킬 것입니다."

키르케의 말에 만두 국왕은 무거운 표정으로 왕관을 벗었다.

"짐은 이 전쟁이 끝나는 대로 왕위를 내놓을 생각이오."

그 난데없는 발표에 관료들은 물론 키르케마저도 놀랐다. 국왕은 오래전부터 준비해 둔 말을 또박또박 꺼냈다.

"그리고 나의 아들 페르난데스 라스팔마스에게 이 왕관을 씌워 줄 것이오. 난 비록 우둔하여 국민들에게 사랑받는 왕이 아니었지만, 나의 아들은 분명 이 왕국을 국민들이 갈망하던 모습으로 바꿀 것이오. 모든 나라에게 존경받아 마땅한 왕국으로! 그러니 짐에게는 내 아들이 왕위를 물려받아 마음껏 통치를 할 수 있도록 이 나라를 보존해야 할 의무가 있소."

그 말을 마친 국왕은 키르케를 바라봤다. 그 눈빛에는 두 가지 의지가 보였다. 목숨을 바쳐서라도 전쟁에서 승리하겠다는 의지와 전쟁이 끝난 뒤 결코 왕권을 북부 콘스탄트에 넘기지 않겠다는 의지. 그것은 일평생 다른 나라에 고개만 숙이고 살아온 국왕이 한 방울도 남김없이 짜낸 일생일대의 용기였다.

"이의는 없소. 짐은 어떤 일이 있어도 이 베르스를 지키고 싶소!"

"그럼 확실히 인계받았습니다."

키르케는 짧게 경례를 붙였다. 그리고 총을 꺼냈다.

"무, 무슨 짓이오! 동맹하자마자 배신이라니 너무 빠르오!"

방금 전까지 조금만 더 노력하면 멋있어 보일 수도 있었던 만두 국왕은 총을 보자마자 두 손을 번쩍 들고 항복을 선언했다. 키르케는 '역시 이놈의 나라는 뭘 해도…….' 라고 눈매를 찡그리며 대답했다.

"첫 번째 업무를 시작하려고 했을 뿐입니다."

"항상 총을 들고 업무를 하시오? 아이히만이 좋아하겠구려."

국왕은 가슴을 쓸어내리며 말했다. 키르케는 총을 들고 관료들이 모여 있는 테이블로 걸어갔다.

잠시 후 국왕은 정말로 놀랄 수밖에 없었다. 키르케의 총구가 불을 뿜었는데 그 목표물이 아까 전 자신의 가슴 크기를 측정하고 명주작과 착각했던 그 관료의 머리였기 때문이었다.

"우아아아악!"

자기 바로 옆에 있는 사람의 이마에 구멍이 나는 것을 보자마자 위고르가 용수철처럼 뛰어오르며 소리쳤다.

"왕가슴이라고 했다고 쏴 죽이다니! 그건 칭찬인데!"

그러나 곧 키르케의 짜릿한 눈빛과 마주친 위고르는 '열 번 죽어 마땅하지요. 그럼요'라고 웅얼거리며 다시 자리에 앉았다. 키르케는 골치가 지끈거리는 듯 총신으로 미간을 툭툭 치다가 말했다.

"가슴 때문이 아닙니다. 뭐, 그 이유도 있긴 하지만."

그리고 부관이 건네준 종이를 들어 보이며 말했다.

"이자는 이오타와 내통하고 있었습니다. 이 나라에서는 어떤지 모르겠지만 우리나라에서 배신은 즉결 처분 대상입니다. 그리고 정보부가 조사한 결과, 이 사람 외에도 적과 내통하는 분들이 또 계시더군요."

그녀는 서류를 들어 보이며 말했다.

"이것이 그 쥐새끼들의 명단입니다. 아시다시피 방금 전 저는 여러분들의 생사여탈권을 인계받았습니다. 그러니 지금부터 여기 이름이 적혀 있는 분들을 차례차례 쏴 죽이겠습니다."

관료들의 안색이 창백해졌다. '첫 번째 업무가 처형이라니! 뭐 저런 무지막지한 여자가!' 라는 표정들이었다.

하지만 이 자리에 엔디미온이 있었다면 어째서 키르케를 '피의 마녀' 라고 부르는지 좀 더 무서운 예를 들려 줬을 것이다.

"하지만 그건 너무 매정하니까, 죽이기 전에 기회를 드리도록 하지요. 자수해서 광명 찾으실 분께서는 조용히 손을 들어 주시기 바랍니다."

그녀는 그야말로 '상냥한' 미소를 지으며 말했다. 곧이어 숨막히는 침묵이 몰려왔다. 그 정적 속에서 눈치를 보던 관료들이 하나둘씩 손을 들기 시작했다.

그것을 본 위고르는 입이 쩍 벌어졌다. 도합 여섯 명! 전체의 반수에 가깝다. 생각보다도 훨씬 많았던 것이다. 마치 옷장을 뜯어냈더니 그 안에서 수백 마리의 바퀴벌레가 튀어나왔을 때의 느낌이랄까.

위고르는 왜 국왕이 자신에게 북부 콘스탄트와 동맹 맺었다는 사실을 알려주지 않았는지 알 수 있었다. 믿을 사람이 없었다. 이 정도면 우리 계획을 이자벨이 바로 앞에서 듣고 있는 것과 다름없는 것이다. 위고르는 이 정도의 인원을 구워삶은 이자벨 섭정의 위력에 소름이 끼쳤다. 또한 무엇보다 자신은 손을 들 이유가 없다는 사실이 너무나도 행복했다.

"이런, 여섯 마리나 되는 줄은 몰랐네요. 이토록 잘 협조해 주시리라고는 미처 예상 못 했습니다."

키르케는 매력적인 웃음을 보이며 들고 있던 종이를 테이블 위에 내려놨다. 그것을 본 내통자들의 표정이 또 한 번 바뀌었다. 그 새하얀 종이 위엔 아무것도 적혀 있지 않았던 것이다.

"모두 끌어내."

키르케의 명령이 떨어지자마자 애꾸눈 안대를 한 부관이 손짓했고, 곧바로 무장전투여단 소속의 기계덩어리 같은 병사들이 그들을 잡아 일으켰다. 관료 중 하나가 질질 끌려가며 애절하게 말했다.

"야, 약속대로 우린 살려 주시는 거죠?"

그러자 키르케가 방긋 웃으며 고개를 기울였다.

"무슨 약속?"

"이 마녀어어어어!"

키르케가 온 지 십 분 만에 이곳의 인구밀도가 절반으로 줄게 되었다. 키르케는 배신이나 하는 쓰레기들은 상종할 가치도 없다는 어투로 부관에게 명령했다.

"총알도 아깝다. 손발을 묶어서 모조리 생매장해 버려."

물론 키르케가 그런 잔인한 처형 방식을 택한 것은 취미가 아니라 본보기 때문이었다. 왕실의 고관대작 여섯 명이 전염병 걸린 돼지처럼 파묻혔다는 소식을 듣고도 이오타와 내통할 용기 있는 사람은 없을 것이다. 하지만 페르난데스는 반대했다.

"잠깐 기다려 주시오, 이자벨 공."

키르케는 반짝거리는 눈동자를 가진 홍안의 미소년이 자기 앞에 나서자 태도가 돌변했다.

"무슨 용무이십니까. 어여쁜…… 아니, 총명하신 왕자님."

키르케는 분명 이 작고 귀여운 왕자가 국민들의 사랑을 받게 될 거라 확신했다. 그러니까…… 여러 가지 의미로 말이다.

"아무리 그래도 저건 너무 잔혹한 처사요. 재고를 부탁드리오."

물론 다른 사람이 이런 말을 했다면 키르케는 '햄을 만드는 일은 돼지의 정수리를 커다란 망치로 후려치는 것부터 시작해. 망치질을 하기 싫다면 최소한 먹으면서 불평은 하지 마!' 라고 삭막하게 쏘아붙였거나 아니면 따귀를 날렸겠지만, 미소년 왕자님에게는 확실히 대우가 달랐다.

"어머나, 왕자님. 그건 그냥 위협이었습니다. 제가 진짜로 그럴 리가 있겠습니까?"

키르케는 페르난데스의 뺨을 부드럽게 쓰다듬으며 부관에게 '빨리 가서 생매장시키라니까!' 라는 강렬한 눈빛을 보냈다. 직속상관의 성추행을 지켜보던 애꾸눈 부관은 왕자의 나이가 조금만 더 많았다면 진짜 먹혀 버렸을지도 모른다는 무서운 상상을 하며 회의실을 나갔다.

"키, 키르케 공. 방금 뭔가 신호를 보낸 것 같은데……."

"착각입니다! 그럼 다음 업무를 시작하겠습니다."

그때였다. 밖에서 소란스러운 목소리가 들려왔다. 키르케는 짜증을 터트렸다.

"혹시 이 왕실 앞에 철로가 깔려 있나요, 왕자님?"

"왜 그렇게 생각하시오?"

"잊을 만하면 다시 시끄러워져서 말입니다."

그 순간 거창한 굉음과 함께 박살 난 문짝이 날아올랐다. 그리고 키르케의 바닥난 인내심은 그 문에서 걸어 들어오는 자를 향해 방아쇠를 당기게 만들었다. 키르케의 특제 탄환이 발사되었다.

"우앗! 따가워!"

총알은 정확히 무라사의 이마를 맞고 튕겨 나갔고 무라사는 얼굴을 부여잡고 바닥에 쪼그려 앉아 신음 소리를 냈다.

"아우우우. 이게 무슨 난데없는……."

점점 더 몸을 부들부들 떨기 시작한 무라사는 벌떡 일어서며 고막이 찢어져라 고함을 내질렀다.

"어째서 여기는 들어올 때마다 총을 쏘는 거야! 이 나라 인사법이냐?"

키르케는 뜬금없이 나타난 무라사를 보고는 퉁명스럽게 대꾸했다.

"그럼 문짝 부수고 들어오는 놈한테 팡파르라도 울려 줄까? 그러니까 네가 짐승인 거야. 발정기 맹수의 행동 패턴과 뭐가 달라?"

"으이구! 왜 여자들은 나만 보면 똑같은 잔소리를…… 아니,

하난 남자지. 됐어! 내 사회성이 이 모양이라 정말 미안하게 되었구나! 마녀."

"먹을 거 구걸하러 온 거면 볼기짝을 때려 주기 전에 썩 꺼져. 축생."

"내가 무슨 거지냐!"

"진청룡이 했던 네 이야기 들어보면 비렁뱅이 말고는 달리 떠오르는 단어가 없던데?"

"그, 그 자식이 하는 말은 아무리 사실이라도 거짓말이야!"

"……너 언어 장애 있냐."

"닥쳐! 너하고 농담 따먹기 할 시간 없어!"

"나도 질 나쁜 강아지하고 놀아 줄 시간 없으니까 꺼져!"

"흥! 나가라고 안 해도 내 발로 나갈 생각이었어!"

무라사는 콧방귀를 끼며 성큼성큼 나가 버렸다. 키르케가 팔짱을 끼며 미간을 찡그렸다.

"그런데 저 자식 왜 온 거야?"

그리고 잠시 후 무라사가 뛰어 들어왔다.

"아아, 깜빡했다! 내가 여기 왜 왔냐면!"

"……."

키르케는 제발 다음 아신위를 뽑을 때는 지능도 심사 기준에 넣어 줬으면 좋겠다고 생각하며 심란한 얼굴로 무라사를 바라봤다. 하지만 그의 말을 듣는 순간 그녀의 표정도 바뀔 수밖에 없었다.

"베르스를 위해 싸우기로 결심했다."

"너 지금 너무 굶어서 머리가 어떻게 된 거 아니냐."

"단! 이 싸움이 끝날 때까지만! 전쟁이 끝나면 난 주저 없이 동생과 함께 이 왕국을 떠날 거야."

키르케는 복잡한 표정을 지었다. 검은 만년필의 뭉툭한 끝으로 붉은 아랫입술을 콕콕 찌르던 그녀는 곧 도저히 이해할 수 없다는 얼굴로 고개를 저었다.

"솔직히 말할게. 네가 돕는다면 나야 두말없이 환영이야. 네 지능지수는 네발짐승과 비슷할지 몰라도 어쨌든 전투력만큼은 확실하니까. 하지만 궁금한 것은, 평생 어떤 나라도 선택하지 않겠다고 귀에 못이 박히도록 외치던 네 녀석이 왜 갑자기 이 나라를 수호하겠다고 나섰냐는 거야."

당연한 말이지만, 마키시온 제국 외에도 견백호 무라사 랑시를 자기 나라에 두기 위해 러브콜을 보낸 나라는 많았다. 이오타와 콘스탄트 역시도 마찬가지였다. 4대 아신 중 유일하게 누구도 섬기지 않는 그를 탐내지 않은 나라는 없었다.

하지만 지금까지 무라사는 그 어떤 엄청난 제안도 일언지하에 거절했다. 결코 권력의 도구로 자신의 힘을 쓰지 않겠다는 강철 같은 철칙이 있었던 것이다. 그런 그가 어째서 갑자기 마음을 바꿨는지는 머리 좋은 키르케마저도 짐작할 수가 없었다.

무라사가 빨개진 얼굴로 머리를 긁적거리며 말했다.

"헤헤. 그냥 내가 누구보다 동생을 사랑하는 형이라는 것만 말할게. 그 이상은 묻지 말아 줘."

"……."

베르스가 북부 콘스탄트와 적현무 키르케 밀러스의 전폭적인 지원과 더불어 견백호라는 뜻하지 않은 막강한 전력을 받아들이게 되면서 전쟁의 양상은 예측불허로 흘러가기 시작했다.

3.

"잡초가 뽑혔습니다."

보고를 받은 이자벨은 담담하게 고개를 끄덕였다. 키르케가 예상보다 훨씬 빨리 베르스 왕실에 심어 둔 '도청장치'들을 제거한 것에는 조금 놀랐지만, 이미 이용할 만큼 이용해 먹은 녀석들이었다. 게다가 충성심을 기대할 수 없는 허섭스레기들이었으니 오히려 키르케가 내버려 뒀으면 이자벨 쪽에서 그 속물들을 제거할 요량이었다. 그러니 화가 날 일도 없었다.

'문제는 그게 아니라…….'

그녀의 허를 보기 좋게 찌른 칼날은 다른 데 있었다. 바로 쇼메였다. 그녀는 그가 권좌에서 밀려나면 힘을 못 쓰게 될 것이라 과소평가한 것을 후회했다. 좀 더 단호하게 제거하지 못한 것에 대해서도 자책했다. 설마 베르스로 가자마자 곧바로 자신의 눈을 속여 북부 콘스탄트와 밀약을 맺고 교황과 자신의 사이를 갈라놓으리라고는 예상치 못했던 것이다.

물론 당장 그것이 치명적 위협이 되는 것은 아니지만, 곪아 버린 상처처럼 내버려 두면 둘수록 점점 더 커다란 독소가 될 것이 분명했다. 소독이 필요했다.

"대공으로부터 소식은?"

"아직 없습니다."

그녀의 또 다른 두통은 아이히만이었다.

아이히만 그나이제나우 공작은 마라넬로 황제를 몰아내고 제국이 붕괴되어야 한다는 공통의 목적으로 오래전부터 자신에게 협력해 왔다. 비밀 조직 인코그니토 역시 아이히만의 도움이 없었다면 만들 수 없었다. 베르스 소도시인 셀른의 시민 전체를 키스를 만들기 위한 생체 에너지로 제공한 사람도 바로 아이히만이 아니었던가. 아이히만이 확고한 조력자가 아니었다면 그런 악마 같은 짓은 하지 않았을 것이다.

그 이후 이자벨도 아이히만을 신뢰하게 되었지만, 최근 그런 그에게 이상한 조짐이 보이고 있었다. 딱히 무슨 증거가 있는 것은 아니었다. 단지 쇼메를 막지 못했다는 것뿐이다. 하지만 그것만으로도 이자벨의 의심을 받기에는 충분했다.

아직까지 쇼메는 아이히만의 상대가 되질 못한다. 속을 다 꿰뚫어 보고 마음대로 가지고 놀 수 있는 것이다. 그런데도 쇼메의 계략을 막지 못했다는 것은 그 강철 같은 노인이 노쇠했거나 방심했다기보다는 일부러 그런 것일지도 모른다는 의심이 생긴 것이다.

'어쩌면 그는……'

이자벨은 주먹을 꽉 쥐었다. 지금까지 십여 년에 걸쳐 자신을 도와준 것이 모두 그의 계략일지도 모른다는 엄청난 예감이 들었다. 단지 지나친 비약일 수도 있지만, 문제는 그게 사실일 때의 피해였다. 아이히만이 이중 첩자라면 사태는 돌이킬 수가 없게 된다. 도리어 이쪽이 노출된다. 뱃속에 독을 키운 격이다.

'결정을 내려야 한다.'

이자벨은 안경을 벗은 뒤에 의자에 깊게 기대어 눈을 감았다. 아이히만이라는 강력한 무기가 없어지면 이 싸움의 승률은 적잖게 하락한다. 하지만 그의 힘이 강한 만큼 적이 되었을 경우의 역풍(逆風)은 상상할 수도 없다. 무엇보다 그는 비밀을 너무 많이 알고 있었다. 그녀는 눈을 떴다.

"지금 리젤은 어디 있지?"

"베르스 근교에 잠복 중입니다."

이자벨은 결정을 내렸다.

"리젤에게 타전해라. 임무는…… 아이히만 그나이제나우와 쇼메 블룸버그 암살."

"예?"

부하는 적잖게 당황했다. 쇼메는 그렇다 쳐도 대공은 조직의 간부 중 하나였다. 그런데 제거라니?

"그리고 '그것'을 회수하라고 전해라."

"그것……이라니요?"

"그렇게만 말하면 알 거다. 지금 당장 실행해."

"아, 알겠습니다!"

그는 영문을 모르겠다는 얼굴로 경례를 붙인 뒤 리젤에게 지령을 내리기 위해 텔레마코스 센터로 뛰어갔다. 잠시 후 집무실 구석 소파에 누워 있던 키릭스가 뱀처럼 말했다.

"이젠 아무도 못 믿나 보네?"

"처음부터 아무도 믿지 않았어."

"죄가 클수록 의심도 커진대."

"흥. 네가 그렇게 윤리적인 인간인지 몰랐군. 하지만 난 죄를 짓고 있는 게 아니야. 인류를 진화시키려는 것뿐이야."

키릭스는 그 말에 커다랗게 웃었다. 몸을 일으킨 그는 새빨간 눈동자로 그녀를 바라보며 말했다.

"신만이 할 수 있는 일에 손을 댄 것 자체가 죄악이야. 몰랐어?"

4.

쇼메는 물고 있던 담배에 불을 댕겼다. 테이블 옆에는 오래된 흔적이 역력한 아이히만의 담배 케이스가 놓여 있었다. 담배를 문 둥한 모습이 무척이나 어색했다.

"켁. 뭐야, 이거. 이딴 걸 피우면서 잘도 오래 사는군!"

목구멍에 불덩이가 들어간 것 같은 지독한 이물감에 놀란 쇼메는 대번에 담배를 뱉고는 콜록거렸다. 본래 엽궐련(葉卷煙)은 연기를 삼키면 안 되는데, 생전 처음 담배를 피워 보는 쇼메가 그걸 알 리 없었다. 아이히만이 옆에 있었다면 '넌 사탕이나 물어라' 라면서 박장대소했을 것이다.

"제기랄 늙은이. 끝까지 함정을 파 놓는구만!"

멋대로 대공의 담배를 훔쳐 핀 주제에 애꿎은 화풀이였다.

사실 돌려줄 생각이었지만 자기 입으로 사제의 연을 끊어 놓고 금방 또 찾아가는 것은 아무래도 머쓱한 노릇이다. 그래서 '이참에 담배나 배워 볼까?' 라고 피워 봤지만, 근심 걱정을 단번에 날려 버린다는 담배 회사의 광고와는 전혀 달리 깜짝 놀랄 정도로 맛이 없었던 것이다. 덕분에 '이딴 걸 피우니까 속이 시커먼 생각만 하지!' 라는 영문을 알 수 없는 심술만 늘어났다.

쇼메는 다음에 돌려줘야겠다고 생각하며 낡은 가죽 담배 케이스를 서랍에 넣었다. 그는 왕실에서 마련해 준 작은 사무실에 혼자 있었다. 어전회의에는 참석하지 않았다. 보나 마나 키르케가 주도하고 있을 테고, 그걸 손가락 빨며 지켜보기에는 자존심이 허락하지 않았던 것이다.

아니, 솔직한 심정으로는 잠시 쉬고 싶었다. 예전처럼 신분을 속이고 유흥가를 들락거릴 수야 없지만 이렇게 아무도 없는 공간에서 단 한 시간만이라도 마음을 놓고 잠드는 것으로도 족했다.

일견 시건방져 보이는 외모의 미남자는 테이블 위에 얼굴을 묻고 눈을 감았다. 누가 쓰던 책상이었는지 해묵은 잉크 냄새가 코끝을 적셨다. 딱딱한 의자에 딱딱한 책상이었지만, 이 왕국에 온 뒤 가장 편안한 안락감에 사로잡힌 그는 긴장이 풀리는 것을 느끼며 스르르 눈을 감았다.

"쇼메 블룸버그 님 계십니까."

"에이, 씨!"

문밖에서 들려오는 소리에 쇼메는 테이블을 쾅 때렸다. 이 방에 달라붙어 있는 '격무의 정령' 같은 것이 자신의 휴식을 어떻게든 방해하고 있다는 망상마저 들었다.

"뭐야! 들어와!"

이오타의 왕자일 때나 여기서나 말투는 변함이 없었다. 어째서 다짜고짜 성질을 내는지 영문을 알 수 없던 시종은 황망한 표정으로 문을 열었다.

"저어, 이것을 블룸버그 님께 전달해 달라고 하셨습니다."

"누가!"

"아이히만 공작 나리이십니다."

대공이? 쇼메의 굳은 시선이 시종이 들고 있는 검은 봉투에 꽂혔다. 단단히 밀봉한 봉투 안에 들어 있는 것이 적어도 지금까지 자신을 속인 것을 사과하는 눈물의 편지는 아니리라.

"가져와."

봉투를 받은 쇼메는 한동안 열어보지 않고 묵묵히 그것을 바라보기만 했다. 마치 고대 유적을 발굴하던 중에 나온 의문의 상자를 대하는 것 같았다. 뭐가 들어 있는지 예측하기 어렵다는 점이 그랬다. 수십여 장의 서류가 들어 있음 직한 그 검은 봉투 위에는 아무것도 쓰여 있지 않았다.

'설마 열면 폭발하진 않겠지.'

어쨌든 열어 보지 않으면 영원히 모른다. 그는 긴장한 표정으로 봉투를 뜯었다. 예상대로 그것은 글씨로 빼곡히 덮여 있는 스물다섯 장의 서류였다.

어떤 도장이나 사인도 없는 것으로 봐서 공문서는 아니었다. 하지만 쇼메는 그 품위 있는 필체가 아이히만의 것이라는 걸 알 수 있었다. 낭비하는 시간이라고는 1초도 없는 아이히만이 스물다섯 장이나 되는 종이에 손수 빽빽이 채운 기록이란 대체 무엇일까, 쇼메는 불길한 동굴을 탐험하는 기분에 사로잡혀 그 문서를 읽어 내려갔다.

그리고 몇 장을 넘겼을 때 쇼메의 심장은 터질듯이 뛰고 있었다. 설령 봉투 안에 진짜 폭탄이 들어 있었어도 지금보다는 덜 놀랐을 것이다.

"이런 말도 안 되는……."

쇼메는 말을 흐리며 종이를 떨어트렸다. 그 종이 위에는 '인코그니토'라는 생소한 단어가 유달리 많았다.

그는 자리에서 일어났다. 당장 아이히만에게 가야만 했다. 그의 멱살을 잡고 이런 말도 안 되는 헛소리를 자기가 믿을 줄 알았냐고 고함칠 작정이었다.

하지만 아이히만이 결코 스물다섯 장에 달하는 장대한 허풍이나 늘어놓는 한가한 인간이 아니라는 것을 그는 알고 있었다.

5.

쇼메에게 서류를 보낸 아이히만은 자신의 사무실을 나와 부하들이 자신에게 '공포의 결재'를 받기 위해 수만 번도 넘게 오르내려야 했던 낡아빠진 계단을 내려와 행정부 본채 1층에 도착했다.

퇴근 시간이 이미 지났음에도 불구하고 식지 않는 업무의 열기가 끓어오르는 그곳은 시장통을 넘어서서 전쟁통에 가까웠다. 추상같은 비상근무발령 이후 행정부 소속 전원이 주말도 휴일도 없이 매일매일 철야를 반복하고 있는 것이다. 피를 토하는 강행군이지만 전쟁을 앞둔 시기이니 어쩔 수가 없었다.

"모두들 수고하네."

아이히만의 드문 격려에 백여 명의 행정 요원들은 일시에 하던 일을 멈추고 자리에서 일어났다. 왕실 내에서 가장 악명 높은 부서로 통하는 행정부는 일종의 군대 같았다. 아이히만이라는 카리스마적 사령관이 지휘하고 펜과 서류로 전쟁을 벌이는 베테랑 부대. 인간의 한계에 도전하는 업무량에도 불구하고 결코 도망치거나 투정부리는 사람이 없는 이유가 '철혈대신'에 대한 절대적 존경심 때문이라는 사실은 의심할 여지도 없었다.

그 충성스러운 '전사'들은 잔뜩 긴장한 눈빛으로 자신들의 사령관을 바라봤다. 보통 이렇게 나타났을 때는 실로 굉장한 명령을(앞으로 한 달간 집에 갈 생각 하지 말게, 같은) 꺼내기 때문이었다.

아이히만은 슬쩍 달력을 바라보고는 입을 열었다.

"그러고 보니 요 근래 한 번도 쉬질 못했지? 자네 아내들이 날 미워하는 것도 이해가 가."

그는 답지 않게 (어쩐지 진짜처럼 들리는) 농담으로 시작했다.

"특별 휴가를 내려 주지. 지금 이 시간 이후 24시간 동안 무조건 쉬게."

행정 요원들은 킥킥거리며 웃었다. 이 말도 짓궂은 농담으로 들었던 것이다. 그도 그럴 것이, 아이히만 밑에서 십 년 넘게 일한 사람조차 그의 입에서 '휴가'라는 단어를 들어 본 적이 없었기 때문이었다.

아이히만이 회중시계를 꺼내며 말했다.

"지금부터 딱 5분 주겠네. 5분 안에 모든 정리를 마치고 전원 행정부 밖으로 나가게. 그 시간 이후에도 여기에 남아 있는 녀석은 평생 쉬고 싶지 않다는 뜻으로 알고 죽을 때까지 가둬 놓고 일을 시킬 테니까. 자, 4분 52초 남았네."

요원들은 영문을 모르겠다는 얼굴로 서로를 바라봤다. 그럼 정말 이거 농담이 아니란 말인가? 설마 그걸 믿고 나갔다간 일하기 싫은 놈으로 찍혀서 행정부에서 쫓겨나는 것은 아닐까!

"4분 31초 남았네."

"……!"

그제야 이게 농담이 아니라는 것을 알게 된 요원들은 어린애처럼 행복의 비명을 내지르며 밖으로 쏟아져 나갔다. 온 손가락을 뒤덮은 잉크 자국을 닦을 새도 없이 일해 왔다. 그들이라고 쉬고 싶지 않을까.

하지만 세상에서 가장 싫어하는 단어가 '휴식'인 것 같은 자신들의 상관이 대체 무슨 바람이 불어 뜻 모를 휴가를 내줬는지는 짐작조차 할 수 없었다.

"정리하고 나가라니까…… 이것들이."

아이히만은 서류만이 흩날리는 텅 비어 버린 행정부를 바라보며 혀를 찼다. 그러고는 씁쓰레 웃었다.

"잘들 있게나."

다시 자신의 방으로 돌아온 아이히만은 가장 먼저 옷을 갈아입었다. 최고급 나사(羅紗)로 지어 놓고 한 번도 입어 보지 않은 흑색 테일 코트였다. 그러고는 반듯이 꺾인 칼라에 새하얀 보타이를 매고 똑같은 색의 실크 장갑을 끼고 토끼털 펠트로 안감을 댄 검은 모자를 품위 있게 눌러썼다. 마지막으로는 금줄로 이어져 있는 회중시계를 재킷에 걸고 서랍을 열어 백금과 루비로 이뤄진 결혼반지를 꺼내 왼손 중지에 끼웠다.

그리고 그는 그 반지 옆에 놓여 있던 작은 초상화를 꺼내 바라

봤다. 당찬 얼굴의 미녀였다. 그녀가 죽은 지도 벌써 오십 년이
지났다.

"……."

그녀는 아이히만과 마라넬로가 마키시온의 황실교육기관 팔
마시온에서 공부할 때 그들에게 과학을 가르치던 선생이었다.
젊고 아름답고 진보적이며 더할 나위 없이 자신만만하던 여자였
다.

명망 높은 귀족들과 수재들만 모인 팔마시온에서도 아이히만
과 마라넬로는 가장 뛰어났으며 또 가장 위험했다. 그리고 둘 다
위험한 자들의 여신 같은 그녀에게 빠져 있었다. 어떤 부분에 있
어서도 둘은 라이벌이 아닐 때가 없었다. 심지어는 애인에 대해
서도 말이다.

분명 학생과 선생이 연인이 되는 일은 낭만적이지만 퇴학당하
는 지름길이기도 하다. 하지만 행인지 불행인지 둘은 퇴학 따위
신경 쓰는 성격이 아니었고 그녀의 마음을 얻기 위해 (게다가 자
신의 얄미운 라이벌에게는 절대 빼앗기고 싶지 않아서) 무슨 짓이라
도 할 준비가 되어 있었다.

이 년여에 걸친 필사적인 공략 끝에 그녀는 아이히만의 손을
들어 주었다. 그리고 아이히만은 퇴학당했고 그녀는 해고당했으
며 마라넬로는 천한 신분과 염문이 생기는 것을 못마땅하게 여
긴 아버지에 의해 강제로 황실로 끌려갔다.

아이히만이 베르스로 돌아온 지 일 년 후 그는 그녀와 결혼했

다. 그때 그의 나이가 18세, 그녀의 나이는 34세였다. 그리고 오 년 후 그녀가 사망했다. 사인은 패혈증이었다.

'당신은 항상 나한테 말했지. 황후를 포기하고 날 선택했으니까 확실히 책임져야 한다고.'

세상에서 가장 고귀한 혈통이라는 마카시온의 황족인 데다가 더없이 매력적인 마라넬로의 열렬한 구애를 뿌리치고 자신을 선택하기란 결코 쉬운 일이 아니었을 것이다. 아이히만은 항상 미안해했다. 그녀가 죽은 이후 한 번도 그녀의 이름을 입에 담은 적이 없지만, 또 한 번도 잊은 적이 없었다.

"마누라쟁이. 그만 좀 웃어."

아이히만은 쓴웃음을 지으며 그 사진을 품속에 넣었다. 그리고 고개를 들어 어느새 집무실에 들어와 있는 금발의 청년을 바라봤다. 놀란 기색은 없었다.

"늦었구만. 서류는 이미 나한테 없다네."

"……."

리젤은 눈가를 찡그리며 머리를 긁적거렸다. 기분이 무척 안좋을 때 보이는 버릇이었다.

아이히만은 리젤 뒤에 서 있는 두 명의 특무대를 보며 혀를 찼다.

"늙은이 하나 잡는데 두 명씩이나 더 끌고 오다니, 인력 낭비야. 내가 그렇게 가르쳤던가?"

"아이히만 대공. 전 당신을 크리스탄센 국장님 다음으로 존경했습니다. 어째서 배신한 겁니까."

　인코그니토의 간부이자 이 전쟁을 이자벨의 승리로 이끌어 줄 수도 있었던 아이히만은 마지막 순간 그녀를 배신했다. 아니, 마지막이라기보다는 처음부터 이중 첩자였던 것이다.

　긴 시간에 걸쳐 그녀의 신뢰를 얻는 데 성공한 그는 철저하게 숨겨져 있던 인코그니토의 중심부로 파고들어서 키스와 키릭스, 마라넬로와 소드람, 베아트리체와 실험에 얽혀 있는 위험한 비밀을 알아냈고, 방금 전 그 모든 정보를 쇼메에게 넘겼다.

　그런 자신을 이자벨이 살려 둘 리가 없었다. 그녀의 칼을 피하는 것은 불가능하다는 것도 알고 있었다. 그리고 되지도 않게 피할 바에는 그녀의 손에 죽어서 사람들에게 자신의 진실성을 증명하는 편이 낫다고 판단했다.

　하지만 그 과정 중에 셀른의 시민들을 몰살시켜야 했고 친구였던 마라넬로를 죽이는 데 일조해야 했고 또 수많은 뒷공작들을 해야 했다.

　그 시민들을 죽여서 짜낸 에너지로 태어난 키스는 아이히만을 결코 용서하지 않았다. 설령 이자벨에게 의심당하지 않기 위해 어쩔 수 없이 행한 일이라는 것을 알더라도 용서하지 않을 것이다. 그걸 알면서도 아이히만은 후회하지 않았다.

　이상주의자들에게는 변명일 수도 있겠으나 현실이란 분명 이상과 달라, 옳은 일을 하기 위해 더러운 일을 해야 할 때도 있다. 누군가는 자기 손을 더럽혀야 하는데, 아이히만은 천국에 가지 못하는 건 자기 혼자로 족하다고 결심한 것이다.

그녀가 죽은 날 그렇게 결심했다. 그것은 숭고한 성찰도 지고지순한 정의도 아니었지만, 적어도 한 남자가 자기 삶의 방식을 관철하는 신념이 되기에는 충분했다.

"그러니까 내가 왜 배신했느냐 하면……."

아이히만은 차분한 어조로 말했다.

"내 아내가 그러라고 했거든."

리젤은 굳게 입을 다문 채 총을 꺼냈다. 아이히만은 점잖게 옷의 매무새를 훑어본 뒤에 그를 바라봤다. 그리고 말했다.

"자, 끝내세."

그 자신만만한 얼굴에는 추호의 후회도 없었다.

아이히만 그나이제나우 공작, 베르스 재무대신, 향년 73세. 유서 한 장 남기지 않은 인생이었다.

6.

쇼메는 서류를 든 채 행정부 본채로 뛰어가고 있었다. 불길한 직감이 엄습했다. 그 서류에는 스승의 죽음을 예고하는 어떤 문장도 없었지만, 쇼메는 아이히만이 죽음을 결심했다는 것을 알았던 것이다.

'망할 늙은이! 자기 혼자 폼 잡으면서 죽도록 내버려 둘 것 같

아? 내가 보란 듯이 당신을 능가할 때까지만 살아 있으라고!'

스스로 무슨 소리를 하는지도 알 수 없었다. 단지 자기 목숨을 스물다섯 장의 서류와 맞바꾼 그 정신 상태를 마음껏 비웃어 주고 싶었다. 그러니까 비웃어 주려면 어쨌든 살아 있어야 한다며, 쇼메는 숨이 목 끝까지 차도록 달렸다.

하지만 아이히만이 항상 그에게 해 왔던 말마따나 시간은 언제나 사람들의 사정 따위 봐주지 않고 흘렀다.

"······!"

쇼메는 행정부에서 불꽃이 치솟아 오르는 것을 보았다. 그것은 리젤이 혹시라도 남아 있을지도 모를 '정보'를 없애기 위해 저지른 방화였다. 그는 테러와 인멸의 전문가다. 시한장치가 작동하자마자 솟구친 불길은 삽시간에 건물을 집어삼켰다.

죽을힘을 다해 뛰던 쇼메는 그것을 보며 조금씩 발걸음을 멈춰 갔다. 사방에서 터지는 사람들의 비명과 이리저리 뛰며 내지르는 고함 소리 속에서 우두커니 선 쇼메는 화염에 잠겨 무너져 가는 아이히만의 성을 말없이 바라봤다. 그는 처음으로 이자벨에게 분노했다.

7.

몰려든 인파들 속에서 쇼메를 지켜보는 자가 있었다. 데님 유니폼을 입고 깊게 눌러쓴 남색 모자 밑으로 풍성한 금발이 반짝거리는 그 청년은 너무 미남이라는 것만 제외하면 영락없는 왕실 노역부였다.

리젤에게 그런 변장은 몇 분도 필요하지 않았다. 사냥감을 노리는 그 푸른 눈동자에는 살기조차 없었다. 십 대 초반부터 서류에 도장 찍듯 아무렇지도 않게 암살을 해 온 리젤에게 살인이란 죄책감도 흥분도 아닌 일상이었다. 하지만 그렇다고 당장 쇼메를 제거하기 위해 이빨을 드러내는 무분별한 살인마도 아니었다.

'지금은 무리로군. 게다가 아이히만이 죽은 것을 봤으니……'

보나 마나 이자벨이 자신도 노린다는 것을 알았으리라. 리젤은 주저 없이 쇼메를 포기했다. 암살자를 대비하고 있는 목표를 제거하기란 무척이나 힘든 일이다. 게다가 쇼메처럼 직감이 뛰어난 자가 목표라면 암살은 거의 불가능에 가깝다.

리젤은 그것 말고도 할 일이 많았다. 경비가 더 삼엄해지기 전에 이자벨이 명령한 '회수'를 실행해야 하는 것이다.

"가자."

복잡하기 짝이 없는 왕실 지도를 완전히 암기하고 있는 리젤은 리더구트를 향해 빠른 발걸음을 옮겼다. 리젤과 같은 복장의 특무대 두 명이 그의 뒤를 따랐다.

"야! 너희들!"

리젤은 멈칫했다. 덩치 좋은 기사가 성큼성큼 다가오고 있었다. 헬스트 나이츠였다. 리젤은 태연하게 고개를 숙였다. 정체가 발각될 일은 전혀 없었다.

"행정부에 불이 나기 전에 총소리가 났다던데, 보거나 들은 것 있으면 남김없이 말해!"

그 기사의 정체는 바로 블리히였다.

"초, 총소리 말씀입니까?"

"그래, 총소리! 불이 나는 바람에 현장 검증이고 자시고 못 하지만, 아이히만 대공은 누군가에게 피격되었고, 또한 증거 인멸을 위해 불을 지른 것이 분명해! 불길의 방향만 봐도 자연발화가 아니라는 것쯤은 알 수 있어. 테러범들의 흔해 빠진 수법이야. 흥. 이 명수사관 블리히의 눈은 속일 수 없지!"

'이것 봐라?'

리젤은 블리히라는 자가 '동전 한 닢에 울고 웃는 속물'이라는 인트라 무로스의 데이터와는 달리 제법 논리적이라는 데 놀랐다. 게다가 자신이 아이히만을 쏜 총에는 소음기가 달려 있었다. 그런데 어떻게 총성을 들었다는 것일까? 설마 눈치채지 못한 목격자가 있었나? 아니면 일부러 떠보는 것일까? 리젤은 내심 당황했다.

그는 블리히의 안색을 살피며 조심스럽게 말했다.

"죄송하지만, 저희는 총소리를 못 들었습니다."

"흥! 거짓말!"

"……!"

리젤의 눈빛이 굳었다. 어떻게 알았지? 리젤은 슬쩍 소매 속에서 비수를 꺼내 잡았다. 보통내기가 아니다. 여차하면 목을 그어 버리고 도주한다!

블리히는 헛기침을 하며 말했다.

"어쨌든 또 누가 물어보거든 총소리를 들었다고 말해라."

"예?"

"에이이! 무조건 들었다고 말하란 말이다! 알겠나!"

그러면서 블리히는 당황하는 리젤의 윗도리 주머니에 금화를 집어넣고는 그의 귀에 속삭였다.

"꼭 말해야 해. 안 하면 죽어?"

"……."

그러니까 블리히는 어떻게든 이 일을 '의문의 암살'이라고 보고서를 올려 실적을 내고 싶을 뿐이었고 그러기 위해서는 증인이 필요했다. 그러니까 애당초 총소리고 방화고 블리히가 혼자 꾸며 낸 말이었다.

그 '깊은 뜻'을 알 턱이 없었던 리젤은 어떻게 이 우둔한 베르스의 기사가 자신의 행동을 속속들이 알았나 싶어 심장이 두근두근 뛰었던 것이다.

"험험. 이 몸은 바빠서 이만."

리젤과 특무대는 이번에는 저쪽 일꾼에게 가서 똑같은 소리를 반복하고 있는 블리히를 멍한 표정을 바라봤다.

"……어째서 이런 나라가 아직까지 안 망한 걸까요."

"……그러게요."

산전수전 다 겪어 본 암살의 베테랑들을 이토록 기가 질리게 만들 수 있는 사람도 없을 것이다.

8.

미온은 침대 위에 누워 있었다. 팔은 얼굴을 가리고 있었다. 키스가 남긴 편지의 단어 하나하나가 차가운 빗물처럼 떨어져 온몸을 적셨다. 키스와 자신이 한 여자를 사랑했다는 것이, 키스는 그 사실을 알고 있었다는 것이, 그래서 그녀를 지키지 못한 자신을 미워했다는 것이, 그러면서도 마지막까지 웃는 척 자신을 대했다는 그 모든 사실들이 마음속을 뚫고 들어갔다가 다시 뚫고 나오길 반복했다. 그때 노크 소리가 들렸다.

"미온, 안에 있지?"

쇼탄이었다. 미온이 문을 열자 쇼탄은 당장 화장실이 급한 것 같은 표정으로 말했다.

"아, 저어 미온, 있잖아. 지금 1층으로 좀 내려와 줄 수 있어?"

"나중에 내려가면 안 될까요."

쇼탄은 급하게 달려간 화장실에 아주 길고 긴 줄이 이어져 있는 것을 봤을 때의 표정으로 고개를 끄덕였다.

"그, 그래? 내려가기 싫다면 어쩔 수가 없네. 대신 랑시가 죽겠지만."

"……네?"

그리고 미온이 내려갔을 때 1층에는 리젤이 있었다. 미온을 본 그는 랑시의 목을 위협하던 단도를 치우며 방긋 웃었다.

"불쑥 찾아와서 미안해요, 엔디미온 동지."

"……리젤 씨."

"국장님께서 찾으십니다. 같이 가시죠."

그때 루시온이 미온 앞에 섰다.

"엔디미온 경은 우리 동료다. 순순히 내줄 것 같아?"

다른 기사들도 미온을 에워쌌다. 리젤은 눈매를 찡그리며 머리를 긁적였다.

"엔디미온 씨. 당신만 현명하게 처신하면 아무도 다치지 않습니다."

"미온! 따라갈 것 없어! 곧 있으면 형이 올 거야. 분명히 와 줄 거야. 그러면 저런 놈들 따위는……."

랑시는 잔뜩 겁먹은 얼굴인데도 미온 앞을 지켰다. 리젤은 어쩔 수 없다는 듯 고개를 저으며 단도를 들었다.

"그래요. 견백호라면 일 분 안에 절 죽이겠죠. 하지만 저도 일 분 안에 당신들 모두를 죽일 수 있다는 것을 알아 두세요."

그것은 허세가 아니었다. 루시온이 아무리 검술에 재능이 있고 쇼탄이 아무리 힘이 세다고 해도 프로 암살자가 보기에는 가만히 서 있는 밀집 인형과 다를 바가 없다. 미온이 말했다.

"리젤 씨, 베아트리체는…… 거기 있죠?"

리젤은 애매한 대답을 했다.

"절 따라오시면 알 수 있습니다."

"가겠어요. 대신 잠시만 그 칼을 빌려 주세요."

리젤은 고개를 갸우뚱했지만 곧 어깨를 으쓱하고 자신에게 다가온 미온에게 선뜻 단도를 넘겼다. 자신을 해치려고 하거나 자살하려 한다면 단숨에 다시 빼앗을 수 있다는 자신감 때문이었다.

미온은 바짝 날이 서 있는 단도를 바라봤다. 그러고는 자신의 머리칼을 잡았다.

일순간에 엉덩이까지 오던 엔디미온의 긴 머리칼이 잘려 나가 바닥에 떨어졌다. 귀 부근까지 깨끗하게 머리를 자른 미온의 단아한 모습은 마치 소년 같았다. 그는 단호한 보랏빛 눈동자로 리젤을 바라보며 단도를 돌려주었다.

"자, 이제 가요."

"무서운 얼굴이네요."

리젤은 미온이 싫지 않았다. 아니, 오히려 좋아했다. 분명 리젤은 죄의식이 희박한 '사이코패스'지만 도리어 그런 만큼 극단적으로 좋은 사람인 미온에게는 묘한 호감이 있었던 것이다.

그러나 그는 미온이 지금 무엇인가 결심했다는 것을 알았고 그 결심이 이자벨에게 해가 된다면 주저 없이 죽여야 한다는 것도 알고 있었다.

"엔디미온 씨. 부디 이 단도가 당신의 동맥을 끊어야 하는 상황은 만들지 마세요. 무슨 의미인지 아시겠지요?"

리젤의 말은 협박이 아닌 진심 어린 부탁이었지만 미온은 대답하지 않았다. 대신 몸을 돌려 동료들을 바라봤다. 그는 최대한 힘을 내서 밝게 웃으며 말했다.

"다녀오겠습니다. 꼭 돌아올게요."

9.

오르넬라는 즉각 귀환하라는 명령을 받고 교황청에 도착했다. 그런데 예전과 달리 마차는 교황청 정문이 아닌 인적 없는 후문 외곽으로 들어가고 있었다.

마차가 도착하자 그녀는 블라인드 사이로 밖을 훔쳐보고는 코웃음을 쳤다. 아니나 다를까, 자신을 기다리고 있는 자들은 음침한 냄새를 풍기는 이단심문관과 그의 '독실한 추종자'들이었던 것이다. 베르스에 있었다는 것만으로도 그녀는 감시 대상이었다.

"오르넬라 성녀. 마차에서 내려 주십시오."

적갈색의 벨벳 캡을 눌러 쓴 심문관이 말했다. 그 목소리는 극도로 사무적이었고 손에는 양파처럼 생긴 쇳덩이가 달린 메이스까지 들려 있었다.

그들은 오르넬라가 내리기도 전에 그녀의 여행 가방을 꺼내 거칠게 열어젖혔다. 사방으로 옷가지들이 흩어졌다. 명분은 '혹시 있을지도 모를 위험물 수색'이었다.

오르넬라는 융단도 안 깔려 있는 흙바닥에 발을 내딛고는 혀를 찼다. 이 몸으로 육탄 돌격이라도 할 것을 대비해서 무장병력을 깔아 두었단 말인가? 아니면 곧 있을 심문을 위한 기선 제압? 어느 쪽이라도 한심했다.

심문관이 예리한 눈초리로 오르넬라를 바라보며 다가왔다. 목에 걸고 있는 철십자 목걸이를 제외하면 어디에도 성직자의 흔적은 찾기 힘든 인상이었다.

"먼 길을 오시느라 피로하시겠습니다, 성녀님."

"잘 아시네요. 그런데 이 사람들이 내 피로를 덜어 주기 위한 환영 인파로는 보이지 않는군요."

그녀의 수색을 책임진 심문관은 당장 옷이 벗겨져 고문을 당할지도 모르는 이런 공포 분위기에서도 조금도 기가 죽지 않는 오르넬라를 보며 내심 놀랐다. 소문대로 보통내기가 아니었다.

"잠시 몸수색을 하겠습니다."

"몸수색? 나를? 여기서? 당신이?"

"양해해 주십시오."

"……!"

오르넬라는 자신이 허락하기도 전에 그가 어깨와 팔에 손을 대자 눈썹을 움찔했다. 다른 때였다면 상상도 못 할 일이었다. 사내의 우악스러운 손이 가슴 언저리를 지나 잘록한 허리로 내려갈 때쯤 오르넬라가 싸늘한 목소리로 말했다.

"신의 이름을 걸고 단언컨대, 더 밑을 만지고 싶다면 먼저 당신의 목숨부터 맡겨 두는 편이 좋을 겁니다."

그는 머쓱한 얼굴로 손을 뗄 수밖에 없었다. 그리고는 추기경 급 대우를 받는 성녀의 몸을 만져야 하는 이유에 대해 궁색한 변명을 늘어놓았다.

"단지 분위기가 어수선한 관계로 수색을 강화한 것뿐입니다. 성녀님을 의심하는 것은 아니니 부디 오해하지는 말아 주십시오."

의심하고 있다는 사실을 이토록 명확하게 증명하는 말도 드물 것이다.

"제가 아끼는 옷들을 흙바닥에 집어 던지는 게 단순한 수색이라 이 말이로군요."

오르넬라의 가시 돋친 말에 그 남자는 손짓으로 수색을 멈추도록 지시했다.

"불쾌하셨다면 사과드리겠습니다. 그럼 이쪽으로……."

"네깟 놈이 사과한다고 내 기분이 달라질까?"

"예?"

자신을 잡아먹을 것 같은 오르넬라의 뱀눈에 그가 움찔했다. 누가 뭐래도 그녀가 자신에 비하면 하늘처럼 높은 직책임은 부정할 수가 없었던 것이다.

"당장 융단을 깔아. 나와 교황 성하까지 직통으로 이어지는 최고급 붉은 융단을 깔란 말야! 냉큼!"

"그, 그런 무리한 말씀을……."

"하급 성직자 나부랭이 주제에 뭘 주절거리는 거야! 종교도 계급 순이야. 까라면 까. 십 분이 지나도 내 앞에 융단이 안 깔려 있다면, 그땐 정말 네놈에게 신의 가호가 필요하게 만들어 주겠어. 이 버러지 같은 자식아!"

"아, 아, 알겠습니다!"

여왕님 특제 매운맛을 선보인 오르넬라 앞에서 그 심문관은 쿵쾅거리는 가슴을 부여잡고 융단을 구하기 위해 뛰어다녀야 했다. 아무리 명령이 있었다고 해도, 성질 사나운 성녀를 상대로 끝까지 뻣뻣한 태도를 고수할 배짱은 없었던 것이다.

10.

"오오, 잘 왔소. 오르넬라 성녀."

세계 주교단의 단장이자 교황청의 최고 사목자이자 남부 콘스탄트의 지배자 레오 3세는 (백 미터에 달하는 융단을 밟고) 자신 앞에 나타나 다소곳이 무릎을 꿇은 오르넬라를 구김살 없는 미소로 맞이했다. 수많은 신도들이 기꺼이 목숨을 내놓게 만든 바로 그 미소였다.

하지만 오르넬라는 개미 새끼 한 마리 못 죽일 것 같은 그 티끌 없는 미소 뒤에 숨겨진 진짜 마음이 적어도 '진정한 신앙심'은 아니라는 것을 알고 있었다.

"이렇게 갑자기 귀환 명령을 내린 것에 대해서는 미안하게 생각하오. 하지만 베르스가 신의 가르침을 어기고 스스로 이교도임을 주장하여, 본인은 성녀의 안전이 걱정되어 급히 부른 것이니 이해해 주길 바라오."

오르넬라는 묵묵히 고개를 숙였다. 자기 안전 따위에는 눈곱만큼도 관심이 없는 교황이 왜 자신을 불러들였는지는 잘 알고 있었다. 그러니까 이 모든 것은 종교의 이름으로 보기 좋게 포장된 쇼일 뿐이었다. 교황은 '진짜 이유'를 말했다.

"이 사태를 이대로 묵과할 수 없는 본인은 북부 콘스탄트와 베르스를 이교도의 무리로부터 정화시키고 오랜 내전을 종식시키기 위한 성전(聖戰)을 선포하려 하오! 오르넬라 성녀께서도 베르스가 멸망해야 마땅한 죄악의 집단임을 국민들에게 알려 주시기 바라오."

성전 선포는 그야말로 국가 총동원령이다. 교황청을 위시한 남부 콘스탄트 국민 전체가 이교도 말살을 위해 투입되는 것. 그리고 그러기 위해서는 베르스를 침략하기 위한 명분이 있어야 했고, 베르스의 성녀였던 오르넬라가 그것을 증명해 주는 것만큼 좋은 명분은 없었다.

"오르넬라 성녀께서는 본인을 지지해 주리라 믿어 의심치 않소."

그녀는 슬쩍 교황의 주변을 훑어봤다. 무장한 광신도들, 이단 심문관과 성기사단이 사열해 있었다.

이것은 '선택하라는 것이 아니다. 거절할 수가 없다. 교황의 청을 거부한다면 그는 어떤 이유를 들어서라도 오르넬라를 '순교' 시킬 것이다. 아까 그녀의 소지품을 수색하던 자들이 이미 증거 조작을 마쳤으리라. 교황이 그녀를 베르스에 동조하는 이교도로 만드는 것은 손바닥 뒤집는 것보다 쉬운 일이었다.

오르넬라가 고개를 조아리며 말했다.

"여부가 있겠습니다. 베르스 왕국이 이미 구제할 길이 없는 배덕의 무리임을 소녀의 두 눈으로 똑똑히 확인했사옵니다. 교황 성하의 신성한 의지로 타락한 베르스와 북부 콘스탄트를 신의 품에 복속시키길 언제나 기도하고 있었습니다."

"오오! 그대의 신앙심에 가슴이 벅차오."

교황은 그제야 만족스러운 얼굴로 오르넬라를 일으켜 두 손을 꽉 잡았다. 그녀는 한기를 느꼈다. 함박웃음을 보이는 교황의 얼굴 속에서 광기를 목격한 것이다.

11.

사실 모든 국민들이 교황을 추앙하는 것은 아니었다. 어떤 신학자들은 그가 신의 이름을 팔아 '장사'를 하고 있다는 것을 알고 있었고 또 어떤 선지자들은 교황이 마라넬로 황제보다도 더 세계의 지배자가 되고 싶어 한다는 것을 알고 있었다.

하지만 그들은 입을 다물었다. 그걸 입 밖으로 내는 순간 교황청 지하실을 방문하게 된다는 사실도 알고 있었기 때문이었다.

아는 사람들은 입을 다물게 만들고 모르는 사람들은 떠들게 만드는 것이 교황의 효과적인 통치 방식이었다. 모든 문제는 이교도의 탓이고 그 죄악을 정화할 수 있는 자는 오직 교황밖에 없었다. 적어도 모르는 사람들은 그렇게 생각했다.

그리고 그 사실을 증명이라도 하듯 수만 명의 신도들이 교황청 앞 광장에 몰려들었다. 잠시 후 있을 교황 레오 3세의 성전 선포를 환호하기 위해 모인 자들이었다. 물론 교황청은 이들에게 빵과 바꿀 수 있는 교환권을 나눠주었다.

교황청에서도 오르넬라 성녀를 비롯해 추기경들과 총대주교, 수도대주교, 각지 교구의 고위 성직자들이 교황의 부름을 받아 속속 도착하고 있었다. 그들 역시 교황이 무슨 말을 하든 그것을 지지하기 위한 종들이었다.

법률상으로 그들은 교황을 보좌하고 경우에 따라 그의 결정에 거부 권리를 행사할 수 있는 자들이었으나, 실상 남부 콘스탄트 소속의 성직자들 중에서 군통수권을 단단히 쥐고 있는 교황에게 대적할 수 있는 자는 단 한 사람도 없었다. 거부는 즉시 죽음으로 직결되었다.

"자, 그럼 시작합시다."

새하얀 법의를 입고 보석으로 치장된 긴 지팡이를 든 교황이 추기경들과 함께 교황청 본궁 3층 베란다에 나타나자 곧바로 울부짖음에 가까운 신도들의 함성이 터졌다.

　의례적인 기도가 끝나자 교황은 왜 자신이 찢어지는 마음에도 불구하고 수많은 국민들이 죽어 나갈 성전을 선택할 수밖에 없었는가를 모조리 이교도의 탓으로 돌려 강변하기 시작했다. 사실 그 연설이 논리에 맞고 안 맞고는 중요하지 않았다. 어차피 광장에 모인 시민 대부분에겐 교황이 무슨 소리를 하는지 들리지도 않을뿐더러 또 무슨 소리를 하든 열광적 지지를 보낼 것이 당연했기 때문이었다.

　그들 앞에 사열해 있는 성 아우리엘레 신전기사 연합의 빛나는 백색 갑주도 그들을 도취시키는 데 한몫을 했다. 인간은 뭐든 반짝거리는 것에 취하는 법이다.

　그들의 맹신에 흡족한 기색을 드러낸 교황은 연설을 마치고 오르넬라를 바라봤다.

　"자, 그럼 베르스의 성녀이자 베르스 교구의 수장이었던 오르넬라 자매께서 죄악의 소굴이 된 베르스를 정화시켜야만 하는 이유를 말씀하시겠습니다."

　백색과 황금색이 조화된 법의 덕분에 흡사 하늘에서 내려온 천사와 같은 인상을 주는 오르넬라는 살짝 교황에게 고개를 숙여 보인 뒤 국민들 앞에 섰다. 그러자 마치 누가 버튼이라도 누른 것처럼 곧바로 환호성이 울렸다.

설령 이 자리에 그녀 대신 원숭이가 서 있었어도 똑같은 반응이 나왔을 것이다. 그녀는 이 모든 것이 서푼짜리 연극처럼 느껴졌다. 그리고 이 연극에서 자신의 역할이 천사여서는 안 된다고 생각했다. 당장이라도 낙원으로 인도해 줄 것처럼 장담하는 천사들은 이미 역겨울 만큼 널려 있지 않은가?

'이 오르넬라에겐 악역이 어울려. 그렇고말고.'

훗! 하는 코웃음을 친 그녀는 돌연 긴 치마를 젖히며 긴 다리를 낮은 난간 위에 당당히 올렸다. 수만 명의 '관중' 앞에 새하얀 실크 스타킹을 입은 성녀의 다리가 눈부시게 대공개된 것이다.

기역자로 굴곡진 그 다리의 자태는 그야말로 뇌쇄적이었다. 진짜 천사가 내려왔을 때보다도 더 경악한 시민들은 좀 더 자세히 보겠다고 괴성을 내지르며 몰려들기 시작했다.

"허어어어어억!"

교황과 추기경들의 숨이 넘어간 이유는 단지 가터벨트가 보일 정도로 훤히 드러낸 그녀의 육감적인 허벅지 때문만은 아니었다. 그들의 시선은 그곳에 숨겨져 있던 작은 권총으로 향했다.

오르넬라는 그것을 뽑아 교황의 툭 튀어나온 이마에 겨눴다. 단 한 발이 들어가는 소구경 권총이기 때문에 조금이라도 거리가 멀어진다면 교황을 죽일 수 없었다.

그녀가 말했다.

"감시원이 끝까지 제 몸을 수색했다면 아마 전 이곳에 있지 못했겠지요. 이 모든 것이 다 신의 은총이라 생각합니다."

"이, 이게 뭐하는 짓인가! 오르넬라 성녀!"

"교황 성하, 제가 원하는 것은 아주 간단합니다. 저 국민들 앞에서 성전을 취소하십시오."

교황은 한 대 크게 얻어맞은 것 같았다. 베르스와 친한 오르넬라를 의심하기는 했지만 설마 이 정도로 대담하게 나오리라고는 예상 못 한 것이다. 그는 떨리는 목소리로 소리쳤다.

"지금 이게 뭘 의미하는 줄 알고 있나. 날 죽이려는 죄는 아무리 성녀라도 화형을 면치 못해!"

"그렇겠죠. 하지만 제가 불타고 있을 때 교황 성하께선 이미이 세상을 떠나셨을 겁니다."

"단단히 미쳤군. 베르스의 독에 취한 거냐!"

"아니. 당신의 독에서 깨어난 것뿐입니다."

이것은 아이히만이나 쇼메의 계략이 아니었다. 오르넬라가 단독으로 결심한 것이다. 그녀는 성녀이면서 단 한 번도 신의 계시를 듣지 못했다. 그리고 그것은 지금도 마찬가지였다. 단지 지금이 못된 행동만큼은 신께서도 눈감아 주실 거라 믿었다. 아니, 용서받지 못해 지옥에 떨어진다 해도 어쩔 수 없었다. 교황을 막을 방법은 이것뿐이니까.

"루터! 루터 어디 있나!"

당황한 교황이 쩌렁쩌렁 소리쳤다. 그의 무시무시한 경호원인 루터라면 오르넬라의 손가락이 방아쇠를 당기기도 전에 그녀의 목을 비틀어 버릴 수 있다. 하지만 그녀는 고개를 저었다.

"당신의 사냥개는 지금 입원 중이라는 것을 잊으셨습니까?"

"큭!"

카론에게 당한 '검은 추기경' 루터는 죽지 않았다. 보통 사람이었다면 열 번 죽고도 남을 중상이었지만, 그의 가공할 육체와 광기에 가까운 정신력은 죽음 일보 직전에서 그를 부활시켰다.

그러나 제아무리 그런 루터라도 당분간은 일어날 수조차 없는 상태다. 교황은 지나치게 흥분한 나머지 항상 자기 곁을 지키던 흉포한 사냥개가 지금만큼은 누워 있다는 사실을 잠시 잊고 있었던 것이다.

"당장 성전을 취소하십시오! 그리고 북부 콘스탄트와 화평을 맺겠다고 사람들 앞에서 약속하세요! 내전은 이미 육 년을 넘었습니다. 그런데도 저 지친 백성들이 계속 당신을 추앙하는 이유는 당신이 언젠가는 행복한 낙원으로 자신들을 보내줄 것이라 믿고 있기 때문입니다. 대체 언제까지 그 믿음을 악용할 생각이십니까, 성하!"

그녀의 격한 목소리에 교황은 얼굴을 씰룩였다. 마치 사기가 들통 난 도박사 같았다. 그는 떨리는 눈동자로 자신을 겨눈 총구를 바라보며 말했다.

"오르넬라 성녀. 자네의 말에 십분 공감하네. 하지만 자네는 이미 천국행이 결정된 신분이 아닌가. 그런데 이런 짓을 한다면 신의 분노를 사서 지옥에 떨어질 걸세. 그러니 진정하고 일단 이 총을 내리……."

"성하."

오르넬라는 측은한 목소리로 대답했다.

"전 신을 믿지 않습니다. 적어도 태어나면서부터 누구는 성스럽고 누구는 천한 사람으로 나누는 권력자들의 신은 믿지 않습니다. 설령 제가 지옥에 떨어진다 하더라도 제 옆에는 당신이 있을 테니 그리 외롭지는 않을 겁니다."

그녀가 항상 품어 왔던 가장 큰 의문은 왜 자신이 성녀냐는 것이었다. 단지 예언에 기록된 장소와 시간에 태어났다는 이유만으로 그녀는 태어날 때부터 성녀였고 그녀 옆집에서 태어난 자는 마구간지기의 자식이라는 이유만으로 천민이었다. 오르넬라는 그 '신의 섭리'를 납득할 수 없었다. 그것은 모조리 서푼의 가치도 없는 연극이라고 생각했다.

하지만 감히 교황의 머리에 총을 겨누는 끔찍한 짓을 저지르고 있는 지금, 그녀는 신이 왜 자신에게 그런 고뇌를 내려주었는지 알 수 있었다. 자신이 아닌 누군가를 위해 해야만 하는 일을 하는 자가 바로 성자라고, 그녀는 생각했다.

"어서 국민들에게 말하십시오. 이제 무의미한 전쟁을 끝내고 종교가 종교로서 사람들을 구원토록 노력하겠다고. 제가 바라는 것은 그것뿐입니다."

그때 청명한 여자의 목소리가 들렸다.

"교황 성하!"

순간 교황의 얼굴에 화색이 돌았고 오르넬라의 표정이 굳었다.

"오오! 알테어!"

연두색 긴 머리 여성이 베란다에 나타난 것이다. 알테어가 예정보다 빨리 전선에서 귀환하는 것까지는 오르넬라도 예상하지 못했다. 교황이 '진심'을 말했다.

"알테어! 당장 이 미친년을 죽여라!"

빛의 검술을 가진 명주작 알테어 엔시스는 당연히 루터 이상이다. 눈 깜작할 사이에 오르넬라의 심장을 뚫을 수 있다. 오르넬라는 그것을 알면서도 알테어에게 온화하게 말했다.

"너도 네 의지와는 상관없이 아신이 되었지? 마치 자고 일어났더니 침대 옆에 놓여 있는 선물처럼. 그 선물을 거절할 필요는 없어. 하지만 기왕 받은 거라면 가치 있게 써야지. 어떻게 쓰는 것이 가치 있을지 잘 생각해 봐."

"성녀님."

"알테어! 저 악마 년의 유혹에 속지 마라! 넌 교황청을 수호하는 주작이다! 그게 네가 태어난 이유야! 만약 내가 죽으면 교황청도 무너진다. 이 나라는 멸망할 거야! 그러니 어서 오르넬라를 죽여!"

강압적으로 외치던 교황의 목소리는 점점 다급해지더니 곧 애걸로 바뀌어 갔다. 알테어가 움직이지 않았기 때문이었다. 물론 교황 주변에 있던 교황청 간부들도 움직이지 않았다. 오르넬라를 덮쳐 교황을 구하기는커녕 도리어 슬금슬금 뒤로 물러서고 있었다.

이 어처구니없는 상황에 교황은 입 안이 바짝바짝 타 들어갔다. 백만 대군을 거느린 자신이 고작 한 여자의 장난감 같은 권총 하나에 목숨을 잃어야 하다니! 그는 결국 체념한 표정으로 중얼거렸다.

"알겠네. 내가 졌어. 국민들에게 말하겠네. 성전을 취소하고 내전도 끝내겠다고. 그럼 된 거지?"

오르넬라는 고개를 끄덕였다. 교황은 오르넬라의 총구에 자신의 머리가 겨눠진 채 웅성거리는 국민들 앞에 섰다. 그는 억지로 짜낸 목소리로 성전이 취소되었음을 알리며 힐끗 오르넬라를 바라봤다.

'은혜도 모르는 년! 기껏 성녀를 만들어 줬더니 되레 날 협박해? 갈기갈기 찢어 주겠다. 고문하고 또 고문해서 자비를 구걸하게 만들어 주마. 너 따위 계집이 이 레오 3세를 막겠다고? 어림도 없지!'

교황은 오르넬라가 시킨 대로 성전을 취소했다. 그러니까 당장은 말이다. 하지만 그런 것쯤은 나중에 얼마든지 다시 바꿀 수 있었다. 체면에 흠집이 나고 뒤에서 수군거리는 국민들도 생기겠지만, 술과 음식을 뿌리면 그들은 언제 그랬냐는 듯 다 잊어버리고 또 자신을 따르게 될 것이다. 국민들을 다루는 데 필요한 것은 빵과 서커스뿐이라는 그 '현명한' 사육 방식을 교황은 추호도 의심하지 않았다.

교황의 입에서 성전을 취소하고 북부 콘스탄트와도 평화조약을 맺겠다는 폭탄선언이 나오자 사람들은 어찌할 바를 모르며 당황했다. 하지만 예상했던 비난의 고함 소리는 들리지 않았다. 교황이 지금 흉탄에 위협받고 있다는 것을 보고 있으면서도 말이다.

오히려 일부는 안도하고 있었다. 아픈 것을 좋아하는 사람은 아무도 없다. 싸움이 계속될 때 피를 흘리는 쪽은 국민들이지 교황이 아닌 것이다.

"보셨습니까? 성전을 원하는 자는 당신 외에는 아무도 없습니다."

교황은 이를 부득 갈며 말했다.

"맘대로 생각해. 어쨌든 약속을 지켰으니 이 망할 총을 치워!"

교황은 당장 오르넬라를 고문실로 보내고 다시 성전을 개시하기로 결심했다. 하지만 그럴 수 없었다. 그녀는 총구를 거두지 않았던 것이다.

"야, 약속과 다르지 않은가!"

오르넬라는 측은한 눈빛으로 새하얗게 질린 교황을 바라볼 뿐이었다. 순간 레오 3세의 심장이 내려앉았다.

"자, 잠깐. 설마 너 처음부터 날 죽이려고……."

교황은 이제야 그녀의 계획이 무엇인지 알았다. 지금 자신이 성전을 취소하고 죽게 되면 당분간 다시 명령을 내릴 수 있는 자는 없다. 취소된 그대로 모든 것이 끝나는 것이다. 하긴, 비상한 머리의 오르넬라가 절대 전쟁을 멈추지 않을 교황의 속마음을 몰랐을까.

"교황 성하. 만약 당신이 진심으로 평화를 원했다면 전 분명이 총을 거뒀을 겁니다."

"거짓말! 대체 뭐가 탐나서 이러는 건가! 차기 교황이 되려는 거냐? 아니면 키르케나 이자벨이 사주한 거냐? 사실을 말해!"

"……성하."

그녀의 얼굴은 연민으로 가득했다. 교황을 존경한 적이 없었던 것은 아니다. 자신을 성녀로 지목하고 정성스럽게 신앙을 가르쳐 준 사람이 바로 교황이었으니까.

"10초의 시간을 드리겠습니다."

"……!"

"그 시간 동안, 신 앞에 서기 전에 자신의 죄를 참회하시기 바랍니다."

"오, 오르넬라. 교황의 자리를 주겠네. 교황청도 넘기고 난 물러나겠네. 그러니까 제발 날 살려만 주게."

눈물을 흘리며 몸을 떨고 있는 교황에게 오르넬라가 나직하게 말했다.

"교황 성하. 당신이 제게 처음으로 가르쳐 준 성경 구절이 무엇인지 기억하십니까?"

인파가 몰린 광장은 기묘할 정도로 고요했다. 그녀는 숨죽인 채 자신을 지켜보는 국민들을 눈에 담으며 읊조렸다.

"설령 악마가 신의 모습을 흉내 낸들, 얻는 것은 아무것도 없으리라."

그녀는 방아쇠를 당겼다. 광장 가득 총성이 터졌다.

12.

교황을 시해한 오르넬라는 그 자리에서 긴급 체포되었다. 긴 교황청의 역사에도 내부 성직자에 의해 수장이 암살된 적은 단 한 차례도 없다.

이 초유의 사태에 어쩔 줄 모르던 추기경들은 일단 전국의 성직자들과 신학자들을 불러 콘스탄트 공의회(公議會)를 소집하고 그 율령(律令)에 의해 차기 교황을 선출하며, 성전(聖典)의 법도를 위배한 오르넬라의 성직을 박탈하고 화형에 처하기로 의견을 모았다.

알테어는 병사들의 손에 끌려가는 오르넬라에게 달려갔다. 물론 명주작 알테어 역시 교황 수호의 임무를 저버리고 시해를 방치한 죄가 컸지만—교황이 죽은 이 마당에 대체 어떤 간 큰 성직자가 아신에게 죄를 물을 수 있겠는가? 도리어 그녀를 소유하는 자가 차기 교황이 될 수 있다는 계산에 간부들은 그녀의 죄에 대해서는 '근거 없음'으로 일관했다.

"오르넬라 성녀님!"

알테어를 바라본 오르넬라는 온몸이 꽁꽁 묶인 상황인데도 차분한 미소를 보였다.

"알테어, 새장이 열렸으니 원하는 곳으로 날아가라."

"하지만 당신은!"

오르넬라는 가장 처참한 방식의 처형을 면할 길이 없다. 이유야 어찌 되었든 교황을 죽인 대죄는 교황청 최고형으로 집행될 것이기 때문이다.

오르넬라는 슬며시 입꼬리를 올렸다.

"난 별로 장수하는 것에는 관심이 없지만…… 그래도 불 속에서 죽고 싶지는 않아. 이 우둔한 간부들이 공의회를 소집해 내게 화형을 언도하기까지는 한 달 정도 시간이 걸릴 거야. 그 안에 베르스가 승리해서 세상이 바뀐다면, 어쩌면 나도 살아날 수 있을지 모르지."

그녀는 그 말을 남기고 감옥으로 향했다.

오르넬라에 의해서 알테어는 처음으로 교황청이라는 새장 밖으로 나왔다. 근처에서는 고위 성직자들이 자신들 중 누가 임시로 교황의 직책을 맡아야 하는지 큰소리로 다투고 있었고, 광장에서는 병사들이 검을 뽑아 휘두르며 군중들을 해산시키고 있었다. 어디에도 신의 흔적은 없었다.

잠시 생각에 잠겨 있던 알테어는 교황이 하사했던 성 아우리

엘레 신전기사 연합의 백금 철십자 휘장을 옷에서 떼어내 조용히 테이블 위에 내려놓았다. 그리고 오르넬라와 마찬가지로 자신을 길러 주었던 레오 3세의 빈 옥좌를 향해 고개를 숙였다. 그녀는 교황청을 떠났다.

13.

전쟁이란 백번의 계산 끝에 한 번 움직이는 싸움이라 해도 과언이 아니다. 특히나 이자벨 같은 적을 상대해야 할 때는 더욱더.

그런 의미에서 키르케는 군의 선봉이 아닌 왕실에 마련된 통합작전실에 있었다. 사람들은 '피의 마녀'인 그녀가 당장 선두에 서서 적의 성벽을 허물 것이라 기대했지만, 그런 마술은 없었다.

그녀는 북부 콘스탄트에서 온 엔지니어와 수학자들을 조병창(造兵廠)으로 보내 베르스는 만들 엄두도 낼 수 없었던 최신식 공성기계를 제작토록 명령했다. 또한 휘하의 믿음직한 지휘관들에게 오합지졸과 다름없는 베르스 군대를 (다소 비인간적이라도 상관없으니까) 강도 높게 훈련시키도록 명령했고 페르난데스 왕자의 청을 들어 곧 전쟁터가 될 변방의 국민들을 대피시켰다.

그리고 그녀 자신은 하루에도 수백 건 넘게 도착하는 보고서

속에 파묻혀 이자벨과의 수 싸움에 몰두했다. 마치 한 땀 한 땀 침착하게 수를 놓는 것처럼. 그녀를 뛰어난 사령관이라 부르는 이유는 이런 데 있었다.

밤이 깊어졌는데도 키르케는 지휘 데스크에 턱을 괴고 앉아 생각에 잠겨 있었다. 긴 속눈썹 아래에서 은은하게 빛나는 다갈색 눈동자는 테이블 앞에 놓여 있는 서류를 향했다. 그것은 쇼메가 자신에게 준 아이히만의 서류였다.

처음 그 서류를 읽었을 때 그녀는 믿지 않았다. 만약 아이히만이 죽음으로 진실을 증명하지 않았다면 지금도 믿지 않았을 것이다. 그만큼 상식적인 선에서는 납득하기 어려운 내용이었다.

'하긴, 이자벨이 전쟁을 선택할 이유는 이것밖에 없겠지.'

키르케는 그렇게 생각하며 까칠까칠한 종이 위를 손톱 끝으로 긁었다. 그녀는 이자벨이 전쟁을 벌이려 한다는 것을 알았을 때, 꺼림칙한 이질감을 감출 수 없었다. 사실 사건 해결의 수단으로 전쟁이라는 카드를 선호하는 쪽은 이자벨이 아닌 키르케다. 예전 이자벨이 미온에게 자신은 전쟁을 싫어한다고 했던 말은 결코 거짓이 아니었다.

극도의 현실주의자인 이자벨에게 막대한 물량을 소비해야 하는 전쟁이란 어쩔 수 없는 상황이 아니라면 선택하지 않는 최후의 수단이었다. 그래서 지금까지 그녀는 자신의 방대한 정보를 무기로 하는 외교나 정략, 때로는 암살로 문제를 해결해 나갔다.

게다가 이자벨은 '세계 정복' 같은 뜬구름 잡는 야망에는 관심도 없는 여자다. 분명 얼음처럼 차가운 성격이지만 그렇기 때문에 전쟁과 정복이라는 뜨거운 흥분에 도취될 이유도 없는 것이다.

키르케는 인격마저 정보의 하나로 판단하는 얼음칼날 이자벨에게 좋은 감정이라고는 하나도 없었지만 그 점만큼은 높이 샀다. 그런데 그런 그녀가 섭정이 된 다음부터 갑자기 전쟁광으로 돌변해서 침략 전쟁을 시작할 리가 없었다. 전쟁을 시작한 이유, 키르케는 계속 그것이 의문이었다.

'차라리 전쟁광이 덜 광적일지도 모르겠군. 이 서류에 비하면 말이지.'

이 서류의 내용은 왜 이자벨이 전쟁을 계획했는지 알려 주고 있었다. 전쟁을 통해 그녀가 무엇을 얻고 또 궁극적으로 무엇을 하려 하는지 말이다. 하지만 그 목적은 독재자나 폭군들이 자행하는 탐욕스러운 정복욕보다도 더 거대한 광기의 덩어리였던 것이다. 대범한 키르케라도 오싹한 한기를 느낄 만큼.

'이자벨, 네 눈에는 이 세상마저 정보의 집합체 정도로 보이는 거냐!'

키르케가 손으로 서류를 꽉 쥐자 옆에서 힐끗힐끗 그녀의 눈치를 보던 위고르가 흠칫 놀라 물었다.

"커, 커피가 맛이 없었습니까?"

키르케의 커피를 타 주는 당번은 다름 아닌 위고르 공이었다. 한 나라의 법무대신쯤 되는 양반이 그게 뭐하는 궁상이냐고 혀를 찰 노릇이었지만, '권력 탐지 레이더' 같은 것이 장착되어 있는 위고르는 키르케에게 조금이라도 더 가까워지는 것이 '가장 안전하면서도 가장 효과적인' 출셋길이라는 것을 간파하고 주저 없이 앞치마를 두른 것이었다. 남들과 똑같이 아첨을 떨면서도 밉살스럽다기보다는 불쌍해 보이는 것이 위고르의 개성이라면 개성이었다.

'대체 저 서류에는 무슨 내용이…….'

위고르 역시 그녀가 지금 저 의문의 서류 때문에 신경 쓰고 있다는 것을 알고 있었다. 그도 그 서류의 내용이 궁금해 죽을 것 같았지만 어쩐 이유인지 키르케는 그 내용을 절대로 공개하지 않았다. 그렇다고 몰래 훔쳐보다가 걸리면 자신의 그림자에 자기 목이 날아가는 진귀한 경험을 하게 될 것이 분명하니까, 위고르는 키르케가 단 것을 좋아할지 안 좋아할지 각설탕 단지를 앞에 놓고 고뇌할 뿐이었다.

그때 문이 열리며 훤칠한 사내가 들어왔다. 그를 보자마자 위고르는 또 한 번 놀랐다.

"에스테반 공! 당신이 지금 여기 오면 어떻게 합니까!"

그는 바로 남부에서 악투르를 막고 있는 베르스의 몇 안 되는 명장 에스테반 남작이었다. 악투르는 지금도 베르스의 두통거리 중 하나다. 강대국은 아니지만 용맹스러운 강병을 거느린 그 호전적인 부족국가는 빈틈만 보이면 언제라도 베르스를 침략할 자들이었다.

그런데 지금 같은 비상시국에 그 침략을 저지할 장본인이 현장을 떠나 왕궁에 왔다는 것은 도둑에게 뒷문을 열어 주는 것과 다를 바 없었다.

하지만 에스테반의 얼굴은 밝았다. 키르케는 그가 어떤 '선물'을 가지고 왔음을 짐작할 수 있었다.

"키르케 장군. 그 명성은 익히 들었습니다. 에스테반 테시테리오라고 합니다."

"명성이라기보다는 악명이겠지요. 그래도 미남에게는 너그러운 편이니까 겁먹진 마세요."

"저도 미녀를 좋아합니다. 가시가 있는 미녀라면 더욱더."

"가시가 아니라 칼날일 겁니다. 따끔 하는 정도로는 끝나지 않아요."

그는 가벼운 목례로 인사를 대신했고 키르케는 짓궂은 농담으로 답례했다. 키르케나 에스테반이나 우아한 절차 따위 신경 쓰는 사람이 아니었다. 그녀는 들고 있던 만년필로 테이블을 톡톡 때리며 말했다.

"만약 저한테 수작을 걸고 싶어서 여기까지 어려운 걸음 하신 거라면, 실망한 미녀의 가시에 찔려 이 전쟁 최초의 전사자가 되실 테고, 악투르라는 두통을 해결해 줄 진통제를 가져오신 거라면 그 미녀가 당신을 무척 귀여워해 줄 겁니다."

여자라면 키릭스 못지않게 경험해 본 에스테반마저 그녀의 도발적인 입담에는 기가 질려 웃음을 터트릴 수밖에 없었다. 어쩌면 아신을 상대로 커다랗게 웃을 수 있는 그가 더 대단한 쪽일지도 모르겠지만.

에스테반은 곧바로 본론을 말했다.

"악투르가 아군이 되었습니다."

키르케는 살짝 고개를 기울였다. 어떤 의미인지 이해하기가 힘들었다.

"정정하지요. 그 오랜 원수가 갑자기 우리와 친구가 된 것은 아닙니다. 하지만 적어도 이번 전쟁만큼은 끼어들지 않을 겁니다."

키르케는 이 에스테반이라는 남자를 처음 보지만 적어도 실 없는 호언장담이나 늘어놓는 놈팡이로는 보이지 않았다. 하지만 그렇다고 눈 딱 감고 믿을 수 있는 말도 아니었다.

"믿기 힘들 정도의 희소식이로군요. 하지만 그런 만큼 확실한 근거가 필요합니다."

"근거라 하신다면……."

그는 문가에 있는 병사를 향해 손짓을 했고 곧 험상궂은 거한 한 명이 들어왔다. 여기서 '험상궂은'이라는 수식어는 꽤 온화한 표현이다. 윤기가 흐르는 대머리에 안면을 도마로 이용했는지 얼굴 전체에 흉터가 가득하고 한쪽 눈동자는 아예 금으로 된 의안을 박아 넣은 그 모습은 대체 인간의 얼굴이 어디까지 살벌해질 수 있는지 도전하는 것 같았다. 하루라도 싸움과 전쟁이 없다면 지루해 죽어 버릴 것 같은 인상이었다.

"소개하겠습니다. 악투르 국왕의 아들인 마살라 왕자입니다."

페르난데스와는 극단적인 대비를 이루는 마살라는 우직하게 고개를 끄덕였다. 원래 가장 큰 부족의 우두머리가 통치하는 악투르에 왕과 왕자란 없지만 굳이 호칭을 붙이자면 왕자에 가까운 것이 사실이다. 얼굴만으로는 왕자보다 도살자에 가깝지만 말이다.

키르케가 심란한 그의 얼굴을 뜯어보며 중얼거렸다.

"아주 인상적인 분이시로군요. 아버지의 교육이 참 엄했나 봅니다?"

"몹시 인자하신 분이오. 이 황금 의안도 아버님께서 직접 달아 주셨소."

"하아, 그래요. 참으로 따뜻한 어버이시군요."

고릴라 사촌 같은 아들의 얼굴에 아버지가 금덩어리로 된 가짜 눈을 달아 주는 '훈훈한' 풍경을 떠올리자 절로 속이 메스꺼워지는 키르케였다. 그리고 이런 싸움박질로 똘똘 뭉친 악투르를 상대로 지금까지 잘도 버틴 베르스가 참 용하는 생각도 들었다.

키르케는 대담하게도 적국 베르스의 왕실에 홀로 나타난 마살라 왕자에게 말했다.

"악투르의 후계자를 혼자 보낸 것만큼 확실한 증거도 없지요. 베르스와 휴전을 하겠다는 악투르의 뜻을 의심하지는 않겠습니다. 하지만 어째서 그런 결정을 내렸는지 물어봐도 되겠습니까?"

"비겁함은 전사의 수치이기 때문이오!"

마살라는 스스로 자랑스러운 듯 어깨를 쫙 폈다. 이번에도 키르케는 고개를 기울였다. 어차피 법도 정의도 없는 전쟁판에서 따로 비겁할 게 뭐가 있단 말인가?

"먼저 강대국 이오타와 싸우기로 결정한 베르스의 용맹에 경의를 표하오. 솔직히 겁쟁이라고 생각했던 베르스에게 그런 굉장한 용기가 있을 줄은 몰랐소."

'겁쟁이 맞아. 하지만 안 싸우면 죽으니까……'

하지만 '용맹'과 '결투'라는 단어를 빼면 대화가 안 되는 악투르 사람들이 보기에 강대국과 당당히 맞서 싸우는 약소국 베르스의 모습은 꽤나 감동적이었던 것이다. 문학과 담 쌓고 사는 사람들이었지만 이런 면에서는 더할 나위 없이 낭만적이었다.

"물론 우리 악투르와 베르스는 오랜 숙적이며 친구가 될 생각은 추호도 없소. 그러나 이오타와 싸우는 빈틈을 노려 베르스를 침공할 정도로 비겁하지도 않소. 그러니 당신들과 이오타 사이의 전쟁이 끝날 때까지 우리는 중립을 지킬 것이오."

'왜 악투르가 아직까지 베르스를 점령하지 못했는지 알 것도 같군.'

키르케는 악투르가 국익을 최우선으로 여기는 국가라기보다는 명분에 살고 죽는 전사 집단에 가깝다는 것을 실감했다.

물론 이 용맹에는 나름의 계산도 포함되어 있었다. 이오타가 베르스를 점령한다면 악투르는 이오타를 대적해야 하는 안 좋은 상황에 처한다. 예술에 대한 결벽증 같은 것이 있는 이오타는 야만적이고 예술에는 개똥만큼도 관심이 없는 악투르를 오래전부터 업신여겼다. 물론 악투르도 잔꾀를 부리는 이오타를 싫어했다.

이오타는 베르스를 점령하는 대로 악투르와 손을 잡기보다는 아마도 그들을 '청소'할 것이다. 그렇기 때문에 역설적이게도 악투르는 베르스를 응원해야 하는 상황인 것이다. 적의 적은 친구, 라는 것이 에스테반 남작이 마살라 왕자를 설득한 논리였다.

키르케는 곧바로 본론으로 들어갔다.

"그럼 조건은 뭡니까."

조건 없는 거래는 없다. 적어도 외교에서는 말이다. 키르케는 악투르가 '공짜로' 물러날 것이라고는 기대하지 않았다.

마살라는 슬쩍 에스테반을 봤다. 에스테반은 고개를 끄덕였다. 곧 마살라가 입을 열었다.

"우리 악투르가 베르스 국경에서 군대를 철수시키는 대가로 에스테반 남작은 자기 영지의 3분의 1을 우리에게 넘기기로 약속했소."

키르케는 심란한 얼굴로 에스테반을 바라봤다. 아무리 자기 땅이라지만 독단으로 적국 악투르와 이런 거래를 했단 말인가? 그것도 지휘관이? 군법으로 따지면 내통과 동조를 적용하여 당장 총살을 해도 무방한 중죄였다. 그때 에스테반이 한마디 거들었다.

"농지를 내주는 것이야말로 가장 확실한 침략 억제 수단입니다."

이것은 에스테반이 오래전부터 누누이 강조하던 주장이었다. 악투르가 베르스를 침략하는 가장 큰 이유는 기름진 베르스의 농지를 탐냈기 때문이다. 고작해야 매운 당근이나 자라는 척박한 악투르 땅은 국민을 먹여 살릴 충분한 식량을 생산할 수 없었다.

배고픈 자는 사납기 마련이다. 베르스가 그런 악투르에게 적절한 농지를 제공한다면 악투르의 침략과 약탈은 확실히 줄어든다. 그 유화정책이야말로 시도 때도 없이 쳐들어오는 악투르를 막기 위해 막대한 자금과 병사들을 쏟아 붓는 것에 비해 훨씬 저렴한 해결책이다. 에스테반은 오래전부터 악투르를 상대하며 그렇게 생각했다.

하지만 왕궁에서 안전하게 노닥거리기나 하는 관료들은 그런 에스테반의 주장에 '어떻게 야만인들에게 왕국의 땅을 내줄 수가 있나!'라는 입바른 애국론을 펼치면서 일축시켰다. 도리어 에스테반을 위험한 사상을 지닌 매국노로 몰아 몇 번이나 제거하려고 했다.

에스테반은 탁상공론이나 늘어놓는 그런 관료들이 사라진 지금, 다시 한 번 그 주장을 꺼낸 것이다. 물론 키르케가 받아들이지 않는다면 에스테반은 죽은 목숨이나 다름없다. 전적으로 그녀의 판단력에 달린 문제였다.

"빵을 주고 칼을 막는다……."

키르케는 생각에 잠겼다. 그녀는 국왕의 허가 없이 이 '거래'를 결정할 수 있었다. 작전 수행에 관련된 모든 결정권을 가지고 있는 그녀니까. 키르케는 반짝반짝 빛나는 마살라 왕자의 대머리를 바라보며 말했다.

"그럼 우리도 조건을 하나 걸겠습니다."

"음?"

"이오타와의 전쟁이 끝날 때까지 여기에 머물러 주시기 바랍니다."

키르케의 조건은 바로 '인질'이었다. 악투르의 후계자가 베르스에 묶여 있다면 악투르도 딴생각하기 힘들 것이다. 결혼할 여자가 불쌍할 만큼 무시무시하게 생긴 싸움꾼이지만 악투르에서는 분명 추앙받는 '보물'일 테니까 말이다. 이쪽은 농지를 저쪽은 왕자를—마살라는 자신의 배짱을 시험받은 듯 주저 없이 대답했다.

"흥. 원한다면 얼마든지!"

"좋습니다. 그럼 이것으로 상호불가침 조약이 성립된 것으로 알겠습니다."

이것으로 키르케의 두통은 사라졌다. 골치 아픈 악투르가 침묵하기로 한 이상 남쪽의 병력을 이오타와의 전쟁에 투입할 수 있게 된 것이다.

마살라를 보낸 그녀는 창밖을 보며 중얼거렸다.

'단순한 놈이라 다행이네.'

한편 그녀는 에스테반 남작에 대해 내심 감탄했다. 이런 위험한 시기에 자기 목숨을 걸고 악투르와 담판을 지어 단 한 명의 병사 피해도 없이 침략을 저지한 지혜와 배포는 베르스에서 썩기에는 참 아까운 노릇이었다.

만약 북부 콘스탄트에서 태어났다면 자신의 오른팔이 되어도 괜찮을 인재라고 생각했다. 물론 전쟁이 끝나는 대로 군법을 어긴 죄를 빌미로 여러 가지로 괴롭혀 줄 테지만 말이다. 키르케는 음흉하게 웃었다.

그러나 그 즐거움도 오래가진 못했다. 부관이 황급하게 들고 온 이오타로부터의 급전이 그녀의 즐거운 망상을 산산조각 내버린 것이다. 긴급 전문을 읽은 키르케는 무거운 표정으로 부관에게 말했다.

"이 첩보, 믿을 만해?"

부관은 어둡게 고개를 저었다.

"첩보가 아닙니다. 이자벨 섭정이 직접 발표한 내용입니다."

키르케는 눈을 꽉 감았다. 최악의 상황 중 하나였다. 그녀는 묵묵히 자신의 지휘 테이블 옆으로 가서 그 밑을 내려다봤다.

"야. 일어나."

그녀의 발밑에는 곰 가죽을 뒤집어쓴 청년이 엄청나게 불쌍한 자세로 잠들어 있었다. 무라사였다. 몸을 웅크린 채 세상모르고 잠들어 있는 무라사의 얼굴을 키르케는 군화발로 쿡쿡 눌렀다.

"어이. 비명이 나올 정도로 즐거운 소식이다. 일어나!"

하지만 무라사가 입맛을 다시며 빙글 몸을 돌리기만 하자 키르케는 허허허 웃고는 사정없이 그의 복부를 걷어차 버렸다.

"크헉!"

아신의 힘이 실려 있는 강력한 킥에 바닥을 데굴데굴 구른 무라사가 소스라치게 놀라며 벌떡 일어났다.

"야, 이 무식한 여자야! 내장이 터지는 줄 알았잖아!"

"누가 이런 데서 퍼질러 자래?"

"언제 전투가 시작될지 모르니까 항상 가까운데 있으라고 바로 그 입으로 말했잖아!"

"그 가까운 곳이 꼭 내 책상 바로 옆일 필요는 없잖아? 정말 네 녀석의 머릿속에는 상식이라는 게 존재하기는 하냐. 나는 죽도록 일하는데 옆에서 행복하게 처자는 모습을 보고 있으면 내장을 터트려 주고 싶은 게 당연하지 않겠어?"

"……그게 네 성격 문제라는 생각은 안 해 봤냐."

"닥치고 이거나 봐!"

키르케는 부관으로부터 받은 전보를 무라사의 얼굴에 던졌다. 무라사는 그 서류를 퉁명스럽게 훑어봤다.

"……!"

몇 초도 지나지 않아 그의 얼굴이 날카롭게 굳었다. 늑대 같은 눈동자에 맺힌 감정은 거의 살기였다.

"이거 진짜냐?"

"나도 가짜였으면 좋겠다만."

"젠장! 그 멍청이가!"

무라사는 그 종이를 힘껏 구겨 바닥에 떨어트렸다. 그러고는 옷깃을 세우며 성큼성큼 문밖으로 나섰다.

"나 잠깐 나갔다 올게."

"왜?"

"생각 좀 하게."

그가 나간 이후 키르케는 바닥을 구르는 종이를 집어 들어 펼쳤다. 그 종이에는 단 한 줄의 문장만 적혀 있었다.

이오타군 총사령관 라이오라 란다마이저로 결정됨

마라넬로 황제의 붕어 이후 라이오라의 행방이 묘연해진 것은 키르케 자신도 알고 있었다. 그리고 가급적 이 싸움에는 그가 끼어들지 않길 원했다.

라이오라는 마키시온 제국에서는 신과 같은 존재다. 480년 동안 단 한 번도 패배한 적이 없는 전대미문의 사령관일 뿐만 아니라 그 이름만으로도 프론티어 뱅가드는 물론 마키시온 제국의 적잖은 왕국과 기사들이 이오타에 가담하게 만들 명성이 있다.

그리고 무엇보다 자신과 무라사, 알테어까지 힘을 합쳐도 막을 수 있을지 확신할 수 없는 불사의 괴물이다. 그런 진청룡이 이자벨이라는 막강한 조력자의 지원을 받아 군대를 지휘한다면 베르스가 승리할 확률은 계산하기도 싫을 만큼 낮아진다.

세상에 겁나는 것이 없는 키르케마저도 가장 상대하기 싫은 난적이 바로 라이오라였다.

'역시 키릭스를 따라갔군.'

그녀는 라이오라가 황제의 피를 이어 받은 키릭스를 따라서 이오타에 가담했다는 것을 직감했다.

'하지만 그것만으로는…….'

키르케는 석연찮은 기분이 들었다. 아무리 라이오라가 황실에 충성을 맹세했다 해도 이오타의 군총사령관직을 수락할 필요까지는 없지 않은가.

지금 그의 성격에 어울릴 결정은 '방관'이었다. 그가 이자벨의 이상에 동조하기 때문에 돕고 있다고도 생각할 수 없었다. 키르케는 그가 이 전쟁에 끼어든 명확한 이유를 예측할 수 없었다.

예전부터 마키시온 황가에 족쇄가 채워져 끌려 다니던 라이오라를 몹시 못마땅하게 여기던 무라사는 이번 일로 격분할 수밖에 없었다. 라이오라가 완전히 권력의 하수인이 되었다고 판단한 것이다.

멀지 않은 시간 안에 둘은 전장에서 만나게 될 것이다. 그 결과가 어떻게 될지는 아무도 알 수 없었지만, 라이오라도 무라사도 그 순간을 피하지 않을 거라는 사실만큼은 확실했다.

14.

왕실에서 마련해 준 키르케의 침실은 국왕의 것보다도 화려했
다. 고작 하루 네 시간 정도밖에 사용 못 하는 사실이 죄스러울
만큼 말이다.

전시 중 그녀의 수면은 네 시간으로, 그것도 하루 걸러 한 번
정도다. 아무리 아신이라도 잠을 계속 못 자면 피로해지기 때문
에(심지어 라이오라도 그렇다) 지금 그녀에게 절실한 것은 충분한
수면 시간이지 실크 레이스 달린 거대한 침대나 보석 박힌 잠옷
따위가 아니었다.

'이 왕실 녀석들은 내가 사춘기 소녀인 줄 아는가 보지?'

키르케는 온통 소녀 취향의 장식들로 민망하게 반짝반짝대는
자신의 침실을 보고는 혈압이 상승했다. 어차피 아신이 되기 전
에도 사춘기 같은 호사스러운 시기는 겪어 본 적 없는 그녀다.

방에 들어오자마자 침대 위에 주렁주렁 달린 '나잇값 못하는
귀부인들이나 좋아할 것 같은' 장식들을 죄다 뜯어내 쓰레기통
에 처박은 그녀는 침대에 걸터앉고는 부츠를 벗어 집어 던졌다.

"호오?"

그녀는 테이블을 바라봤다. 이 방에서 딱 하나 마음에 든 것이
있다면 제법 괜찮은 술을 갖다 놨다는 것이었다.

잠들기 전 십 분 정도 주어진 꿀맛 같은 휴식을 탐닉하기 위해
테이블 위의 술병을 집어든 키르케는 곧 그것을 다시 내려놔야

했다. 점점 자기 방으로 다가오는 인기척을 느낀 탓이었다.

'젠장. 이놈의 왕국은 술 한잔 못 하게 하는군.'

일단 키르케는 한 번도 경비병을 둔 적이 없다. 아신을 누가 보호하느냐는 웃기는 문제도 있었지만 주변에서 어설픈 기척들이 느껴지는 것이 거슬렸기 때문이었다. 그렇다고 새벽 세 시에 국왕이 격려를 하겠다며 찾아올 리도 없다. 그렇다면 인기척의 정체는 급한 보고를 위한 부관이어야 하는데…….

'그러기엔 너무 강한 기운이야.'

키르케는 허리춤에 차고 있던 채찍을 꺼내 들었다. 그림자만으로도 강철을 조각내는 그녀가 무기를 들었다는 것은 상대가 보통이 아니라는 의미였다.

그리고 그토록 키르케를 긴장시킬 수 있는 존재는 이 세상에 세 명밖에 없다. 그런데 분명 무라사는 아닐 테고 라이오라도 아닐 테니(그는 사령관끼리 결투로 승부 내자고 찾아올 정도로 감상주의자가 아니니까)—키르케는 인상을 팍 찡그렸다.

'알테어!'

명주작과 앙숙인 키르케로서는 상상만으로도 불쾌한 일이지만, 지금 자신의 침실로 다가오고 있는 자는 아무리 생각해 봐도 알테어밖에 없었다.

인기척이 문 앞에 멈추자 그녀는 주저 없이 엄청난 무게의 합금 채찍을 휘둘렀다. 칼날이 쓸고 지나간 것처럼 두꺼운 감나무 문짝이 어지럽게 잘려 나갔다.

예상대로 문 앞에는 알테어가 서 있었다. 키르케는 다시 한 번 채찍을 후려치려던 팔을 멈췄다. 그녀가 저항하지 않았기 때문만은 아니었다. 알테어가 울고 있었던 것이다.

"왜 질질 짜고 난리야!"

키르케는 오밤중에 남의 침실 찾아와 눈물을 그렁그렁 흘리는 알테어의 모습에 기가 차서 싸울 생각도 안 들었다. 저런 대책 없는 여자가 어째서 전쟁 중에는 '무패의 여신'으로 돌변하는지 너무 오묘해서 짐작할 길이 없었다.

"너 지금 교황이 죽었다고 슬퍼하는 거라면 정신 차릴 때까지 이 채찍으로 후려쳐 주마!"

"……떠났어."

"뭐?"

"미온이 가 버렸어."

"아하."

키르케의 이마에 힘줄이 돋았다. 베르스에 오자마자 미온의 침실을 뒤적거리고는 그 녀석이 자리에 없자 엉엉 울면서 자신을 찾아왔다 이거지? 이런 어린애와 지금까지 죽기 살기로 싸웠다 이거지? 중증의 소녀병 환자라는 것은 알고 있었지만 이쯤 되면 할 말이 없었다.

"교황이 죽었다는 말을 들었을 때 네가 언젠가는 돌아올 거라고 예상했지만……."

알테어와 키르케는 본래 친구 사이였다. 둘 다 콘스탄트를 수호하는 아신들이었고 위험할 정도로 사람을 잘 따르는 알테어와 무서울 정도로 사람을 잘 휘두르는 키르케는 나름대로 궁합이 잘 맞는 동료였다.

그러다 콘스탄트의 후계자를 놓고 교황과 국왕이 갈라서서 내전이 발발했을 때 알테어는 키르케를 떠나 교황청에 섰다. 독실한 신자였던 알테어는 자신을 보살펴 주었던 교황을 배신할 수 없었다. 자신이 지키지 않는다면 교황청과 신도들이 국왕파에 몰살당할 위기였기 때문이었다.

온화한 알테어로서는 당연한 선택이었는지도 모르지만 결국 알테어와 키르케로 나눠진 힘의 균형은 내전을 장기화시켰고, 그로 인해 수많은 국민들이 패를 갈라 서로를 죽였다. 또 아신이 둘이나 있으면서도 마키시온 제국에게 세계 최강대국의 자리를 넘겨줘야 했다.

키르케는 그것이 알테어의 우둔한 동정심 때문이라고 비난하며 그녀를 미워하게 된 것이었다.

'알테어. 좋든 싫든 넌 아신이야. 남자 하나 떠났다고 울고 있으면 널 따르는 사람들 기분이 어떻겠어?'

키르케는 참 너답다, 라는 표정으로 훌쩍거리는 알테어를 멍하니 바라봤다. 뒈지게 때려 주고 싶어서 미칠 것 같았지만 한편위로해 주고 싶은 기분도 들었다. 그녀는 곧 주먹을 풀고 한숨을 내쉬었다. 그러고는 친구에게 조언했다.

"사랑하는 여자에게 목숨을 걸 줄 아는 남자가 제대로 된 남자야. 그러니까 그 남자가 선택한 여자가 네가 아니라고 슬퍼할 것 없어. 그냥 돌아오면 따귀나 한 대 때려 줘.”

키르케도 알테어도 미온이 베아트리체라는 여자를 구하기 위해 자기 발로 이자벨에게 갔다는 것을 알고 있었다. 그리고 알테어가 슬퍼하는 진짜 이유는 미온이 자신을 선택하지 않았기 때문이라기보다는 미온이 죽을 수도 있다는 두려움 때문이었다. 알테어는 그녀의 조언이 고맙긴 했지만 받아들일 순 없었다. 그렇게 딱 잘라서 감정을 정리할 수가 없었다.

그녀는 눈물을 닦으며 말했다.

“키르케, 난 너처럼 살 수 없어.”

키르케는 크리스털 잔에 술을 따르며 대답했다.

“그거 다행이구나.”

그 말은 진심이었다. 아신이 된 다음에도 언제나 자기 감정에 충실하게 살아온 알테어를 향한 키르케의 솔직한 시선은 분노도 조롱도 아닌 질투였다.

15.

이튿날 베르스 왕실은 발칵 뒤집혔다. 물과 기름이라고 할 수 있는 키르케와 알테어가 나란히 나타난 것이었다.

“대체 밤새 무슨 일이 있었던 거야?”

여전히 키르케의 지휘 테이블 옆에 주저앉아 아침을 먹던 무라사는 그 모습을 보고는 물고 있던 빵을 툭 떨어트렸다. 키르케와 알테어가 화해하는 것은 자신이 라이오라와 한편이 되는 것보다도 불가능한 일이라고 믿어 의심치 않았던 것이다.

명주작 알테어가 베르스를 돕게 되었다는 사실이 고무적인 이유는 일국의 군사력을 상회한다는 무서운 '화력' 때문만은 아니었다. 키르케만큼이나 신망이 두터운 그녀가 베르스를 수호한다는 것에는 상징적인 의미가 있었다.

사람들에게 아신은 인간 위에 서 있는 신화적 존재다. 그만큼 베르스는 신의 가호를 받는 정당성을 부여받는 셈이다. 게다가 교황청이 당분간 움직일 수 없도록 만드는 쐐기가 되기도 했다. 이것은 이자벨조차도 예상치 못한 사건이었다.

하지만 유사 이래 처음으로 한 나라를 세 명의 아신이 수호하게 된 이 확실한 승기(勝氣)에도 불구하고 키르케의 표정은 그리 밝지 못했다. 이유는 라이오라였다. 그는 통상적인 방법으로는 상대할 수 없는 불사신이었다.

"라이오라는 분명 빨리 승부를 결정지으려 할 거다."

키르케는 라이오라를 상징하는 검은 장기말을 작전 지도 위에 놓으며 말했다. 상대적으로 물자가 풍족한 이오타가 베르스보다 덜 조급할 것이라 예상할 수도 있다.

그러나 라이오라에게도 상대해야 할 아신이 셋이라는 압박감은 분명 크다. 그리고 전쟁이 길어지면 길어질수록 그 압력은 전염병처럼 군대에 퍼져 사기를 찍어 누를 것이다. 사기가 바닥난 군대는 허수아비나 다름없다는 것을 잘 알고 있는 라이오라는 초반에 자기 손으로 다른 아신들을 꺾어 승기를 잡을 것이 분명했다. 이 이상의 선전은 없었다.

라이오라 한 명에게 다른 세 명의 아신들이 패배했다는 소식이 전해지는 순간 이오타의 사기는 하늘을 찌르고 눈치를 보며 중립을 지키던 다른 왕국들도 이오타에 붙게 될 것이다.

"그래서 우리들은 이렇게 한다."

키르케는 자신과 알테어, 무라사를 상징하는 세 개의 장기말을 들었다. 그리고 그것을 라이오라 앞에 놓았다.

"삼 대 일?"

알테어가 의아한 얼굴로 묻자 키르케는 말없이 고개를 끄덕였다.

명주작은 적잖게 놀랐다. 분명 아신 세 명을 일시에 투입해 라이오라를 제압하겠다는 전법은 초전에 적의 예봉을 꺾는 데 효과적이지만 프라이드가 강한 키르케가 선택했다고 하기에는 의외의 전법이었다. 키르케 스스로 라이오라에게 한 수 접은 셈이었다.

"자존심 챙길 상황이 아니니까. 개인적인 결투라면 얼마든지 진청룡과 혼자 싸우겠지만…… 우리의 승패가 전쟁을 좌우한다면 얘기가 달라져. 지금 당장은 수단 방법을 가리지 않고 적의 상징인 라이오라를 꺾는 게 중요해. 이 중에 누구라도 라이오라와 일 대 일로 싸워서 승리를 장담할 수 있는 녀석은 없으리라 생각해. 지금쯤 라이오라도 우리 셋이 같이 치고 들어올 거라 예상하고 있을 거야."

이론적으로 아신의 힘은 균등하다. 하지만 기이한 계기로 불사의 몸이 된 라이오라에게도 그 이론이 통용될지는 미지수였다.

키르케가 예상하기에 동등한 조건에서 싸웠을 때 라이오라를 꺾을 가능성은 3할 미만이다. 사령관으로서 승률이 30퍼센트도 안 되는 작전은 실행할 수 없었다. 하지만 셋이 뭉친다면 8할 정도의 확률로 라이오라를 제압할 수 있었다.

그때 잠자코 듣고만 있던 무라사가 처음으로 입을 열었다.

"우리 셋이 모두 라이오라와 싸우는 데 투입되면 다른 곳은 어떻게 지킬 건데?"

무라사의 지적에도 타당성이 있었다. 베르스가 아무리 키르케의 제7무장전투여단의 지원을 받았다고 하더라도 현재로서는 이오타에게 규모나 화력에서 턱없이 밀리는 게 사실이었다.

그 차이를 보완해 주는 존재가 아신인데 라이오라와 승부를 내는 데 세 명의 아신을 투입한다면 다른 지역은 보호받지 못한다. 최악의 경우에는 '벽'이 허물어져 이오타의 군대가 베르스로 밀고 들어올 수도 있다.

판단은 둘 중 하나였다. 라이오라를 막든가 아니면 라이오라를 제외한 모든 것을 막든가. 둘 다 막을 수는 없었다.

키르케는 단호하게 대답했다.

"다소의 피해는 각오해야 해. 우리가 라이오라를 꺾을 때까지 다른 부대는 최선을 다해 수비하는 방법밖에 없어."

하지만 무라사는 불만 가득한 얼굴로 그녀를 바라봤다. 그리고 자기가 직접 장기말을 들어 재배치했다.

"그럼 이렇게 하는 건 어때?"

키르케는 무라사가 배치해 놓은 말을 보고는 미간을 찡그렸다. 군의 우측 선봉은 키르케가 지휘하고 좌측 선봉은 알테어가 지휘한다. 그리고 무라사 혼자서 라이오라를 막는 것이다.

키르케는 한숨을 내쉬며 말했다.

"농담할 기분 아니야. 네가 라이오라와 싸우고 싶어 한다는 건 알고 있지만……."

"나도 농담이 아니다."

무라사는 나직하게 말했다. 평소였다면 키르케는 '시끄러! 한 번도 이긴 적 없는 주제에!'라고 쏘아붙였겠지만 지금만큼은 정색을 하며 그를 바라봤다. 단순한 투쟁심이 아니라는 것을 느낀 것이다.

"그를 이길 묘안이라도 있는 거냐?"

"없어."

"장난해?"

무라사가 수도 없이 라이오라와 싸운 끝에 나온 결론은 '절대 이길 수 없음'이었다. 솔직히 그는 아신 셋이 덤벼든다고 하더라도 라이오라를 완전히 잠재우는 것은 불가능하다고 생각했다.

그가 말했다.

"대신 사흘쯤은 묶어 둘 수 있어."

"혼자 라이오라를 사흘 동안 묶어 둔다…… 너 그게 무슨 의미인지 알고 말하는 거냐?"

"알아."

"아니, 너는 몰라. 그건 죽겠다는 의미야!"

"알고 있다니까!"

둘 중 한 명이 죽어야 끝나는 사투는 일반적인 결투와는 경우가 다르다. 특히 대상이 아신이라면 더욱더.

제아무리 진청룡이라도 목숨을 걸고 마지막까지 싸우는 무라사를 단숨에 이길 수는 없을 것이다. 어쩌면 알테어와 키르케가 이오타에 큰 타격을 가할 수 있는 사흘 동안 라이오라를 잡아 둘 수 있을지도 모르지만—무라사가 죽게 된다는 결론만큼은 피할 수가 없었다.

말하자면 이 전쟁의 승리를 위해 견백호의 목숨을 바쳐야 하는 셈이었다.

키르케가 말했다.

"내가 허락하지 않아도 어차피 그렇게 할 거지?"

"물론."

키르케는 한동안 무라사의 눈을 바라봤다. 하나뿐인 목숨을 건다는 것은 결코 쉬운 결정이 아니다. 무라사 랑시는 분명 과격하고 승부를 좋아하는 성격이긴 하지만 자기 목숨을 하찮게 여기는 한심한 인간은 아니었다. 아니, 도리어 아신으로서의 의무감을 가장 잘 느끼고 있는 자였다.

"왜 그렇게까지 라이오라와 싸우려고 하는 거냐? 그 녀석을 쓰러트리고 세상에서 가장 강한 존재가 되고 싶어서?"

"처음에는 그랬는데…… 이제는 그 바보 자식이 정신을 차리게 해 주고 싶어. 웃기지 않아? 480년을 살면서 단 한 번도 자유로운 적이 없었다니. 내가 막지 않으면 그 녀석은 천 년이고 만 년이고 자기가 만든 감옥 속에 처박혀 있을 거야. 그렇게 삐뚤어지다가 결국에는 대마왕이 되어서 이 세상을 암흑천지로 만들게 분명하다고! 난 그걸 막아야 해!"

삼천포로 빠진 무라사가 주먹을 불끈 쥐자 키르케가 눈썹을 움찔했다.

"그래, 장하다. 거기까지 생각하고 있는 줄은 차마 예상하지 못했구나."

"내겐 그 음침한 마왕으로부터 미래의 인류를 지켜야 할 책임이 있어! 하하하!"

"호호호. 지랄하…… 그래, 뭐 좋아."

그녀는 서로 맞붙어 있는 라이오라와 무라사의 장기말을 지그시 바라봤다. 그리고 입을 열었다.

"허가하지. 라이오라를 사흘 동안 묶어라."

"키르케!"

알테어가 다급히 외쳤지만 키르케는 고개를 저었다.

"제 발로 죽겠다는 놈을 무슨 수로 말려. 하지만 무조건 사흘이야. 그동안 나와 알테어가 책임지고 이오타를 공략할 테니까. 뭐, 사흘 후에는 죽어도 좋아."

"누, 누가 죽겠대? 똑똑히 지켜봐! 보란 듯이 그놈을 때려눕혀 주고 돌아올 거야!"

"퍽이나."

키르케는 아무렇지도 않게 코웃음을 쳤지만 굳어 가는 표정은 어쩔 수 없었다. 아무리 생각해 봐도 무라사가 살아 돌아올 확률은 제로였던 것이다.

16.

이틀 후, 라이오라가 지휘를 맡은 이오타의 사령부는 작전회의에 여념이 없었다. 베르스 쪽보다도 월등히 많은 수의 참모들이 지도와 보고서를 들고 다니는 분주한 사령부 한가운데서 황금빛 눈동자의 총사령관, 라이오라는 묵묵히 참모진의 의견을 들었다.

"적 수뇌부는 분명 라이오라 각하께서 선두에 서는 것을 예상하고 있을 겁니다. 또한 각하가 지휘하는 제1군단의 돌파력을 감소시키기 위해 2인 이상의 아신을 투입하리라 확신합니다. 이에 대한 대응으로 우리 2군단과 3군단을 양익(兩翼)으로 기동하여 일거에 적 본대를 포위 섬멸하는 것과 함께……."

라이오라는 이오타와 프론티어 뱅가드의 우수한 인재들로 이뤄진 참모진의 작전 계획을 무표정한 얼굴로 경청했다. 지도 위로 어지럽게 장기말들이 놓이고 있었다. 참모진들이 예상한 베르스의 전술은 놀라울 정도로 처음 키르케가 계획한 것과 맞아떨어졌다.

"전쟁의 승기는 사흘 안에 결정되리라 예상합니다."

알테어가 베르스군에 가담한 사실은 키르케가 직접 공표했다. 어차피 얼마 가지 않아 인트라 무로스의 첩보망에 그 사실이 알려질 테고, 그럴 바엔 먼저 터트려서 선전 효과를 얻는 것이 이익이라는 판단 때문이었다.

하지만 3인의 아신이 모였다는 충격적인 사실에도 불구하고 이오타의 사령부는 평정을 잃지 않았다. 모두 라이오라는 최강의 아신에 대한 굳센 믿음 때문이었다.

그렇기 때문에 이오타의 참모진도 키르케가 최우선으로 라이오라를 꺾을 거라는 사실을 예측했고, 그러기 위해서는 모든 아신을 투입할 것이 분명하다고 판단했다. 그게 상식이었다.

그때 라이오라가 나지막이 말했다.

"나한테는 무라사 혼자만 올 것이다."

"예?"

참모들은 모두 말을 멈추고 사령관을 바라봤다. 어째서 그렇게 생각하느냐는 당혹한 표정들이었다.

"하지만 각하, 적현무가 그런 무모한 작전을 계획할 거라고 는……."

"전쟁과는 상관없어. 무라사는 그런 녀석이다."

라이오라는 길게 말하지 않았다. 단지 견백호를 상징하는 은색 장기말을 주시할 뿐이었다.

어쨌든 사령관의 결정은 절대적이다. 참모들은 견백호 혼자 선두의 라이오라를 막아선다는 조건하에서 다시 의견을 내놓았다.

"그렇다면 견백호가 하루 정도 각하를 저지할 수 있을 것 같습니다."

"아니, 십 분이면 된다."

"……!"

그들은 이번에도 귀를 의심했다. 아무리 진청룡이라도 다른 아신을 십 분 내에 일방적으로 이길 수는 없다. 참모들은 존경하는 사령관이 갑자기 자기 힘에 도취되었거나 혹은 미친 것이 아닐까 하는 무례한 추측마저 했다.

"내가 그 녀석을 죽이면 진격을 개시해라."

"아, 알겠습니다."

금발의 지휘관은 그 간단한 명령을 끝으로 얼떨떨한 표정의 참모들을 놔두고 자리를 떴다.

17.

이자벨 섭정이 있는 곳은 이오타 왕실이 아니었다. 또한 작전 사령부도 아니었다. 그녀는 평범한 시골 마을로 위장되어 있는 지하 기지 속에서 텔레마코스를 통해 왕실에 지령을 내리는 한편 인코그니토의 궁극적 목적이라 할 수 있는 거대한 시스템을 완성시켜 나가고 있었다.

"아, 어떤 여자를 좀 찾아왔는데요."

화창한 오후, 그 마을 입구에 나타난 한 청년의 말에 입구를 지키던 특무대원들은 대번에 인상을 찡그렸다. 외부인이 거의 오지 않는 외딴 마을이지만 가끔 넋 나간 여행객들이 찾아올 때도 있는 것이다.

"뭐? 네가 찾는 여자가 누군지는 모르겠지만 어쨌든 이 마을에는 없으니까 당장 꺼져!"

"헤에, 엄청나게 친절한 마을이로군요. 하지만 분명 여기 있을 텐데요."

귀걸이를 한 곱슬머리 남자였다. 얼굴에 붕대만 감지 않았다면 꽤 귀여워 보일 인상이었는데도 그는 배짱 좋게 물러서지 않았다. 도리어 집요하게 물어보며 주변을 두리번거리자 마을 경비병으로 위장하고 있던 특무대원은 귀찮으니까 죽여 버릴까 하는 생각마저 했다. 겉으로는 집과 작은 술집 따위가 늘어서 있는 흔해 빠진 마을이지만 실은 그럴싸하게 위장되어 있을 뿐, 건물 내부에는 아무것도 없는 것이다.

"어이. 아무튼 이 마을에는 못 들어가. 죽기 싫으면 돌아가!"

"그런데 참 이상하네요오?"

"뭐가 이상하다는 거야!"

"굉장한 거라도 지키고 계시나 보죠? 이런 작은 마을에 경비병까지 있고 말입니다아."

"그, 그게 어쨌다는 거냐!"

"뭐랄까요…… 속아 주기엔 너무 어색하다고나 할까?"

순간 그의 손이 특무대가 차고 있는 검을 잡았다. 그 검이 뽑히는 것과 동시에 상대의 팔이 잘려 날아갔다.

"으아아악!"

하늘로 날아오른 팔이 떨어지기도 전에 그의 몸이 유연하게 튀어나갔다. 칼날이 호선을 그리며 근처에 있던 특무대의 머리가 잘렸다. 남자는 곧 그의 칼도 뽑아 들었다.

비무장이던 남자의 두 손에 눈 깜짝할 사이에 두 자루의 칼이 들리자 다른 병사들의 얼굴에 공포가 서렸다.

"마, 말도 안 돼!"

그들은 황급히 총을 집어 들었지만 방아쇠를 당길 수는 없었다. 눈앞에서 섬광이 번뜩이는 것을 보는 순간 숨이 끊어진 것이다. 단 삼 초 만에 네 명이 죽었다. 살아남은 한 명은 두려움에 비명을 지르며 그 '귀신'을 쐈다.

그러나 제대로 조준도 하지 못한 총알은 슬쩍 고개를 기울이는 것만으로도 빛나가 버렸다. 곧 '피싯!' 하는 소리와 함께 긴 라이플이 두 동강 나서 바닥에 떨어졌다.

"흐이이익!"

그는 거짓말처럼 잘려 나간 총을 집어 던지며 바닥에 주저앉았다. 도망치고 싶었지만 다리가 말을 듣지 않았다.

특무대의 체면도 잊고 덜덜 떨고 있는 그에게 아까와는 전혀 다른 '본래의' 눈빛을 드러낸 붉은 눈의 사내가 다가왔다. 그는 붕대를 벗었다. 얇고 긴 상흔이 콧등을 지나고 있었다.

"가서 그 여자한테 말해라. 키스 세자르가 돌아왔다고."

키스는 두 자루의 검을 든 채 그렇게 말했다.

제4화

높은 탑 위의 남자들

1.

단신으로 이자벨의 기지에 뛰어든 키스는 눈앞의 광경을 바라보고는 허탈하게 웃었다.

"아하하하. 지금이라도 돌아갈까?"

웃을 일이 아니었다. 벌집이라도 건드린 양 쏟아져 나오는 특무대의 무리가 삽시간에 키스 앞에 벽을 만들었다. 그들의 일사불란한 총구가 키스를 향했다.

"목표 조준!"

"하아. 이거 지나치게 성대한 환영 인사로군요오."

라고 키스는 엄청나게 귀찮다는 표정으로 한숨을 내쉬었다.

괜히 폼 나게 정면으로 들어왔다가 이게 무슨 꼴인가, 하는 후회가 역력했다. 그가 몸을 흐느적거리며 말했다.

"여러분, 이런 화창한 날 박 터지게 싸우면 기분만 울적해진답니다아. 그러니까 좋은 제안 하나 할게요. 여러분이 저를 못 본 척해 주면 저도 여러분들을 못 본 걸로 하고 끝내는 거예요. 평화 만세랍니다아."

활짝 웃는 키스의 얼굴에 그들은 다음과 같이 회답했다.

"전원 발사!"

"어머나?"

주저 없는 총성이 터지며 초속 900미터의 납탄들이 키스를 향해 날아들었다.

2.

10대 시절 카론의 기억을 들춰 보면 즐거운 일이라고는 하나도 없다. 그도 그럴 것이 평민은 귀족에게 설설 기는 것이 지당한데도 카론은 항상 그 룰을 어겼기 때문이었다.

"야! 평민!"

견습 기사들이 우르르 몰려와 검은 머리칼의 소년을 둘러쌌다. 그중 우두머리로 보이는 녀석의 얼굴은 잘 익은 토마토처럼 퉁퉁 부어 있었다. 일전 카론이 흠씬 때려 준 흔적이었다.

카론은 검만 없다면 계집애나 다름없다고 착각한 게 불행이었다. 커다란 덩치만 믿고 카론에게 먼저 맨손 겨루기를 강요한 주제에 도리어 떡이 되게 당했으니 백작 가문의 자존심이 이만저만 뭉개진 게 아니었다.

"한시도 가만히 놔두질 않는군. 그렇게 할 일이 없는가?"

카론은 눈매를 찡그렸다. 이곳은 실내 연무장이었고 카론은 한창 저녁 훈련을 하고 있던 참이었다. '토마토 얼굴'은 땀에 젖은 카론을 이리저리 훑어보며 이기죽거렸다.

"이거 어쩌지? 지금은 네 보호자가 외출 중이야. 오늘 중엔 안 올걸?"

'보호자'는 바로 당연히 키릭스였다.

"그 자식이 나랑 무슨 상관이야!"

순식간에 화가 솟구친 카론이 버럭 소리쳤지만 그를 둘러싼 견습 기사들은 비웃음을 머금었다. 카론은 절대로 인정하지 않았지만, 키릭스와 미레일이 그의 '생존'에 많은 도움을 주고 있는 것은 사실이었다.

"키릭스 따위에게 도와 달라고 부탁한 적 없어. 덤벼. 대신 죽을 각오로 덤벼라."

카론은 자신의 연습용 검을 들며 그들을 노려봤다. 다가오는 늑대들을 내쫓는 듯 격렬한 기세였다.

그들은 슬쩍 뒤로 물러났다. 성인 기사에 필적하는 카론의 검술 실력은 익히 잘 알고 있다. 떼거리로 몰려든다면 어떻게든 카론을 쓰러트릴 수야 있겠지만 그랬다간 자신들의 팔과 다리도 성치 못 할 것이다.

귀족 가문이라고 느슨하게 때려 줄 카론이 아니었다. 그 사실을 알고 있는 견습 기사들은 좀 더 영악한 방법을 택했다.

"진정하라고, 카론. 설마 고귀한 우리들이 품위 없이 집단으로 덤벼들겠어? 단지 재대결을 청하려는 것뿐이야. 어디까지나 일대일로."

"일대일?"

카론은 긴장을 풀지 않았다. 그들에 입에서 그런 공평한 말이 나왔다는 것 자체가 더 의심스러운 일이었다.

하지만 일대일이라면 질 리가 없다. 견습 기사 사이의 검술 실력이 1위 키릭스, 2위 미레일, 3위 카론이라는 것은 단 한 번도 바뀌어 본 적이 없는 일종의 진리였기 때문이었다.

"대신……."

역시 단서가 붙었다.

"이번에도 검은 놔두고 맨몸으로 붙는 거야. 무기를 쓰면 다치잖아?"

"흥. 같잖은 배려심이로군."

카론은 그렇게 말하면서도 들고 있던 검을 내던졌다. 검을 쓰지 않아도 상관없었다. 일대일이라면 패배할 이유가 없었다. 상대는 덩치만 있을 뿐 격투의 기본도 모르는 느림보였다.

"좋아. 덤벼라."

카론은 상의를 벗고는 머리를 뒤로 묶었다. 그러자 상대는 걸려들었다는 미소를 보이며 뒤로 물러섰다.

"미안하지만 이번엔 내가 아니야."

그 말과 함께 연무장에 나타난 자는 거구의 사내였다. 시커멓게 그을린 피부에 카론의 세 배는 될 것 같은 단단한 몸을 가진 싸움꾼. 자세하게 소개하자면 백작 가문이 보낸 경호원이었다.

이런 의미의 일대일이었단 말인가. 귀족다운 보복이라고 하기에는 너무도 유치해서 치가 다 떨렸다. 카론은 다시 옷을 집어들었다.

"웃기지도 않는군. 직접 붙을 용기가 생기면 다시 찾아와."

카론은 그렇게 내뱉고는 자리를 뜨려고 했다.

"큭큭. 겁먹었냐? 키릭스 씨가 없으니까 꽁무니를 빼는 꼴이라니."

이 한심한 도발에 대해서 은의 기사였다면 '맘대로 생각하도록. 머저리들'이라고 차갑게 쏘아붙인 뒤에 자기 갈 길 갔겠지만 불행하게도 17세의 카론은 '키릭스'라는 이름에 몹시도 민감했다.

몸을 돌린 카론은 그들을 사납게 쏘아보며 상의를 바닥에 집어 던졌다.

"누가 겁먹었다는 거야!"

3.

"……이게 다 뭐람. 카론, 너도 진짜 어지간하다."

"키릭스 씨, 이번엔 너무 심한데요."

"심하고 자시고 간에 이렇게 될 줄 알면서 싸운 놈이 병신이지. 얜 어떻게 허구한 날 이러냐?"

"싸웠다기보다는 일방적으로 당한 것 같습니다만."

흐릿하게 들려오는 대화를 들으며 카론은 서서히 정신을 차렸다. 눈앞에는 자신을 내려다보는 키릭스와 미레일이 있었다.

카론은 싸늘한 바닥 위에 쓰러져 있었다. 단정하게 뒤로 묶었던 긴 머리칼은 어지럽게 풀려 있었다. 온몸은 피투성이였고 바닥에도 벽에도 잔뜩 핏자국이 흩뿌려져 있었다. 몇 시간 동안 이곳에서 무슨 끔찍한 고문이 벌어졌는지 상상할 수 있었다.

카론은 입을 꽉 다물며 고개를 돌렸다. 키릭스에게 이런 꼴 보이는 것 자체가 싫었다.

"나도 보기 싫어."

키릭스는 이번에도 카론의 속마음을 읽은 듯 그렇게 내뱉고는 근처에 떨어진 상의를 집어 카론의 얼굴 위에 떨어트렸다.

"기분 좋게 술 마시고 오자마자 이 무슨 아마겟돈이냐고."

키릭스는 피를 흘리는 카론이 이리저리 끌려 다닌 흔적이 역력한 연무장을 둘러보며 혀를 찼다. 항복 같은 거 받아줬을 리가 만무했다.

미레일은 드물게도 심각한 어조로 말했다.

"키릭스 씨, 이 정도면 카론 씨가 안 죽은 게 다행입니다. 그 녀석들에게 확실하게 주의를 줘야……."

키릭스는 드물게도 화가 난 것 같은 미레일의 입을 막으며 고개를 저었다.

"됐어. 신나게 때렸으면 죽도록 맞을 때도 있는 거야."

"하지만 이건 너무 불공평한……."

"원래 세상이란 불공평한 일들로 가득하지."

그때였다. 문이 열리며 취기로 얼굴이 벌게진 견습 기사들과 예의 경호원이 다시 들어왔다. 엉망이 된 카론을 내버려 두고 술을 마시다가 죽었는지 살았는지 궁금해서 다시 온 것이리라. 살아 있다면 좀 더 괴롭힐 심산이었는지도 모른다. 그들은 키릭스와 미레일을 보고는 히죽 웃으며 말했다.

"아, 키릭스 씨. 생각보다 일찍 돌아오셨군요."

알코올이라는 묘약은 참으로 대단해 사람을 용감하게 만든다. 평소였다면 눈도 마주치지 못하는 키릭스를 어쩐지 지금은 대등하게 상대할 수 있을 것 같다는 놀라운 착각을 심어 주는 것이다. 그들의 꼬락서니를 훑어본 키릭스는 고개를 절레절레 저었다. 일일이 상대해 주기에 너무 저열한 놈들이었다.

"내일까지 여기 알아서 청소해. 네 녀석들이 싫어하는 평민의 피로 칠갑이 된 곳에서 훈련받고 싶지는 않겠지?"

키릭스는 무덤덤한 목소리로 그런 말을 남기고 떠났다. 아니,

떠나려고 했다. 자랑스러운 경호원을 거느린 백작가의 후계자가
말실수만 안 했다면 말이다.

"언제까지 저 평민 놈을 감쌀 겁니까? 혹시 카론이 당신 애인
이라도 됩니까?"

사방에서 쿡쿡거리는 웃음이 터졌다. 매사에 온화한 미레일
역시 이번에는 표정이 굳었다.

하지만 키릭스만은 '그 정도로 화가 나겠냐?'라는 표정으로
대꾸했다.

"그렇고말고. 밤마다 침대 위에서 만나는 사이인걸? 내년쯤에
는 청혼할까 해."

"키릭스 씨, 제발 좀……."

미레일은 한숨을 내쉬었다. 진지하게 주의를 줄 생각은 조금
도 없단 말인가?

카론과는 달리 키릭스가 영 휘둘려지지 않자 그들은 좀 더 자
극적인 도발을 시작했다.

"그리고 보니까 또 할 말이 있는데, 대체 세자르 가문이라는
것이 있기는 한 겁니까? 나름대로 조사를 해 봤지만 누구도 당
신 가문을 모르더군요. 혹시 사기 치는 거 아닙니까?"

"뭐, 네놈들은 당연히 모르겠지. 우리 집안은 공작가도 후작
가도 아니니까."

제국의 로얄 패밀리였다. 게다가 키릭스의 아버지가 베르스쯤
은 손가락 하나로도 벌레처럼 으깨 버릴 수 있는 마키시온 제국

의 황제 마라넬로라는 것을 이들이 알게 된다면 당장 땅에 이마를 박고 눈물로 목숨을 구걸할 테지만, 지금 상황에서는 말해 봐야 특급 정신병자 취급만 받을 뿐이었다. 물론 사실을 밝힐 생각도 없었다.

"호오, 그럼 귀족이 아니란 말씀입니까?"

귀족이 아닌 황족이니 완전히 틀린 말은 아니라고 키릭스는 생각했다. 하지만 그의 무시무시한 혈통을 알 턱이 없는 견습 기사들의 표정에는 가학적인 미소가 번졌다.

지도 기사의 비굴한 태도와 높은 신분이 분명한 미레일이 그를 따른다는 점과 범접하기 힘든 카리스마 때문에 키릭스 세자르가 대단한 권세가의 후계자일 거라 제풀에 지레짐작했지만, 이렇게 되면 얘기가 달랐다.

남을 깔보는 것은 좋아하지만 그 밑에 깔리는 것은 생리적으로 싫어하는 그들로서는 항상 자신들 꼭대기에 서 있던 키릭스가 내심 불만이었던 것이다.

"키릭스 세자르, 당신도 내 경호원과 대결해 줘야겠어."

그 말과 함께 카론을 만신창이로 만들었던 거구의 남자가 키릭스 앞으로 다가왔다. 그의 각진 얼굴에는 반창고 정도가 전부였다.

그것은 카론이 일방적으로 당했다는 의미다. 그렇기 때문에 그들은 제아무리 키릭스라도 이런 '어른'을 이길 거라고는 상상하지 못했다. 키릭스가 귀족이 아니라면 카론과 똑같이 취급해도 상관없는 것이다.

"제가 대신하겠습니다."

미레일이 둘 사이에 끼어들자 견습 기사들의 얼굴에 낭패의 빛이 서렸다. 미레일은 상당한 영향력을 지닌 귀족가의 공자다. 미레일을 카론처럼 만들었다가는 그 즉시 가문 대 가문의 전쟁이 되어 버리는 것이다. 그것은 어린 귀족들이 책임질 수 있는 범위가 아니었다.

반면 미레일이 대신 나선 이유는 사실 키릭스나 카론 때문이 아니라 견습 기사들을 위해서였다. 모처럼 너그러운 키릭스를 더 이상 화나게 했다가는 끔찍한 일이 벌어질 것이 훤하기 때문에—오늘 밤 20구의 시체를 치워야 하는 상황은 절대 경험하기 싫었다.

"일이 커지는 것은 싫습니다. 단지 겨루는 것일 뿐, 다쳐도 본가(本家)에는 알리지 않습니다."

미레일은 그렇게 말하며 셔츠를 벗었다. 매끈하면서도 단단한 몸이 드러났다.

미레일은 카론은 물론 키릭스보다도 키가 크고 몸집도 좋다. 아무리 소년이라고 해도 결코 왜소해 보이지 않았다. 물론 그렇다고 전문적인 싸움꾼을 상대로 승산이 있다는 의미는 아니지만 말이다.

그때 키릭스가 싱긋 웃으며 미레일의 어깨를 잡았다.

"이제 됐어."

"키릭스 씨."

"그냥 내가 할게."

그 말과 함께 키릭스는 미레일의 허리춤에 있던 검을 뽑았다. 그리고 섬광처럼 칼날이 궤적을 그렸다.

아무리 날이 없는 연습용 검이라고 해도 키릭스가 쥐면 진검과 다를 바 없다. 원한다면 바위도 자를 수 있다. 뼈는 말할 것도 없는 것이다.

"우아아악!"

경호원의 두툼한 팔이 깨끗하게 잘려 나갔다. 상상도 못 한 기습에 사내는 무릎을 꿇으며 비명을 질렀다. 이제 말로 끝날 상황이 아니라는 것을 느낀 미레일은 황급히 문으로 뛰어가 자물쇠를 걸었다.

"비, 비겁하게 칼을 쓰다니!"

"뭐? 칼 쓰지 말라는 말 못 들었는데?"

그는 그렇게 너스레를 떨며 당황하는 견습생들에게 목덜미를 보여 줬다.

"게다가 지금 내 몸엔 분홍빛 사랑의 꽃들이 만개해 있어서 벗기 창피하다고."

키릭스가 도시로 가서 술만 먹고 올 리는 없었다.

견습 기사들은 소스라칠 수밖에 없었다. 주저 없이 팔을 자르다니! 아무리 귀족 이외의 인간은 가축 취급하는 족속들이라고 해도, 쇠고기를 먹는 일과 소를 도살하는 일은 엄연히 다르다.

이제 고작 10대 중반을 넘어선 철부지들에게 키릭스의 잔혹함이란 기겁할 일이었다.

"아! 미안, 미안. 이거 네 재산이지? 맘대로 부숴서 미안해."

키릭스는 덜덜 떠는 경호원의 이마를 칼끝으로 쿡쿡 찌르며 말했다. 혈청 같은 황금빛을 흘리는 키릭스의 불길한 눈매는 예전 카론이 허벅지를 찔릴 때 봤던 그것과 같았다.

바로 광기였다.

키릭스는 주머니를 꺼내 금화 한 닢을 바닥에 떨어트렸다.

"보상해 줄게. 이거면 되겠지?"

금화가 바닥을 구르는 소리가 유난히 커다랗게 들려왔다. 그리고 잠시 후 키릭스는 다시 한 닢을 떨어트렸다. 그 순간 검이 번뜩이며 남은 한쪽 팔이 날아갔다. 고막이 찢어질 것 같은 비명이 터졌지만 키릭스는 눈썹 하나 까딱하지 않았다.

"마, 맙소사!"

견습 기사들의 얼굴은 결핵이라도 걸린 것인 양 창백했다. 누구는 성호를 그었고 또 누구는 토악질까지 했다. 이런 짓은 악마나 하는 것이었다. 도저히 인간, 그것도 17세가 저지를 일이 아니었다.

키릭스는 그 오만한 눈빛으로 그런 그들을 내리깔면서도 아무말도 하지 않았다. 대신 점점 입가의 웃음만 사라져 갔다. 이자들이 아버지를 떠올리게 만든 것이 화근이었다.

키릭스는 들고 있던 주머니를 천천히 뒤집었다. 무수한 금화들이 좌르르 쏟아져 어지럽게 바닥을 굴렀다. 그의 목소리가 싸늘하게 울렸다.

"아버지라…… 그래, 아버지는 항상 이렇게 말했지. 벌레들을 설득하는 것은 시간 낭비다. 왜냐하면 애당초 인간의 말을 이해하지 못하기 때문이다. 그러니 설득할 시간 있으면 한 마리라도 더 밟아 죽여라."

"키, 키릭스 씨. 저희들이 잘못……."

"인간의 언어로 말하지 마라. 버러지들."

견습 기사들의 얼굴에 죽음의 그림자가 서렸다. 알코올이 준 만용은 후회로 변해 갔다. 평소에는 칼조차 들지 않는 키릭스의 입에서 죽이겠다는 말이 나올 때는 절대로 장난이나 위협이 아니라는 것을 또렷하게 알고 있었다.

"그만해!"

날카로운 미성이 실내를 갈랐다. 키릭스는 천천히 시선을 돌렸다. 그곳에는 기적처럼 몸을 일으킨 카론이 부서진 어깨를 움켜쥔 채 자신을 바라보고 있었다.

그것은 겁에 질린 눈빛도 화가 난 눈빛도 아니었다. 이상한 일이었다. 키릭스는 지금만큼은 카론의 속마음을 엿볼 수 없었다. 이 돼지들을 경멸하기로는 자신보다도 저 친구가 더 하리라.

그런데 씻을 수 없는 굴욕을 준 이자들을 왜 죽이지 말라고 하는지 알 수가 없었다. 갑자기 자비로 충만해지기라도 한 것인가.

"그만둬. 부탁이야."

키릭스의 눈썹이 꿈틀거렸다. 자신에게 부탁이라고는 절대로 안 하는 놈이 이런 일로 부탁을 해? 그것이 키릭스의 심기를 건드린 것이다.

"누가 네깟 놈보고 동정해 달래? 지 앞가림도 못 하는 주제에!"

키릭스는 카론을 만나 처음으로 고함쳤다. 그 누구도 자신의 절망에는 손댈 수 없었다. 용이 품은 보물처럼. 설령 누가 구해 주겠다고 설쳐 봐야 같이 수렁 속으로 빠져 버릴 뿐이다.

모두가 겁을 먹고 키릭스의 섬뜩한 시선을 피했다. 그런데도 카론은 피하지 않았다.

카론을 집어삼킬 기세로 노려보던 키릭스는 결국 자기 쪽에서 시선을 돌려 버렸다. 누가 신경이나 쓸까 봐? 쳇, 맘대로 해 보라지. 그렇게 투덜거리며 칼을 던졌다. 어째 오늘은 자신이 말려든 것 같아 기분이 나빴다.

"아아, 미안하게 됐군. 취해서 좀 흥분한 것 같네. 자, 그럼 모두들 굿나잇."

키릭스는 남의 옷에 술을 쏟은 정도의 대수롭잖은 미안함으로 사과하고는 하품을 하며 문밖으로 나갔다. 마치 방금 전까지 파티를 즐기다가 피곤해서 먼저 떠나는 것처럼 태연자약하게 말이다.

성격에 모가 났다거나 자기중심적이라거나 하는 차원의 문제가 아니다. 키릭스에게는 무엇인가 인간이라면 당연히 가지고 있어야 할 성분 하나가 결핍되어 있다는 것을 카론은 느낄 수 있었다.

그리고 그 빈자리를 차지하고 있는 것은 자신을 태어나게 만든 세상을 향한 맹목적 증오였다. 마치 지상으로 추락한 신수(神獸)처럼, 악취로 가득한 이 세상의 공기로는 숨 쉴 수가 없어서 죽어 가는 비운의 생물 같았다. 고통에 몸부림치며 다가오는 모든 손길을 물어 버리는 그런 생명체.

카론이 키릭스에게 연민을 느낀 것은 이때부터였다.

아무튼 이 난리 이후 그 누구도 키릭스의 뒤를 캐려는 용감한 시도는 하지 않았다. 그러니까 '의문의 사고'로 견습 기사들 모두가 숨질 때까지 말이다.

4.

"아아, 이런 꼴로 어쩐 일입니까아!"

키스는 멋대로 자기 사무실에 들어온 카론을 보고는 머리를 쥐어뜯었다. 이렇게 취한 모습을 보는 것은 참으로 오랜만이다.

구겨진 셔츠에 흐트러진 머리칼, 단정하던 용모는 붉게 달아올라 위태롭기 짝이 없었다. 용케도 여기까지 온 것이 신기할 정도다. 카론은 몸을 가누기도 어지러운지 벽에 어깨를 기댄 채 중얼거렸다.

"이대로는 이멜렌에게 갈 수가 없어서…… 술 깰 때까지만 부탁한다."

천성이 흐트러지는 것을 싫어해서, 제법 또박또박 말하고는 있었지만 잔뜩 취해 있는 게 분명했다.

"이거 왕실 뉴스에 다 나올 일이로군요. 고귀한 은의 기사가 취해 비틀비틀……."

"흥. 누가 취했다는 거…… 아얏!"

카론은 '역시 취했습니다'라는 의미의 변명을 늘어놓으며 소파에 앉으려다가 휘청거리며 엎어져 버렸다. 거창한 소리를 내며 꽃병과 컵들이 날아올랐다. 키스는 두 손으로 눈을 가리며 말했다.

"네에. 전혀 안 취하셨네요오."

"미, 미안."

카론은 황급히 몸을 일으키고는 빨개진 얼굴로 소파에 앉았다. 대체 얼마나 마신 거야, 술도 잘 못하면서. 키스는 쓴웃음을 지었다.

검술로 살아가는 자는 술에 만취했다는 사실 자체가 자살행위다. 완전 무방비가 되어 버린다. (아무리 검술이라는 것이 자물쇠따기처럼 머리보다는 손끝으로 기억하는 '학문'이라고는 해도) 재수 없으면 얼치기의 무딘 검에도 죽게 되는 것이다.

지겨울 정도로 검을 다뤄 본 카론이나 키스가 그 사실을 모를 리가 없다.

그럼에도 불구하고 왕창 취해서 평소 같으면 아무리 오라고 불러도 마다하는 키스의 사무실에 와서 쓰러졌다는 사실은, 카론의 엄청난 자제심으로도 견디기 힘든 괴로움이 있다는 의미였고 또한 그 괴로움의 원인 제공자는 아마 자신일 거라고 키스는 간파했다. 그 괴로움이 무엇인지도 대충 알 수 있었다.

"……키스."

한참 지나서야 카론이 말했다. 키스는 상대의 어깨를 토닥거리며 힘내라고 위로하는 남자가 아니었다. 키릭스가 남긴 파편 때문일까. 그는 상대가 위로받길 강요하지 않는다. 그냥 조용히 술을 따라 주고는 말없이 웃으며 바라볼 뿐이다.

카론은 술 깨러 온 주제에 결국 키스가 아껴 둔 술까지 다 마시고 나서야 처음으로 입을 연 것이다.

키스는 부드럽게 그를 응시했다. 결국 자신 때문에 생긴 괴로움일 테니 위로해 줄 자격은 없어도 들어 줄 수는 있었다.

순간 카론이 그를 확 노려보며 쏘아붙였다.

"부하 관리 좀 똑바로 해라."

"네?"

난데없는 힐책에 키스는 눈을 동그랗게 떴다.

"엔디미온 경 말이다! 네가 전염시켜서 완전히 구제불능이 되어 버렸잖아!"

울컥! 키스는 볼을 부풀렸다.

"아니, 그게 왜 나 때문입니까아! 내가 무슨 장티푸스입니까! 전염시키게!"

위로로 나발이고 이쯤 되면 키스도 억울한 것이다.

"말이 나왔으니까 하는 말인데 미온 경이 그 지경이 된 것은 솔직히 카론 경 탓이 크다고요!"

"뭐? 그게 어째서 내 탓인가!"

카론이 벌떡 일어났다. 난리도 아니었다.

"잘 생각해 보세요. 항상 문제가 생길 땐 당신하고 있었잖아요? 정의는 타협하지 않는다느니 진실은 살아 있다느니 그런 거 죄다 카론 경에게 물들어서 타락한 거란 말입니다아!"

"모함하지 마라! 어딜 봐서 날 닮았다는 거지? 나와 같다면 문제 있을 리가 없어!"

결국 사고 친 자식 놔두고 '당신 닮아서 애가 그 모양이지!' 라고 서로 고함치는 부부 꼴이 되어 버렸다. 미온이 듣고 있었다면 '삐뚤어 질 테야' 라고 중얼거리며 구석에 가서 땅바닥을 후비적거렸을지도 모를 일이다.

완전히 삐쳐 버린 키스는 눈을 흘기며 금단의 과거사를 들춰내고 말았다.

"아아! 이런 뻔뻔한 사람! 당신이 문제가 없다고요? 견습 기사 때만 해도 하루가 멀다 하고 박 터지게 싸우질 않나, 주방을 다 태워 먹어서 기숙사 전체를 패닉 상태로 만들질 않나, 한 번은 술에 떡이 된 당신을 몰래 기숙사로 데려오느라 나와 미레일이 얼마나 고생한 줄이나 알아요?"

"그때는 내가 싫다는 걸 키릭스 네 녀석이 강제로 마시게 한 거잖아!"

"생사람 잡지 마요! 난 키릭스가 아니라 키스예요! 전혀 몰라요, 그런 사람!"

"……너 참 편리한 인격을 가졌구나."

귀 막고 눈 감고 지 혼자 마구 떠들어 대는 키스 앞에서 카론은 이를 부득 갈았다. 어쩌다 엔디미온의 정의 중독에 대한 책임 추궁이 서로에 대한 원한 관계의 재확인으로 끝나 버렸는지 알다가도 모를 일이지만, 애당초 자신의 검을 몰래 팔아치워 유곽에 놀러가 놓고 '무기 따위는 없애 버리는 것이 세계 평화의 지름길'이라고 당당하게 말하는 정신 구조를 가진 인간에게 상식을 요구한 것 자체가 잘못이었다.

카론은 엄청나게 못마땅한 얼굴로 술잔을 비우고는 테이블에 내려놓았다. 일시에 둘의 대화가 끊어졌으므로 모든 것이 고요했다.

때마침 바람도 멈춰, 이제는 서로의 숨소리마저 들릴 것 같았다. 촛불마저 켜지 않은 방에는 달빛밖에 없었다. 키스의 방은 항상 그랬다.

"……키스."

카론은 작은 목소리로 말했다. 책상 모서리에 걸터앉은 키스는 창밖만 바라봤다.

"하나만 약속해 줘."

"……."

"만약 나한테 문제가 생기면, 이멜렌을 보호해 줘."

키스는 창백한 달을 올려다보고 있었다. 그런 그의 모습은 마치 빗물에 쓸린 청동 조각처럼 처연했다.

"대신 당신도 나랑 하나만 약속해요."

키스는 달과 어둠밖에 남지 않은 창밖을 바라보며 말했다.

"나한테 문제가 생기면…… 절대로 내 걱정 하지 말아요. 날 완전히 잊어버리세요. 처음부터 없었던 존재처럼. 이 약속 지키면 나도 당신 약속을 지켜 줄 테니까."

그 붉은 눈동자는 달빛에 녹아 유달리 슬픈 색이었다. 키스는 고개를 돌려 카론을 바라봤다. 카론은 술에 취해 전혀 듣지 못했다는 듯 눈을 감은 채 잠든 척하고 있었다. 그것을 본 키스가 피식 웃었다.

"교활하기는."

그는 담요를 가져와 카론을 덮어 주었다. 그러고는 자신의 검을 들고 밖으로 나섰다. 밤을 가르는 그의 입가에 아무도 모르는 진심이 맴돌았다.

나 이 세상 떠나도 내 죽음일랑 서러워 말고
그저 침울하고 음산한 조종(弔鐘)마냥 흘려보내시오.

나 녹아서 진흙이 되었을 때
내 가엾은 이름일랑 부르지 말고
그대의 사랑이 나의 생명과 함께 썩어 버리게 하시오.

현명한 세상이 그대의 슬픔을 꿰뚫어 보고
나 하직한 뒤에 그대까지 비웃으면 어찌합니까.

키스가 스왈로우 나이츠를 떠나기 20여 일 전의 일이었다.

5.

카론은 눈을 떴다. 꿈에서 깨어난 그의 눈동자는 투명했다. 더이상 왕실 부기사단장도 아니건만 몸에 익은 성실함은 정확히 새벽 5시에 그를 깨웠다.

카론은 눈가를 뒤덮는 머리칼을 쓸어 넘기고는 안경을 쓰며 옆을 돌아봤다. 자신의 가슴에 작은 손을 얹은 이멜렌의 잠든 얼굴을 잠시 지켜보던 그는 조심스럽게 그녀의 팔을 내리고 침대에서 일어났다. 더 자고 싶어도 몸이 잠을 허락하지 않는 재미없는 근면성 덕분이었다.

새로 구한 작은 별장에는 하녀도 수영장도 으리으리한 분수대도 없었다. 이멜렌이 그림을 그리기 위한 아틀리에와 카론이 베르스 연대기를 집필할 서재밖에 없었다.

'큭!'

몸을 옮기던 카론은 무의식적으로 새어 나오는 신음 소리를 되삼켰다. 붕대에 감겨 있는 오른팔은 아직 완치되지 않았다. 치료에만 반년 이상이 걸리며, 아마 평생 통증이 따라올 것이다.

모든 결심에는 대가가 따르기 마련이다. 카론은 그걸 후회할 인간이 아니었다.

숨을 고른 그는 아무렇지도 않게 옷장으로 걸어갔다. 그리고 새하얀 셔츠를 꺼내 들고 거울 앞에 섰다. 팔을 잃은 대신 복잡한 제복을 입을 일이 사라졌다.

하지만 기사수행 때부터 이어져 온 오랜 버릇이랄까. 일을 할 때는 깔끔하게 다림질된 순백의 셔츠를 입었다.

그는 곧 서재로 가서 깃펜에 잉크를 찍을 셈이었다. 창피하게도 베르스는 건국 이후 제대로 된 역사서가 편찬된 적이 없다. 각 왕들마다 자신들의 업적을 칭송하기 위해 날조한 엉터리 실록이 전부였다.

어려서부터 카론은 그것이 불만이었다. 그래서 지금 그가 집대성하려는 베르스 연대기는 분명 그의 평생을 투자해야 할 대작업이다.

"······."

아직 한 팔로 옷을 입어야 하는 처지에 익숙하지 않은 카론은 결국 셔츠를 떨어트렸다. 그는 그것을 잡으려다 문득 거울을 봤다. 은테 안경을 쓴 학자풍의 인상에 귀밑으로 자른 머리칼 덕분에 고운 목덜미가 드러나긴 했어도 분명 어떤 화가라도 당장 화폭에 담고 싶을 정도로 훌륭한 몸이다.

베르스 최강의 검술을 만들어 낸 은의 기사의 육체. 사라진 오른팔만 아니었다면 당장이라도 전쟁터 한복판에 서도 좋을 그런 몸이었다.

그것이 유혹하고 있었다. 네가 들어야 할 것은 펜이 아닌 검이고, 네가 있어야 할 곳은 아내 곁이 아닌 전쟁터라고. 그곳에서 공을 세우는 것이 네 인생의 의미가 아니었냐고 집요하게 속삭이고 있었다.

곧 국가의 운명을 건 큰 전쟁이 벌어진다는 것은 카론도 알고 있었다. 최초로 연대기를 편찬하는 것도 분명 베르스를 위하는 일이라고는 해도─기사가 전쟁을 앞두고 칼을 버렸다는 것은 분명 죄책감이었다.

'아니, 솔직히 말하면 희열……'

기사라는 족속은 본능적으로 피 냄새에 반응한다. 카론도 그 본능으로부터 완전히 자유롭지는 못했다.

"됐어."

카론은 셔츠를 집어 들며 그렇게 내뱉었다. 싸움에 반응하는 자신의 육체를 애써 외면하며 서재로 향했다. 거실을 지나 서재 문을 잡은 카론은 문득 희미한 기척을 감지했다. 굳이 표현하자면 야생 동물의 냄새 같은 것이었다.

'……'

라이오라에게 시력을 손상당한 다음부터 다른 감각은 더욱더 날카로워진 카론이었다. 그 감각이 분명 위험을 경고했다.

하지만 그렇다고 집 안에 곰이나 호랑이가 들어와 있을 리는 없었다. 일단 집 안 어디에도 흐트러진 건 없었다. 그렇다고 누가 암살자를 보낸 것도 아니리라. 팔을 잃고 낙향한 기사에 관심 있는 사람은 없으니까.

카론은 소리 없이 뒷걸음질 치고는 벽난로 근처에서 부지깽이를 집어 들었다. 키스가 걸핏하면 휘두르는 우스꽝스러운 막대기라고는 해도—분명 쇳덩어리다. 카론 정도의 남자가 잡으면 강도 서넛쯤은 단번에 쓰러트리는 무기로 돌변하는 것이다.

그는 그것을 들고 서재의 문을 열었다. 곧 익숙한 목소리가 들려왔다. 바로 짐승의 냄새였다.

"큭큭. 그 팔은 어찌 된 거냐."

6.

"아아. 이게 무슨 꼴이람."

키스는 기지 내부의 복도를 걸어가며 한숨을 내쉬었다. 온몸은 자잘한 상처들로 붉게 물들어 있었다. 털끝 하나 안 다치고 훈련된 군인들을 뚫고 나가는 것은 애당초 무리였다. 하지만 그렇다고 인코그니토 최강의 암살자였던 키스를 막을 수 있다는 의미는 아니다. 지금 마을 한복판에는 백여 구의 시체들이 흩어져 있었다.

키스는 짜증이 치밀었다. 어째서 무언가를 이루기 위해서는 누군가를 죽여야만 하는가. 나름대로 평화주의자를 자청했는데, 이래서야 누가 봐도 지옥행 티켓 일 순위가 아닌가. 그것조차 복제에게도 지옥에 갈 권리가 있을 때 얘기겠지만.

키스는 그게 다 자신의 팔자가 사나운 탓이라고 건성으로 납득하며 아무도 없는 복도를 걸어갔다. 문득 외로웠다. 소파에 몸을 누인 그 촉감이 그리웠다. 다시는 느끼지 못할 그 아늑함.

'지금 이 꼴을 녀석들이 보면 깜짝 놀라겠지?'

키스는 눈을 감으며 피식 웃었다. 걸음은 멈추지 않았다. 진한 핏자국이 그의 발밑을 따라가고 있었다.

7.

"……루터."

카론은 자신의 서재에 앉아 있는 신부복의 그를 죽일 듯이 노려보았다. 헝클어진 터럭 사이로 잘려 나간 귀의 흔적이 그대로 드러난 루터는 지옥이라도 다녀온 듯 더욱 섬뜩해진 모습이었다.

본래 집요한 성격이라는 것은 잘 알고 있었지만 설마 여기까지 복수하기 위해 찾아올 줄은 카론조차 예상하지 못했던 일이다. 게다가 이곳을 어떻게 알고 찾아왔단 말인가! 그리고 무엇보다 불행한 것은, 왼팔로 휘두르는 부지깽이 정도로는 '검은 추기경' 루터에게 흠집조차 내지 못한다는 사실이었다.

카론은 빠른 눈길로 침실 쪽을 훑어봤다. 그걸 본 루터가 피식 웃으며 조롱했다.

"왜 그래? 내가 네 아내를 잡아먹을까 봐 걱정인가?"

카론은 싸늘한 눈초리로 대꾸했다.

"싸움을 원한다면 피하지 않으마. 하지만 내 아내는 건드리지 마라."

루터는 그 태도가 재미있는지 굵직한 손가락으로 책상을 툭툭 두드리다가 말했다.

"전에 내가 말하지 않았던가?"

"……?"

"네가 이겼다고. 승부는 그때 끝났다. 이제 와 은퇴한 기사 모가지 비튼다고 뭐가 달라져."

못마땅한 목소리였지만 거짓말은 아니었다. 루터는 분명 무자비한 인간이지만 승패를 인정할 줄 아는 도량은 있다. 구차한 복수심에 불탈 만큼 옹졸하지는 않은 것이다.

하지만 복수가 아니라면 뭣 때문에 찾아왔단 말인가? 설마 루터가 카론과 화해의 술잔이라도 기울이겠다며 병실에서 뛰쳐나와 달려왔을 리도 없었다. 단정한 흑발의 미남자는 들고 있던 부지깽이를 바닥에 던지며 말했다.

"그럼 왜 온 거냐."

"주인을 잃은 개가 갈 수 있는 곳이란 그리 많지 않지."

카론에게 패배해 교황청으로 돌아온 루터가 병실에 있는 동안 교황이 살해당했다. 더할 나위 없이 흉포한 도사견이 주인을 잃은 것이다.

그리고 새로운 교황 자리를 노리는 교황청 고위 성직자들에게 있어서 돈이나 권력으로 매수할 수 없고, 그렇다고 애국심도 강요할 수 없는 루터라는 존재는 방해만 되는 괴물이었다.

결국 그들은 병상에 있는 그 광견을 '안락사' 시키기로 결정했다.

사실 그것은 옳은 판단이었다. 하지만 틀린 판단이라면 루터의 괴력을 너무 과소평가했다는 것이다.

자신을 죽이려는 병사들을 그야말로 시산혈해(屍山血海)로 만들며 도주한 루터가 찾은 자는 놀랍게도 키르케였다. 방금 전까지 적이었던 자에게 몸을 의탁한 루터도 비상식적이었지만 키르케 역시 상식과는 거리가 멀었다.

보통 지휘관이라면 통제 불능에 가까운 루터를 부하로 두는 위험은 감수할 리가 없지만, 키르케는 기꺼이 루터를 자신의 종으로 삼은 것이다. 그녀는 능히 그럴 힘을 가진 마녀였다.

예전 카론은 '루터는 아군이 되어도 피하고 싶은 존재'라고 단정한 바가 있다. 그 말이 떠올라 눈매를 찡그리며 대꾸했다.

"살육을 할 수만 있다면 어떤 주인이라도 상관없다는 건가."

"여전히 고운 얼굴로 입은 거칠구만. 하지만 나도 나름대로 생각해서 죽이거든. 이래 봬도 성직자야."

그 섬뜩한 미소에 카론은 특유의 매몰찬 어투로 대응했다.

"흥. 살인마에게도 철학이 있는가? 귀 기울여 듣고 싶지 않다."

태생적으로 카론과는 친해질 수 없는 루터였다. 루터는 상대의 비난 따위 아무래도 좋다는 듯 그 산더미 같은 거구를 일으키며 말했다.

"키르케가 널 찾는다. 왕실로 가자."

"나를……."

카론의 눈빛이 흐릿해졌다. 그러고는 곧바로 고개를 저었다.

"사양한다. 더 이상 기사로 살아갈 생각은 없다."

그러자 루터는 묵직한 어조로 되물었다.

"지금 뭔가 단단히 착각하고 있군. 국왕의 전권대리인이 이 왕국의 기사를 소환한 것이다. 거절할 권리가 있다고 생각하는 거냐."

"난 기사 작위를 반납한 몸. 더 이상 기사도의 맹약을 지킬 이유는 없어."

"이런, 이런. 나는 지금 기사도 나부랭이에 대해 말하고 있는 게 아니야. 단지…… 네 아내의 신변에 돌이킬 수 없는 문제가 생긴 다음에도 그런 반듯한 얼굴을 유지할 수 있을지 궁금할 뿐이지."

카론은 안경 너머 살기 어린 시선으로 루터를 쏘아봤지만 거구의 성직자는 가져 온 기사 제복을 카론에게 던질 뿐이었다.

"갈아입어."

물론 키르케가 이런 무례한 방식으로 카론을 데려오라고 명령하지는 않았으리라. 역시 카론과 루터는 아군이 되어도 조금도 가까워질 수 없는 사이였다.

8.

키스가 베아트리체가 있을 연구실에 도착하기까지는 그리 긴 시간이 걸리지 않았다. 그는 그동안 단 한 번도 걸음을 멈추지 않았다. 아무도 없었기 때문이었다.

아무리 앞서 많은 군인들을 해치웠다고는 해도, 더 이상 아무도 나타나지 않는다는 것은 너무 부자연스러웠다. 이 기분 나쁜 적막감은 도리어 키스를 긴장시켰다.

연구실 문 앞에 선 키스는 발걸음을 멈추고 다시 검을 들었다. 그의 예민한 육감은 문 너머에 있는 덫을 직감했다. 이자벨은 결코 순순히 베아트리체를 만나게 해 줄 호인이 아니었다.

'또 무슨 함정으로 날 반겨 주려나⋯⋯.'

키스는 눈매를 날카롭게 뜨며 문을 열었다. 누가 자신을 가로막든 주저 없이 베어 버리겠다는 결심을 굳혔다. 그러나 그 결심은 눈앞의 광경을 보자마자 흔들리고 말았다.

"……!"

역시 베아트리체는 없었다. 대신 어떤 사람이 서 있었다. 그를 본 키스의 눈동자가 크게 흔들리기 시작했다.

키스는 쉽게 놀라거나 당황하는 사내가 아니다. 암살자로 살아온 그의 차가운 심장은 그 어떤 최악의 상황에서도 냉정을 지켜 왔다. 하지만 지금만큼은 그럴 수 없었다. 왜냐하면,

"……미레일."

키스는 떨리는 목소리로 그렇게 중얼거렸다. 큰 키에 푸른 눈동자를 살짝 가리는 반짝이는 은발, 미소가 어울리는 유순한 얼굴, 절대 그럴 리가 없지만 분명 미레일이었던 것이다.

미레일은 마치 처음부터 기다리고 있었던 것처럼 익숙한 미소로 키스를 맞이했다.

"오랜만이로군요, 키스 씨."

"미레일은 이미 죽었어."

"그래요. 저는 죽었지요."

그러면서 미레일은 턱을 들어 목덜미를 보였다. 목둘레를 봉합해서 이어붙인 섬뜩한 상흔이 드러났다. 분명 목이 잘렸던 흔적이었다.

"설마 그 여자가 너를…… 되살린 거냐."

키스는 짜내듯이 말했다. 믿을 수 없었다. 죽은 사람은 무슨 수를 써도 되살릴 수 없다. 아무리 이자벨이라도 그것만큼은 할 수가 없다. 하지만 그렇다면 지금 눈앞의 미레일은 무엇이란 말인가.

미레일의 목소리는 예전과 같았다. 그러나 그의 입술이 품은 냉소는 달랐다. 그토록 싸늘한 미레일의 표정을 키스는 단 한 번도 본 적이 없었다.

"키스 씨, 당신은 제가 죽길 바랐지요? 베아트리체를 영원히 찾을 수 없도록."

"말도 안 되는 소리 하지 마!"

"그럼 어째서 저를 도우러 오지 않은 건가요."

"그건……."

위험하다는 것을 몰랐기 때문이다, 라고 말할 수가 없었다. 자신을 위해 키릭스를 배신했던 미레일의 죽음은 키스에게 있어 마음속을 가득 채우는 죄책감이었기 때문이다. 어떤 원망을 듣더라도 키스는 변명할 수 없었다.

"……미안해."

"그렇게 미안하다면 이번에는 당신이 죽어 주면 되겠군요."

미레일은 검을 뽑았다. 만약 눈앞의 상대가 미레일만 아니었다면 키스는 분명 눈치챘을 것이다. 일렁이는 미레일의 그림자가 큰 키에 비해 너무 작았다는 것을.

하지만 그전에 미레일의 칼끝이 키스의 복부를 관통했다. 칼날이 뚫고 들어오자 키스는 검을 떨어트리며 바닥에 무릎을 꿇었다. 순식간에 셔츠가 시뻘겋게 물들며 소나기처럼 핏물이 떨어졌다. 그리고 곧 가래 낀 목소리를 들었다.

"큭큭. 죽은 친구의 환상이라도 본 거냐."

지저분한 손이 고개 숙인 키스의 금발을 잡아챘다. 키스는 고통으로 흐릿해진 눈동자로 그를 바라봤다. 가학적 웃음으로 가득 찬 사내의 얼굴에 미레일과 닮은 구석은 조금도 없었다.

"넌……."

"이제 좀 정신이 드시나?"

이것은 덫이었다. 제아무리 이자벨이라도 죽은 자를 되살리는 것까지는 불가능하다. 하지만 착각하게 만들 수는 있다. 키스는 실험실로 오며 자신도 모르게 무색무취의 환각가스를 흡입한 것이다. 아무도 없었던 건 그 때문이었다. 그리고 그 가스가 불러일으킨 환각이 키스의 죄책감을 실체화시켰다.

인트라 무로스가 군용 병기로 이런 가스를 연구하고 있었다는 사실을 키스는 뒤늦게 떠올렸다. 검은 가죽 옷의 남자는 칼끝으로 천천히 키스의 목덜미를 그으며 조롱했다.

"죽은 친구 앞에서 어쩔 줄 모르는 암살자라니, 한심하기 짝이 없군. 크리스탄센 섭정께서 너 따위를 조심하라고 말한 이유를 모르겠다."

그러나 그런 말을 들으면서도 키스는 희미한 미소를 보이는 것이었다.

"다행이야."

"뭐?"

"네가 정말로 미레일이었다면…… 너무 괴로웠을 테니까."

그 순간 무릎 꿇은 키스의 두 팔이 움직이는 것 같더니 날카로운 굉음과 함께 칼날이 끊어졌다. 맨손이라고 하기에는 믿기지 않는 힘과 예리함이었다.

그와 함께 자신의 머리칼을 잡고 있던 상대의 팔을 키스의 두 손이 뱀처럼 휘감는가 싶더니 곧바로 모든 뼈마디가 으스러지는 섬뜩한 소리가 실험실에 터졌다.

"우아아악!"

가죽 옷 사내는 산산조각 난 뼛조각들이 살갗 밖으로 튀어나온 자신의 팔을 바라보며 비명을 질렀다.

"이, 인간이 어떻게 이런 힘을……."

키스는 배를 움켜쥐며 자리에서 일어났다.

"보통은 똑똑한 정의의 용사가 재치를 발휘해서 힘센 악당을 물리치는 전개가 되어야겠지만, 불행하게도 나는 악당이라서 힘도 세거든."

키스를 조심하라는 이자벨의 조언을 무시한 것이 실수였다. 키스는 무기가 없어도, 심지어 중상을 입었어도 눈앞의 목표물은 순식간에 제거하는 인코그니토 최고의 암살자다. 그런 자 바로 앞에서 방심하며 떠들어대는 짓은 일종의 자살행위였다.

순식간에 사냥꾼에서 먹잇감으로 전락한 그는 다가오는 키스를 향해 마구 손을 내저었다.

"자, 잠깐만! 죽이지 마! 난 명령에 따랐을 뿐이야!"

"나도 명령 때문에 참 많은 사람들을 죽였지. 그래서 그 사람들이 날 용서했을까. 아니면 더 미워했을까."

키스는 그렇게 말하며 손바닥으로 상대의 얼굴을 잡았다. 그의 악력이라면 두개골쯤은 분필처럼 부숴 버릴 수 있었다.

"질문이다. 베아트리체는 어디 있나."

"모, 몰라! 그런 이름!"

"그럼 이자벨은 어디 있지?"

보나 마나 베아트리체는 이자벨이 데리고 있으리라. 하지만 상대는 이번에도 실망스러웠다.

"거길 갈 생각이냐? 완전히 미쳤구나! 그분을 만나기도 전에 처참하게 죽고 말 거다!"

이자벨이 무슨 마왕이냐? 키스는 한숨을 내쉬며 얼굴을 잡은 손에 조금 힘을 줬다.

"으아아악! 그, 그만!"

"그래. 나도 오래 살지는 못하겠지만 적어도 너보다는 오래 살 것 같은데? 닥치고 질문에나 대답해 줄래?"

"몰라. 정말이라고! 그분이 계신 곳은 특급 기밀이야. 나 따위는 알 수도 없어!"

"그래? 그럼 살려 줄 이유가 없군."

"아, 안 돼! 살려 줘! 제발 살려 주세요. 부탁……."

"남의 몸에 구멍 뚫어 놓고 살려 주길 기대하다니, 너도 어지간히 뻔뻔하구나. 하긴, 뻔뻔함이야말로 악당의 미덕이지."

그 말과 함께 키스의 손끝에 힘이 들어갔다. 그와 함께 얇은 도자기에 금이 가는 것 같은 소리와 함께 피거품이 흘러나왔다.

그것을 바라보는 키스의 표정에는 변화가 없었다. 상대의 사지가 힘을 잃고 늘어지자 키스는 그를 놔 주었다.

"큭!"

키스는 출혈이 심각한 복부를 꾹 누르며 격한 통증에 눈매를 찡그렸다. 손가락 사이사이로 피가 흘렀다. 조각 같은 코끝을 타고 식은땀이 뭉쳐 떨어졌다.

아무리 키스가 쉽사리 죽지 않는 초인이라고는 해도 이 정도는 위험했다. 하지만 지금 그의 관심사는 다른 데 있었다. 베아트리체가 있는 곳을 알아내는 것. 그러나 아무리 궁리해 봐도 그걸 알아낼 방법은 떠오르지 않았다.

'제길, 대체 어디에…….'

그때였다. 키스는 등 뒤에서 자신의 목소리를 들었다.

"그런 꼴로 베아트리체를 만날 때까지 살아 있을 수나 있을까?"

"키릭스!"

키스는 황급히 몸을 돌렸다. 키릭스는 벽에 머리를 기댄 채 자신을 훑어보며 웃고 있었다. 피에 얼룩진 키스와는 정반대로 검은 셔츠에 같은 색의 말끔한 슈트를 입고 있는 키릭스의 모습은 사신처럼 엄숙했고 또 도발적이었다.

그의 허리춤에는 트레이드마크와 다름없는 두 자루의 검이 걸려 있었다. 하지만 그 칼을 뽑지는 않았다. 이런 곳에서 키스를 죽여 봐야 조금도 즐겁지 않았다. 모든 죽음에는 그에 어울리는 무대가 필요한데 적어도 이곳은 아니었다.

"항상 하는 말이지만 네놈이 죽으면 나도 죽어. 그러니까 조금은 그 몸뚱이를 소중하게 다뤄 주겠어?"

"베아트리체는 어디 있지?"

"후후. 글쎄."

"……."

"뭐, 차라리 만나지 않는 편이 좋을지도 모르지만."

"그녀가…… 죽은 거냐."

그 말을 들은 키릭스는 곧 커다랗게 웃었다. 그러고는 그 증오로 가득한 미소와 함께 키스를 바라봤다.

"설마 그렇게 행복할 리가 있겠어?"

키스의 감정이 폭발한 것은 그 순간이었다. 평생 마음을 숨겨 오던 새빨간 두 눈동자에 솔직한 분노가 맺혔다.

"말해! 베아트리체는 어디 있어!"

"그래. 알려 줄게. 와서 절망해라."

그렇게 말하며 키릭스는 키스에게 걸어왔다. 발끝과 얼굴이 마주 닿을 정도로 맞닿은 키릭스가 그의 귓가에 속삭였다.

"베아트리체는 말이지, 널 태어나게 해 준 곳에 있어."

"……!"

키스의 얼굴에서 핏기가 가셨다. 그곳은 바로 베르스의 소도시 셀른이었던 것이다.

그 지역 사람들 전체의 생체 에너지를 짜내서 자신을 만들었던 죽음의 도시. 지금은 폐허밖에 남지 않은 그곳에 베아트리체가 있었다. 그리고 그 의미는 이자벨도 함께 있다는 것이다.

즉, 이자벨은 베르스 한복판에 숨어 모든 것을 지켜보고 있었다. 대범한 키르케조차도 이자벨이 설마 그토록 가까이에 숨어 있으리라고는 예상치 못했으리라. 그리고 그것은 무방비의 등 뒤를 노리는 비수가 될 것이다.

"셀른. 우리의 생명을 마감하기에 어울리는 무대라고 생각하지 않아?"

키릭스는 자신이 상처를 낸 키스의 콧등을 매만지며 그렇게 중얼거렸다. 그러고는 몸을 돌려 실험실을 빠져나갔다.

"자신이 언제 죽을지 안다는 것은 얼마나 축복받은 일인지. 가장 화려한 죽음을 준비할 수 있잖아."

멀어지는 키릭스의 뒷모습을 또 다른 키릭스가 바라보고 있었다. 둘 사이에 있어서 가학은 피학이었다. 키스는 이 끔찍한 형벌이 어쩐지 지당하다고 생각했다.

'하지만 이 시시한 인생이 끝나기 전에 하나쯤은 가치 있는 것을 남길 수 있겠지.'

키스는 그렇게 생각하며 바닥에 떨어진 검을 집어 들었다. 죽음에 두려움을 느낀 적은 단 한 번도 없다. 누구나 언젠가는 죽기 마련이고 자신이 남들과 다른 점은 조금 빨리 죽는다는 것, 그리고 그 죽음과 대면할 장소를 알고 있다는 것뿐이니까.

그러니까 키릭스를 만나는 것도, 그와 함께 소멸되어 원점으로 돌아가는 것에 대해서도 두려움은 없었다. 단지 이 목숨을 정리하기 전에, 살아오며 유일하게 용기를 냈던 결심—베아트리체를 구하는 일을 끝맺고 싶을 뿐이었다. 그 이유가 사랑이든 집착이든 위선이든 그런 건 상관없었다.

그는 피가 멈추질 않는 배를 다시 눌렀다. 이대로 몸속의 모든 것이 빠져나와 돌아갈 곳을 잃고 흔적도 없이 사라져 버릴 것만 같았다.

……키스.

순간 키스는 주변을 둘러봤다. 착각이었을까. 베아트리체의 목소리를 들은 것 같았다.

9.

겉으로는 버젓이 베르스 왕실의 것으로 보이는 마차 안에서 미온은 리젤에게 말했다.

"국경을 넘어 이오타로 갈 수는 없을 겁니다."

그 말에 리젤은 방긋 웃기만 했다. 그 호의로 가득 찬 특유의 미소로.

"리젤 씨, 지금은 전시 상황이라서 국경이 차단되었……."

"걱정 마세요. 국경을 넘을 필요는 없습니다."

"……?"

"여왕님께서는 아주 가까운 곳에서 당신을 기다리고 있답니다."

"설마!"

미온의 표정이 서서히 굳어 갔다.

마차는 얼마 지나지 않아 작은 도시에 도착했다. 아니, 도시라고는 하지만 이제는 누구도 살지 않는 죽은 도시였다.

공식적으로는 수년 전 영문을 알 수 없는 전염병이 돌아 주민 전체가 몰살된 저주받은 곳이었다. 아무리 전염병이라지만 한 명의 생존자도 없었고 단 한 구의 시체조차 발견되지 않는 등 의심스러운 점이 한두 가지가 아니었지만 아이히만의 압력에 의해 더 이상 이곳에 대한 조사는 허락되지 않았다. 그 이후 이곳은 정지해 버렸다.

"여기는……."

미온은 묘비처럼 이어져 있는 음침한 폐건물들을 차창 밖으로 바라보며 말끝을 흐렸다. 도시 입구의 녹슨 간판에는 푸른색 글씨로 이렇게 쓰여 있었다.

평화로운 도시 셀른에 오신 것을 환영합니다.

마차는 시청 앞에서 멈췄다. 밤에 젖어든 셀른에는 불빛 하나 없었다.

10.

같은 시각, 카론은 왕실에 도착했다. 차가운 인상을 풍기는 제복 차림의 미남자를 본 왕실 사람들은 '은의 기사'의 귀환에 환호했지만 그 감정은 곧이어 충격으로 뒤바뀔 수밖에 없었다. 영롱하게 빛나는 그 모습 속에 오른팔이 없었던 것이다.

왕실에는 카론이 결투에서 패배해 낙향했다는 굴욕적인 헛소문이 파다했다. 물론 속사정을 알 리 없는 제3자들이 멋대로 지어 낸 루머였지만 사라진 카론의 오른팔은 그 헛소문을 사실로 믿게 만들기에 충분한 증거였다.

하지만 카론은 그런 불쾌한 수군거림 따위 조금도 신경 쓰지 않은 채 곧바로 키르케가 지휘 본부로 쓰고 있는 알현실로 걸음을 옮겼다.

'정말 이해할 수 없는 놈이야.'

뒤를 따라가던 루터는 오는 내내 말 한 마디 없고 여기서도 싸늘하기 짝이 없는 자신의 호적수를 보며 혀를 찼다.

저렇게 쌀쌀맞은 주제에 별장을 떠나기 전에는 일일이 아내가 깰 때까지 기다렸다가 웃음이 나올 정도로 진지하고 사려 깊은 얼굴로 그녀의 허락을 받은 뒤에야 출발하다니. 그런 남자를 두 말 없이 껴안으며 '잘 다녀오세요'라는 말을 하는 여자도 여자였지만, 그렇다고 어쩔 줄 모르며 미안해하는 남자도 루터의 성격으로는 이해 범위 밖이었다.

저런 물렁한 녀석에게 패했다는 것이 어쩐지 불쾌해서 루터는 귀가 떨어져 나간 자신의 섬뜩한 흉터를 공연히 긁적거렸다.

화려한 치장 따위는 일절 없이 모두 걷어낸 기능적인 지휘 본부는 분주한 전쟁의 냄새로 가득했다. 그 중심에서 지시를 내리던 가죽 장교복 차림의 키르케는 카론의 사라진 오른팔을 보자마자 사무적인 태도로 말했다.

"더 이상 말을 탈 수 없을 테니 늦을 수밖에 없었겠군, 카론 경."

"전 이미 기사 작위를 반납했습니다."

키르케는 들고 있던 서류를 테이블에 던지며 코웃음을 쳤다.

"기사 작위는 유원지 자유이용권이 아니야. 신나게 쓰고 원할 때 버릴 수 있다고 생각하나. 귀관의 작위를 받고 말고는 내가 결정해, 카론 샤펜투스 경."

선혈의 마녀는 무서울 정도로 딱 부러지는 특유의 말투와 함께 카론을 바라봤다. 그녀의 계급을 증명하는 북부 콘스탄트 중장의 계급장이 어깨에서 반짝거렸다.

카론은 아무런 대답도 하지 않았다. 작위를 내리는 것도 그것을 걷어가는 것도 국왕의 권한이며 또한 국왕의 권리를 대행하는 키르케의 권한이다. 반납을 허락하지 않으면 카론은 영원히 베르스의 기사인 것이다.

틀린 말이 아니었다. 단지 가혹할 뿐이었다.

카론은 수많은 참모진들과 병사들로 부산한 이곳을 훑어보며 입을 열었다.

"하지만 어째서 더 이상 검을 쓸 수 없는 기사를 부른 겁니까."

"예전 내가 말한 적이 있었지? 내가 귀관에게 관심 있는 부분은 기사가 아니라 다른 쪽이라고."

솔직히 그때 했던 말은 카론의 육체적인 부분과 밀접한 관련이 있긴 했지만……

물리적 대결로 전 세계에서 능가할 자가 없는 적현무 키르케에게 있어서 카론에게 흥미를 느끼는 부분이란 검술이 아닌 그의 뛰어난 지적 능력이었다. 키르케는 보고서를 가져온 부관에게 짧게 지시를 내린 뒤에 말을 이었다.

"북부 콘스탄트의 지휘관들은 유능하지만 불행하게도 이 지역 지형에는 능숙한 사람이 없다. 이 지형을 꿰뚫고 있는 이오타 군을 상대해야 하는 우리로선 묵과할 수 없는 약점이지. 하지만 아무리 베르스의 장교들을 뒤져 봐도 전술의 기본도 모르는 머저리들밖에 없더군. 그래서 귀관이 필요한 거다. 지형에 익숙하면서 전쟁에도 조예가 깊은 인재가."

무능한 지휘관일수록 자신만의 이론에 도취되어 현실성을 무시하는 법이다. 예를 들자면 전술이론 교수 출신인 어떤 장군은 늪지 전투를 할 때 방충망을 지급해 달라는 병사들의 요청을 묵살했다. 때는 여름이었다. 밤이 되자 엄청난 모기떼가 병사들을 덮쳤고 모기들은 열병을 퍼트렸다. 장군은 뒤늦게 자신의 병사들이 더 이상 움직일 수 없다는 것을 알았다. 그리고 불행하게도 그곳으로 적들이 밀고 들어왔고 허를 찔린 왕국은 함락되었다. 고작 방충망 하나 때문에 말이다. 만약 늪지대 전투에 경험이 있는 졸병의 말에 조금이라도 귀를 기울였다면 그런 어이없는 패배는 없었으리라.

키르케가 카론을 부른 이유는 그런 일을 막기 위해서였다. 하지만 카론은 고개를 저었다.

"과찬이시군요. 그러나 저 역시 전쟁을 겪어 본 적이 없는 일개 기사일 뿐⋯⋯."

기다렸다는 듯 키르케가 말을 끊었다.

"귀관이 기술한 전쟁 논문을 읽어 봤다. 칼 한 번 안 잡아 본 군사 이론가 나부랭이들보다 훨씬 낫더군. 솔직히 감탄했다."

순간 당황한 카론의 얼굴이 살짝 붉어지며 시선을 돌리자 그녀는 귀엽다는 듯 입꼬리를 올렸다. 평소의 그 엄청난 업무량을 생각하면 믿을 수 없는 일이지만, 카론은 최신 전술에 대한 논문을 집필한 적이 있다.

대체 이 나라는 어떻게 된 것인지 군대의 전술 교본조차도 모조리 외국에서 수입하고 국내에는 제대로 된 개론서 하나 없는 것이 갑갑해서 쓴 것이었지만, 당연히 귀족 출신의 베르스군 장성들은 평민 출신이 쓴 논문 따위 읽어 볼 생각도 하지 않았다.

그런데 설마 그것을 희대의 전략가라고 할 수 있는 키르케가 읽을 줄은 몰랐다. 키르케는 그것을 근거로 삼아 카론을 선택한 것이다.

"카론 샤펜투스 경, 귀관을 제1군 참모장에 임명한다. 지형을 최대한 활용할 수 있는 계략을 만들어라. 그리고 전투가 시작되면 국경으로 가서 중앙을 지켜라. 직접 검을 뽑을 일은 없을 것이다. 지휘관이 칼을 뽑을 상황이 된다면 어차피 그 전쟁은 패배한 거니까. 하지만 불안하다면 자네에게 루터를 붙여 주지. 적어도 어이없이 암살될 일은 없을 거다."

카론은 묵직한 어조로 물었다.

"하지만 갑자기 중책을 맡은 저를 못마땅하게 여기는 장교들이 많을 겁니다. 어쨌든 저는 약소국의 기사니까."

"귀관은 자신의 명성을 너무 과소평가하는 것 같군. 하지만 복종하지 않는 자가 있다면 내 이름으로 처형해라. 충성하지 않는 아군은 증오에 찬 적들보다 위험하다."

"무자비하군요."

"자비가 필요한 전쟁은 이미 전쟁이 아니야."

냉소적인 웃음을 보인 키르케는 곧 평소의 칼날 같은 눈초리로 돌아와 말했다.

"아내가 있다고 들었다. 그러니 나를 원망해도 좋아. 하지만 이것만은 알아 둬라. 기사의 생명인 팔을 포기한 것은 그대의 의지고 나는 그것을 존중한다. 그리고 그런 너를 전쟁터로 보내는 것은 나의 의지며 그대는 이것을 존중해야 한다. 이상이다."

카론은 묵묵히 그 강철 같은 논리를 받아들였다. 키르케의 마음을 이해했기 때문만은 아니었다. 전쟁에서 패배하면 베르스는 무너지며 그러면 자신의 아내도 위태로워진다. 지금 카론을 움직이는 신념의 근원은 지극히 개인적인 감정이었다.

부관의 안내를 받아 떠나는 카론에게 키르케가 문득 말을 던졌다.

"아, 그리고 가는 길에 의무실에 들러라."

"······?"

"우리 군의 진통제는 세계 최고다. 도움이 될 거다."

키르케는 엷게 웃으며 그렇게 말했다. 카론은 무표정한 얼굴로 이마에 맺힌 식은땀을 훔쳐 냈다. 지금 팔의 통증은 보통 사람이었다면 당장 비명을 지르며 나뒹굴 정도로 극심했던 것이다.

카론이 사라지자 루터가 키르케에게 다가왔다.

"당신 정말 독한 여자로군. 카론을 보낸 곳은 진청룡 라이오라를 상대해야 하는 곳이잖아. 아마 그곳은 생지옥이 되겠지. 아내를 두고 온 남자를 태연하게 사지로 보내다니 지독하기로 따지면 내 전주인보다 더하구만."

"아아. 원래 결혼 포기한 여자는 독하거든?"

다시 보고서를 읽기 시작한 키르케는 눈길도 주지 않은 채 대답했다.

"만약 그가 라이오라와 싸울 것을 알았다면 도망쳤을까?"

"아니."

"그가 도망칠 사람이었다면 내가 그를 필요로 했을까?"

"아니."

"흥. 그렇다면 아무런 문제도 없군."

키르케는 보고서를 탁 덮으며 자신의 데스크로 걸어갔다. 그러다가 갑자기 발걸음을 멈추고 루터를 휙 돌아봤다.

"그리고 너! 주인을 대하는 말투부터 바꿔. 내 애완견 주제에 한 번만 더 반말했다가는 그 못생긴 입술을 도려내서 푹푹 삶아 저녁식사로 먹어 주겠어. 그리고 카론이 죽으면 너도 내 손에 죽는다. 똑바로 보호해."

"큭큭. 여부가 있겠습니까, 여왕마마."

루터는 고개를 설레설레 저으며 자리를 빠져나갔다.

11.

"으음……."

쇼메는 아무도 없는 사무실에 앉아 입에 물고 있던 펜을 까딱거렸다. 뚱한 표정이었다. 작은 방 안은 정리하지 않은 서류들로 산을 이루고 있었고 아무렇게나 벗어 던진 옷가지들이 사방에 널려 있었다.

안 팔리는 사립탐정의 사무실이 이렇지 않을까. 미레일의 부재가 절실히 느껴지는 광경이었다. 그때 쇼메 옆에 쌓여 있던 서류의 탑이 위태롭게 흔들리다 쇼메에게 쏟아졌다.

"망할!"

의자째 서류더미에 묻혀 버린 쇼메는 두 팔을 버둥거리며 그 속에서 빠져나왔다. 투덜거리며 다시 의자를 세워 앉고는 책상 위에 긴 다리를 걸쳤다. 금세 예의 못마땅한 표정으로 돌아왔다.

쇼메의 일터라고는 달랑 이 작은 사무실뿐, 일국의 왕자인데도 정리를 도와줄 비서 하나 없었다. 찬밥도 이런 찬밥 대우가 없었던 것이다. 왕자라는 혈통에 재능까지 뛰어난 쇼메를 이토록 따돌리는 사람은 다름 아닌 키르케였다.

'망할 놈의 마녀……'

키르케가 쇼메를 괄시하는 데는 다 이유가 있었다. 쇼메는 안심하고 믿어 주기엔 지나치게 머리가 비상하다. 마음껏 움직일 수 있도록 놔뒀다간 언제 자신들의 손아귀에서 벗어날지 모르는 것이다.

그래서 키르케는 쇼메에게 '나라에서 쫓겨난 가련한 왕자' 이상의 역할은 주지 않았다. 게다가 뒤를 봐주던 아이히만이 암살된 후에는 아예 안전을 빌미로 왕실 밖으로는 나갈 수조차 없도록 감금했다. 전쟁이 끝난 뒤 쇼메를 이오타의 꼭두각시 왕으로 앉혀 놓고 마음대로 조종할 심산이었던 것이다.

'쳇. 잘난 내가 참아야지.'

라고 입으로는 투덜거리면서도 쇼메는 혼자 낑낑거리며 정보들을 긁어모아 살 길을 찾고 있었다. 무엇보다 전력으로 힘을 합쳐도 시원찮을 판국에 이토록 '치사하게' 나오는 북부 콘스탄트 국왕 바쉐론에게 지고 싶지 않았다.

어차피 똑같은 흙탕물에 몸을 담근 사람들끼리 서로 더럽다느니 비열하다느니 손가락질할 생각은 없지만, 그래도 생판 남한테 이리저리 휘둘리는 것만큼 짜증 나는 일이 또 있겠냐 말이다.

"계십니까."

문밖에서 들리는 딱딱한 목소리만으로도 쇼메는 그가 군인이라는 것을 알았다. 콘스탄트 군복을 입은 두 명의 남자는 쇼메의 허락도 받지 않은 채 벌컥 문을 열고 들어왔다. 터무니없이 무례한 처사다. 쇼메는 곧바로 인상을 쓰며 빈정거렸다.

"내가 권력을 잃었다는 사실을 일깨워 줘서 고맙군."

"쇼메 왕자님, 왕자님에 대한 신변 보호를 강화하라는 명령을 받았습니다."

"강화? 이미 내가 잠자는 것까지 감시하면서 뭘 어떻게 더 강화하겠다는 거지? 네놈들 예의나 강화해라, 천민들."

그들은 그 '강화'가 대체 무언지 말하지 않았다. 대신 위협적으로 쇼메에게 다가갔다.

쇼메는 자리에서 일어났다. 그들이 말하는 가장 확실한 보호 방법이 무엇인지 직감적으로 느낄 수 있었다.

"전쟁이 끝날 때까지 당신을 콘스탄트 왕국으로 송환해 안전하게 보호하라는 바쉐론 국왕 전하의 어명입니다."

"호오, 언제부터 보호라는 단어가 감금과 동의어가 된 거지?"

쇼메를 아무 짓도 못 하도록 새장 속에 가두는 방법은 간단했다. 콘스탄트로 끌고 가서 국왕이 보는 앞에 가둬 놓으면 그만인 것이다. 마라넬로가 했던 것처럼 말이다.

유년기의 끔찍한 공포가 떠오르자 쇼메는 눈매를 치켜 올리며 소리쳤다.

"나는 너희 우두머리의 명령을 따를 이유가 없다!"

"하지만 거부할 힘도 없지요."

"……!"

금발의 왕자에게는 이제 단 한 조각의 영토도 단 하나의 기사도 단 한 명의 백성도 없다. 속이 빤히 보이는 이 폭거에 저항할 길이 없었다.

그들은 부드러움과는 거리가 먼 군인들이었다. 저항하는 쇼메를 잡아 팔을 꺾은 뒤 머리채를 잡고 책상에 얼굴을 찍어 눌렀다. 찢겨진 입술에서 핏물이 흘렀다. 상대의 속내를 알게 되자 쇼메는 도리어 커다랗게 웃었다.

"어이, 이러다 내가 혀라도 깨물고 죽으면 네놈들의 왕이 엄청나게 낙담할 텐데? 너희 목숨도 성치 못할 테고. 그러니 귀중품은 조심해서 다뤄야 하지 않겠어?"

"고분고분하게 따르는 편이 좋을 겁니다."

말 그대로다. 바쉐론 국왕을 비롯해 모든 권력자가 원하는 것은 쇼메의 혈통. 그러니 죽으면 아주 곤란해지는 것이다.

물론 그렇다고 자살할 쇼메가 아니었지만, 어찌 되었든 충분히 위협적이었다. 그들은 쇼메를 풀어주었다. 그는 꺾였던 팔을 휘휘 저으며 눈웃음을 보였다.

"그거 알아? 최근 몇 달 동안 내가 평생 얻어맞은 것보다 더 많이 맞고 있다는 거?"

"그래서 어쨌다는 겁니까."

"그냥 분풀이 좀 하려고."

그 순간 쇼메의 주먹이 상대의 턱에 꽂혔다. 동시에 몸을 돌린 그의 팔꿈치가 다른 사내의 얼굴을 찍었다.

설마 왕자가 품위 없이 주먹을 휘두르리라고는 상상도 못 했던 그들의 몸이 무너져 내렸다. 미레일이 가르쳐 준 격투 실력이 빛을 발하는 순간이었다.

"고분고분하게 살았다면 난 이미 시체가 되었을 거다, 머저리들."

쇼메는 입술에 고인 피를 닦으며 문밖으로 나섰다.

12.

건물을 나와 왕궁을 걷기 시작한 쇼메의 머릿속에 짜증이 차오르기 시작했다. 아주 오랜만에 느낀 그 감정은 목이 긴 호리병 속을 차오르는 물처럼 처음에는 조금 답답한 것 같더니 금세 목 끝까지 차는 것이었다. 숨을 쉬기가 어려웠다.

'제길.'

쇼메는 돌처럼 굳어 가는 가슴을 꽉 움켜줬다. 유년기에 다쳤
던 마음의 상처가 다시 벌어졌다.

태어날 때부터 그의 주변에 온기라고는 하나도 없었다. 평민
들도 얼마든지 느낄 수 있는 그 당연한 인간의 체온을 쇼메는 실
감한 적이 없다. 자신을 볼모로 넘긴 부모와 그런 자신을 관상용
금붕어처럼 사육했던 괴물 마라넬로와 그 괴물을 증오하는 또
다른 괴물 이자벨, 그의 사방을 둘러싸고 있는 것은 무기질의 벽
뿐이었다.

폐소공포를 심어 주기에 충분한 그런 공간.

쇼메는 세상 어디에 서 있어도 그 공포를 느꼈다. 그런데도 눈
물이 흐르지 않는 것은 그래 봐야 아무도 손잡아 주지 않는다는
사실도 알고 있기 때문이었다. 그는 쭉 혼자였다.

13.

"야! 천민!"

쇼메가 리더구트를 찾은 것은 지극히 엉뚱한 행동이었다. 스
스로도 바보 같다는 거 알고 있었다. 이 와중에 힘이라고는 쥐뿔
도 없는 미온을 만난다고 뭐가 달라진단 말인가.

하지만 적어도 숨은 쉴 수 있을 것 같았다. 엔디미온 말고는

권력으로부터 자유로운 사람이 세상 천지에 아무도 없는 것 같았다. 그래서 '당신 정말 삐뚤어졌어!' 라는 특유의 순진무구한 타박을 들으면 기분이 좀 나아질 것도 같았다. 그런데.

"뭐? 떠났다고?"

"음, 잡혀갔다고 하는 편이 옳은 표현일까요? 하지만 엔디미온 경은 자기 의지로 따라간 거니까……."

쇼메는 루시온으로부터 긴 금발의 순진덩어리가 리젤을 따라갔다는 소식을 들었다. 비서 한 명 없는 쇼메로서는 미온이 사라진 소식을 이제야 알게 된 것이다. 그는 바닥에 흩어져 있는 미온의 금발을 묵묵히 바라봤다.

"제법이군."

"네?"

쇼메와는 이미 구면인 루시온은 그의 말에 의아한 표정을 보였다. '안타깝군' 이라든가 '무사할 거야' 라든가 그것도 아니면 '꼴좋다!' 라는 반응이 나와야 하는데 난데없이 뭐가 제법이란 말인가.

쇼메는 그러고는 또 갑자기 투덜거리기 시작했다. 정말 대책이 없다는 듯.

"보나 마나 이자벨을 설득하러 갔겠지. 그 냉혹한 여자를. 구제해 줄 길이 없는 천민이야. 포기라는 걸 할 줄을 모른다고. 가진 거라고는 쥐뿔도 없는 주제에. 흥. 평생 그렇게 살다 죽으라지."

루시온은 그제야 미소를 보였다.

"참으로 험악한 칭찬이로군요."

"너, 귀가 어떻게 된 거냐? 내가 그딴 천한 녀석을 칭찬해?"

쇼메는 끝까지 그렇게 둘러댔다. 그때 리더구트 밖에서 소란스러운 고함 소리가 들렸다.

"이 부근으로 쇼메 왕자가 왔다! 당장 찾아!"

"도망치지 못하게 주변을 봉쇄해!"

창밖을 힐끗 본 루시온은 대충 돌아가는 상황을 알 수 있었다. 쇼메의 혈통을 독차지하려는 권력자들의 악취가 코를 찔렀다. 루시온은 쇼메에게 말했다.

"숨겨 드릴까요?"

쇼메는 대답 대신 품속에서 선글라스를 꺼내 썼다.

"세상에 숨어서 해결되는 일은 아무것도 없어."

그러더니 엉뚱하게도 벽난로가 있는 곳으로 갔다. 그러고는 품속에서 서류를 꺼내 장작불 속으로 던졌다.

"그게 뭐죠?"

"내 생명줄."

활활 타오르고 있는 그것은 아이히만이 보낸 인코그니토의 서류였다. 쇼메는 아이히만이 왜 자신에게만 그 중요한 정보를 보냈는지 알았다. 아이히만은 자신이 죽은 이후 쇼메가 감금될 거라는 사실을 예측했다.

아무것도 남지 않은 쇼메에게 이 서류에 담긴 정보는 콘스탄트와 거래할 수 있는 강력한 무기가 될 것이다. 그래서 쇼메는 스물다섯 장에 달하는 서류의 모든 내용을 암기한 뒤에 태워 버린 것이다.

이제 이 세상에서 이 값진 정보를 알고 있는 자는 오직 자신뿐이다. 그것을 가지고 어떻게 바쉐론 국왕을 뜯어먹을지 궁리하자 벌써부터 입가에 미소가 번졌다. 쇼메는 자신만만한 표정으로 벌컥 문을 열었다.

"난 여기 있다, 천민들!"

쇼메는 밖으로 나서며 루시온에게 말했다.

"잘 있어라. 다음에 볼 때는 난 왕좌에 앉아 있을 것이다."

"당신의 인생은 적어도 지루하진 않겠군요."

"천민이 오면 전해라. 내가 왕이 되면 나의 기사로 임명하겠다고."

"후후. 아마도 사양할 것 같습니다만."

"흥. 거절할 권리 같은 거 없다고도 전해."

금발의 왕자는 그렇게 말하며 군인들을 향해 걸어갔다. 스승을 꼭 닮은 얼굴이었다.

14.

만약 어떤 심약한 행정관이 현재 이오타 연합군의 내부를 보게 된다면 뭘 어디서부터 손대야 할지 몰라 울음을 터트릴지도 모른다. 눈앞에 돌아다니는 장교들의 군복만도 마치 남성복 패션쇼를 연상케 했다.

이오타 왕실 근위대에 긴급 소집된 정예 기병대, 격문(檄文)을 받고 모인 이오타 귀족들의 사병, 독립적으로 움직이는 인트라무로스 특무대, 라이오라를 신처럼 추앙하는 프론티어 뱅가드, 혈통을 따라 가담한 마키시온 제국군, 명예 혹은 이익으로 참전한 군소 왕국들의 기사단, 돈이 있는 곳에 모여드는 용병들까지 한곳에 뒤섞여 있었다.

그리고 내로라하는 그들 모두 다른 부대 밑으로 들어가는 것을 원치 않았다. 교통정리가 시급한 상황인 것이다.

그런 혼돈 속에서 라이오라의 사령관실로 초로의 노장이 걸어가고 있었다. 그는 반세기를 군인으로 살아온 '살아 숨 쉬는 전설' 같은 자였지만 이번만큼은 명장의 지도력마저도 통하지 않았다.

승냥이 같은 용병 무리들이 자신들의 군량고에서 멋대로 식량을 훔쳐 먹질 않나 마키시온 제국군과 이오타 기병대 사이의 해묵은 앙금이 폭발해 패싸움을 벌이질 않나—라이오라 총사령관에게 '누가 보스인지' 확실히 해 주지 않으면 내일이라도 대폭동이 일어날 거라고 경고할 작정이었다.

"누구십니까! 관등 성명을 밝혀 주십시오!"

"이걸 보면 몰라! 감히 누구한테 그런!"

노장은 라이오라의 방 앞을 지키고 있는 프론티어 뱅가드들에게 자신의 계급장을 들이대며 호통을 쳤다. 그들을 확 밀치며 사령관실로 들어가자 그 노인은 더욱더 믿을 수 없는 광경을 목격하고야 말았다.

"……넌 또 뭐냐."

"네? 그러는 할아버진 누구세요?"

"하, 할아버지?"

솜털도 가시지 않은 것 같은 사내 녀석이 신성한 사령관의 집무실에서 군복도 안 입고 앞치마까지 두른 채 당돌한 눈빛으로 이오타군 총지휘관인 자신을 '할아버지'라고 부르고 있었다. 당장 목을 치고 사지를 찢어도 할 말이 없었다.

"여기가 어딘 줄 알고 어린애가 얼쩡거리고 있는 거야!"

"전 라이오라 각하의 집사입니다!"

"뭐? 집사?"

군대에서 당번병이면 당번병이지 집사는 또 뭐란 말인가?

"그리고 어린애 아닙니다!"

막 쏘아붙이는 집사의 기세에 평생을 군인의 절도로 살아온 노장의 얼굴이 일그러졌다. 그는 주저 없이 칼을 뽑으며 고함쳤다.

"이런 건방진 꼬맹이! 라이오라 사령관님은 어디 있나! 냉큼 모셔 와!"

"우아아아아! 라이오라 님! 이 할아버지 미쳤어요!"

"저 여기 있습니다만."

내실의 문이 열리며 라이오라가 걸어 나왔다. 다짜고짜 뽑은 칼에 놀란 집사는 라이오라의 뒤로 가서 숨었다.

막 샤워를 마치고 나온 라이오라는 머리를 타월로 두르고 있었다. 게다가 허벅지까지 덮는 커다란 티셔츠 한 장에 맨발 차림. 그런 주제에 무덤덤하게 두 눈만 깜빡거리는 라이오라의 모습을 본 노장은 결국 검을 떨어트리며 몸을 부들부들 떨었다.

"그, 그게 대체 무슨 망측한 꼴입니까! 수십만 정예군의 추앙을 한 몸에 받는 총사령관이시라면 좀 더 체통을······."

라이오라는 진지한 얼굴로 대꾸했다.

"그게, 하나 남은 제복을 집사가 빨아 버려서······."

마키시온을 떠날 때 여분의 제복은 가져오지 못했다. 뼈아픈 실책이었다.

"그럼 새 제복을 달라고 하면 되지 않습니까!"

"하지만 새로 맞추려면 시간이 좀 걸리더군요."

"그, 그러면 일단 아무 군복이라도 입고 계셔야······."

"싫습니다. 불편합니다. 그런데 그거 물어보려 오셨습니까?"

"······."

그 집사에 그 주인······. 논리 정연한 것 같으면서도 반성을 모르는 뻔뻔함에 노장은 피눈물을 흘렸다.

이것이 바로 적현무 키르케조차 한 수 접는다는 아신위 진청룡의 본모습이란 말인가.

군인이라면 누구나 존경하는 '불패의 명장'이 '단순한 푼수'

로 추락하는 순간이었다. 그 단순한 푼수가 말했다.

"이것이 장군님의 두통을 해결해 준다면 좋겠군요."

그는 책상 위에 있는 서류 한 장을 건넸다. 자필 서류였다. 떨떠름한 얼굴로 '두통약'을 받아 든 노장은 그것을 읽자마자 안색이 바뀌었다.

"이, 이건!"

"장군님에게 제 권한 일부를 대행시킨다는 위임장입니다. 이런 식으로 전달하는 건 예의가 아니지만 시간이 시간이니 이해해 주시리라 믿습니다."

이오타군 사령관은 허를 찔린 기분이었다. 그 서류는 자신을 군 내부의 2인자로서 인정하는 문서였다. 진청룡이 직접 허가했으니 불만을 가질 자는 아무도 없다.

사실 장교들 사이에서는 라이오라가 자신의 직속 부하를 2인자로 앉힐 거라는 소문이 파다했는데, 그는 보기 좋게 그 의혹을 깨 버린 것이다.

"이, 이거 의외로군요."

"벅찬 자리라면 거절하셔도 좋습니다."

"아닙니다! 최선을 다해 책임을 완수하겠습니다."

노장은 경례를 붙였다. 그러고는 헛기침을 하며 물었다.

"저어, 사령관 각하. 그래도 일단 군복은 차려 입으시는 게……."

"아까도 말했지만 하나 남은 제복을 집사가 빨아 버려서……."

"그럼 아무 군복이라도 입으시는 게……."

"그것도 아까 말했지만 다리가 너무 짧고 불편해서……."

"……."

노장은 가벼운 두통을 느꼈다.

"그, 그럼 한시 빨리 세탁이 끝나길 기원하겠습니다. 그럼 소장은 이만."

그는 식은땀을 흘리며 황급히 자리를 빠져나갔다. 부하였거나 하다못해 나이라도 어렸다면 호통을 쳤겠지만—이쪽은 480년 묵은 푼수에다 계급도 높고 힘도 좋아 사람 만들 방법이 없었다.

하긴, 세계의 흥망성쇠를 다 지켜볼 만큼 지독히도 오래 살아온 사람에게 옷차림 따위가 무슨 대수겠는가.

그가 나가자 라이오라가 의아한 얼굴로 집사에게 물었다.

"저 사람, 어째서 체념한 것 같은 표정을 짓는 걸까."

"……저도 3년 전까지는 라이오라 각하가 일부러 이런다고 생각했습니다."

본래 라이오라의 정신 상태가 그렇다는 것을 집사가 알게 되었을 때부터 라이오라는 그에게 '완전무결한 존경의 대상'에서 '하나하나 챙겨 줘야 하는 피보호자'가 되어 버렸다. 잔소리가 늘어난 것은 그때부터였다. 그리고 역시 자신이 아니라면 안 된다며 마키시온을 떠난 라이오라를 쫓아 여기까지 온 것이다.

덕분에 그는 수뇌부 최초의 집사가 되어 버렸다. 어쨌든 가꾸고 신경만 쓰면 황홀한 빛을 뿜는 주인님인데 아무리 자연인이 좋아도 최소한의 체통은 지켜 줬으면 좋겠다고 청년 집사는 삐죽거렸다.

그 표정을 본 라이오라는 그의 머리에 손을 얹으며 말했다.

"불행하게도 체통을 지켜 승리한 전쟁은 역사상 단 한 차례도 없단다."

"왜요?"

"왜냐하면 전쟁이란 가장 비천하고 체통 없는 무리들이 가장 야만적인 방식으로 서로의 권력과 재산을 빼앗는 과정이기 때문이야."

그 차분한 목소리 뒤에서 불어오는 냉기에 집사는 침을 꿀꺽 삼켰다. 이것이 정녕 수백여 년 동안 승리만을 반복한 불사신의 입에서 나온 말인가.

승리와 패배, 즐거움과 슬픔, 희열과 고통의 모든 가치는 죽을 수 있기 때문에 측정 가능한 가치다. 언제까지나 죽지 못하는 진 청룡에게는 체통도 권력도 빛나는 명예조차 땅콩 까기만도 못한 허무한 인간 본성일 뿐이었다. 그 황금빛 눈동자 속에 맺혀 있는 것은 언제나 지독한 고독이었다.

집사는 문득 당돌한 질문을 던졌다.

"그렇게 전쟁을 혐오하면서 왜 언제나 전쟁만 하는 거죠."

"그야 난 겁쟁이니까."

"네?"

아주 짧은 시간, 그의 진심이 지나갔지만 집사는 눈치채지 못했다. 만약 그가 더 나이가 들었다면, 혹은 전쟁을 겪어 봤다면 그 엉뚱한 대답 속에 숨겨진 진심이 무엇인지 알 수 있었을까.

그때 집사처럼 라이오라를 따라 마키시온을 떠난 프론티어 뱅가드의 귀족 청년이 불쑥 들어왔다. 집사에 비해 고작 두 살 많지만 이미 세 차례의 전투를 치르고 천 명을 부하로 둔 어엿한 지휘관이었다.

"각하, 실례하겠습니다."

노크도 없이 들어왔다고 화낼 상관도 아니었고, 상관의 '너무 편안한' 차림에 경악할 부하도 아니었다. 나름대로 기강이 잡혀 있었다.

"카론 샤펜투스가 적 진영에 가담했다는 정보입니다."

그의 보고는 조심스러웠다. 라이오라가 오래전부터 카론을 자기편으로 끌어들이고 싶어 했다는 사실을 잘 알고 있었기 때문이었다. 그런 카론을 적으로 만나게 되었다는 사실이 라이오라의 심기를 건드릴까 봐 그는 조심스러웠다.

"그래?"

하지만 라이오라의 반응은 지나치게 무덤덤했다. 마치 먼 친척의 결혼 소식을 들었을 때처럼 '그래?' 라고 되물을 뿐이었다.

하지만 10년 가까이 그를 모셔 온 집사는 알고 있었다. 직선적인 그가 이런 식으로 시선을 돌리며 딴청을 피울 때, 그의 심정은 무척 복잡하다는 것을.

말 그대로 전면전이다. 누구든 적으로 만나면 항복시키든 죽여야 한다. 하지만 카론은 항복하는 성격이 아니었고 라이오라는 용서하는 성격이 아니었다.

그렇다면 무라사의 힘에 카론의 지능을 합친다면 라이오라라는 괴물을 쓰러트릴 수 있을까? 해답은 보고를 올리는 청년의 한숨에 있었다.

"……훌륭한 기사 하나를 잃겠군요."

라이오라에 대한 믿음은 절대적이다. 480여 년 동안 단 한 번의 패배도 없었다는 사실은 일종의 신앙이었던 것이다. 설령 베르스 측에 세 명의 아신이 밀집해 있어도 그 신앙심은 흔들리지 않았다.

하지만 그 장본인은 아무런 대답도 없이 화제를 돌렸다.

"그보다 이자벨 섭정이 있는 곳은 찾았나?"

"죄송합니다. 아직까지는……."

놀랍게도 총사령관 라이오라조차도 이자벨과 그녀의 인코그니토가 셀른에 있다는 사실은 알지 못했다. 단지 텔레마코스를 통해 명령을 전달받을 뿐이다.

그녀의 위치를 알고 있는 자는 키릭스뿐이었지만 키릭스 역시 며칠 동안 나타나질 않았다. 안전을 위해 최고 통수권자가 은신하는 일이야 종종 있지만 그렇다고 아무도 모르게 사라지는 경우는 없다.

우두머리가 어디 있는지 알 수가 없다는 기이함이 라이오라의 마음 깊숙한 곳에서부터 불안감을 자아냈다. 황금빛 눈동자의 아신은 타월로 자신의 젖은 머리칼을 닦아내며 생각에 잠겼다.

'그녀는 단순히 영토를 차지하려는 것이 아니다.'

라이오라는 지금껏 자신이 모셔 왔던 황제들이 보여 줬던 패턴, 영토 확장에 대한 광기에 가까운 집착이 이자벨에게는 없음을 알았다.

그녀는 다른 생물이다. 그녀가 추구하는 것은 좀 더 거대하고 차가운 영역에 있었다. 그러나 이자벨 섭정이 숨기고 있는 궁극적 목적이 무엇인지는 알 도리가 없다.

라이오라는 그런 그녀에게 서늘함을 느꼈다. 그녀의 인생을 내걸고 거머쥐려는 집념에 온기란 없었다.

자신보다도 낮은 체온을 가진 여자.

하지만 그는 그쯤에서 생각을 멈췄다. 그녀가 뭘 노리든 나는 내가 해야 할 일을 행할 것이다. 그렇게 결심한 라이오라의 표정에 변화는 없었다.

15.

엔디미온이 이자벨을 만나기까지는 30여 분이 걸렸다. 그는 두터운 강철로 이뤄진 네 개의 격벽 문을 통과해 옷이 모두 벗겨져 몸수색을 당한 뒤 어떤 주머니도 없는 새 옷을 받아 입은 후에야 이자벨을 만날 수 있었다. 제아무리 키스라도 예전처럼 정문으로 쳐들어와 이자벨과 만날 수 있는 가능성은 제로라고 할 수 있었다.

"미온, 머리를 잘랐구나. 아까운데."

"이자벨 님."

"이런 식으로 만나서 미안해. 하지만 상황이 상황이니."

엔디미온을 맞이한 이자벨은 예의 이지적인 미소를 보였지만 그 웃음은 지쳐 있었다.

그녀의 주변을 십여 명의 텔레레이디들의 테이블이 원형으로 둘러싸고 있었다. 그녀들은 끊임없이 어디론가 통신을 연결하고 또 연결받고 있었으며 중앙의 이자벨은 그 모든 정보를 받아들여 분석하고 있었다. 마치 이 세상의 모든 데이터를 빨아들이는 것처럼.

이 모습은 어떤 불길한 마법 같았고 또한 기계 같았다.

"이자벨 님, 전에 저한테 얘기하지 않았나요. 항상 선한 수단만 쓸 수는 없어도 목적 자체는 선하다고, 분명히 그랬잖아요."

"그게 거짓말이었다고 생각해?"

"적어도 전쟁으로 그 결심을 실천하는 건 잘못된 거예요!"

"전쟁이란 개가 벼룩을 털듯 세상이 인간을 털어내는 자연스러운 과정이지."

"……!"

"세상을 구원하려는 내 신념을 굳이 이해해 주지 않아도 돼. 넌 그냥 살아남으면 된단다."

"전쟁을 통해서 어떻게 세상을 구원한단 겁니까!"

"그래서 날 미워해도 좋다고 말했잖아."

"이자벨 님!"

그는 전쟁과 그녀를 둘러싼 이 모든 기이한 장치들이 세상을 구원하는 데 왜 필요한 것인지 알 도리가 없었다. 그녀를 미워하지도 않았다. 하지만 미워할 수 없는 사람이기 때문에 더없이 슬픈 것이다.

"베아트리체를 만나게 해 주세요."

돌처럼 굳은 엔디미온의 목소리에는 많은 감정이 뒤섞여 있었다. 그것은 처음부터 베아트리체를 알고 이용했던 그녀에 대한 배신감이었고 베아트리체의 안부에 대한 불안감이었으며 이곳에 온 목적에 대한 결심이었다.

"안 만나는 편이 좋아."

이자벨은 차갑게 대꾸했다. 순간 그는 불안을 느꼈다.

"그녀에게…… 무슨 짓을 한 거죠?"

"그 여자의 성능을 극대화시켰을 뿐이야."

"무, 무슨 말을! 베아트리체는 기계가 아니에요!"

"과연 그럴까."

불길한 뉘앙스를 담아 되물은 그녀는 잠시 말을 멈췄다. 엔디미온의 심장 소리가 들려오는 것 같았다. 이자벨은 무서울 정도로 담담하게 말했다.

"어째서일까. 어째서 너도 키스도 그녀를 만나자마자 별다른 이유 없이 사랑하게 된 것일까. 둘 다 여자에 대해서는 지나칠 정도로 능숙한 사람들인데도 말이야. 매력적이기 때문에? 운명? 보호 본능?"

"생각해 본 적 없어요! 사랑하는 이유 따위!"

엔디미온은 세차게 고개를 저었다. 그녀가 꺼낼 다음 말을 듣고 싶지 않았다.

"그것보다는 베아트리체가 너와 키스를 조종했기 때문이라는 이유는 어떨까."

"제발 말도 안 되는 소리 하지 말아요."

엔디미온의 목소리가 가엽게 떨려 왔다.

"텔레마코스…… 단순한 통신수단으로 이용하고 있지만 사실 그 힘의 본질은 상대의 생각 속에 침투할 수 있는 능력이야. 알다시피 그건 방패로도 벽으로도 막을 수가 없지."

"그게 베아트리체와 무슨 상관이에요."

"모른 척하지 마. 베아트리체가 엄청난 텔레레이디였다는 사실을 알고 있잖아. 자신의 능력을 제어할 수 없어서 정신이 붕괴될 정도로 말이야. 그 가공할 힘으로 너의 마음을 흔들어 놓은 거라면? 마치 말총벌이 숙주의 몸속에 알을 낳듯, 그녀의 힘이 네 사념(思念) 속에 파고들어 자신을 사랑하도록 하고 자신을 지켜 주도록 각인시켜 놓은 거라면 어떨까. 그 여자는 키스에게도 똑같은 짓을 했지. 그런 일을 할 수 있는 존재가 과연 인간일까. 그리고 그런 것도 사랑이라고 할 수 있을까."

"그만해요!"

엔디미온의 고함 소리가 울음에 젖었다. 언제나 밝은 엔디미온의 마음에도 약점은 있다. 그녀는 잔혹하게도 그의 가장 소중하고 확실한 부분을 뒤흔든 것이다.

하지만 그는 격분하거나 미치지 않았다. 단호한 눈빛으로 돌아와 이자벨을 바라봤다.

"그래도 상관없다는 표정이네?"

"만약 그게 사실이라도 그녀를 사랑하는 내 마음은 진짜니까요."

"후후, 그렇군. 다행이야."

뭐가 다행이라는 걸까. 그녀는 또다시 불길한 여운을 남기고는 말을 이었다.

"그렇다면 베아트리체의 그 힘으로 세상을 정화해도 넌 이해하겠네?"

"네?"

엔디미온의 표정이 흐려졌다. 그녀가 계획하는 것이 무엇인지 짐작조차 할 수 없었다.

"긴 시간과 상상을 초월하는 자금을 들여 그녀의 능력을 극대화시킬 수 있는 기계를 만들었지. 기계의 이름은 멘토(Mentor), 일종의 증폭기랄까. 그 기계를 그녀에게 연결하면 이 세상 모든 사람들의 마음속에 침투할 수 있어."

"지금 무슨 말을⋯⋯."

"멘토는 사람들의 마음속에서 공격성과 이기심, 불신, 탐욕, 나태, 교만, 분노를 지워 버릴 거야. 그리고 그 빈자리에 겸손과 성실함, 절제와 이해심, 인내와 사랑을 심겠지. 내 머릿속도 마찬가지고. 너의 희망대로 전쟁도 싸움도 없는 세상이 올 거야."

엔디미온은 소름이 돋았다. 그것은 분명 광기였는데, 그렇게 말하는 그녀의 얼굴은 놀라울 만큼 평온했다. 그게 섬뜩했다.

"하지만 풍차가 그렇고 마나열차가 그러하듯 모든 기계에는 동력원이 필요하지. 멘토를 작동시키기 위해서는 생체 에너지가 필요해. 키스를 만들었을 때와는 비교도 안 되는 막대한 양이. 계산상으로는…… 전 세계 인구의 5분의 1정도가 필요해."

그 말은 다섯 명 중 한 명은 이번 전쟁으로 죽어야 한다는 의미였다.

"그, 그런 이유로 전쟁을 일으키겠다는 건가요!"

전쟁 속에서 피투성이가 되어 죽어 가는 수천만 명의 원혼을 모아 평화를 만든다. '평화를 위한 어쩔 수 없는 전쟁'이라는 권력자들의 논리가 가장 끔찍한 형태로 완성되고 있었다.

"이자벨 님! 제발 그만두세요! 소수를 죽여 얻는 다수의 행복에 무슨 의미가 있어요!"

"미온, 내가 살아오면서 어떤 결론을 내렸는지 알아? 인간에 대한 체념이야. 폭군을 쓰러트려도 결국 쓰러트린 자가 다시 폭군이 되어 군림하지. 아무리 막으려고 노력해도 인간의 추악한 본성은 지긋지긋하게 싸움을 벌여. 네 정의감으로도 바뀌는 건 아무것도 없어. 계속해서 느끼는 것은 실망과 환멸뿐이지. 결국 세상을 구원하기 위해서는 인간의 악성(惡性) 그 자체를 본질적으로 바꿔 버리는 수밖에 없어. 그럴 수만 있다면 희생은 감수해야지."

엔디미온은 그렇게 말하는 그녀를 괴롭게 바라봤다. 그 기이한 기계가 제대로 작동할지, 윤리성에 어긋나는지의 문제는 부차적인 것이다. 그는 짜내듯 말했다.

"하지만 이자벨 님, 그 희생을 감수하는 쪽은 당신이 아니라 왜 희생당해야 하는지도 모른 채 죽어 갈 죄 없는 사람들입니다."

"죽음을 감수할 가치가 있는 일이야."

"유사 이래 명분 없는 학살은 없었습니다!"

종교가 다르니까, 원래 나쁜 사람들이니까, 혹은 불순분자들을 제거하고 나라를 안정시키기 위해, 심지어는 본래 열등한 민족이라는 이유 등 학살에는 언제나 명분이 있었다.

그런데 그 명분을 인정하는 쪽은 언제나 가해자지 피해자가 아니었던 것이다. 이자벨의 말마따나 인간의 본성이란 타인의 고통에 너그럽기 마련이다.

"미온, 혁명에는 피가 따르지. 구구절절 옳은 말만으로는 아무것도 지키지 못해. 도덕성이라는 자기 최면의 노예가 될 뿐이야. 난 신이 아니라서 모두를 행복하게 할 수는 없어. 하지만 불확실한 모두를 위해 주저할 바에는 확실한 일부를 위해 행동하겠어.”

그것이 그녀의 결론이었다. 미온의 표정이 어두워졌다. 자신
도 존경해 마지않던 그녀가 긴 인생을 싸워 오며 내린 결론이 이
토록 초라하다는 것에 그는 슬퍼했다. 영문도 모른 채 누구는 불
행하고 누구는 행복한 세상이 ‘낙원’이라면······.

순간 엔디미온은 격렬한 통증이 느꼈다. 감시하던 이자벨의
부하가 그의 얼굴을 후려친 것이다. 쓰러진 그를 잡아 올린 사내
가 고함쳤다.

“누가 네놈의 의견 따위 듣고 싶다고 했나! 너 따위가 여왕님
의 심정을 알기나 해!”

“그만둬! 무슨 짓이야!”

처음으로 이자벨이 소리쳤다. 그녀의 날카로운 목소리에 소스
라치게 놀란 남자가 엔디미온을 놔주었다.

“죄, 죄송합니다. 하지만 이놈이 감히······.”

“닥치라고 했지!”

엔디미온의 입가에 피가 흐르고 있었지만 그는 조금도 주눅
들지 않은 채 이자벨을 바라봤다. 그 눈빛은 분노가 아닌 동정이
었다. 그것을 본 이자벨은 눈을 꽉 감으며 말했다.

“감금해.”

“이자벨 님!”

“베아트리체는 못 만날 거다. 아니, 안 만나는 편이 좋을 거
야.”

이자벨은 그렇게 말하며 등을 돌렸다. 그는 곧 병사들에게 끌려 방을 나갔다. 묵묵히 지켜보던 리젤이 풀이 죽은 목소리로 입을 열었다.

"엔디미온 씨가 좋아할 줄 알았는데……."

리젤은 엔디미온이 이자벨을 따를 거라 믿어 의심치 않았다. 그에게 이자벨은 항상 옳은 존재다. 그리고 엔디미온은 항상 옳은 쪽을 택한다. 그게 리젤의 논리였다. 왜 엔디미온이 이자벨의 손길을 뿌리쳤는지 그는 이해할 수가 없었다.

"내게도 베아트리체 같은 능력이 있었다면 좋았을 텐데 말이야."

그녀는 쓸쓸하게 웃었다.

16.

카론이 숲 속에 들어간 무라사를 찾는 일은 그리 어렵지 않았다. 거목과 바위가 산산이 부서지는 소리가 나는 곳으로 가기만 하면 되었으니까.

한겨울인데도 하루 내내 비가 내렸다. 빗방울은 얼음보다 차가웠다. 감색 레인코트를 입은 카론은 묵묵히 그 비를 맞으며 무라사가 있는 곳으로 향했다.

뺨에 닿은 빗방울이 하얀 목덜미를 타고 내려 셔츠와 매듭진

넥타이를 서늘하게 적셨지만 신경 쓰지 않았다. 기사가 되기 전에는 우산이 비싸 쓸 수 없었고, 기사가 되고 나서는 규정상 쓸 수 없었고, 기사를 은퇴한 지금은 한 팔로 우산을 펼 수 없어 쓸 수 없었다.

그에게 비는 항상 맞는 것이었다.

"……."

무라사를 발견한 카론은 한동안 멈춰 서서 그를 바라봤다. 흠 딱 젖은 몸으로 웅크리고 있는 덩치 큰 사내는 마치 막 시동을 끈 증기기관처럼 온몸에서 김이 솟아오르고 있었다.

두 주먹은 피투성이였고 그의 주변은 폭탄이 터진 듯 잘게 부서진 바위와 나무의 파편들로 가득했다. 방금 전까지 격렬하게 주먹을 내지른 것이 분명했다. 무라사가 인기척조차 못 느끼자 카론이 먼저 입을 열었다.

"이건 연습이라기보다는 자학이군."

그러자 무라사가 천천히 얼굴을 들었다. 본래의 모습이 아니었다. 비에 젖은 회색 머리칼 사이로 드러난 눈동자는 인간이라기보다는 늑대에 가까웠다. 눈빛은 섬뜩했고 격정적 본능에 사로잡혀 있었다. 낮게 울리는 경고의 울음소리가 카론의 몸을 진동시킬 정도로 묵직했다.

당장이라도 긴 송곳니를 드러내고 목덜미를 물어뜯을 것 같았지만 카론은 조금도 물러서지 않는 반듯한 얼굴로 무라사의 이성을 되찾는 주문을 읊었다.

"정신 차려라, 멍청이."

두 눈을 날카롭게 치켜 올린 무라사의 표정에서 점점 균열이 사라졌다. 조금씩 바뀌는가 싶더니 곧 예의 순진한 얼굴로 돌아 왔다. 그리고는 카론을 멍한 얼굴로 바라보다가 그 몸에서 뭔가 허전한 부분을 발견하고는 소스라치게 놀라며 벌떡 일어섰다.

"우아아아앗! 너 그거 왜 잘린 거야!"

카론은 물어볼 줄 알았다는 표정으로 한숨을 내쉬며 대답했 다. 팔 잘린 게 경사도 아닌데, 만나는 사람마다 일일이 대답해 주기도 귀찮은 노릇이었다.

"내 팔은 은퇴 기념으로 왕국에 헌납했다 해 두지."

그러자 무라사가 머리를 긁적거리며 대답했다.

"아니, 난 머리카락 말한 건데. 어라? 그리고 보니까 팔도 잘 렸네? 아프겠다."

"……."

머리카락은 다시 자라지만 팔은 그렇지 못하다. '어라? 팔도 잘렸네?'가 아닌 것이다. 상식적 우선순위에 대한 지나친 무관 심에 대해 한마디 쏴 주고 싶었지만 꾹 참았다.

"너 그런데 머리 그렇게 곱상하게 자르니까 여자 같다. 그것 도 성질 사나운 아가씨 같……."

"머리 얘긴 그만해!"

결국 신경질적으로 소리친 카론은 젖은 머리칼을 쓸어 넘기며 짧게 물었다. 특유의 사무적인 목소리였다.

"라이오라를 쓰러트릴 방법은?"

"하늘이 도울 거야."

"없단 말이로군."

그러자 무라사가 자존심 상한다는 얼굴로 투덜거렸다.

"무시하지 마. 이 지옥훈련으로 나날이 실력이 상승하고 있으니까."

"흥. 여전히 믿음이 안 가는 놈이다."

말도 안 되는 소리라는 것은 둘 다 이미 알고 있었다.

아신은 애당초 초자연적인 힘을 부여받은 자들이다. 네 명이 각성한 힘과 특성은 이미 정해진 것이며 연습한다고 그 힘이 늘어나지 않고 펑펑 논다고 줄어들지도 않는다. 훈련이니 노력이니 하는 것으로 극복할 수 있는 영역 밖의 문제인 것이다.

카론이 아무리 노력해도 아신위 견백호처럼 산을 때려 부수지는 못하는 것과 비슷한 이치였다.

"너도 싸움에 참가할 줄은 몰랐네."

"기사의 업은 그리 쉽게 갚을 수 있는 것이 아니더군."

카론은 나직하게 대답했다.

무라사는 몸을 일으켰다. 대체 무슨 훈련을 했는지, 총알로도 흠집 하나 나지 않는 몸은 온통 크고 작은 상처투성이였다. 그가 말했다.

"불안해서 찾아온 거냐? 걱정 마라. 너 죽게 만들지는 않을 테니까. 내가 어떻게 해서든 라이오라를……."

카론은 그의 말을 끊으며 대답했다.

"난 안 죽는다. 살아서 이멜렌에게 돌아간다. 그렇게 약속했어."

그것은 꽤 허망한 소원일 수도 있었지만, 그의 싸늘하리만큼 단호한 목소리가 설득력을 만들었다. 무라사는 마치 늑대처럼 몸에 젖은 물기를 털고는 대꾸했다.

"그래, 너도 네 아내도 내 동생도 안 죽어. 내가 안 죽게 할 거야."

카론은 말없이 그의 얼굴을 살폈다. 그는 유능한 수사관이다. 무라사가 결심한 것이 무엇인지 짐작할 수 있었다. 카론은 조용히 떠나려다 결국 한마디를 던졌다.

"무라사 랑시, 넌 이 나라의 기사도 군인도 아니다."

"……."

"그런데 어째서 희생을 자처하는 거냐."

무라사는 아무런 대답도 하지 않은 채 딴청만 피웠다. 한동안 그를 바라보던 카론은 몸을 돌려 빗속으로 사라졌다.

"뭐야, 내가 뭘 할지 이미 알고 있는 거야? 똑똑하기도 하셔라."

무라사는 고개를 숙인 채 혼잣말을 중얼거렸다. 그는 분명 다혈질에 책략과는 거리가 먼 인물이지만 그렇다고 아무런 비책도 없이 세계 최강 진청룡과 맞설 만큼 바보는 아니다.

예전처럼 싸웠다간 백이면 백 패배한다. 단순한 결투였다면 승패야 어쨌든 상관없지만 지금만큼은 경우가 다른 것이다.

"이것이 먹히리라 확신할 수는 없지만……."

무라사는 자신의 손을 감싼 강철 장갑을 바라봤다. 평소 어떤 아신도 자신의 힘을 100퍼센트 끌어내서 싸우지는 않는다. 고작해야 삼분의 일 정도다. 보통 전쟁에서는 그럴 필요가 없기 때문이기도 하지만, 모든 힘을 개방한다면 인간의 것인 육체가 견뎌내질 못한다.

그는 며칠 동안 그걸 시험해 봤지만 50퍼센트에 이르기도 전에 끔찍한 고통과 함께 이성을 잃고 말았다.

하지만 그걸 견딘다면 분명 라이오라에게 피해를 줄 수 있다. 쓰러트릴 수는 없더라도 적어도 사흘 정도는 못 움직이게 할 수 있을 것이다. 물론 그 대가는 무라사의 죽음이었다. 그토록 과열된 힘은 결국 자신을 덮치게 되는 것이다. 무라사는 누구보다 이 사실을 잘 알고 있었다.

"왜 희생하냐고?"

무라사는 카론이 사라진 자리를 보며 말했다.

"나도 너처럼 지켜 주고 싶은 사람이 있으니까."

누군가에게 들려주고 싶은 그 말이 쏟아지는 빗물에 잠겨 흩어져 갔다.

17.

키스는 눈을 떴다. 빛을 머금은 붉은 눈동자는 한동안 낯선 천장만 응시했다.

"······안 죽었네."

온몸을 뒤흔드는 통증은 자신이 아직 살아 있다는 것을 의미했다. 처음 태어났을 때처럼 자신을 받아줄 사람이 아무도 없어서, 피 흐르는 배를 움켜쥔 채 셀른으로 향했다. 자그마치 며칠 동안 물 한 모금도 없이.

그러다 출혈을 이기지 못하고 쓰러져 정신을 잃었는데—이 지겨운 생명은 또 자신을 깨웠다. 매번 고통을 주면서도 또한 끝없이 살아남게 만든다. 운이 좋다고? 이만한 불운이 또 있을까.

키스는 식은땀에 흠뻑 젖은 아픈 표정을 베갯잇에 묻었다. 누가 자신을 구해 줬는지, 이곳이 어딘지 조금도 궁금하지 않았다. 그때였다.

"우아아아아아앗! 눈을 뜨다니!"

문이 열리며 들어온 여자가 들고 있던 물통과 수건을 떨어트리더니 커다란 비명을 질렀다. 죽은 사람이 되살아났어도 이 정도는 아닐 것이다.

자기가 간호한 주제에 자기가 놀라면 어쩌란 말인가. 키스는 뚱한 얼굴로 대응했다.

"눈 떠서 미안하게 됐네요오."

"아, 미안해요. 너무 의외라서."

"내가 며칠이나 누워 있었던 거죠?"

"음, 보름 정도?"

"……보름."

키스는 힘없이 중얼거렸다. 자기 생명력이 이토록 끈질긴지 처음 알았다.

"그럼 그동안 당신이 간호를?"

"헤헤."

그녀는 뭐가 좋은지 방긋 웃으며 고개를 끄덕였다. 소박한 리본으로 묶은 검은 머리칼에 쿡 찌르면 귀여울 것 같은 두 뺨, 길게 뻗은 뽀얀 목덜미는 관능적이기까지 했지만 반대로 목소리는 정숙함과 거리가 멀었고 행색이나 거친 손으로 봐서 결코 접시 한 번 안 닦아 본 귀족 아가씨는 아니었다.

키스의 노련한 시선에 의하면 23세 정도에 화장품 살 돈으로 빵을 하나 더 사는 실용적인 성격이며 짐승의 피를 보는 '남자의' 직업을 가졌고 현재 애인 없음.

또한 혼자 살 거나 부모가 없을 것이다. 부모가 있는 집으로 피투성이가 된 낯선 남자를 끌고 와서 간호할 정도로 막 나가는 여자로는 안 보였으니까.

그녀의 이름은 데네브였다. 어느 도시나 수십 명은 있을 것 같은 평범한 이름의 그녀는 키스의 말을 듣고는 독심술에라도 당한 사람처럼 또 깜짝 놀랐다.

"어떻게 제가 도축업을 한다는 걸 알았어요?"

데네브는 날마다 여기서 몇 킬로나 되는 도축장으로 걸어가 돼지나 닭, 양을 죽인다. 물론 취미가 아니라 직업이다. 누군가 가축을 죽이지 않으면 스테이크는 먹을 수 없으니까.

그런데 99퍼센트의 여자라면 꿈에서도 하기 싫을 도축업을 하고 있다는 사실을 키스가 어떻게 알았단 말인가. 그 마술의 비밀은 간단했다.

"당신 몸에서 피 냄새가 나니까요."

'하지만 나처럼 사람 피 냄새는 아니더군요' 라는 말은 삼켰다. 그 설명에 데네브는 당황했다.

"이런. 그래서 항상 몸을 깨끗하게 씻는데……."

"피 냄새는 그리 쉽게 사라지는 게 아니니까요. 원한 같은 것이지요."

"아하하. 아픈 말을 하시네요. 얼굴은 귀엽게 생겼으면서."

"네. 이 귀여운 얼굴로 많은 사람 아프게 만들었답니다아."

키스는 난감하게 웃으며 고개를 끄덕였다. 그런데 데네브는 그런 그의 얼굴을 빤히 바라보며 방긋방긋 웃고 있는 것이 아닌가. 어쩐지 사람 불안하게 만드는 여자였다.

"뭐가 그렇게 즐겁죠?"

"뿌듯해서요."

"그러니까 뭐가……."

"키스 씨는 내 덕분에 살았잖아요. 내가 살려 낸 사람과 이렇게 대화하고 있어서 기뻐요. 아아, 이런 게 의사의 마음일까."

의사의 마음? 키스는 말없이 이불을 들쳐 자신의 배를 보았다. 검에 완전히 관통되었던 복부는 붕대에 감겨 있었다. 엉망이다. 당연한 말이지만, 이런 중상에 약 뿌리고 붕대만 칭칭 감는다고 치료될 리가 없다. 뿌리 잘린 나무에 물 뿌린다고 되살아나지 않는 것처럼.

다른 사람이었다면 백이면 백 과다출혈이든 패혈증이든 파상풍이든 걸려 고통에 몸부림치다 죽었으리라. 의사했으면 큰일 낼 여자였다.

키스는 침대에서 내려오며 말했다.

"고마워요. 그 보답으로 오늘 저녁 만들어 줄게요."

18.

키스가 키릭스에게 물려받은 재능 중에서 단 하나 싫어하지 않는 것이 있다면 바로 요리 실력이다. 데네브가 도축장에서 얻어 온 몇 점의 양고기와 돼지비계, 근처 텃밭에서 따온 토마토와 허브로 스튜를 만들었다. 달걀은 반숙으로 삶고 샬롯은 갈색으로 볶고 흰자를 풀고 적당히 발효된 양젖을 뿌려 샐러드를 만들었다. 감자를 얇게 썰어 굽고 잘게 썬 돼지를 소금을 뿌려 가며 바짝 볶았다.

긴 손가락이 악기를 연주하듯 재료를 썰고 자르는 모습을 데네브는 멍한 얼굴로 지켜봤다. 설마 이거 우렁각시 아니, 우렁신랑? 자기가 구한 사람은 요리사였던가?

"자, 드세요오."

순식간에 요리를 마친 키스는 앞치마를 풀며 여우 같은 눈웃음을 보였다. 데네브는 여자 많이 홀렸을 남자라는 의심을 감출 수가 없었다.

"정확히 이곳이 어디죠?"

키스가 스튜를 한 스푼 물며 말했다. 보름이나 굶어 지독한 허기에 시달려야 하는 것이 당연한데도 그는 거의 먹지 않는다. 리더구트에 있을 때도 키스의 식사량은 지스킬보다도 적었다.

"여기서 한 시간 정도만 가면 셀른이에요."

그녀의 우물거리는 대답에 키스의 표정이 살짝 흐려졌다. 거의 무의식중에 걷고 있었는데 역시 셀른으로 향하고 있었던 건가. 그곳에는 베아트리체가 있다.

"그런데 왜 혼자 살죠?"

질문이 이어졌다. 확실히 이곳은 젊은 여자 혼자 살기에 어울리지 않는 곳이다. 주변에는 마을은커녕 불빛 하나 없는 숲 천지다. 산적도 출몰할 것이고 늑대나 곰도 주의해야 한다.

남의 사생활에는 별 관심을 두지 않는 키스였지만, 소녀티도 가시지 않은 예쁜 아가씨가 가축을 잡으며 혼자 살아가는 모습에는 순수한 호기심이 생겼던 것이다.

데네브는 대답할지 말지 잠시 고민하다가 결국 입을 열었다.

"원래 전 셀른에 살았어요."

키스는 스푼을 떨어트렸다. 셀른에 살던 사람은 모두 죽지 않았던가. 그러니까 자신을 만들기 위한 재료로 말이다.

그녀는 그의 반응에 의아해하면서도 계속 말했다.

"어느 날, 여행을 다녀왔는데…… 아무도 없었어요. 단 한 명도 남김없이, 연기처럼 사라져 버린 거예요. 테이블 위의 책은 책장이 펼쳐진 그 모습 그대로, 가마솥 안의 음식들도 그대로, 어린애들의 목마도, 줄에 걸린 빨래와 금고 속의 반지까지 모두 그대로 놔두고 천 명이 넘는 사람들만 흔적도 없이 사라져 버렸어요. 아하하. 말도 안 되는 소리라고 생각하죠? 안 믿어도 좋아요. 하지만 사실이에요."

"……사라진 사람들이 어디에 있는지 알고 있나요."

키스의 질문은 뻔뻔했다. 어디에 있냐 하면, 지금 자신이 되어…… 그녀의 부모도 이 육체에 포함된 어딘가가 되어 지금 그녀의 눈앞에 있지 않은가.

그녀는 고개를 저었다.

"모르겠어요. 그 이후 왕실을 비롯해 안 가 본 곳이 없을 정도로 돌아다니며 수소문해 봤지만 단지 전염병이 돌아 모두 죽었다는 믿을 수 없는 말만 들었어요. 하지만 분명 어딘가에 살아 계실 거예요. 그래서 이곳에서 돌아올 부모님을 기다리고 있어요. 희망을 가지고!"

키스는 시선을 피했다. 자신이 태어났기 때문에 부모를 잃은 여자에게 목숨을 구제받아 지금 이렇게 식사를 하고 있는가. 이것도 인연이라면 분명 악연이었다.

사라진 부모가 이런 식으로 돌아왔다고는 말할 수 없었다. 자신도 원해서 태어난 것이 아니기 때문에 아무런 죄도 없다는 변명은 도저히 할 수가 없었다. 단지 신이 앞에 있다면 그 멱살을 잡고 모든 것을 처음으로 되돌려 놓으려고 고함치고 싶은 생각뿐이었다.

"미안해요."

키스의 목소리가 떨렸다.

"아, 지금 울고 있어요?"

그녀는 당황한 얼굴로 말했다.

"에고. 남자를 울리다니, 제가 너무 감상적인 소릴 했나요. 그런데 다른 사람들에게 이 얘기 하면 그 소릴 믿을 줄 알았냐며 다 웃던데. 키스 씨는 참 잘 우는 사람인 것 같아요."

하지만 우습게도, 이것은 키스가 태어나 처음으로 흘린 눈물이었다.

19.

스왈로우 나이츠의 업무는 중지되었다. 하지만 왕실로부터

'에, 이제부터 지명 업무를 마치고 왕국을 위해 검을 들기 바랍니다' 라는 공문 따위는 내려오지 않았다.

철 지난 장난감 대하듯 그냥 단순한 방치, 아무도 관심이 없었다. 전쟁에 정신이 팔려 이런 기관이 존재한다는 사실조차 까맣게 잊어버린 것이다.

"……이것도 나름대로 불쾌한데?"

당장이라도 전쟁터로 끌려갈 줄 알고 겁에 질렸던 쇼탄은 위로부터 적막하리만큼 아무 말도 없자 테라스 소파에 기대어 투덜거렸다. 가죽 모자를 푹 눌러쓰고 입으로는 담배를 까딱거리고 있는 그 옆에는 커다란 여행 가방이 놓여 있었다. 이곳을 떠날지 말지 고민 중인 것이다.

"키스 경과 미온 경은 언제 돌아올까요."

이제는 완연한 성직자 소년의 기품이 묻어나는 크리스는 성경책을 품은 채 물었다. 곧바로 지스가 표독스러운 목소리로 되받아쳤다. 커다란 의자 속에 파묻힌 작은 체구가 애처로울 정도였다.

"됐어! 그딴 녀석 돌아온다고 누가 받아준대? 그리고 키스는 우릴 버린 거라고! 한 마디 말도 안 하고!"

"버려? 키스는 처음부터 우리와는 계약 관계였을 뿐이야. 이렇게 사라져 주면 그놈의 노예 계약도 무효가 되는 거니까 나야 좋지!"

루이는 일부러 차갑게 빈정거렸다. 본래 그의 신조가 '너는 너, 나는 나' 이기는 하지만, 그렇게 말하는 편이 차라리 속이 편했던 것이다.

하지만 그렇게 말하면서도 아무도 자리에서 일어나지 않았다. 가방을 들고 문을 열고 나가기만 하면 자유다. 아무도 붙잡지 않는다. 지금까지 쌓아 둔 귀족과의 인맥만 이용해도 몸 편하게 살 수 있는데도 그들은 이곳에 남아 찬밥 신세를 자처하고 있었다. 어쩌면 이곳이 그들의 고향이며 이들이 유일한 가족일지도 모르기 때문이다.

한편 랑시는 평소의 수다스러운 입을 꾹 다문 채 아무런 말도 없었다. 굳은 눈매로 숲이 보이는 창밖만 바라보는 랑시의 얼굴은 지금만큼은 앳된 소년이었다.

그의 머릿속은 형 무라사로 가득했다. 자신이 고집을 피워 무라사와 아무런 관련도 없는 이 나라를 위해 싸우게 만들었다.

형은 랑시가 알고 있는 세상에서 가장 센 사람이다. 하지만 아무리 그래도 다치진 않을까, 자신에게 돌아올 수 있을까, 랑시는 서툰 손으로 몇 번이나 도시락을 만들었다가 결국 형을 찾아가지 않았다. 단지 최선을 다해 울음을 참고 있었다.

더 이상 월급도 나오지 않는데도 리더구트에 남은 시종이 랑시 앞에 말없이 차를 놓고 사라졌다.

그때 문이 열리며 '높은 사람' 이 들어왔다. 전쟁을 앞둔 이 마당에 호화스러운 보석과 실크로 치장한 옷을 입은 것만 봐도 그 사람의 무신경을 짐작할 수 있는 중년 남자였다.

"도련님."

그 입에서 나온 첫마디였다. 일부러 시선을 피하던 루시온은 계속되는 재촉에 결국 자리에서 일어섰다. 목소리는 서리처럼 냉랭했다.

"어쩐 일입니까. 더 이상 가문과 저는 볼일이 없는 줄 알았는데요."

"각하께서 심려가 깊으십니다."

여기서 각하란 백작을 말하는 것이며 백작이란 루시온의 아버지였다.

"보시다시피 무사합니다. 아버님께 걱정하지 말라고 전해 주시길."

"곧 전쟁이 시작됩니다. 각하께서 안전한 별장을 마련했으니 그곳으로 가시지요."

"왕국이 멸망할지도 모르는 지금, 기사인 이 몸을 별장에 숨기겠다는 겁니까. 귀중품처럼? 그게 정녕 이 나라의 관료인 아버님의 머리에서 나온 발상입니까."

"참으로 훌륭한 부성애입니다."

"아들에게 굴욕을 강요하는 것이? 물러가십시오. 저는 이미 전쟁터를 지원했습니다."

"그 지원서라면 이미 각하께서 찢어 버리셨습니다."

"어떻게 그런!"

"루시온 님, 전쟁은 천한 것들의 몫입니다. 귀족의 고귀한 피를 진창에 뿌려서야 쓰겠습니까!"

그는 지당한 진리라도 말하는 어조로 훈계했다. 루시온은 대꾸하지 않았다. 인정했기 때문이 아니라, 그 헛소리가 너무 엄숙해서 웃음을 참기 힘들었기 때문이다.

"각하께서는 아직도 도련님께 기대가 큽니다. 도련님은 장차 명예로운 백작가를 이끌며 큰일을 하실 분입니다."

"당신은 전혀 모르고 있군요."

루시온은 흐릿하게 중얼거렸다. 나라가 사라진다는 의미도 모를 정도로 타성에 젖은 머저리. 왕국이 멸망하면 그 잘난 귀족 가문도 사라진다. 자신이 전쟁터에 나가는 것이 결론적으로는 자신의 가문을 지킨다는 것을 왜 모르는가. 이 이상 큰일이 또 있겠냔 말이다.

"설령 이 왕국이 멸망한다 하더라도……."

그 불경한 말로 운을 띄운 남자는 주변을 둘러본 뒤 조그만 목소리로 말했다.

"각하께선 이미 이오타의 유력 귀족과 협상을 마친 상태입니다. 가문은 아무런 손해도 없이 이오타로……."

"닥쳐라!"

루시온은 커다랗게 소리쳤다. 얼마나 컸냐 하면 사람이 왔는지도 모르고 정신이 팔려 있던 랑시마저 깜짝 놀라 루시온을 바라볼 정도였다.

그 청색의 눈동자는 마치 적을 대하듯 살의로 타올랐다. 실제로 적이었다. 본래 루시온의 가문이 이오타와 친분이 돈독하다는 것은 사실이지만, 그렇다고 나라의 관리가 전쟁을 앞두고 적국과 뒷거래를 한단 말인가? 만약 지금 루시온의 허리에 검이 있었다면 필시 뽑았으리라.

"제가 왜 가문을 나왔다고 생각합니까?"

루시온에게는 네 살 터울의 형이 있었다. 가문의 남자들이 모두 그렇듯 그의 형도 모든 부분에서 뛰어나야 했다. 그리고 실제로 뛰어난 사람이었다. 훤칠한 키에 준수한 외모, 루시온도 존경할 만큼 모든 분야에서 최고의 성과를 거뒀다. 그리고 백작가의 후계자였다.

그런 아들에게 엄청난 기대를 품은 아버지는 그가 성인이 되는 해, 이오타 남작가의 어린 여자와 결혼시켰고 그 인맥으로 아들을 이오타 행정부에 집어넣었다. 강대국의 관료가 된다는 것은 최고의 출세 코스였기 때문에 루시온은 자신의 형을 끝없이 부러워했다.

그는 다시 물었다.

"형이 왜 죽었다고 생각합니까?"

2년 후, 루시온의 형은 자살했다. 어느 맑은 날, 현기증 날 정도로 높은 행정부 상층 자신의 사무실 창문 밖으로 몸을 던졌다.

그가 남긴 짧은 유서에 의하면 그는 고아원에서 일하고 싶어 했고 약한 심장을 숨기고 있었고 난독증이 있었으며 동성애자였다. 태어날 때부터 천재인 줄 알았던 그는 어떤 것 하나도 할 때마다 남들 몇 배의 노력을 해야 하는 평범한 사람이었고, 단 한 번도 자신의 일을 좋아한 적이 없었기에 그 노력은 고통이었다.

후계자가 되는 것도 관료가 되는 것도 결혼도 원치 않았다. 단지 아버지의 기대에 어긋나는 것이 두려워서 하기 싫은 일을 견뎌 냈던 것이다. 언제나 당당하다고 생각했던 루시온의 형은 항상 겁에 질려 있었다.

형의 자살 소식을 접한 루시온은 곧바로 아버지의 분노가 터질 거라 예상했다. 완벽한 줄만 알았던 형이 실은 결함투성이의 낙오자라는 사실에 격분할 것이 당연했다. 모두 다 그를 욕할 거라 생각했다.

그러나 그렇지 않았다. 오히려 누구도 그에 대해 말하지 않았다. 마치 처음부터 없었던 존재처럼, 강력한 최면에 의해 모두 그의 존재를 망각한 것처럼.

단지 바뀐 것이 있다면 형의 커다란 방이 말없이 치워지고 그곳이 루시온의 방으로 바뀌었으며, 자살 이튿날로 루시온이 새로운 후계자로 지명된 것이 전부였다.

모든 것은 풍차가 곡식을 갈아 내듯 기계적이었고, 그 과정에 눈물은 단 한 방울도 없었다. 형의 흔적은 마치 더러운 얼룩을 세척제로 닦아 낸 듯 가문 전체에서 지워졌다. 형의 죽음을 기억하는 것은 금지되었다.

"내가 왜 가문을 나왔냐면……."

루시온은 자신을 다시 그 늪 속으로 끌고 가려는 사자를 똑바로 바라보며 말했다.

"나는 내게 형이 있었다는 사실을 잊고 싶지 않았기 때문입니다."

상대는 수치스럽게 자살한 형이 거론되자마자 사색이 되었다. 악마의 이름을 읊거나 전염병이라도 걸린 것처럼 어쩔 줄을 몰라 했다. 하지만 루시온은 상관하지 않았다.

"나는 형을 그렇게 만든 아버지를 증오하지는 않습니다. 하지만 그것이 나도 아버지 인생의 대리인이 되겠다는 의미는 아닙니다. 그러니 이만 물러가시길."

"그 말을 각하께서 들었다면 얼마나 낙담하셨을 줄 아십니까. 하지만 각하는 여전히 도련님을 사랑합니다. 그래서 강제로라도 끌고 오라 명하셨습니다."

그때 잠자코 듣고 있던 루이가 벌떡 일어났다.

"귀 먹었어? 루시온이 안 간다잖아! 돈도 권력도 다 필요 없다잖아! 그거 진짜 엄청나게 아까운 거지만…… 아무튼 지가 싫으면 그만이니까 돌아가라고! 진짜 아깝지만……."

어쩐지 '나라면 갈 텐데…….' 라는 궁상으로 들렸지만, 예전부터 루시온을 얄밉게 생각한 데다가 남의 인생 알 바 아니라는 정신으로 살아온 루이로서는 의외의 간섭이었다.

하지만 사자는 귀찮다는 듯 흘낏 루이를 바라봤을 뿐 전혀 물러날 기미가 없었다.

루시온이 말했다.

"절 데려가려는 이유가 저를 위해서가 아니라 가문을 위해서라는 걸 알고 있습니다. 이제 후계자가 될 수 있는 남자는 저 하나뿐이니까요."

"가문을 위하는 것이 도련님을 위하는 것입니다."

그는 너무도 당당하게 말했고 루시온의 반듯한 얼굴은 일그러지고 말았다.

인간을 위해 가문이 존재하는 게 지당하지 않은가. 하지만 이 가문이라는 괴물은 숙주가 된 인간들의 머리에 대롱을 박고 그들의 인생을 빨아 먹으며 점점 더 비대해져 간다. 마치 혐오스러운 해충처럼. 그 혐오감이 불러오는 현기증에 루시온은 눈을 감았다.

그때 문이 벌컥 열리며 한 사람이 들어왔다. 불쾌한 눈초리로 갑작스러운 방문객을 쏘아본 귀족가의 사자는 곧바로 표정이 굳었다.

"이곳은 키스가 없어도 언제나 소란스럽군. 기사라면 품위를 지키도록 해라."

냉기가 흐르는 것 같은 눈매의 카론이었다. 카론은 고개를 조아리고 있는 낯선 남자를 바라봤다. 물론 그는 카론을 모른다. 설마 한쪽 팔이 없는 자가 그 유명한 은의 기사일 거라고는 상상하지도 못했다.

하지만 카론이 입고 있는 위압적인 콘스탄트 장교복만으로도 그는 마치 정복자를 대하는 식민지 사람들처럼 고개를 숙였다.

물론 카론으로서는 전혀 입고 싶지 않은 군복이었지만, 이럴 때는 아주 편리한 것이 사실이었다.

루시온은 굽실거리는 사자를 보며 쓴웃음이 다 나왔다. 참으로 고상한 가문의 고상한 생존 방식이지 않은가.

"너는 뭐냐."

카론의 싸늘한 목소리에 그는 더욱 고개를 숙였다. 그때 쇼탄이 혼잣말처럼 입을 열었다.

"아아, 이 근처에 이오타와 손을 잡고 목숨을 부지하려는 사람이 있다던데……."

그 말이 끝나기도 전에 사자는 쏜살같이 리더구트를 빠져나갔다. 그건 그가 이 리더구트에 온 이후로 보인 행동 중 유일하게 현명한 처신이었다. 만약 카론이 내통 사실을 알게 된다면 그 잘난 가문 전체가 쑥밭이 될 테니까.

카론은 '대체 뭐하는 놈이지?'라는 표정으로 눈썹을 찡그린 채 잠시 문가를 바라보다가 다시 기사단으로 고개를 돌렸다. 그리고 단도직입적으로 말했다.

"이 시간 이후, 왕실 신전기사단 스왈로우 나이츠를 해체한다."

"하지만!"

사람들이 벌떡 일어났다. 카론은 말을 이었다.

"해산하라는 말은 하지 않았다. 단지 서류상으로 해체될 뿐이야. 너희는 교황청 소속이다. 이대로 놔두면 적 소속이 되어 체포될 수도 있다. 전쟁이 끝난 뒤 다시 기사단을 이어가든 말든 그건 너희가 알아서 전하를 설득해라.”

그들은 그제야 카론의 배려를 알아채고는 감탄했다. 카론은 이번에는 키스의 사무실로 향했다.

이제는 아무도 없는 그 사무실 문을 열자 그의 시선에 검들이 들어왔다. 단 한 번도 쓰지 않아 반짝거리는 칼날들이 잠들어 있었다.

“너희는 기사다. 검을 들어라. 그리고 왕실을 지켜라.”

“예!”

카론은 처음으로 스왈로우 나이츠들을 기사로 인정해 주었다.

“흥. 죽을지도 모르는데 뭐가 그리 좋은가.”

흑발의 기사는 코웃음을 치며 가볍게 빈정거렸지만 그리 싫은 표정은 아니었다.

카론은 잠시 엔디미온의 검을 바라봤다. 그도 지금 어딘가에서 자신의 검을 들고 있으리라. 그리고 이곳으로 돌아올 것이다. 카론은 그렇게 믿었다.

“명령은 이상이다. 전쟁이 끝난 뒤 다시 보도록 하자.”

그는 망토를 젖히며 리더구트를 나갔다.

20.

베르스에 전운이 감돌고 있었다. 물가는 치솟았고 생필품이

동이 났다. 계엄령이 떨어진 거리에선 군대가 불온분자를 색출하고 폭도들을 처형했다. 모든 전쟁물자는 징발되었으며 도로 곳곳에 방책과 검문소가 세워졌다.

눈치 빠른 상인들은 이미 모든 재산을 금으로 바꿨으며 권력이 있는 자는 베르스에서 도망쳤고 용기가 있는 자는 베르스로 귀국했다. 국경 밖으로 최대한 멀리 떨어지려는 피난민들의 행렬이 밤낮으로 줄을 이었다. 모두가 전쟁이라는 폭풍이 몰고 올 황폐를 실감했다.

그런 이때 키스는 뭘 하고 있었느냐 하면.

'에이, 소금이 부족하네.'

생선을 굽고 있었다. 데네브의 집 앞에 쪼그려 앉아 있는 키스는 물가에서 잡아온 생선을 작은 풍로 위에 올려놓고 멍한 얼굴로 부채질을 하고 있었다. 그녀가 직장에서 돌아오면 이것으로 저녁을 만들 생각이었다.

벌써 이런 식으로 일주일째다. 지금쯤 셀른에서 기다리고 있을 키릭스가 이 사실을 알았다면 키스를 증오할 이유가 또 하나 생겼을 정도의 게으름이지만, 키스는 이곳을 떠날 수 없었다.

다시 싸울 수 있을 정도로 부상에서 회복되지 못한 몸도 몸이지만 무엇보다 중요한 이유는 죄의식이었다.

키스는 본래 정이 없는 사내지만 그렇기 때문에 아주 가끔씩 그 감정이 움직일 때는 어쩔 줄 모르는 남자기도 했다. 그때 갑작스러운 발길질이 풍로를 걷어찼다. 건달들이었다.

"호오라, 남의 집에 사는 주제에 이제는 사내자식까지 들여 놨네?"

키스는 떼굴떼굴 굴러가는 풍로를 허망하게 바라봤다. 그러다가 머리를 쥐어뜯으며 소리쳤다.

"아아아! 낚싯대도 없이 생선 잡기가 얼마나 힘든 줄 아십니까아!"

"생선이고 지랄이고 집어치우고 집세나 내놓으시지."

"집세라니요오?"

이곳은 도시도 영지도 아니다. 세금 따위가 있을 리가?

"여긴 우리들 땅이야."

"누가 그렇게 정했는데요?"

"우리가!"

"아항."

키스는 이들이 도적들이며 데네브가 이곳에 살기 위해 매번 자릿세를 냈다는 사실도 알게 되었다. 영원히 돌아오지 않을 부모를 기다리기 위해서 말이다.

"그래, 계집애가 없으니까 네놈이 내면 되겠군."

"하아, 얘기가 그렇게 되나요?"

키스는 쓴웃음을 지으며 자리에서 일어났다. 키스의 그림자가 그들을 덮었다. 생각보다 키가 훨씬 크다는 걸 알게 된 건달들은 본능적으로 움찔했다.

"이것 참 다행이네요. 당신들 덕분에 데네브를 조금이라도 도울 수 있으니까요."

"괜한 수작 부리지 마! 여긴 사람 하나 죽여도 모를 곳이니까."

그들은 품속에서 칼을 꺼내며 위협했다. 키스는 주변을 둘러보며 말했다.

"정말 그러네요오. 여긴 누가 죽어도 아무도 눈치채지 못할 곳이로군요."

키스는 희미하게 웃으며 손을 올렸다.

21.

"전쟁 끝나면 음식점 차려도 되겠어요. 저 낡은 화덕으로 이런 요리를 만들 수 있는지 처음 알았네요."

저녁 늦게 집에 돌아온 데네브는 키스가 차려 놓은 음식을 잔뜩 입에 넣으며 말했다. 건달들이 생선을 날려 버린 덕분에 키스는 부랴부랴 버섯 샐러드와 포크 파이를 만들었다. 물기를 머금은 야채는 아삭거렸고 갓 구운 파이 속에는 얇게 저며 매콤하게 간을 한 갈빗살이 가득했다.

키스는 문득 미온 녀석들에게 파이를 구워 주던 때를 떠올렸다. 그러고 보니 그때도 기사단 해체되면 레스토랑을 하자는 농담을 나눴다. 미온이 손님을 끌고 루시온이 지배인을 하면 제법 괜찮을 것 같다며 웃었다. 그리 오래전 추억도 아닌데 전생의 일처럼 까마득하게 느껴졌다.

"저 그런데……."

그녀가 조심스럽게 물었다.

"혹시 이상한 사람들 안 왔어요?"

"이상한 사람이라니요?"

"그러니까 다짜고짜 들이닥쳐서 집세를 내놓으라든가……."

"전혀 모르겠습니다아."

키스나 키릭스나 시침 떼는 시늉은 경지에 올랐다.

"흐음. 안 올 리가 없는데, 아무튼 없어져 주면 나야 좋지만."

그렇게 중얼거리던 데네브의 시선이 이번에는 키스의 얼굴로 향했다. 그녀는 고개를 갸웃거렸다. 뭔가 허전한 기분이 들었다. 그리고 그 이유를 알자 비명을 질렀다.

"아아앗! 키스 씨! 당신 귀걸이가 없어요!"

"아, 이거요?"

도리어 키스는 아무렇지도 않게 부드러운 귓불을 매만지며 대답했다.

"수영하다가 잊어버렸어요."

"엥? 수영? 이런 날씨에?"

숨소리도 얼어붙을 한겨울에도 헤엄치는 존재는 펭귄이나 바다표범이지 인간은 아니다. 그런데 이건 거짓말이 아니었다. 그의 말마따나 낚싯대도 없이 생선을 잡을 수 있는 방법이란 그리 많지 않으니까.

"아니, 그보다 그거 엄청 비싸 보이던데 잊어버려도 괜찮아요?"

그녀가 호들갑을 떨자 키스는 난감하게 웃으며 손을 내저었다.

"아하하. 걱정 말아요. 이제 별 필요 없는 거랍니다."

그렇게 말하며 웃는 키스의 혀끝이 씁쓸했다. 어쩐지 죽음을 앞두고 가진 것을 정리하는 기분이었다. 데네브는 납득하기 힘든 표정이었지만 그렇다고 호수 밑바닥을 뒤져 다시 찾을 수도 없었으므로 아깝다는 듯 말을 흐렸다.

그때 그녀가 말한 '이상한 사람들'이 들이닥쳤다. 오후와 차이가 있다면 그 인원이 훨씬 많다는 것이었다. 족히 십여 명은 넘는 불청객들의 난입은 오붓한 저녁 무드를 산산이 부숴 놓기에 충분했다.

"저놈입니다!"

낮에 키스를 만났던 도적은 보물이라도 발견한 듯 손가락질을 했다. 두목쯤 되어 보이는 퉁퉁한 남자는 키스를 보자마자 침을 꿀꺽 삼켰다.

키스는 확실히 (입만 다물고 있으면) 이상적인 미남이다. 얼굴은 남자로서는 놀라울 만큼 요염한 기색을 풍기지만 큰 키에 몸도 다부져서 엔디미온이나 카론처럼 여자로 착각받거나 가녀린 체구에 콤플렉스가 있거나 하는 일은 결코 없다. 보통 사람에게서는 보기 힘든 붉은 눈동자도 그의 희귀성에 한몫을 한다.

비록 콧등에 키릭스가 남긴 상처가 있긴 했지만 그것조차 매력에 흠집을 내지는 못했다. 솔직히 데네브가 정신을 잃은 키스를 어렵게 끌고 온 이유도 꼭 자비심 때문만은 아니었다.

그런 조각 같은 외모의 키스를 홀린 듯 바라보던 두목은 곧 흥분했는지 손가락 끝을 움찔했다. 아무래도 그런 취향이었다. 그리고 공교롭게도 그는 엔디미온의 첫 지명 때 정의의 심판을 받았던 자칭 거상 바르도였던 것이다. 감옥에서 탈옥한 후 현재는 '부동산 임대업'을 하고 있는 중이다.

"두목? 왜 그런 얼굴로……."

정신을 차린 바르도가 놀란 얼굴로 고함쳤다.

"응? 아아, 그래! 귀걸이는 잘 받았다만 아무래도 그것만으로는 우리가 손해라서 말이지! 남은 것도 모조리 내놔!"

매우 솔직하고 무식하며 매너리즘에 빠진 공갈에 키스는 한숨을 내쉬었다.

"그거 말고 또 남은 귀걸이가 있을 리가 있겠습니까아. 보통 사람 귀는 두 개라는 생각 안 해 보셨나요?"

낮에 찾아온 건달들의 협박에 대처한 키스의 방식은 무척이나 평화적이었다. 두 팔을 부러트리고 평생 목발 신세를 지게 만드는 대신 데네브의 집 정도는 수십 채도 넘게 살 수 있는 값비싼 보석이 달린 귀걸이를 넘긴 것이다. 이것을 받고 다시는 그녀를 괴롭히지 말라는 부탁과 함께.

그런데 상황은 키스의 기대처럼 고상하게 끝나지 않았다.

"웃기는 소리! 이런 보석을 차고 다니는 놈이라면 분명 가진 게 많을 게 뻔하지!"

키스는 아차 했다. 바보에게는 바보만의 논리가 있는 법이었다. 데네브는 당황한 얼굴로 키스와 두목을 번갈아가며 바라봤다. 두목이 말했다.

"뭐, 없다면 몸으로 갚아야지. 저년은 사창가에 넘기고 저놈은 잡아서…… 에, 그러니까……."

바르도는 부하들의 표정을 흘끗 살피며 말을 흐렸다. 이상한 부분에서 소심했다. 그때 키스가 딴 곳을 바라보며 입을 열었다.

"옛날 옛적에 게으른 들쥐들이 살았대요. 성실하게 먹고사는 게 귀찮았던 그들은 떼로 몰려다니며 남이 열심히 구한 먹이를 훔쳐 먹었어요. 그러던 어느 날, 분별없게도 호랑이의 먹이를 훔치려고 했대요. 호랑이는 자신을 위협하는 쥐떼들을 보고 어처구니가 없었지만 이미지 관리도 있고 해서 자기 먹이 일부를 던져 줬대요. 그런데 들쥐들은 호랑이가 자신들에게 겁을 먹은 거라고 착각한 거예요. 그래서 아예 가죽까지 다 내놓으라면서 호랑이를 협박했대요. 호랑이는 탄식했어요. 자비를 베푸는 것과 겁먹은 것도 구분 못 하는 자들에게 너그럽게 대한 것 자체가 실수라고 생각했어요. 그리고는 엄청나게 귀찮았지만 몸을 움직여 쥐떼들을 모조리 다 죽여 버렸답니다."

22.

난장판이 되어 버린 집 안에서는 고통에 찬 신음 소리와 거친 숨소리만 들려왔다. 신음은 당연히 턱뼈가 부서지고 팔다리가 완전히 반대로 꺾여 버린 도적들의 것이었고, 두려움을 숨기지 못한 채 새어 나오는 숨소리는 데네브의 것이었다.

키스는 기계처럼 흐트러짐 없이 무표정한 얼굴로 도적들을 바라볼 뿐이었다. 기세등등하던 거한들이 바닥을 구르기까지는 단 1분도 필요하지 않았다.

"제가 당신들을 안 죽인 이유는 자비심 때문이 아니라 악취를 풍기며 썩어갈 당신들의 시체를 일일이 묻어야 하는 게 귀찮았기 때문입니다. 제가 게으른 인간이라는 사실에 감사하세요."

키스는 오싹할 만큼 상냥한 목소리로 또박또박 말했다.

"하지만 또다시 얼굴 볼 일이 생긴다면 서로 기분 상할 테고 당신들은 몸도 상하겠지요? 그러니 내 귀걸이 팔아 멀리멀리 사라져 주시길 부탁드립니다."

그들은 그 말이 끝나기도 전에 바퀴벌레의 빠르기로 기어서 도망쳤다. 바르도는 실수로라도 키스에 대한 자신의 뜨거운 욕정을 드러내지 않았다는 사실에 감사했다. 만약 그랬다면 '귀찮음을 무릅쓰고' 땅속에 파묻었을 것이 분명했다.

나름대로 자부심을 가지고 탈옥까지 해서 도적질 외길인생을 살아왔는데 스왈로우 나이츠에게 두 번이나 걸린 것만 봐도 지지리도 운이 없는 악당이었다.

"제길."

키스는 드물게도 험한 소리를 뱉으며 콧등의 상처를 매만졌다. 그것은 이미 아물었지만 항상 막 베인 것처럼 뜨거웠다. 그는 고개를 돌려 데네브를 바라봤다.

"……."

그녀는 흠칫 놀라며 자기도 모르게 키스에게서 물러섰다. 마치 위험한 맹수를 대하듯. 키스의 표정이 씁쓸했다.

그가 항상 가면을 쓰고 다니는 이유는 그 뒤의 진짜 얼굴은 키릭스의 것이기 때문이다. 매정하고 냉담하며 자신을 포함한 모두를 증오하는.

눈을 감으면 셀른의 시민들을 해체실로 내몰던 키릭스의 얼굴이 떠오른다. 아무리 자신은 키릭스가 아니라고 소리쳐도 결국 그 기억은 섬뜩할 만큼 또렷했다.

키스는 그것으로부터 한없이 도망쳤다. 가짜 얼굴이라도 상관없으니까 더 이상 아무도 미워하고 싶지 않았다.

23.

"그런 부상을 입고도 죽지 않은 걸 보고 보통 사람은 아닐 거라 생각했어요."

데네브는 뜨거운 찻잔을 매만지며 말했다. 눈빛은 여전히 키스를 피하고 있었지만 마음은 많이 진정되어 보였다. 그녀가 다시 입을 열었다.

"키스 씨는 셀른의 실종 사건과 관련이 있는 사람이죠?"

그녀는 직감했다. 아무리 감상적인 사람이라도 어느 날 도시 사람 모두가 사라졌다는 황당한 소리에 눈물을 흘리지는 않는다. 또 아무리 착한 사람이라도 도적들에게 전 재산을 주면서까지 피 한 방울 안 섞인 여자를 지켜 주지는 않는다. 특히나 키스처럼 위험한 냄새를 풍기는 사람은 더욱더.

키스는 아무 말도 하지 않았다. 이제 와 '당신의 부모는 결코 돌아오지 못해'라고 대답해서 그녀의 유일한 희망을 꺾는 것에 무슨 의미가 있겠는가. 대신 이렇게 말했다.

"계속 같이 있어 줄게요. 비록 오래 살지는 못하지만 그래도……."

이렇게 한다고 죄가 갚아질까. 가장 무서운 죄는 태어날 때부터 짊어지는 죄라고 한다. 세상 일이 다 그렇다. 누구는 천한 종족으로 태어났다는 죄로 학살당하고 누구는 빚더미에 앉은 집안에서 태어났다는 죄로 노예가 된다. 누구는 지능이 낮은 죄로 비웃음 받으며 누구는 부모가 원치 않는 아이로 태어났다는 죄로 버려져 굶어 죽는다. 또 누구는 수많은 사람의 피를 뽑아내 태어났다는 죄로 결코 행복해질 수가 없는 것이다.

이 세상과 어울리지 않는 모습으로 태어난 죄만큼 끔찍한 죄는 없다.

데네브는 뭐라고 말하려고 하다가 곧 울 것 같은 표정으로 입을 다물었다. 아마 꺼내려던 말은 '당신은 내 부모님에게 무슨 짓을 한 거냐', '내 부모님은 어떻게 된 거냐', '그래서 부모님은 돌아올 수 있는 거냐'라는 말 중 하나일 것이다.

그녀는 곧 고개를 저었다. 그러고는 쓰디쓴 웃음을 지으며 키스를 바라봤다.

"키스 씨, 불행도 제 권리예요."

그녀는 그토록 궁금해하던 사실을 물어보지 않은 이유를 말했다.

"당신의 그 입에서 속사정을 듣게 된다면 분명 난 당신을 미워하게 되겠지요. 하지만 당신을 증오한다고 내가 행복해질까요. 당신에게 죗값을 치르라고 소리친다고 사라진 부모님이 돌아올까요. 그건 무리겠죠."

"……."

"당신은 나쁜 사람이 아니에요."

"그렇지 않습니다."

"아니요. 나쁜 사람은 결코 당신처럼 말하지 않아요. 죄가 있다는 이유로 괴로워하지도 않고 그런 눈동자로 상대를 바라보며 눈물을 흘리지도 않아요. 그런 사람 미워하고 싶지 않아요."

그녀는 그렇게 말하고는 자리에서 일어났다.

"고마웠어요. 이제 떠나세요."

그녀는 작은 주방으로 가서 접시를 닦았다. 키스는 말없이 그녀의 뒷모습을 바라봤다.

어쩌면 신은 인생 끝자락에 이토록 커다란 자비를 베풀어 고해(告解)를 할 수 있는 기회를 준 것인지도 모른다는 생각이 들었다. 키스는 자리에서 일어나 벽에 기대어 놓은 검을 집었다.

"어째서 제 주변에는 착한 사람들만 있을까요. 좋은 일이라고는 하나도 없는 인생인 줄 알았는데…… 어쩌면 꽤 과분한 인생을 살고 있는지도 모르겠군요."

그렇게 말하는 키스의 머릿속에 많은 사람들의 얼굴이 지나갔다. 이제 다시 볼 수 없다는 생각이 들 때마다 어째서인지 추억은 더욱 또렷해진다.

문을 열고 나가려고 할 때 그녀의 목소리가 들렸다.

"언젠간 다시 볼 수 있을까요."

키스는 문고리를 잡은 채 멈춰 섰다. 그의 붉은 눈동자가 자신의 검을 향해 있었다.

"……실없는 약속은 안 하는 성격이라서."

달그락거리며 그릇을 씻는 소리만 들려왔다. 어째서일까, 인연의 마지막은 항상 쓰라리다. 그는 문밖으로 나섰다.

……키스.

또 머릿속에서 베아트리체의 목소리가 울렸다.

제5화

용과 호랑이

1.

그의 긴 머리칼이 흩날렸다. 랑시는 달리고 있었다. 태어나서 한 번도 이토록 가슴이 터질 듯 빨리 달려 본 적이 없을 정도로, 전쟁의 을씨년스러운 기운이 내려앉은 베르스의 왕궁을 단 한 번도 쉬지 않고 가로질렀다.

흑사병이 창궐한 도시처럼 모두 문을 걸어 잠근 잿빛의 거리를 분홍빛으로 머리를 물들인 작은 소년이 내달리는 모습은 유달리 눈에 띄었다.

사건의 발단은 지나가던 관리들의 대화를 듣게 되면서였다.

"견백호가 드디어 출전한다지?"

"그런데 상대가 진청룡이야. 도저히 승산이 없어. 어떻게 마키시온의 수호신과 싸울 생각을 다 했대?"

"들리는 말로는 적현무에게 속아서 전쟁에 나가기로 했다는데. 아무튼 죽음을 자초하다니, 소문대로 엄청나게 순진한 놈이야."

"누가 아니래? 완전 바보라니까. 그러니까 아신이면서도 지금까지 방랑이나 하고 있지. 내가 아신이었다면 벌써 나라 하나 꿰차고 앉았을 텐데, 쯧쯧. 그런데 그건 그렇고, 베르스를 떠날 준비는 다 했나?"

"물론이지. 이미 짐 다 꾸려 두었…… 으헉!"

우연히 대화를 엿들은 랑시는 그 즉시 무라사를 비웃던 녀석들의 등짝에 점프킥을 갈겼다. 앞으로 나동그라진 그들에게 울먹거리는 고함 소리가 쏟아졌다.

"똑바로 들어! 형은 말이지! 바보가 아니야! 네깟 놈들에게 속아서 싸우는 게 아니라고! 그건 모두…… 모두 다 나 때문이라고!"

그리고 한달음에 달려온 랑시를 보고 무라사는 어쩔 줄 몰라 했다. 평소 동생을 대할 때의 위압적인 모습은 온데간데없었다.

"지, 진정해. 갑자기 왜 그러는 거야?"

"그러니까 싸움 그만두라고!"

"아니 왜? 네가 싸워 주길 바랐잖아."

"에이이! 시끄러워! 이제 됐어! 다 그만둬!"

모르는 사람이 보면 이랬다저랬다 고집만 부리는 되먹지 못한 동생이라고 생각할 만도 하지만, 그 속마음은 분명 달랐다. 지금까지는 자신의 형이 세상에서 가장 강한 사람이라고 생각했다. 어떤 싸움이든 패배할 리가 없다고 생각했다.

그런데 이번만큼은 아닐지도 모른다는 생각이 들자 무슨 고집을 부려서라도 가로막으려는 것이었다. 그걸 위해서라면 매국노라고 비난받든 말든 알 바 아니었다. 랑시는 한마디를 덧붙였다.

"형이 원한다면 내일이라도 같이 이 나라를 떠날게!"

"정말?"

무라사의 눈빛이 커졌다. 동생의 입에서 이런 말이 나올 줄이야. 이거야말로 자신이 그토록 바라던 소원이 아니었던가.

"그러니까 알았지? 절대 싸우지 마! 멋대로 싸우다가 죽기라도 하면 죽여 버릴 거야!"

뭔가 앞뒤가 안 맞는 협박이었지만, 아무튼 동생의 말을 한 번도 거부해 본 적이 없는 무라사는 커다란 덩치를 움츠렸다.

"내일 오전에 짐 싸서 여기로 올게. 같이 떠나. 알았지!"

랑시의 날카로운 '경고'에 그는 겁먹은 얼굴로 고개를 끄덕였다.

2.

"이제 시작인가."

키르케는 검은 가죽 장갑을 끼며 창밖을 내려다보았다. 전선으로 향하는 마지막 증원군의 끝없는 행렬이 길게 늘어서 있었다. 지평선 끝까지 그어 놓은 굵직한 흑선(黑線)이 꿈틀거렸다.

표독스러운 눈초리의 군인들 사이에선 성격이라든가 개성, 인간성 같은 것은 조금도 찾아볼 수가 없었다. 모두가 복제된 것 같았다. '어째서 생판 모르는 권력자를 위해 죽어야 하는가?'라는 의문 따위는 충성심이라는 지우개로 모두 지워 버렸다. 그리고 그것을 보고 잘 훈련되었다고 말한다.

키르케는 자신이 훈련시킨 그 병사들을 물끄러미 바라봤다. 저 중 상당수는 필시 죽을 것이다. 운이 좋다면 훈장을 받을 것이고 나쁘다면 이름 없는 들판 위에 쓰러져 누구도 지켜보지 않는 죽음을 맞이하리라. 죽기 직전 목이 터져라 국왕 만세를 외치는 자도 몇몇 있겠으나 국왕은 그가 존재했다는 사실조차 모르리라.

'결국 전쟁이란 왕들의 도박.'

그녀는 그렇게 읊조리며 적갈색의 실크 블라우스 위에 양가죽을 발라 만든 검은 제복을 입었다. 키르케를 위해 특별히 재봉된 그 가죽옷은 얇고 타이트해서 아슬아슬한 굴곡이 그대로 드러났다.

마지막으로 그녀는 콘스탄트 중장의 은빛 계급장이 도드라진 군모를 눌러썼다. 군복이란 여자에게 가장 어울리지 않는 옷인데도 키르케가 입고 있었을 때는 유달리 아름다웠다. 그런 모습이라면 전장의 선두에서 병사들을 이끌며 긴 채찍을 휘두르는 것조차 당연해 보였다.

선혈의 마녀.

그녀가 아신의 힘을 받고 얻게 된 악명이다.

그때 달칵 문이 열리며 알테어가 들어왔다. 그러고는 왠지 부끄러워하는 얼굴로 한 바퀴를 돌며 말했다.

"어, 어울려?"

"……."

"별로야?"

키르케는 난데없이 나타나 쇼를 하는 알테어를 심드렁한 눈빛으로 바라봤다. 그녀는 판금을 곡선형으로 다듬은 뒤 새하얗게 도색한 갑주를 입고 있었다. 마치 강철로 짠 웨딩드레스 같았다.

그런데 어쩐 일인지 예전 성기사단 제복처럼 맨다리와 어깨가 훤히 드러나서 적을 홀리는 목적 외엔 아무 짝에도 쓸모없어 보였다.

물론 몇 톤을 짊어지고도 하늘을 훨훨 날 수 있는 명주작에게 갑옷이란 장식용 그 이상 그 이하도 아니라지만—그래도 왜 하필이면 저딴 것을 입는단 말인가!

정신 사납게 달그락거리며 돌아다니는 알테어에게 키르케가 말했다.

"……그거 니가 디자인한 거지?"

"헤에. 어떻게 알았어?"

"척 보면 알아! 이 노출증 푼수야!"

"왜 화를 내!"

"왜 내냐고? 누군 잠도 못 자면서 작전을 세우는데 넌 그딴 쓸데없는 양철쪼가리나 만지작거리고 있으니까! 그렇게 할 일 없으면 국경을 날아다니며 정찰이라도 해!"

"하지만 혹시 모르잖아! 이렇게 예쁘게 입고 있는 걸 미온이 보게 될지도!"

죽여 버릴까? 키르케는 눈을 감고 꽉 쥔 주먹을 부들부들 떨며 마음의 불을 다스렸다.

내가 어째서 이런 백치에게 졌을까…… 키르케는 힘없이 손을 내저었다. 어디라도 좋으니까 제발 눈앞에서 사라져 달라는 간곡한 표현이었다. 그 순간 키르케의 눈빛이 번쩍 뜨였다.

"그건 그렇고…… 무라사, 이 망할 강아지는 왜 안 나타나? 야! 부관!"

그 순간 밖에서 대기 중이던 애꾸눈의 부관이 득달같이 뛰어들어왔다. 그는 일단 알테어의 '심장에 무리를 주는' 코스튬을 보고는 '흐어어억!' 하고 놀란 뒤에 키르케에게 경례를 붙였다. 곧바로 키르케의 서릿발 같은 추궁이 쏟아졌다.

"출진이 코앞인데 견백호는 어디 처박혀 있어? 대체 어디서 또 퍼질러 자는 거냐?"

"그, 그게 사방으로 찾아보고 있지만 잘 모르겠습니다."

"당장 찾아와. 못 찾으면 네놈도 행방불명으로 만들어 버릴 테니까!"

"예, 옛!"

부관은 더 이상 불똥이 튀기기 전에 부리나케 밖으로 내뺐다.

"……이놈의 전쟁, 이길 수 있을까."

키르케는 손으로 얼굴을 가리며 한숨을 내쉬었다. 아신 중 하나는 손수 철판 드레스를 만들어서는 좋아라고 폴짝폴짝 날뛰고 또 다른 하나는 어디서 동면하고 있는지 알 길이 없고. 키르케는 내 평생 최악의 부대라며 데스크에 머리를 박은 채 중얼거렸다.

3.

"견백호는 아직인가?"

카론의 나직한 물음에 부하가 무겁게 고개를 끄덕였다. 키르케의 기대 이상으로 움직여 주고 있는 사람이 하나 있다면 바로 카론이었다. 벌써부터 전선에 도착해 그 냉철한 두뇌를 십분 발휘하고 있었던 것이다.

"곤란하군."

카론은 그 차갑게 맺힌 눈매로 전술 지도를 바라보며 짧게 내뱉었다. 부관들은 카론의 도도한 외모를 감상이라도 하는 듯 묵묵히 그를 바라보기만 했다.

베르스의 거만한 장교들이었다면, '은퇴한 기사의 명령 따위 들을 것 같아?'라며 또 지긋지긋한 권력 싸움을 시작했겠지만 최정예 콘스탄트군은 그렇지 않았다. 물론 카론을 거부할 경우 상상하기도 싫은 키르케의 응징을 받게 되기 때문이기도 했지만 — '은의 기사'라는 명성은 우습게도 베르스보다 베르스 바깥에서 더 인정받고 있었던 것이다.

'소국의 보석', 강대국의 권력자들은 카론을 그렇게 부르곤 했다. 그런데 그런 그에게도 '곤란한' 문제가 하나 생겼다. 바로 견백호 무라사 랑시였다. 모든 작전은 그가 라이오라를 묶어 둔다는 전제하에 수립되었기 때문이다.

'……엉뚱한 곳에서 구멍이 생길지도.'

카론은 지도 위로 손가락을 뻗어 무라사와 라이오라가 맞붙을 지역을 지그시 눌렀다. 주변에는 들풀만 드문드문 있는 드넓은 분지였다. 분지 양 끝에는 서로의 요새가 대치하고 있다. 싸움이 시작되면 숨을 곳도 피할 곳도 없는 그런 곳. 마치 자연이 만들어 놓은 경기장 같았다.

이곳에서 무라사는 라이오라를 4일 이상 묶어 둬야 했다. 아무도 대신할 사람은 없었다. 설령 루터라고 하더라도 라이오라를 상대로는 단 1분도 견디지 못한다.

즉, 무라사가 이곳에 나타나지 않는다면 전쟁은 시작하기도 전에 패배하는 것이다.

'지금이라도 작전을 바꿔야 할까.'

카론은 황혼에 물든 창밖을 바라보며 생각에 잠겼다. 하지만 아직까지도 총사령관 키르케에게서는 아무런 명령도 없다. 분석에 의하면 내일이나 모레쯤 이오타군의 공격이 시작되리라. 그때까지 무라사가 나타나야만 했다.

4.

랑시는 새벽녘에 슬며시 눈을 떴다. 겨울 해는 게을러서 아직도 사방은 어두컴컴했다.

그는 미리 짐을 꾸린 여행 가방을 침대 밑에서 꺼내 들고 문을 열고 나가려다 뒤를 돌아봤다. 룸메이트 크리스의 새근거리는 숨소리가 들려왔다. 전혀 보이지는 않지만 언제나처럼 털모자를 눌러쓴 채 잠들어 있을 것이다. 랑시는 그가 자신에게 종이를 접어 주던 모습을 떠올렸다.

'미안해. 잘 있어.'

자신의 책상 위에는 말없이 떠나서 미안하다는 편지를 올려 놨다. 랑시는 복도로 나섰다. 그러고는 살금살금 캄캄한 테라스를 지나 문을 열고 나가려던 찰나 목소리가 들렸다. 일말의 호의도 없는 말투였다.

"어디 가는 거지."

"흐이이익!"

랑시는 너무 놀라 자기도 모르게 비명을 지르다 입을 틀어막았다. 그 순간 촛불이 켜졌다.

단 한 개의 양초였지만 충분히 서로의 얼굴을 확인할 수 있을 만큼 밝았다. 상대를 확인한 순간 랑시는 인상을 찡그렸다. 레녹이었다.

'젠장! 하필이면!'

붙임성 좋은 랑시가 스왈로우 나이츠에서 유일하게 서먹한 사이가 있다면 바로 레녹이다. 물론 레녹도 랑시를 좋아하지 않는다. 터무니없이 상대를 무시하는 성격 파탄자가 그마나 좋아하는 상대는 루시온 정도였다. 그에게 랑시는 '성적 정체성이 불분명한 수다쟁이 소년' 일 뿐이다.

그 소년은 늑대에게 발각된 토끼처럼 잔뜩 긴장한 채 웅얼거렸다.

"에, 내가 뭘 하려고 했냐 하면, 그러니까…… 덩치만 크고 바보 같은 녀석에게 지명을 받아서 가 보려고……."

랑시는 뭐라고 얼버무리려다가 다 부질없다는 생각에 고개를 꺾었다. 저 깐깐한 공무원 기사가 앞으로 저지를 일은 뻔하다. 모두를 깨운 뒤에 랑시가 도망치려고 했다고 고발하고는, 역시 그는 쥐뿔도 기사도를 모르는 비겁자라며 비아냥거리는 것이다.

하지만 레녹은 쥐덫에라도 걸린 양 어쩔 줄 모르는 랑시를 말 없이 바라보기만 할 뿐이었다. 그러고는 바람을 불어 다시 촛불을 껐다.

"난 아무것도 못 봤어. 어두워서."

"……레녹 경."

그는 더 이상 아무 말도 하지 않았다.

"고마워."

"쳇."

문득 레녹이 전 재산을 자선 단체에 보내고 있다는 사실을 기억해 냈다. 좀 더 노력해서 친해지지 못한 것이 아쉬웠다.

"잘 있어."

랑시는 어둠 속에서 고개를 돌리고 있을 레녹을 향해 작별 인사를 남기고는 리더구트를 나갔다.

5.

막 동이 틀 무렵의 어슴푸레한 산길을 헤치며 뛰어가는 일은 결코 만만한 일이 아니다. 커다란 여행 가방과 음습하고 싸늘한 공기, 질척거리는 흙길도 랑시의 발목을 붙잡았다.

하지만 그 모든 것을 뚫고 도착한 장소에는 아무도 없었다. 랑시는 약속 장소가 틀렸나 싶어 몇 번이나 주변을 두리번거렸지만 확실히 이곳이었다.

그는 형의 모습 대신 나무 그루터기 위에 접혀 있는 쪽지를 발견했다. 랑시는 그것을 펼쳤다. 어색하고 삐뚤거리는 글씨가 눈에 들어왔다.

있잖아, 꼭 해야 할 일이 생겨서 금방 다녀올게. 돌아오면 같이 떠나자.

추신: 화내지 않을 거지?

"이…… 이…… 머저리가……."

랑시는 쪽지를 꽉 구긴 손을 부들부들 떨다가 산 전체가 쩌렁쩌렁 울릴 정도로 소리치고 말았다.

"으이구! 그럼 쪽팔리게 리더구트로 다시 가야 하잖아!"

랑시는 엉뚱한 쪽으로 화를 냈다. 어느 정도는 예상하고 있던 것이다. 자신의 형이 요령 좋게 베르스를 버리고 자신과 떠날 리가 없다는 것을. 그러기엔 너무 착한 사람이었다.

랑시는 무릎을 꿇고 말 지지리도 안 듣는 바보 같은 형이지만 제발 무사히 돌아오게 해 달라는 기도를 했다. 그러던 중에 눈물이 흘렀는데, 더 이상 형을 볼 수 없을 거라는 불길한 속삭임이 끊임없이 등 뒤에서 들려왔기 때문이었다.

6.

"역시 견백호는 진청룡이 무서워 꼬리를 내린 거?"

"하긴 누가 그 불사신과 싸우고 싶겠어?"

"그럼 견백호에게 전쟁의 핵심을 맡기고 있던 우리는 어떻게 되는 거야?"

"설마 이런 상태에서 전쟁이 시작되는 건 아니겠지?"

"이러다간 싸우기도 전에 지는 거 아냐?"

"장난이 아니라고. 이런 식으로 개죽음당하고 싶지 않아!"

전방은 동요하기 시작했다. 견백호가 도망쳤을지도 모른다는 루머는 점점 더 확신으로 변했고, 그 불안감은 전염병처럼 퍼져가며 군대를 병들게 만들었다.

모든 전쟁 준비를 마쳤지만 가장 중요한 무라사가 행방불명이면 다 소용없는 일이었다. 마치 메인디쉬가 빠진 저녁식사처럼 파티를 시작할 수가 없는 것이다.

"병사들의 동요를 막아야 할 장교가 먼저 당황해서 어쩌자는 건가."

참모장 카론의 질책이 장교들을 때렸다. 견백호 없이 전쟁을 치러야 할지도 모르는 이 상황에서도 카론의 얼음 같은 외모는 냉정 그 자체였다.

장교들은 거의 존경에 가까운 눈빛으로 그를 바라봤다. 어쩌면 사람이 저토록 침착할 수가 있는가.

카론은 드물게도 제법 긴 격려를 했다.

"애당초 견백호는 예상 밖의 지원군이었다. 키르케 사령관은 무라사가 없을 때도 전쟁을 치를 생각이었어. 그것은 제군들을 믿었기 때문이야. 이 전쟁의 주역은 너희다. 그러니 견백호가 나타나지 않는다고 불안해할 이유는 없지 않은가. 승리를 의심치 마라."

이런 격려는 자신에게 어울리지 않는다는 것을 스스로도 알고 있는지 표정이 조금 어색했지만 그 효과는 확실했다. 전쟁과 종교의 공통점이 있다면 누군가를 믿고 싶어 한다는 것이다. 더없이 당당한 카론을 믿는 콘스탄트군 장교들의 얼굴에서 불안감이 가시기 시작했다.

카론은 흔들림 없는 자세로 그들을 둘러본 뒤 자신의 집무실로 들어갔다.

"흐음?"

집무실에 있던 루터가 안경을 벗으며 심상찮은 표정의 카론을 흘깃 바라봤다. 당연하다면 당연한 일이고 신기하다면 신기한 일이지만 루터는 성경을 읽고 있었다. 희생양에게 읊어 줄 구절이라도 찾고 있는 거냐고, 평소 같았으면 차갑게 쏘아붙였을 카론이 이번에는 아무 말 없이 자신의 데스크로 향했다. 그러고는 펜을 들어 지도 위에 뭐라고 기록하다가 너무 힘을 준 나머지 펜대를 부러트리고 말았다. 부하들 앞에서 애써 참던 짜증이 폭발한 탓이었다. 그 어쩔 줄 모르는 얼굴에 루터는 큭큭

웃어 버렸다.

"견백호 때문이로군. 하긴 속이 타겠지."

"닥쳐!"

카론은 결코 성격이 좋은 사람도 낙관적인 사람도 아니다. 무엇보다 그는 자기 맘대로 행동하는 막 되어 먹은 인간에 대해 신경질적인 거부반응을 보이는 자다. 그것은 키릭스로 시작해서 키스에 이르기까지 유구하게 이어져 온 악연의 역사였다. 키스가 사라지니까 이번에는 무라사가 난리였으니 카론의 심기도 이만저만 뒤틀리는 게 아니었다.

그때 문이 덜컥 열리며 참모가 뛰어들어왔다.

"견백호가 나타났습니다!"

카론은 부하가 나타나자마자 평소의 냉정 침착한 가면을 썼다.

"그런가. 이곳으로 불러라."

"그, 그런데…… 그게 좀 곤란합니다."

"곤란?"

카론은 당혹스러워하는 참모의 얼굴에서 지금 무라사가 어디에 있는지 알 수 있었다. 그의 싸늘한 얼굴에 금이 가기 시작하더니 결국 부하 앞에서 폭발하고 말았다.

"무라사! 그 바보 천치가!"

견백호는 곧바로 라이오라에게 간 것이었다.

7.

새하얀 가죽옷을 입은 큰 키의 사내가 흙먼지가 날리는 분지를 걷고 있었다. 누군가 이 모습을 본다면 자살을 하려는 거라고 생각할 것이다. 그는 홀로 라이오라의 진영을 향해 걸어가고 있었던 것이다.

그가 사정권 안으로 들어오자 요새 안에서 수천여 발의 화살이 발사되었다. 호선을 그리며 하늘을 가득 메운 화살들이 소낙비처럼 그를 향해 쏟아졌다.

가소롭다는 듯 하늘을 올려다본 그는 두 다리로 땅을 누르며 포효했다. 곧이어 라이오라 측의 병사들은 난생처음 보는 광경에 경악할 수밖에 없었다. 고막이 찢겨져 나갈 것 같은 괴성과 함께 그를 노리던 화살들이 힘을 잃고 모조리 튕겨 나가 버린 것이다.

그야말로 사자후(獅子吼)! 주변의 모든 것이 폭풍에 휘말린 듯 쓸려 나갔다. 그는 회색의 머리칼을 쓸어 넘긴 뒤 요새를 향해 주먹을 치켜들며 소리쳤다.

"나와! 라이오라!"

무라사의 고함 소리는 양 진영의 모든 군인이 들을 수 있을 만큼 투지로 가득 차 있었다. 주먹을 감싼 강철의 장갑이 시뻘겋게 달아오르기 시작했다.

8.

팔짱을 낀 채 적의 요새 앞에 동상처럼 버티고 있는 견백호 무라사의 모습은 아신이 어떤 존재인지 단적으로 설명해 주었다. 화살조차 날아오지 않았다. 도리어 긴장하고 있는 쪽은 요새 안에 있는 수만 명의 병사들이었다. 아신은 아신으로밖에 상대할 수 없었던 것이다.

"이게 지금 뭐하고 있는 거야! 역시 또 자고 있는 거냐?"

요새로부터 아무런 기척도 없자 무라사는 짜증을 터트렸다. 항상 자신이 싸움을 걸어오면 몰래 도망치기 바쁜 라이오라였다. 뒤쫓아 간 무라사에게 덜미를 잡혔을 때만 어쩔 수 없이 싸웠다.

물론 결코 약해서가 아니라 귀찮아서였는데—이번에도 그러면 곤란했다. 그래서 무라사는 교활한 책략을 쓰기로 했다.

"야! 라이오라! 난 다 알고 있다! 황실 파티 중에 구석에 쪼그려 앉아 땅콩만 깠지! 말 못 하는 땅콩을 왜 괴롭혀, 이 음침한 놈아! 집에서도 옷도 제대로 안 입고 바닥에 누워 잠들잖아! 480년 동안 발전이 없어! 뭐가 제국의 수호신이냐! 네 집사가 불쌍하지도 않냐!"

치졸한 저질 흑색선전이 쩌렁쩌렁 울려 퍼졌다. 문제는 무라사의 목청이 너무 좋아서 아군 적군 가릴 것 없이 다 듣게 되었다는 것. 특히 '바닥에 누워 잠든다'는 폭로 부분에서는 라이오라를 신처럼 떠받들던 프론티어 뱅가드의 탄식이 이어졌다.

"치사하게 내가 가면 밥도 안 주고! 옷장 속에 숨어 있으면 누가 모를 줄 알……."

"무라사."

"우아아아악!"

등 뒤에서 라이오라의 목소리가 들려오자 무라사는 소스라치게 놀라며 몸을 돌려 자세를 잡았다. 그곳에는 어느샌가 라이오라가 서 있었다.

"어, 언제부터 있었던 거냐!"

"아까부터."

그는 무표정한 얼굴로 두 귀를 막던 손을 내리며 조용히 말을 이었다.

"내가 하려고 했다면 이미 널 찔렀을 거다, 경솔한 놈."

"흥! 이 몸이 그깟 이쑤시개 같은 칼에 뚫릴 것 같아? 아니, 그보다……."

무라사는 라이오라가 자신의 그 가공할 흑검을 들고 오지 않았다는 것을 알고는 성질을 냈다.

"경솔한 건 네놈이잖아! 싸우러 오는 놈이 칼도 잊고 나와? 냉큼 들어가서 가져와!"

그 엉뚱한 배려와 자존심에 라이오라는 도리어 귀엽다는 듯 소리 낮춰 웃었다.

"일부러 안 가지고 왔다."

"뭐?"

"너 따위는 맨손으로도 충분하니까."

"이 자식이!"

노골적으로 무시당한 견백호의 얼굴이 빨갛게 달아올랐다. 그의 온몸을 격렬한 기운이 감싸는가 싶더니 곧바로 주먹이 라이오라를 향했다. 음속의 벽이 꿰뚫리는 굉음이 귀를 찔렀다.

실로 어마어마한 파괴력. 라이오라는 슬쩍 비켰지만 그 정권의 풍압만으로 라이오라가 크게 밀려나가 버린 것이다.

"이제 생각이 좀 바뀌었냐!"

한 대 더 먹여 주려던 무라사가 주먹을 풀며 소리쳤다. 라이오라는 입가에 묻은 피를 닦으며 혀를 찼다. 사실 육체적 파워만 따진다면 모든 아신 중에 무라사가 단연 최강이다. 제아무리 진청룡이라고 하더라도 맨손으로는 강철 같은 무라사를 쓰러트릴 수가 없다. 아니, 그렇다고들 믿었다.

"사람들은 내 가장 무서운 힘이 검으로 상대의 생명력을 빨아들이는 능력이라고들 하지."

라이오라는 놀라울 정도로 태연하게 그렇게 말했다.

"하지만 그것은 나의 특이한 신체적 조건 때문에 생긴 힘일 뿐이야."

라이오라는 이미 죽은 뒤에 아신의 힘을 받았다. 그렇기 때문에 죽지 못하고 늙지 못하며 자신의 텅 빈 공간 속으로 상대의 생명력을 빨아들이는 것이다.

"뭐, 뭐라고? 그럼 또 다른 힘이 있다는 거냐? 하지만 난 한 번도 그걸 못 봤는데!"

"너한테는 보여 줄 필요도 없었으니까. 내가 살아오면서 그 힘을 쓴 것은 단 한 번뿐이다. 바로 세 명의 아신을 쓰러트렸을 때."

"......!"

무라사는 긴장감에 몸이 굳어 버리는 것 같았다. 전에는 느껴 보지 못한 새로운 위압감이 온몸을 감쌌다. 예전의 라이오라는 끝이 보이지 않는 깊고 거대한 구덩이처럼 공허했는데 지금만큼 은 그 구덩이 밑바닥에서부터 엄청난 불길이 끓어 올라와 치솟 는 것처럼 강렬했다.

라이오라의 손바닥 위에 새하얀 에너지 덩어리가 응집되기 시작했다.

"이것이 내 진짜 힘이다. 옛날 사람들의 눈에는 아마도 벼락 이 내려치는 것처럼 보였을 테지. 말하자면 나는 마법사에 가까 운 존재다."

라이오라의 손 위에 뭉쳐진 작은 에너지 구체가 주변의 모든 것들을 집어삼키며 회전하기 시작했다. 얼어붙은 대지 위의 서 리 결정이 녹아 증발하는가 싶더니 삽시간에 풀과 땅이 불타올 랐다. 격렬하게 방전(妨電)하는 전격이 거미줄처럼 사방으로 뻗 어나갔다.

무라사는 견디기 어려운 빛과 열기에 양 팔뚝으로 얼굴을 가리며 버렸지만 그 구체가 커질 때마다 점점 더 몸이 뒤로 밀려나고 있었다. 아신인 자신조차 전에는 들어 본 적 없는 강대한 힘, 그 에너지의 폭풍 속에서 라이오라가 선고했다.

"무라사, 너는 오늘 이곳에서 죽는다."

라이오라가 손을 내리자 거대한 빛의 구체가 무라사에게 날아들었다.

9.

엔디미온은 셀른의 지하로 잡혀 온 지난 20여 일 동안 특별히 험한 꼴을 당한 적은 없었다. 이자벨은 그를 고문하거나 치명적인 약물을 주사해 강제로 마음을 돌려놓을 수도 있었지만, 냉혹한 그녀가 엔디미온에게만은 그러지 않았다. 단지 세 평짜리 방 안에 감금해 둘 뿐이었다.

미온은 전쟁이 일어나면 분명 위험한 임무를 자청할 성격이다. 이자벨이 바라는 것은 이 전쟁이 끝날 때까지 그가 다치지 않고 살아남는 것이었는지도 모른다.

"……."

미온은 침대에 누워 멍하니 천장을 바라봤다. 이자벨이 했던 말이 씨앗이 되어 머릿속에 뿌리를 내렸다. 자신이 베아트리체를 맹목적으로 사랑하게 된 이유는 단지 그녀의 강력한 사념이 자신의 마음속에 침투했을 뿐이라고. 그것은 일종의 염력(念力)이었다.

그렇다면 키스도 마찬가지일까? 또한 그런 것마저 사랑의 한 방식이라고 부를 수 있을까? 한편 그 힘을 극대화시켜 이 세상 사람들의 마음을 '정화'하려는 이자벨의 시도는 불순한가? 그것이 불순하다면 자신과 베아트리체 사이의 사랑도 불순하다.

결국 그녀는 상대의 마음에 침투해서 자신을 사랑하고 지켜 주도록 조작했을 뿐인가. 자신도 키스도 결국 그녀의 숙주 중 하나였을 뿐일까? 만약 그렇다면 그 사실을 견뎌 낼 수 있을까?

'큭.'

미온은 찡그린 얼굴로 눈을 감으며 고개를 돌렸다. 지금 이 지하 어디엔가 베아트리체가 있다. 멘토라는 기계에 연결된 일종의 '부속품'이 된 상태로.

당장이라도 그녀를 구해 주고 싶다는 갈망과 그녀를 만나 진실을 알게 되는 것이 두렵다는 공포가 동시에 몰려와 그를 짓눌렀다.

"젠장! 제기랄! 빌어먹을!"

그는 결국 울음을 터트리며 고함쳤다. 지금만큼 자신이 나약하게 느껴진 적이 없었다. 어떤 일이 있어도 베아트리체를 향한 마음이 흔들리지 않을 것이라 믿었다.

그런데 이제는 스스로 자기 마음을 의심하고 있는가. 전에는 겪어 본 적이 없는 무력감이었다.

'이자벨 님은 애당초 인간의 본성에 대해 체념했기 때문에 그런 무서운 생각을 한 것일까. 강제로 머릿속을 뜯어고치는 것만이 올바른 구원의 방식이라고. 그러면서도 왜 베아트리체를 미워하는 걸까.'

어떤 강대한 힘이 자기도 모르는 사이 머릿속에 침투해서 감정 자체를 뒤바꿔 버릴 수 있다면, 그래서 전쟁도 슬픔도 없는 세계가 도래한다면 그것은 천국일까 아니면 지옥일까.

자기도 모르게 평화를 강요당한 사람은 행복할까 아니면 불행할까.

그가 그녀를 사랑한 이유가 그녀의 염력 때문이라면 그것은 진심일까 아니면 거짓일까.

아무것도 답할 수 없었다. 미온은 반듯한 이마를 꽉 눌렀다. 끈적거리는 상념의 찌꺼기들이 당장이라도 흘러나와 온몸을 적실 것만 같았다.

탈칵.

문이 열렸다.

미온이 감금된 방문이 열리는 것은 하루 다섯 차례다. 세 번은 식사를 위해서고 나머지 두 번은 세탁과 청소다. 그 시간은 언제나 정확하게 지켜졌는데 지금 열린 문은 어느 시간에도 속하지 않았다.

미온은 고개를 돌려 문을 바라봤다. 다부지다 못해 험악한 인상의 군인이 들어와 자신을 내려다보고 있었다. 손에는 음식도 세탁물도 없었다. 단지 칼을 차고 있었다.

미온과 그는 한동안 말없이 서로를 바라봤다. 그는 바로 처음 이자벨을 만났을 때 미온을 폭행했던 '여왕의 광신자'였다.

"네놈 때문에 여왕님이 흔들리고 계신다."

대뜸 그렇게 말하는 그의 얼굴은 울분에 차 있었다.

"이자벨 님은 네 녀석만은 예외로 대하고 계신다. 그리고 그 예외가 그분의 신념을 흔들고 있어. 네까짓 놈 하나가 이 신성한 계획을 뒤흔들고 있다고! 대체 넌 뭐하는 놈이야?"

미온은 왕실에 있을 때 카론이나 헬렌으로부터 많이 듣던 질책을 여기서 또 듣게 되자 쓴웃음이 다 나왔다. 나름대로 착실하게 살려고 노력하는데, 어디를 가도 조직을 망치는 불순분자 소리만 듣는단 말인가.

그런데 문제는 이번에는 질책만으로 끝나지 않을 것 같다는 것이다.

"이자벨 님은 이 타락한 세상을 정화시킬 여신이야. 실로 완벽한 분이시지. 너만 없어진다면 말이야. 완벽에 예외는 없어야 해!"

그 서늘한 말과 함께 그는 칼을 뽑았다. 미온의 눈동자가 커졌다. 변명하고 설득할 여유조차 없었다. 곧바로 내려친 칼날이 미온을 덮쳤다.

"가, 갑자기 무슨!"

미온은 날렵하게 몸을 피했고 대신 자기 자리에 있던 베개가 두 동강이 났다. 사방으로 날리는 솜털을 바라보며 기가 질렸다.

'이 자식 정말 날 죽일 생각이야!'

광기가 무서운 점은 어떤 행동이라도 정당하게 만든다는 것이다. 그렇기 때문에 세계를 위해 엔디미온을 살해한다, 라는 말도 안 되는 공식조차 성립된다.

"더 이상 여왕님을 괴롭게 만들지 마라. 네놈만 죽으면 그분의 마음도 편해져."

"그, 그럴 리가 있겠냐! 정신 좀 차려!"

"이건 내 독단적인 행동이지만 후회하진 않아! 여왕님을 위해 희생할 것이다!"

말이 통하질 않았다. 크게 휘젓는 칼날이 당장이라도 미온의 목을 잘라 버릴 듯 계속 다가왔고 그때마다 그는 선반과 책상을 넘어트리며 저항했다.

물병이 깨지고 펜과 잉크가 사방으로 쏟아졌다. 좁은 방이라 피할 공간조차 마땅치 않았다.

"윽!"

상대는 불행하게도 검술에 일가견이 있는 자였다. 칼날을 피하느라 균형이 무너진 미온의 가슴에 굵직한 다리가 꽂혔다. 미온은 짧은 비명을 지르며 바닥에 쓰러졌다.

재빨리 일어서려는 미온의 얼굴을 군화발로 짓밟은 그는 비웃음으로 미온을 내려다보며 칼날을 들었다.

"그 반반한 얼굴로 지금까지 몇 명의 여자들을 홀렸냐? 죽어

라. 나약한 놈."

어째서 자신이 세계 평화를 가로막는 사악한 악마 정도의 대우를 받아야 하는가? 문득 순수한 짜증이 몰려왔다. 미온은 독살스러운 눈빛으로 그를 쏘아봤다.

"됐으니까 이제 죽여. 그만 지껄이고."

"호오, 체념한 거냐?"

"그래, 난 나약하니까."

그의 얼굴에 희열이 퍼졌다. 그는 미온의 새하얀 목덜미를 노리며 칼날을 내리꽂으려 했다. 하지만 그 순간 발목이 잘려 나가는 것 같은 통증이 터졌다.

"크아아악!"

미온이 자신의 얼굴을 짓누른 그의 발등에 펜을 힘껏 찔러 넣은 것이다. 큼직한 강철 펜촉이 달린 그것은 송곳 같은 흉기였다.

미온은 일부러 책상을 뒤덮어 펜을 바닥에 떨어트렸다. 그리고 그걸 집을 수 있도록 빈틈을 만들었다. 그는 카론이 해 줬던 말을 기억한 것이다.

'검의 달인들조차 상대를 이겼다고 확신할 때는 빈틈이 생긴다.'

무게를 지탱하던 다리가 풀리자 이번에는 그의 균형이 무너졌다. 미온은 그의 다리를 잡아 그를 넘어트리며 일어섰다. 그러고는 뛰어들어 그의 턱을 전력으로 걷어찼다.

"당신, 짝사랑에 빠진 중년 남자의 어리광으로 참아 주기엔 지나치게 과격하다고!"

꺾여 버린 머리에서 덜컥하는 소리가 나며 그는 곧바로 기절했다. 미온은 거친 숨을 고르며 중얼거렸다.

"장난 하냐. 죽는 쪽은 난데 뭐가 희생이야? ……얼레?"

미온은 앞을 바라봤다. 당연한 말이지만 문이 열려 있었다. 이자가 미리 손을 써 놨는지 지키고 있는 경비원들도 없다. 베아트리체를 구하려 한다면 기회는 지금뿐이리라.

"……."

하지만 저 밖으로 나가는 순간 목숨은 보장받지 못한다. 이 넓은 지하 기지는 인코그니토의 조직원들로 우글우글하다. 키스나 카론이라면 모를까, 한 명 한 명 상대할 때마다 기적이 필요한 자신이 어디 있는지도 모를 베아트리체를 어떻게 찾아내서 구할 수 있을까.

명백한 자살행위였다. 미온은 오래 고민하지 않았다. 그는 정신을 잃은 군인의 손에서 검을 빼 들었다.

"조금만 기다려. 곧 갈게."

어쩌면 이것조차 그 염력이 불러일으킨 최면일지도 모른다. 하지만 상관없다. 사랑하는 사람을 지키고 싶으니까 지킨다. 그것만큼은 명확했으니까. 그는 그렇게 다짐하며 밖으로 나섰다.

10.

얼마 되지 않아 엔디미온이 탈주한 사실이 발각되었고, 곧바로 이자벨 섭정에게 보고되었다.

"그래?"

라이오라와 무라사의 접전에 온 촉각을 곤두세우고 있던 이자벨은 그 보고를 받자 냉담한 표정으로 되물을 뿐이었다.

하지만 곁에 있던 리젤은 자신이 존경하는 여왕의 조각 같은 손끝이 떨리고 있는 걸 목격했다. 평생 그녀를 사랑한 남자는 없었다. 이번에도 마찬가지였다.

"죽여."

그녀는 짧게 명령했다. 리젤은 어린아이 같은 얼굴로 그녀를 바라봤다.

하지만 이자벨은 떨려오는 목소리를 최대한 억누르며 평소보다도 더욱더 싸늘하게 명령했다.

"찾아서 죽여."

그녀는 시선을 돌렸다. 모든 것이 무너지는 소리가 들렸다.

그녀의 슬픈 점은 자신은 절대 상처받지 않는 여자라고 믿는 것이다. 세상에 그런 사람은 없다. 실은 온통 상처투성이었다. 이자벨이 엔디미온을 사랑했던 이유는 그만이 유일하게 그녀의 상처를 위로해 준 사람이었기 때문일지도 모른다.

"명령, 실행하겠습니다."

리젤이 문밖으로 나오자 얼굴에 붕대를 감은 사내가 서 있었다. 엔디미온을 죽이려다가 도리어 그를 놓친 바로 그 남자였다. 그는 리젤을 보자마자 사색이 되어 고개를 숙였다.

"죄, 죄송합……."

하지만 그는 더 이상 말을 이을 수 없었다. 리젤이 쑤셔 넣은 칼날이 그의 기도를 뚫어 버렸기 때문이었다.

리젤은 쏟아져 나오는 피거품을 바라보며 예의 천진한 웃음을 보였다.

"당신 때문에 제가 미온 씨를 죽여야만 하잖아요. 그러니 죄송하다는 말 정도로는 부족하지 않겠어요?"

순진함과 잔인함으로 뒤틀린 리젤의 광기에 그는 고통도 잊은 채 온몸을 떨기만 했다. 리젤은 목을 꿰뚫은 칼날을 천천히 비틀며 그의 귓가에 속삭였다.

"뒈져 버려, 쓰레기."

잘려 나간 목이 바닥에 떨어졌다.

엔디미온을 척살하기 위해 모인 병사들은 절대 정상이라 할 수 없는 리젤의 행동을 보고는 기가 질렸다. 평소 항상 상냥하게 대해 준 상관이라고는 생각할 수가 없었다.

하긴, 리젤의 '순진무구한 잔혹성'을 이해할 수 있는 사람은 아마 어린아이뿐일 것이다. 병사들은 리젤의 미소 띤 시선을 애써 피하며 입을 열었다.

"수, 수색을 시작할까요?"

리젤은 천천히 고개를 저었다. 그러고는 독액이 든 약병을 꺼내 단도에 묻히며 말했다.

"저 혼자로 충분합니다."

"어디에 숨어 있을지 알고 계십니까?"

"몰라요. 하지만 도착할 곳은 알고 있어요."

리젤은 청년의 것이라고 하기에는 기이할 정도로 천진한 눈웃음을 지으며 복도의 어둠 속으로 사라졌다.

11.

"아아…… 으으으으……."

단 한 차례의 공격일 뿐이었다. 그것조차도 전력을 다하지 않은 것. 하지만 그것만으로도 무라사는 무참하게 쓰러져 일어서질 못했다.

총알과 대포조차 흠집 낼 수 없던 무라사의 온몸은 상처로 가득했다. 라이오라가 쏘아 보낸 에너지 구체를 받아친 무라사의 강철 장갑은 검게 녹아 버렸으며 부서진 주먹에서는 피가 흘렀다.

마치 운석이 떨어진 것 같은 구덩이 가운데 파묻힌 무라사는 라이오라가 바로 앞까지 다가올 때까지도 일어서지 못했다.

"맙소사."

요새 위의 망루에서 거대한 빛의 폭발을 지켜본 카론은 표정을 잃었다. 직감적으로 저것이 진청룡 라이오라의 진짜 힘이라는 것을 느낀 것이다.

루터마저 자신의 눈을 의심했다. 그것은 한순간에 도시 하나를 흔적도 없이 소멸시켜 버릴 수 있는 힘이었다. 설령 남은 모든 아신들이 라이오라를 막는다고 해도 절대 그를 이길 수 없다는 절망적인 예감을 떨칠 수가 없었다.

라이오라의 진영이라고 해서 환호성이 들린 것은 아니었다. 그들 역시 공포에 질린 것이다.

라이오라는 무정한 황금빛 눈동자로 쓰러진 무라사를 내려다봤다. 그의 돌조각 같은 목소리가 신음을 흘리는 무라사의 얼굴 위로 떨어졌다.

"10분이다. 10분 안에 너는 죽는다. 하지만 그 전에 기회를 주겠다. 지금 당장 내 눈앞에서 사라져라. 그럼 살려 주마."

그 모습은 흡사 검은 날개를 펼친 사신이 하늘에서 내려와 희생자의 목에 낫을 들이대는 것 같았다.

무라사는 뭐라고 조그맣게 중얼거렸다. 도저히 알아들을 수가 없었다. 가까이 오라며 힘없이 손짓을 하자 라이오라는 어쩔 수 없다는 표정으로 그에게 귀를 기울였다.

그 순간 무라사의 눈이 번쩍 뜨이며 주먹이 날아들었다. 엄청난 소리와 함께 얼굴을 정통으로 맞은 라이오라가 높이 떠올라 바닥을 굴렀다. 무라사는 언제 쓰러졌냐는 듯 곧바로 벌떡 일어나며 소리쳤다.

"하하하! 지금까지 이런 힘을 숨기고 계셨다 이거지? 이제야 이 몸의 상대로 어울리는군!"

"이 망할 잡견이!"

라이오라도 그 즉시 일어나 무라사를 쏘아봤다. 상처 난 이마에서는 피를 대신해 잿가루가 흩어졌으나 곧 원래대로 치유되었다.

하지만 그는 곧 예의 차가운 표정으로 돌아왔다. 무라사의 허세는 너무 속이 보였다. 무라사는 당장이라도 다시 쓰러질 것처럼 절룩거리고 있었던 것이다. 시건방진 눈빛마저 애처로워 보였다.

"또 공연한 무리를 하는군. 이런 곳에서 죽는 데 의미가 있나. 넌 좀 더 살아도 될 놈이다."

"신이라도 된 것처럼 지껄이지 마! 결국 너도 다른 사람들과 똑같이 고민하고 외로워하는 인간일 뿐이야."

"인간? 인간은 피를 흘리지. 난 아니야."

그 말을 들은 무라사는 화가 치밀어 올랐다. 그는 자신이 먼저 라이오라에게 뛰어들며 소리쳤다.

"궁상떨지 마라! 어쩌다 신기한 능력 하나 얻었다고 네가 인간이라는 사실까지 달라지겠냐! 네놈의 그 삐뚤어진 성격을 이 몸이 뜯어고쳐 주마!"

검을 놓고 온 라이오라는 방어로만 일관했다. 그럼에도 혼신의 힘을 다한 무라사의 공격은 몇 번이나 라이오라에게 적중했지만 그 시도는 어떤 의미도 없었다. 라이오라의 상처는 단지 몇 줌의 재를 뿌렸을 뿐 곧바로 치유되었다. 그가 원하든 원치 않든 말이다.

무라사는 메마른 모랫더미 속으로 연신 주먹을 찌르는 심정이었다. 하지만 그는 바보스러울 정도로 포기하지 않았다. 이를 악문 채 불사신 라이오라와 싸우는 무라사의 모습에는 승부를 향한 욕구 이상의 무엇이 있었다.

하지만 라이오라는 관심조차 없었다. 그는 지쳐 가는 무라사의 팔을 잡아채며 말했다.

"자비가 싫다면 죽음을 주마."

라이오라의 손에 다시 빛이 뭉쳤다.

12.

인간이라면 누구나 숨을 쉰다. 악인이든 선인이든 공기가 없으면 곧 죽는다. 그리고 그 사실은 지하 기지 속에 숨어 있는 사람들에게도 마찬가지로 적용된다. 즉, 모든 지하 기지에는 필연적으로 지상과 이어져 있는 환풍구가 존재하는 것이다.

'흐음, 여기로군.'

키스는 건물 잔해로 위장되어 있는 환풍구를 찾아냈다. 얼마나 철저하게 감춰져 있는지 언뜻 보기에는 영락없는 폐허였다. 미세한 냄새와 소리까지 간파하는 그의 예민한 감각이 아니었다면 육안으로는 도저히 찾을 수 없을 정도였다.

'이오타의 섬세한 손재주가 엉뚱한 곳에서 꽃을 피웠구먼.'

키스는 두꺼운 철조망을 손쉽게 뜯어낸 뒤에 비좁은 환풍구 속으로 들어갔다. 허리가 얇아서 다행이었다. 전번에 이자벨을 얕잡아보고 정문으로 들어갔다가 호되게 당한 다음부터는 체면이 구겨지더라도 몰래 들어가기로 결심한 키스였다.

"이거 대단하군."

경사가 심한 미끄럼틀 같은 환풍구를 내려오던 키스는 이 지하 기지가 예상보다 훨씬 깊고 방대하며 탄탄한 구조로 건축되었다는 사실에 사심 없는 경탄을 뱉었다.

정말이지 이자벨은 대단한 재녀였다. 아무리 베르스가 소국이라고 해도 남의 나라 한복판에 아무도 모르게(심지어 아이히만조차도 모르게) 이런 시설을 만든 그녀의 대담성과 결벽에 가까운 치밀함에는 질려 버릴 수밖에 없었다.

만약 이자벨이 이런 놀라운 재능을 좀 더 납득하기 쉬운 이상을 실현하는 데 바쳤다면 키스도 그녀를 존경했을지 모른다.

'아니, 애당초 그랬다면 나라는 존재가 태어나지도 않았겠지만.'

키스는 환풍구의 자욱한 먼지를 쓸고 내려가며 이자벨을 만나면 꼭 청소비를 청구하리라 투덜거렸다.

지하로 떨어지는 과정은 쉬웠다. 하지만 모든 추락이 그러하듯 문제는 착륙이었다.

"얼레?"

도착 즈음해서 환풍구가 직각으로 꺾여 버렸다. 중력에 멍하니 몸을 맡기던 키스는 순간 환풍구 덮개를 부숴 버리며 기지 안으로 떨어져 버렸다. 그리고 불행하게도 하필 그 착지 지점은 서슬 퍼런 장검들이 세워져 있는 무기 보관소였다.

추락하던 키스는 그것을 보자 눈동자가 커졌다. 함정도 아니고 그냥 가만히 있는 칼날에 몸을 던져 꼬치구이가 되는 것만큼 한심한 죽음이 또 어디 있겠나.

"으이이익!"

극도의 유연성을 발휘해 가까스로 칼날을 피한 키스는 그대로 바닥을 내뒹굴었다. 온몸이 먼지투성이에 시작부터 사정없이 바닥을 나뒹군 키스는 엄청나게 민망했다. 나름대로 목숨을 버릴 각오로 나타났는데 도무지 비장함과는 거리가 멀었다.

"젠장. 보통 이런 경우에는 소리 없이 착지한 뒤 마침 지나가던 보초의 목을 꺾으며 어둠 속으로 사라지는 게 패턴 아냐? 왜 나는 하고 많은 곳 중에 칼날 위로……."

그렇게 궁시렁거리며 몸을 일으키던 키스의 몸이 그대로 굳었다. 눈앞에는 막 스프를 떠먹으려던 찰나의 병사가 스푼을 든 채 자신을 바라보고 있었던 것이다.

'꼼짝 마!' 라든가 '누구냐!' 라는 말조차 없었다. 누구라도 꿩장한 미남이 갑자기 천장에서 뚝 떨어져 바닥을 나뒹구는 모습을 목격한다면 뭘 어떻게 해야 할지 알 수 없을 것이다.

둘은 한동안 멍하니 서로를 바라볼 수밖에 없었다.

'미온의 불운이 나한테 옮겨온 것 같군.'

키스는 난감한 표정으로 눈썹을 꿈틀거렸다. 어째서 계속 사태가 악화만 된단 말인가.

키스는 순간적으로 상대와의 거리를 계산했다. 단번에 뛰어 상대의 목을 비틀 수 있는 거리였다. 아니면 옆에 쌓여 있는 칼을 집어 정확하게 상대의 모가지로 던질 수도 있다.

하지만 키스는 좀 더 고상한 방법을 선택했다.

"여기서 뭐하고 있나."

스왈로우 나이츠의 기사들이 봤다면 기겁을 했을 냉담한 목소리. 게다가 헝클어진 금발 사이로 보이는 새빨간 눈동자마저 싸늘하게 얼어붙었다. 어리둥절하던 그 병사는 화들짝 일어나 경례를 붙였다.

"시, 식사 중이었습니다!"

키스는 속으로 혓바닥을 내밀었다. 설마 그토록 싫어하는 키릭스 흉내로 위기를 모면할 날이 올 줄이야.

"저, 그런데 키릭스 씨. 그 상처는……."

병사가 의아해하는 이유는 몇 시간 전까지만 해도 광기 가득한 눈매로 사람들을 두렵게 만들었던 키릭스가 갑자기 금발에, 콧등에 상처까지 나서는 환풍구에서 뚝 떨어졌기 때문이다. 키스는 당당하게 대꾸했다.

"계단에서 굴러 떨어져 이렇게 되었다."

"그, 그렇습니까?"

'그럴 리가 있겠냐?'

키스 스스로도 엄청나게 한심한 변명이라는 것을 알고 있었지만—상대는 도저히 정체를 의심할 수가 없었다. 상식적인 인간이라면 키릭스와 완벽하게 똑같이 생긴 사람이 키릭스를 죽이기 위해 나타났다는 말도 안 되는 상상은 안 하니까.

"그런데 왜 환풍구에 들어가셨습니까?"

"조사 중이었다. 환풍구로 암살자가 들어올 수도 있잖아."

"하하하. 설마 그럴 리가 있겠습니까."

'있어. 지금 진행형으로 그러고 있어.'

키스는 뚱한 얼굴로 그를 보며 다가갔다. 그의 어깨에 손을 올리자 병사는 흠칫 놀라며 키스를 바라봤다.

"전쟁 중이라 잠도 제대로 못 자서 피곤하지?"

"예?"

"수면이야말로 신이 인간에게 내린 최고의 행복이야. 그러니까 푹 쉬어."

"예?"

"아 참, 대신 옷 좀 빌릴게."

키스의 손이 그의 목덜미를 후려치자 그의 몸이 키스의 가슴팍으로 스르르 무너졌다.

"깨어나면 엄청나게 화날 테지만, 그때 난 이 세상에 없을 테니까 복수는 포기해 주세용."

키스는 그를 바닥에 눕힌 뒤 옷을 갈아입었다. 다행히도 서로 체격이 전혀 달라 억지로 입다가 바지가 찢어진다든가 옷 벗는 중에 또 새로운 병사가 들이닥친다든가 하는 민망한 경우는 더 이상 없었다.

인코그니토 병사로 완벽하게 변신한 키스는 모자를 깊이 눌러쓰고는 밖으로 나갔다. 물론 기절한 병사가 누구의 방해도 받지 않고 숙면을 취할 수 있도록 옷장 속에 넣어 두는 일도 잊지 않았다.

"정말 리젤 씨 혼자 잡을 수 있을까?"

잡담을 늘어놓으며 다가오는 두 명의 병사들을 키스는 태연하게 지나쳤다. 괜스레 벽으로 몸을 돌리고 고개를 숙이는 아마추어 같은 짓은 하지 않는다. 임무에서나 일상에서나 잘 먹고 잘살기 위해서는 뻔뻔함이 생명이라는 사실을 키스는 잘 알고 있었다.

예상대로 아무도 그를 의심하지 않았다. 키스는 안도했다. 만나는 상대마다 성실하게 목을 치며 뚫고 나가기엔 이곳은 너무 넓었고 그는 너무 게을렀던 것이다.

"물론 잡겠지. 리젤 씨가 좀 성격이 이상하긴 해도 보통 사람이 아니잖아?"

"하긴. 그런 사람이 사냥감으로 찍었으니 그 금발 녀석도 편하게 죽긴 글렀군."

키스는 무표정한 얼굴로 그들을 지나쳤지만 속마음은 복잡했다.

'역시 미온도 여기 왔군. 뭐, 잡혀 왔겠지만.'

이자벨이 미온을 좋아하고 있다는 사실은 일찌감치 알았다. 미온을 이용해 이자벨을 함정에 빠트릴 궁리를 한 적도 한두 번이 아니었다.

또한 미온의 단순한 성격을 잘 알고 있는 키스는 악운에 강한 그가 여기 잡혀와 탈출해서 또 무슨 난리를 피우고 있을지 훤히 보였다. 키스는 한숨을 내쉬었다. 이제 평생 안 보려고 했는데, 정말이지 지독한 악연이었다.

'사람 한 번 죽여 본 적 없는 녀석이⋯⋯.'

이런 일에는 반드시 피가 따른다. 한 명을 구하기 위해 열 명을 죽인다는 위선도 얼마든지 통용된다. 과연 그 착한 녀석이 그걸 견딜 수 있을까, 리젤이라는 말도 안 되는 사이코패스를 상대로 몇 시간이나 버틸 수 있을까. 키스는 새하얀 무명천이 핏물에 더럽혀지는 장면을 떠올렸다. 황당할 정도로 연약한 놈이다. 문득 도와주고 싶다는 생각이 들었다.

"⋯⋯라고 해 봐야 어디 있는지 알아야 지켜 주든가 말든가 하지."

키스는 삐죽거렸다. 그때 또다시 그녀의 목소리가 들렸다.

……키스.

머리를 울리는 베아트리체의 목소리는 처음에는 단순한 환청이라고 생각했지만—그녀에게 접근할수록 점점 강해지는 걸 보면 단순한 자기 망상이라고 하기에는 지나치게 또렷했다. 키스는 그녀가 자신의 머릿속에 들어온 것 같다는 이물감에 이마를 꾹 눌렀다.

"가고 있어. 지금 가고 있다고."

그녀의 목소리에 중력처럼 이끌리며 키스는 계속 발걸음을 옮겼다.

13.

라이오라의 두 번째 공격이 무라사의 가슴에 작렬했다. 게다가 팔이 잡힌 무방비에 가까운 몸에 맞은 것이라 그 강렬한 충격은 그대로 몸속에 파고들었다.

"아아아악!"

비명을 뱉은 무라사의 입에서 곧 피가 흘렀다. 탄탄한 육체도 내상을 막을 수는 없었다. 하지만 쓰러지는 무라사의 팔을 라이오라는 놔주지 않았다.

"말해라. 항복한다고."

"우, 웃기지 마!"

"……미련한."

더욱 격렬한 에너지가 무라사를 때렸다. 거짓말처럼 요새까지 날아간 그의 몸이 성벽과 충돌한 뒤 힘없이 바닥에 떨어졌다. 돌과 철근으로 만든 두터운 외벽이 무너질 듯 흔들렸다.

요새 안은 침묵했다. 아무도 구하러 나올 수 없었다. 실로 악마적인 진청룡의 힘에 짓눌려 버린 듯했다. 라이오라의 몸도 완벽한 상태는 아니었다. 무라사에게 걸어가는 라이오라의 등 뒤로 그의 몸에서 흘러나오는 잿가루가 안개처럼 이어졌다.

하지만 그것으로 육체가 소실되어 죽게 되는지, 잿더미로 이어진 그런 몸을 가지고 어떻게 인간이라고 할 수 있는지, 그것은 라이오라 본인조차 알 수 없었다.

바보스럽게 억지로 몸을 일으키려는 무라사를 바라보는 라이오라의 황금빛 눈동자는 그저 권태였다. 자기가 살아온 길고 긴 인생과 지금 눈을 깜빡이고 있는 명확한 생존의 증거조차 무가치하게 느끼는 그런 지독한 권태로움.

'어째서 그토록 고집을 피우는 거냐. 난 너에게 아무것도 아니다.'

라이오라는 벽을 붙잡고 어렵게 몸을 일으키며 그 늑대를 닮은 눈동자로 자신을 죽일 듯 노려보는 무라사에게 일종의 경탄 같은 것을 느꼈다. 살아 있다는 것은 저런 것일까.

하지만 곧 무심한 눈동자로 바라보는 라이오라의 손에 또다시 빛이 뭉쳤다. 아까보다도 몇 배는 더 거대한 힘이었다.

14.

"진청룡이 견백호를 죽였다는 보고입니다."

이자벨의 귀에 격앙된 목소리가 들렸다. 창백한 피부에 얇게 찢어진 눈매가 잔인해 보이는 인코그니토의 간부였다. 그 보고에도 이자벨의 빨간 입술은 웃지 않았다. 다만 싸늘하게 쏘아붙였다.

"정확히 보고해."

"그, 그게 견백호는 이미 죽은 거나 다름없다는…….."

상대는 짐짓 당황하며 말을 흐렸다. 이 소식을 누구보다 반길 줄 알았던 여왕의 심기는 그리 좋아 보이지 않았다.

이자벨은 힐끗 눈길을 돌려 구석에 앉아 있는 붉은 눈의 사내를 바라봤다. 그가 히죽 웃으며 입을 열었다.

"밝고 아름다운 세계를 만들기 위해 부단히 고생하시는군그래."

"……."

"이 음침한 지하에서 말이지."

키릭스의 나직한 웃음소리는 악령의 조롱처럼 오싹했다. 하지만 이자벨의 마음은 그것에 겁을 먹기에는 너무도 차가웠다.

"뭘 그렇게 웃고 있지? 숨기는 거라도 있나."

"아니, 그냥 즐거워서."

"키스가 올 것 같아서?"

"글쎄…… 이미 왔을지도."

주변을 훑어보는 키릭스의 입꼬리가 날카롭게 올라갔다.

"똑똑히 들어. 이곳은 너와 키스의 해묵은 감정을 푸는 싸움 터가 아니야."

"왜 그렇게 매정해? 우리를 이렇게 만들어 놓은 장본인이면 서."

"그래서 날 원망하나?"

"감히 내가 널 원망할까. 넌 전 인류를 평화로운 바보로 개조 할 여신님이잖아."

그때 보고를 올렸던 남자가 끼어들었다. 지극히 눈치 없는 아 부였지만 키릭스는 떠들도록 내버려 뒀다.

"그렇습니다! 여왕님이야말로 이 세계의 진정한 지배자가 되 실 분! 여왕님과 여왕님을 따르는 우리 충실한 종들이 이 세계 의 인류를 지배하는 것이 마땅합니다."

하지만 이자벨은 털 달린 벌레라도 본 얼굴로 그를 쳐다보며 말했다.

"새로운 세상에 지배자는 없다. 나도 너희들도 아니야."

"예? 하지만……."

"우리도 멘토에 의해 정신이 개조될 것이다. 예외는 없어."

"……!"

사내의 표정은 거의 경악이었다. 왜 애써 잡은 세계 지배의 기회를 스스로 포기한단 말인가. 제정신인가? 여왕에게 빌붙어서 초식동물처럼 온순하게 개조된 인류를 마음대로 굴리려던 그는 달콤한 권력의 꿈이 산산이 부서져 버리자 거의 쓰러질 지경이었다.

남의 탐욕을 비난하는 자들에게도 자신의 탐욕은 소중하다. 이자벨처럼 인간 본성 자체에 대해 환멸을 느낀 사람만 제외한다만 말이다.

"바로 너 같은 놈들 때문에 세상을 바꾸려는 거다. 눈앞에서 사라져!"

이자벨의 면박에 그는 안 그래도 창백한 피부가 거의 새파랗게 되어 밖으로 나갔다. 키릭스는 그런 그녀의 모습을 말없이 쳐다보다가 입을 열었다.

"그래. 인간에게는 싸움을 멈출 수 없는 세 가지 본성이 존재하지. 그건 바로 경쟁, 불신 그리고 명예야. 네가 그토록 없애려는 그것들이 왜 절대 사라지지 않는 줄 알아?"

"……."

"필요하기 때문이야."

지금만큼은 키릭스의 표정 어느 구석에도 비웃음이 없었다.

15.

라이오라를 무생물과 비교하자면 공략이 불가능한 거대 요새에 가장 가깝다고 말할 수 있다. 대포에도 흠집이 나지 않는 두터운 외벽은 타고 올라가는 것조차 허락하지 않을 만큼 까마득히 솟아 있으며, 설치된 수백문의 주포는 접근하는 모든 것을 일격에 산산조각 낸다.

내부에는 영원히 식량이 떨어지지 않는 논밭과 우물이 있고 콘크리트로 만든 건물 안에서는 끊임없이 병사들이 나온다. 이 요새가 적에게 베푸는 유일한 자비는 먼저 공격하는 일은 없다는 것뿐이다. 그러니 어떤 지휘관이라도 그냥 모른 척 놔두는 것이 가장 현명한 판단이었다.

이런 요새를 일대일로 함락시키겠다며 나선 도전자는 480년에 걸쳐 무라사 랑시가 유일했다.

'무모하다.'

라이오라는 자신의 손아귀에 가득 들어차고 있는 강력한 힘을 느끼며 그렇게 생각했다.

이제 마지막 일격만 가하면 지독하게도 귀찮게 굴던 무라사는 영원히 이 세상에서 소멸되어 버린다. 그런데도 기쁘거나 혹은 슬픈 감정이라고는 조금도 없었다.

단지 자신을 쓰러트리려는 무라사에게 희미한 죄책감 정도만 느꼈을 뿐이다.

"······!"

라이오라는 처음으로 당황했다. 상처 입은 늑대처럼 피투성이가 된 채 헐떡거리던 무라사의 몸이 갑자기 빠르게 움직인 것이다. 필시 자신의 마지막 힘을 짜낸 것이었다.

날아오른 무라사의 긴 다리가 라이오라의 팔을 찍었다. 그와 함께 라이오라가 만들어 내던 에너지 구체가 그의 몸속으로 역류해 폭발했다.

"크윽······."

라이오라의 몸이 격렬한 전격에 휘감기며 옷과 망토가 타 올랐다. 내폭(內爆)의 여파로 상처 입은 라이오라의 얼굴에선 반짝거리는 미립자들이 피를 대신해 흩날렸다.

그는 손으로 얼굴을 가린 채 무라사를 쏘아봤다. 무라사는 드디어 라이오라를 뚫었다며 어린애처럼 기뻐하고 있었다.

"와하하하! 네 힘에 네가 당하니까 기분이 어떠냐, 라이오라! 이 무라사 랑시가 똑같은 패턴에 몇 번씩이나 당할 거라 생각했냐!"

"······뭐가 그리 신났나, 축생."

라이오라는 조금 자존심이 상한 듯 으르렁거렸다. 아무리 강력한 총알도 발사되어야 그 위력을 발휘한다. 라이오라가 '마법'을 시전하려는 그 찰나에 그를 흐트러트린다면 그 불안한 힘은 방출되지 못하고 그대로 폭발해 도리어 라이오라를 덮치게 된다. 그게 무라사의 필승 전법이었다.

라이오라가 말했다.

"그래, 네 무모함을 칭찬하마. 상으로 하나 가르쳐 주지."

라이오라는 얼굴을 가리던 손을 내렸다. 상처는 이번에도 말끔하게 사라졌다. 역시 라이오라에게는 어떤 피해도 입히지 못했다.

그는 잠시 눈을 감으며 생각에 잠겼다. 그러고는 무엇인가를 결심하며 무라사를 바라봤다. 그의 손에 다시 빛이 뭉치기 시작했다.

"이 힘의 근원이 무엇이라 생각하나."

"몰라, 그딴 거!"

"생명력이다. 이것은 480년 동안 내가 죽여 흡수한 자들의 고통과 욕망이다."

"으, 음침한 소리만 골라서 해요!"

무라사는 그렇게 말하면서도 조금 몸이 굳었다. 라이오라의 손 위에서 뭉쳐 가는 그 새하얀 원혼의 덩어리는 하늘이라도 가릴 듯 거대했고 비명을 지르는 것처럼 격렬하게 빛났다. 가까이만 가도 그대로 빨려들어 갈 것 같은 그런 압도적인 절망의 에너지.

라이오라의 말을 증명이라도 하듯 그 빛의 덩어리 속에서는 고통에 일그러진 사람들의 얼굴과 팔과 다리와 절단된 몸뚱이 같은 것들의 실루엣이 끝없이 우글거리며 나타났다간 사라졌다.

"뭐, 뭐야, 저건!"

무라사는 소름이 끼쳤다. 그 모든 것이 라이오라가 죽여 축적한 사람들의 생명력이라면 그것은 필시 '원혼'이었다. 그는 자신이 죽인 자들의 원한을 몸속에 품고 있었던 것이다. 그것이 바로 라이오라의 업이었다.

"무라사 랑시, 말해라. 이것을 받아낼 자신이 있느냐. 내 480년의 고통을 감당할 수 있겠는가."

무라사는 처음으로 라이오라의 황금빛 눈동자에 맺힌 감정을 볼 수 있었다. 그것은 원망과 고통이었다.

무라사는 라이오라의 몸속에서 빠져 나온 그 거대한 고통의 정수를 연민에 가득 찬 눈으로 바라봤다. 지금까지 아무렇지도 않다는 얼굴로 저런 것을 품고 있었던 거냐. 그가 팔을 뻗으며 외쳤다.

"와라. 내가 부숴 주마!"

무라사는 카론이 있는 요새를 등지고 있었다. 라이오라의 일격을 막아내지 못한다면 무라사는 물론 요새마저 흔적도 없이 사라지고 마는 상황. 하늘을 뒤덮은 에너지가 뿜어낸 열기에 구름이 증발되고 성벽이 녹아 흘러내리기 시작했다. 빛 속에 잠긴 무라사의 등 뒤로 끝없이 그림자가 뻗었다.

무라사는 자신의 힘을 완전히 개방했다. 육체 안에 가둘 수 없을 만큼 달아오른 그의 힘이 그의 몸을 휘감았다. 두 눈은 붉게 물들어 갔고 으르렁거리는 숨소리가 점차 격해졌다. 그의 주먹이 새파란 불길에 휩싸이는 순간 발끝이 대지를 울리며 튀어

올랐다.

"라이오라!"

그와 함께 극한까지 증폭된 라이오라의 생령(生靈)이 당장이라도 폭발할 듯 요동쳤다.

둘의 그림자가 하나로 겹친 것은 찰나의 순간이었다.

그 짧은 순간, 그들은 서로의 시선을 확인했다. 격분에 타오르던 무라사의 눈에 당혹이 서렸지만 라이오라의 표정은 담담했다. 마치 아침 산책을 나온 것 같은 그런 얼굴.

무라사는 자신의 주먹이 라이오라의 몸을 꿰뚫은 것을 알았다. 커다랗게 뚫린 상처는 더 이상 치유되지 않은 채 메마른 눈물처럼 회색빛 재만 흘렸다. 폭풍이 멈춘 공기는 속삭임마저 들릴 만큼 고요했다.

"축하한다. 처음으로 날 이겼구나."

그 순간 라이오라가 뽑아냈던 그 모든 힘이 삽시간에 다시 몸속으로 역류해 들어갔다. 그것은 곧 눈이 멀어 버릴 듯한 폭발을 일으켰다. 그 힘에 튕겨 나간 무라사가 고개를 들어 라이오라를 바라봤다. 조금씩 부서져 가는 라이오라의 몸속에서 빛줄기가 새어 나오고 있었다. 무라사는 표정 잃은 얼굴로 휘청거리며 그 모습을 지켜봤다.

"너, 넌 불사신이라며! 죽고 싶어도 죽을 수가 없다며!"

"그래. 나의 영혼은 이미 죽어 있어 나는 늙을 수도 죽을 수도 없다. 하지만 너와 나의 힘을 합친다면 적어도 이 저주받은 육체를 소멸시키는 것 정도는 가능할 것이다.”

“처음부터…… 이러려고 작정한 거냐.”

“아니. 만약 네가 도망쳤다면 난 또다시 끝없는 시간을 살아
야 했을 테지.”

“그래서 생각한 게 고작 자살이냐! 이 바보 자식아!”

“살아 있음에 가치를 느끼지 못하는 자는 때론 죽음에서 그
가치를 찾기도 하지.”

바람에 흩날리는 그의 진한 금발이 조금씩 먼지가 되어 흩어
져 갔다. 예의 강렬한 열기 때문이었을까. 하늘에서는 눈이 내
리기 시작했다.

어렵게 라이오라의 새 제복을 구해와 다림질을 하던 집사는
문득 창밖을 보았다. 소리 없이 창문에 달라붙는 눈송이를 바라
보며 그는 어쩐지 자신의 주인이 이제 돌아오지 않을 것 같다는
기분이 들었다. 홀로 아주 긴 여행을 떠난 것 같았다.

집사는 품속에서 종이 한 장을 꺼냈다. 그것은 라이오라가 떠
나기 전 자신의 주머니 속에 몰래 넣어 둔 편지였다.

나는 자살한 황제를 보았다.

가족의 품속에서 행복하게 눈을 감는 가난한 병사의 얼굴도 보았
다.

황금을 쌓아 두고도 불안에 시달리는 귀족을 보았으며

모래 위에 시를 쓰며 행복해하는 노예도 보았다.

그러니 인생의 행복을 증명하는 것은 분명 직위나 재산이 아닐 것이다.

누구에게나 단 한 번의 인생이다. 너도 네 인생의 가치가 무엇일지 고민해라.

아마도 답은 없겠으나 분명 의미 있는 고민이 될 것이다.

나도 같이 고민해 주고 싶지만 아마도 그것은 무리일 것 같구나.

라이오라는 무라사를 응시했다. 이제 그의 모습은 거의 부서져 흘러나오는 빛의 입자들에 휘감겨 있었다. 세상 누구도 능가할 수 없다는 진청룡의 몸은 이제 실바람에도 흩어져 버릴 것 같았다. 그가 입을 열었다.

"이제 네가 싫어하는 전쟁도 잠시나마 세상에서 사라진다. 그리고 너는 동생을 만나 짧지만 멋진 인생을 살게 될 것이다. 그런데 왜 울고 있는 거냐."

"이 바보 같은 놈아! 그럼 죽어가는 친구 앞에서 웃으라는 거냐!"

울먹거리는 그의 얼굴을 보며 라이오라는 방긋 웃었다. 무너져 가는 그의 표정은 거의 확인할 길이 없었지만 분명 태어나 처음으로 보인 편안한 웃음이었다.

"웃어라. 인생은 짧다. 그러니까 웃어라."

그리고 그는 슬어 가는 얼굴을 들어 하늘을 올려다봤다. 처음으로 자신은 축복받은 것이라 느꼈다. 아무런 가치도 없는 삶을 살았기 때문에 죽음에도 가치가 없다는 도살자의 말에 처음으로 반박할 수 있었다. 하늘에서는 눈이 내리고 있었다.

　눈이여. 죽음을 덮고 또 무엇을 덮겠는가.

　소리 없는 바람이 불었다. 라이오라는 황무지의 바람 속으로 흩어져 갔다. 480년의 시간이 막을 내리고 있었다.

16.

　"지, 진청룡…… 소멸!"
　요새로부터 급전을 받은 부관은 자신이 잘못 들었나 싶어 몇 차례나 재확인했다. 방금 전까지만 해도 승리한 것이나 다름없다고 하지 않았던가. 그런데 패배도, 하다못해 사망도 아니고 소멸이라니 도저히 납득할 수가 없었다.
　그러나 견백호와의 대결 중 그 육체가 완전히 사라졌다는 것이 확실함을 알고는 얼빠진 표정으로 '소멸'이라는 단어만 반복해서 되뇌었다.
　이대로 패전할 수도 있는 상황에서 정작 이자벨의 표정은 변화가 없었다. 오똑한 콧날 끝에 서리가 내릴 것 같은 그 얼굴 그대로였다.

이 전쟁에서 지면 그녀는 분명 전범(戰犯)으로 체포되어 사형될 것이다. 하지만 그때 역시 표정은 지금과 같으리라. 그런 여자였다.

"키릭스, 넌 처음부터 알고 있었지?"

이자벨의 차가운 시선이 키릭스를 향했다. 서서히 소파에서 몸을 일으키며 그가 입을 열었다.

"라이오라를 마지막으로 만났을 때, 나한테 그러더군. 내가 허락한다면 자신의 목숨을 자신의 뜻대로 쓰고 싶다고."

라이오라에게 있어서 황실의 혈통을 이어 받은 키릭스는 거역할 수 없는 주인이었다. 하지만 키릭스는 누구보다 그 피를 저주하는 장본인이기도 했다.

"그래서 대답했지. 이제 널 풀어 주겠다고. 그리고 나도 곧 따라가겠다고."

키릭스는 두 자루의 검을 들었다. 슬슬 키스가 나타날 때가 되었다고 느꼈다. 손님이 왔으면 나가서 맞이하는 게 예의가 아닌가.

"잘 있어라, 이자벨. 네 뜻대로 완벽한 세상 만들길 바란다. 하지만 솔직히 말이지, 너나 나나 이 세상의 공기와는 어울리지 않는 족속이야."

키스를 만나기 위해 떠나는 키릭스의 등 뒤로 이자벨이 일어섰다.

"키릭스, 그럼 나도 마지막으로 하나 말해 주지."

"날 사랑했다는 고백이라면 사양할게. 눈물 나니까."

"그것보다 훨씬 낭만적인 얘기니까 잘 들어."

그리고 그녀는 키릭스에게 다가가 귓가에 속삭였다. 그것은 아주 짧은 속삭임이었지만 마치 맹독의 비수처럼 키릭스의 심장을 찔렀다.

키릭스는 타오르는 눈빛으로 그녀를 노려봤다. 하지만 어차피 승리는 그녀의 것. 곧이어 웃음이 터졌다. 너무도 허망해서 웃는 것 외에는 아무것도 할 수가 없었다. 이제 증오조차 품을 자격이 없어졌다.

키릭스는 자조에 가득 찬 얼굴로 차가운 그녀의 뺨을 매만지며 말했다.

"넌 진짜 나쁜 여자야."

17.

"힘이…… 사라졌다?"

키르케는 자신의 손을 쥐었다 펴며 희미하게 중얼거렸다. 그녀가 끝까지 무라사를 믿고 움직이지 않은 이유는 단지 무라사에 대한 신용 때문만은 아니었다. 그런 것 하나에 전군의 목숨을 걸 수는 없는 것이다.

하지만 어차피 라이오라는 세 아신이 모두 상대해도 쓰러트릴 확률이 희박한 불사신이었다. 그런데도 무라사는 그와 혼자 싸우기로 결심했고, 분명 라이오라도 무라사가 혼자 올 것이라 예상했으리라.

무라사는 단순하지만 라이오라는 속을 알 수 없는 자다. 키르케는 그런 그가 무엇인가 준비하고 있을지도 모른다는 예상을 했고 그것에 희망을 걸고 지켜본 것이었다.

설마 그 '무엇'이 스스로 목숨을 희생하는 것으로 전쟁을 막는 거창한 결론일 줄은 몰랐지만—어쨌든 키르케의 도박은 성공했다. 하지만 그런 그녀도 예상치 못한 사실이 있었다. 바로 아신위의 소실(消失)이다.

'아신위의 균형이란 바로 이런 것이었군.'

아신의 근원에 대해서는 아신 스스로도 아는 바가 거의 없다. 하지만 4대 아신이 하나의 균형을 이루고 있다는 말 정도는 유명했다.

하지만 그것이 무슨 의미인지 이제야 확실히 알 수 있었다. 진청룡이라는 기둥이 무너지면서 다른 세 개의 기둥도 같이 무너져 버렸다. 즉, 모든 아신의 힘이 일시에 사라진 것이다.

'……라이오라는 이 사실을 알고 있었을까.'

아마도 480년의 세월이 그에게만은 알려 줬으리라. 자신이 무라사를 죽이면 알테어와 키르케는 힘만 잃겠지만 자신은 아신의 힘으로 유지되던 육체가 허물어져 소멸되리라는 것도 알고 있었으리라.

하지만 무라사를 죽이기 싫어 자신만 소멸되는 방법을 궁리했으리라. 실로 라이오라다운 해결법이었다.

키르케는 라이오라의 죽음을 애도했다. 그때 그녀의 막사로 알테어가 뛰어왔다. 그녀가 다가오는 것은 언제라도 잘 알 수 있다. 주변의 모든 잡다한 것에 다 걸려 넘어지고 걷어차며 달려오니까. 엄청나게 어수선한 소리를 들으며 키르케는 고개를 푹 숙였다.

"키르케! 키르케!"

"야! 이 여자야! 왜 멋대로 작전 지역 이탈해! 지금은 전쟁 중이야!"

"하지만 내 힘이……."

"알아. 입 다물고 있어."

"왜?"

"바보냐? 지금 아신들의 힘이 사라진 걸 이자벨은 몰라. 이쪽에서 알아서 약해졌다고 소문낼 필요 없……."

그렇게 말하던 키르케는 무라사를 떠올리며 아찔한 기분이 들었다. 그 떠들썩한 녀석이 사방에 광고하고 다닐 거라는 데 전 재산을 걸어도 될 것 같았다.

"됐다. 다 부질없는 짓이지."

키르케는 의자에 털썩 앉으며 한숨을 내쉬었다. 이제 아신도 뭣도 아니니까 국왕에게 군인 그만두고 모아 둔 연금으로 미남, 미소년들 산처럼 쌓아 놓고 방탕하게 살겠다고 통보해도 괜찮지 않을까, 싶었다.

뭔가 진저리가 나 버려서 투덜거리던 키르케는 환하게 웃는 알테어를 보며 눈썹을 찡그렸다.

"힘을 잃은 게 그리 좋냐?"

"응. 이제 나도 보통 여자니까 당당하게 미온을 만날 수 있잖아."

헤죽헤죽 웃고 있는 알테어를 보며 키르케의 이마에 힘줄이 돋았다. 어쩜 사람이 저리도 밉살스러울 수가 있단 말인가. 누군 힘들어 죽겠는데!

"백치는 치료도 안 된다더니…… 어떻게 하면 이 와중에 그런 망상이 떠올라? 어차피 미온은 지금쯤 이자벨의 거미줄에 대롱대롱 매달려 정신개조 당하고 있을 거야. 너 따위는 까맣게 잊게 될 거라니까."

"아니야! 절대 아니야!"

"호스트의 마음은 갈대라는 속담도 모르냐."

"전혀 몰라! 그딴 거!"

"현실을 직시해. 힘도 권력도 개똥도 없는 연상의 여자를 뭘 보고 좋아하겠냐?"

"아냐! 아냐! 미온은 그렇지 않아!"

"시끄러워, 이 여자야. 그만 칭얼대!"

알테어는 귀를 막고 쪼그려 앉은 채 훌쩍거리며 자신만의 판타지를 굳건히 지키고 있었다.

만약 미온이 이 모습을 봤다면 '님들아, 나 지금 안 그래도 힘든데…….' 라면서 엄청나게 괴로워했을 것이 분명했다.

막사 밖의 병사들은 엄청난 고함 소리에 또다시 양대 아신이 격돌할까 두려워 멀리멀리 피하고 있는 중이었다.

18.

"아직 끝나지 않았습니다! 아니, 이제 시작입니다!"

라이오라의 소멸 소식을 접한 인코그니토의 간부들은 난리도 아니었다. 이렇게 된 거 깔끔하게 백기 들고 항복하자는 주장은 하나도 없었다.

그도 그럴 것이, 그들의 죗값은 항복한다고 사라지는 게 아니었다. 오직 고문과 처형만 기다리고 있을 것이 뻔했기 때문에 그들은 어떻게든 이기기 위해 발버둥 칠 수밖에 없었다.

물론 아무런 대책도 없는 것은 아니었다. 이자벨은 하나의 계획만 만들 정도로 어설픈 사람이 아니다.

"이곳에서 베르스 왕실까지는 기마대로 한 시간도 걸리지 않습니다. 명령만 내려 주신다면 텅 비어 있는 적 지휘부를 단숨에 점령할 수 있습니다!"

이자벨이 자신의 지휘부를 셀른로 선택한 것은 이것 때문이었다. 즉, 내부의 독이었다. 현재 지하 기지에는 중무장한 500

기의 기마대가 대기 중이고 그들은 오합지졸들밖에 없는 베르스 왕실을 순식간에 쓸어버릴 수 있다. 그와 함께 전방의 부대가 진격하면 적이 혼란에 빠질 것이 당연했다.

하지만 가장 무서운 독은 이것이 아니었다. 그들이 소리 높여 외쳤다.

"작전 자바워크를 발동시켜 주십시오!"

"언제부터 너희들이 내게 명령을 내리게 된 거지."

이자벨은 그 새파란 눈동자로 그들을 쏘아봤지만 아무도 물러서지 않았다.

"승리를 원하지 않으십니까! 설마 결심이 흐려진 건가요?"

"자바워크는 최종 작전이다. 성급한 판단은 삼가라."

"지금이 바로 그 최종입니다!"

그들은 그 끔찍한 작전을 실행하길 주저하지 않았다. 자바워크 작전은 비밀 결사 인코그니토의 특급 기밀이었다. 바로 적국에 퍼져 있는 공작원들에게 연락을 취해 대규모의 생화학전을 감행하는 것. 모든 상수도에 연구소에서 생산된 가장 치명적인 독을 뿌릴 것이며, 도시 곳곳에서는 준비된 장치를 통해 연기를 타고 끔찍한 역병을 창궐시킬 것이다. 흑사병에 오염된 시궁쥐들을 하수도에 풀고 투석기로 적군에게 던진 폭탄이 터지며 독가스가 퍼질 것이다.

본래 이 독극물을 만들고 전염병을 배양한 연구소는 마키시온의 대아카데미 소드람이었지만 스파이로 잠입했던 리젤이 빼

돌려 이자벨의 손에 들어왔다.

작전 자바워크가 실행되면 군인은 물론 민간인마저 무차별로 죽게 되고 1년 안에 식량원도 오염되어 베르스와 콘스탄트 그리고 세계 대부분의 지역은 질병과 기아의 아수라장으로 추락하게 될 것이다. 각지에서 도적떼가 설치고 폭동이 일어나며 왕권은 붕괴된다.

그동안 인코그니토는 비축해 둔 물과 식량을 먹으며 그냥 지하에 숨어 있으면 되는 것이다. 이 세상이 지옥으로 변할 때까지 말이다.

이 모든 것이 그녀의 명령 한 마디면 실행되는 것이다. 그녀는 문득 엔디미온을 떠올렸다. 그가 자신을 만나 지금까지 했던 그 모든 말들이 단 한 순간 빠르게 머릿속을 지나갔다.

"그 작전은 봉인한다."

이자벨은 고개를 저었다. 어쩌면 그녀의 목적을 이룰 수 있는 가장 확실한 방법을 포기한 것이다. 그러자 간부들의 눈빛이 바뀌어 갔다. 그녀는 나쁜 공기를 맡았다. 반란의 냄새였다.

"당신은 이 전쟁에서 져도 괜찮을지 모르겠지만 우리는 아냐!"

그들 중 하나가 총을 꺼내 이자벨의 머리에 겨눴다. 그녀는 힐끗 주변을 봤다. 역시 리젤도 키릭스도 없다. 그녀를 지켜 줄 사람은 이제 아무도 없었다.

"네 숨 막히는 고상함에는 질려 버렸어! 완벽한 세상? 그런

게 있을 것 같아! 누가 그런 걸 필요로 하기라도 하냐고! 우리는 살아야겠어. 그리고 승리자가 되어서 세계를 지배해야겠어! 그런 보상을 믿었기 때문에 지금까지 이 조직에 충성한 거라고! 알아듣겠어!"

이성을 잃은 얼굴로 그렇게 고함친 사내가 이자벨의 뺨을 때렸다. 입술에서 피가 흘렀지만 그녀의 표정은 변하지 않았다. 단지 헛웃음이 나왔다. 이 더러운 탐욕, 남의 인생 따위 알 바 아니라는 폭력성, 권력욕, 의심, 배신, 이런 것들이 너무도 경멸스러워 지금 여기까지 왔는데 결국 다 똑같은 존재라는 것만 재확인했다. 그냥 거대한 망상에 빠진 집단이었다.

그녀는 마라넬로가 자신을 침대로 몰아넣고 옷을 찢던 기억을 떠올렸다. 팔마시온을 수석으로 졸업한 날, 황제가 자신에게 준 선물이었다.

어떤 약으로도 치료되지 않는 그녀의 두통이 시작된 것은 그때부터였다. 권력자의 피를 증오하게 된 것도 그때부터였다. 그녀를 내려다보며 황제는 기이한 웃음과 함께 이렇게 말했다.

"너도 나처럼 미칠 것이다. 그리고 그렇게 되면 기분이 좋아질 것이다."

그것은 일종의 질병, 그녀는 그 광기 어린 말로부터 도망쳐 여기까지 왔는데 결국 황제의 독에 찔린 몸은 치유되지 않았다. 황제는 그의 뜻대로 죽은 뒤에도 세상을 유린했다.

그녀는 태어나 처음으로 눈물을 흘렸다. 그냥 엔디미온이 보고 싶었다.

"지금 이러는 게 그 금발 애송이 때문이야? 빌어먹을, 설마 그놈을 사랑하는 거야? 그깟 것 때문에 이 모든 계획을 엉망으로 만들었냐! 집어치워! 너처럼 독사 같은 여자를 누가 사랑할 것 같아?"

사내는 이자벨의 머리채를 잡아 강제로 일으켰다. 황제의 침실에서 빠져나왔을 때, 어떤 결심도 주저하지 않고 또 어떤 결심도 후회하지 않기로 했는데, 평생 보류해 두었던 그 모든 후회들이 단 한 번에 몰려와 그녀의 마음을 산산이 부숴 버렸다.

"말해! 자바워크를 발동시키는 암호를!"

"……."

최종 작전 자바워크는 오직 이자벨의 명령을 통해서만 발동시킬 수 있다. 그것을 실행하는 암호는 오직 그녀만 알고 있으며, 그것이 반란자들이 그녀를 죽이지 못하는 유일한 이유였다. 그들은 거칠게 그녀를 몰아붙였지만 이자벨은 결코 입을 열지 않았다.

'지금쯤 쇼메 왕자가 움직이고 있겠지.'

이자벨의 뛰어난 머리회전은 이런 상황 속에서도 정세를 정확하게 판단하고 있었다. 아이히만이 쇼메에게 보냈던 문서에는 자바워크에 대한 자세한 기록이 있다. 쇼메는 그것을 가지고 바쉐론 국왕과 거래할 것이다. 거래가 성립되면 국왕은 즉각 자바워크를 봉쇄시키리라.

그때까지만 버티면 된다, 그녀는 그렇게 생각했다.

"그래, 어디 얼마나 버틸지 보자. 인코그니토의 고문이 어떤
지는 네년이 가장 잘 알 테지?"

그들의 얼굴에는 그녀가 그토록 없애려 했던 탐욕과 광기뿐,
그녀는 이미 자신은 죽었고 그래서 지옥에 떨어져 죗값을 받는
것이라 생각했다.

19.

하늘은 구름 한 점 없이 맑았고 베르스 왕실 세아스말도 그
하늘처럼 고요했다. 바람에 실려 오는 전방의 매캐한 포연(砲煙)
만 제외하면 지금 전쟁이 벌어지고 있다는 사실을 믿기 어려울
정도였다.

그도 그럴 것이 알테어와 키르케, 카론이 수호하는 관문이 무
너지지 않는 이상 이곳까지는 단 한 명의 적군도 들어올 수 없
기 때문이었다. 그렇다고 믿었다.

"저거 뭐야? 벌써 귀환?"

"그럴 리가. 그런 보고 받은 적 없는데."

왕실 입구를 지키는 근위병들은 자신들에게 오고 있는 기마
부대를 보고도 단지 의아해했다. 이곳까지는 절대로 적 부대가
올 수 없다는 절대적인 믿음 때문이었다. 그리고 그 믿음은 1초

후에 깨졌다.

타아아앙!

차가운 공기를 깨트리는 긴 총성이 울렸다. 동시에 막 임관한 젊은 근위병은 옆에 있던 동료의 몸이 무너지는 것을 목격했다. 관통된 머리에서 시뻘겋게 퍼지는 뜨거운 액체는 분명 혈액이었다. 그제야 그의 얼굴이 새파랗게 질렸다.

"기, 기습이다! 왕실에 알려! 신호탄을 쏴!"

전속력으로 달려오는 기마대의 선두가 칼을 뽑았다. 잘려 나간 근위병들의 머리가 하늘로 날아올랐다.

20.

"전하! 즉시 피하셔야 합니다!"

"왜?"

근위장교의 다급한 보고에 국왕은 만두처럼 도톰한 얼굴을 기울이며 되물었다.

국왕의 지나치게 순진한 눈동자에 당황한 근위대는 '한 번 알아맞혀 보시지!' 라는 빈정거림을 꾹 참아야 했다. 국왕이 옥좌에서 도망쳐야 할 경우라면 운석이 떨어지거나 아니면 적이 코앞까지 들이닥쳤을 때 말고 또 뭐가 있단 말인가!

"수, 수백의 기마대에 의해 정문이 돌파되었습니다! 이곳까지 오는 것도 시간문제……."

"뭐라고오오오오오오!"

사태를 파악한 국왕이 벌떡 일어섰다. 영혼의 외침 같은 비명 소리가 왕실을 뒤흔들었다.

"마, 말도 안 돼! 왕실 정문은 단 한 차례도 뚫린 적이 없는데!"

당연했다. 한 번도 공격당한 적이 없으니까.

"벌써 카론 군이 무너진 거냐?"

"아닙니다. 전방을 굳건히 지키고 있습니다."

"그럼 지금 대체 누가 쳐들어왔다는 거야!"

"모르겠습니다. 하지만 아군이 아닌 것만은 확실합니다."

곧이어 창밖에서 비명 소리가 터졌다. 국왕은 멍하니 창가로 다가갔다. 건물 곳곳에서 불길이 솟아오르기 시작했다. 그가 떨리는 목소리로 물었다.

"즉시 키르케 중장에게 지원을 요청……."

"무리입니다! 지원군이 올 때까지 버틸 수가 없습니다! 그러니 어서 피신을!"

"그, 그럼 우리 힘으로 저들을 막아낼 수가 있겠는가?"

"……."

그러나 근위장교는 단지 입술을 깨물 뿐 불경스럽게도 대답하지 않았다. '왕실을 지키는 자들의 전투력은 저들에게는 민간인과 다를 바 없습니다'라고 솔직하게 대답할 수는 없었던 것이다.

현재 왕실 주둔 병력은 근위대 100여 명과 헬스트 나이츠의 기사 20명을 포함, 고작 150명 미만. 게다가 대부분이 실전 한 번 안 겪어 본 새파란 애송이들이었다.

그리고 그들이 상대해야 할 적은 완전무장한 인코그니토의 정예 강습부대 500기. 일방적인 학살이 눈에 훤히 보였다. 그때 조찬에 참석하기 위해 왔던 위고르가 벌떡 일어섰다.

"전하! 지금 왕실의 상황은 그야말로 풍전등화! 누란지세! 명재경각! 그리하여 이곳이 곧 함락될 것임은 그야말로 명약관화! 불문가지! 불언가상! 그래서 당장 피신하는 것이 당연지사! 불언이유! 창천백일! 이옵니다."

때와 장소를 가리지 않는 위고르의 일장연설을 묵묵히 듣던 국왕이 품위 넘치는 어조로 대꾸했다.

"이런 망할. 왕실 함락돼서 도망치는 게 그리 기쁘오?"

"초, 촌철살인이시옵니다."

국왕은 사람들을 둘러보고는 고개를 푹 숙였다. 국왕이 옥좌를 버리고 도망친다는 것은 굴욕 중의 굴욕이지만 방법이 없었던 것이다.

"……짐 싸십시다."

"도망치면 안 됩니다!"

갑작스레 터진 앳된 미성에 사람들의 시선이 한곳에 모였다. 그는 바로 페르난데스 왕자였다. 사람들은 귀를 의심했다. 설마 다 죽자는 소리란 말인가?

"아들아, 이게 창피한 일이라는 건 알고 있지만……."

"자존심 때문이 아닙니다."

"그, 그럼?"

"적들의 목적은 혼란과 동요입니다. 이곳이 점령되고 옥좌를 빼앗긴다면 전방에 있는 아군의 사기가 추락할 것이며 또 어디서 적이 공격해 들어올지 모른다는 불안감이 급속도로 팽창할 것입니다. 그리고 그것은 단 한 번의 승기가 중요한 이 전쟁에서 패배로 이어질 수 있습니다. 왕실이 그걸 막아내지 못하는 것이야말로 치욕입니다."

소년의 머릿속에서 나왔다고 하기에는 놀라울 만큼 침착하고 정확한 상황 판단에 위고르와 군무대신이 어깨를 움츠렸다. 자신들이 해야 할 말이었던 것이다.

"하지만 아들아, 이건 지켜 내기에는 너무나도 불리한……."

"아이히만 대공께서 제게 이런 말을 한 적이 있습니다. 절망적인 싸움은 피하는 것이 상책이다. 하지만 싸워야만 한다면 절망이라는 단어부터 망각해라. 가장 위대한 역사는 항상 절망 속에서 이뤄졌다. 아버님, 우리는 아직 싸워 보지도 않았습니다."

아버지는 아들을 바라봤다. 그 눈빛은 경탄이었다.

"내가 잠깐 잊고 있었구나. 네가 훌륭한 통치를 할 수 있도록 무슨 수를 써서라도 이 왕국을 지키겠다는 걸. 내 목숨을 바쳐서라도 절대 빼앗기지 않으마."

그때 헬렌과 헬스트 나이츠의 기사들이 들어왔다.

"전하!"

"오오, 때마침 잘 왔소!"

국왕은 자신의 왕관을 벗어 페르난데스의 머리에 씌워 줬다. 아직 작은 머리에는 너무도 커다란 왕관이었다. 왕자의 눈동자가 커졌다.

"아, 아버님!"

"전쟁이 끝난 뒤 넘겨주려 했지만, 아무래도 지금이 좋을 것 같구나. 이곳에 모여 있는 모두가 증인이다. 이제부터 네가 베르스의 국왕이다."

"하지만!"

국왕은 곧바로 헬렌에게 명령했다.

"헬렌 경, 어서 새 국왕과 내 딸 제냐를 안전한 곳으로 대피시키게."

"아버지! 저도 같이 싸우겠습니다!"

선왕(先王)은 매달리는 아들을 단호하게 헬렌에게 밀어 넣었다.

"아들아, 사람이 죽으면 슬프지만 왕이 죽으면 모든 게 끝나는 것이다. 왕의 미덕은 희생이지만 왕의 의무는 살아남는 것에 있다. 어떤 굴욕도 이겨 내고 살아남아 자신을 믿는 모든 백성들을 지키는 것에 있단다. 살아 다오. 이것이 내 처음이자 마지막 가르침이다."

새 국왕 페르난데스 라스팔마스의 아버지 길레르모 라스팔마스는 아들의 왕관을 고쳐 씌워 주며 그렇게 말했다.

"내 검을 가져와라. 왕궁을 사수한다!"

그때 헬렌 경이 앞으로 나섰다.

"정공법으로는 몰려드는 적을 막을 수 없는 상황이옵니다. 제게 묘책이 하나 있사옵니다."

"오, 그게 뭔가?"

"양동(陽動)입니다."

"양동이? 그걸로 뭐 하게?"

"……아니, 그게 아니라……."

헬렌은 '개그일까 진심일까' 고민하는 표정으로 다시 입을 열었다.

"가짜와 진짜, 이것을 이용한 심리전이옵니다."

헬렌은 비장한 목소리로 작전을 설명하기 시작했다.

한편 신속하게 왕궁 안으로 침투하여 포위망을 완성시키려던 인코그니토의 기마대는 생각지도 못한 난관에 부딪쳤다.

계속 길을 잃던 지휘관이 결국 짜증을 터뜨렸다.

"젠장! 이놈의 나라는 대체 어떻게 된 거야! 뭔 놈의 표지판이 맞는 게 하나도 없어!"

관리들의 무사안일주의가 처음이자 마지막으로 나라를 돕는 순간이었다.

21.

"같이 싸우자고 강요하지 않겠습니다. 아니, 솔직히 당신들이 조용히 떠났으면 합니다."

루시온은 키스의 사무실에서 자신의 검을 들고 나오며 동료들에게 말했다. '방해되니까 사라져라'라는 그의 냉정한 말투는 뻔히 속이 보였다. 뒤이어 레녹이 사무실로 들어가 검을 들고 나왔다.

"그래요. 싸우러 가는 건 나와 루시온 경으로 충분합니다. 나머지는 사라져 주⋯⋯."

말이 끝나기도 전에 크리스가 주저 없이 사무실로 들어갔다. 그는 난생처음 잡아 보는 검을 힘겹게 들어 올리며 말했다.

"훌륭한 성직자는 기도가 필요할 때와 행동이 필요할 때를 구분할 줄 아는 성직자라고 오르넬라 님께서 말씀하셨습니다."

"흥. 어차피 난 오래 살지도 못하고 오래 살 생각도 없으니까!"

곧이어 애늙은이 같은 심술을 늘어놓는 지스킬이 사무실로 들어가 검을 들고 나왔다.

"후후후. 내 숨은 검술을 공개할 때가 왔군."

이라고 소리치며 랑시가 사무실로 들어가 검을 들었다. 그러나 무거운 진검을 들고 얇은 허리를 휘청거리자 아무도 가까이 가지 않았다.

이제 남은 기사들은 건장한 바보 듀엣, 쇼탄과 루이뿐. 그들은 아무것도 못 들었다는 얼굴로 나란히 벽을 바라보고 있었다.

"아하하하. 루이 경, 어째 사람들이 우리를 흘겨보고 있는 거 같은데?"

"아하하하. 쇼탄 경, 착각이에요, 착각."

"으이구, 이 화상들아. 냉큼 가서 칼 가져왓!"

랑시가 빼액 소리치자 루이가 머리를 쓸어 넘기며 짜증을 냈다.

"그래, 솔직히 이런 분위기에선 '이 몸을 빼먹으면 섭섭하지!'라고 너스레를 떨면서 설치는 게 흔한 패턴이긴 한데…… 아무리 생각해도 난 억울하다 이 말씀이야! 나 참, 내가 왜 노비처럼 날 부려먹던 왕실을 위해 목숨까지 걸어야 해? 필요할 때만 기사야? 왕실이 어떻게 되든 이 루이 님이 콧방귀라도 뀔 것 같으냐고! 안 그러냐, 쇼탄?"

"물론이지! 왕실이 우리한테 해 준 게 뭐야? 빚만 잔뜩 지고…… 저어 그런데 루이, 지금 어디 가?"

루이는 혼자 사무실로 들어가 검을 들고 나왔다. 그러고는 곧바로 검을 뽑아 쇼탄을 겨눴다.

"이 왕실의 독버섯! 왕실이 우리를 위해 뭘 해 줄지 기대하기 전에 우리가 왕실을 위해 뭘 할 수 있을지 생각해라! 왕을 위해 목숨을 바치는 것이야말로 기사 된 도리거늘! 네가 그러고도 남자냐!"

"어이…… 방금 전의 너는 어디로 간 거냐."

"생각해 보니까 이쪽에 붙는 게 더 이익인 거 같아!"

"그런 말 자랑스럽게 하지 마!"

그 남자의 처세술이었다.

사람들은 언행일치를 온몸으로 거부하는 루이를 황망하니 바라봤다. 룸메이트의 강렬한 배신에 쇼탄은 피눈물을 흘리며 사무실로 기어 들어갔다.

"이렇게 싸우는데…… 빚 좀 탕감해 주겠지? 절반만이라도 좋으니까……."

나라가 망하니 마니 하는 판국에도 빚 걱정밖에 모르는 가난한 채무자였다.

결국 이러니 저러니 하면서도 모두 검을 든 것을 본 루시온은 도리어 냉랭한 얼굴로 입을 열었다.

"당신들, 바보입니까. 지금 싸우러 나가면 다시 이곳으로 돌아올 수 없을 겁니다. 만용으로 해결될 일이 아닙니다!"

루시온의 말은 단순한 위협이 아니었다. 고작 일곱 명의 기사로 오백 명의 정예군을 막아내기 위해서는 인생의 행운을 모두 합친 것보다도 더 커다란 기적이 필요하다.

싸워야 할 의무도 없고 애타게 자신들의 도움을 기다리는 사람조차 없다. 아무도 스왈로우 나이츠에게는 기대하지 않는다.

뭔가 생각에 빠져 있던 랑시가 입을 열었다.

"지금 키스 경이 있었다면 어땠을까?"

사람들은 곧바로 대답했다.

"그럼 우리가 왜 싸워? 귀찮다고 발버둥치는 키스를 집어 들어 적진 한가운데 던져 놓으면 알아서 잘 해결할 텐데."

"그래, 키스가 없기 때문에 우리가 이 고생하는 거라고."

"맞아. 모조리 키스 잘못이야!"

전혀 엉뚱한 결론을 내 버린 스왈로우 나이츠의 기사들은 '내일은 당신도 공범'을 흥얼거리며 리더구트 밖으로 나섰다. 그들을 지켜보던 루시온은 쓴웃음을 지었다.

사실 단 한 번도 스왈로우 나이츠를 자신이 평생 있을 곳이라 생각한 적이 없었다. 단지 가문으로부터 도망친 곳이 여기가 됐을 뿐이었다.

그런데 지금 처음으로 이렇게 계속 같이 있고 싶다는 기분이 들었다. 그는 아무도 다치지 않기를 조그맣게 기도하며 동료들을 뒤따랐다.

22.

"이봐, 잠깐 멈춰!"

보초는 말없이 지나가던 조직원의 어깨를 잡았다. 절대 의심받을 만한 복장은 아니었지만 분명 의심받을 만한 구석이 있었던 것이다. 베아트리체가 있는 연구실로 가는 길목이었다.

"너 누구냐. 얼굴 들어 봐. 어디 소속이야?"

우뚝 멈춰 선 그는 대답하지도 고개를 들지도 않았다. 보초의 손끝이 천천히 칼을 향하기 시작할 때 그가 입을 열었다.

"어디 소속이냐고 물으신다면……."

그 순간 기습적인 팔꿈치가 보초의 얼굴을 후려쳤다.

"스왈로우 나이츠의 기사 엔디미온 키리안이다!"

벗겨진 모자 속에서 금발이 쏟아졌다. 미온은 뒤도 안 돌아보고 부리나케 달렸다.

'으이구! 어떻게 알아챈 거지?'

미온 역시 '변장'이라는 현명한 방법을 택했다. 세탁실에 몰래 들어가 제복을 훔쳐 입는 일은 정면으로 연구실로 뛰어드는 것보다 훨씬 더 안전한 접근 방식이다.

하지만 불행하게도 인코그니토는 꽤 엄격한 조직이라서 키 180센티 이상의 건장한 남성이 아니라면 조직원이 될 수가 없다. 반면 엔디미온은 키 171센티미터에 근육도 체중도 미달—눈썰미 좋은 사람이라면 금방 눈치챌 발육 부족이었다. 게다가 체력마저 턱없이 부족해서…….

"침입자다! 거기서!"

힘없는 팔꿈치에 맞은 상대가 잠들긴커녕 고래고래 소리를 지르며 뒤따라왔다.

'젠장. 다른 소설 보면 뒤통수만 쳐도 기절하고 그러더만!'

미온은 유일한 무기인 가벼운 몸을 이용해 엄청난 빠르기로 도망쳤지만 곧이어 침입자를 알리는 종소리가 울리기 시작했다.

한편 다른 길을 통해 연구실로 향하던 키스는 사방에서 울려 퍼지는 타종음을 듣고는 손으로 얼굴을 가렸다.

"미온 경입니까아? 아무것도 안 바라니까 방해는 하지 말아 주세요오."

도리어 키스에게는 잘된 일인지도 모른다. 현재 엔디미온은 추적자 한 무더기를 끌고서 도망치는 중이니까.

'대체 어디에 숨어야 하는 거야!'

엔디미온은 숨을 헐떡거리며 사방을 두리번거렸지만 마땅히 숨을 곳은 없었다. 다시 발각되는 것도 시간문제였다. 복잡한 골목길이라면 모를까 이런 곳에서는 일단 들통 나면 십중팔구 잡히고 마는 것이다.

대책도 없이 도망치던 그는 오른쪽 길로 꺾어 들어가는 순간 누군가의 가슴에 얼굴을 부딪쳤다.

"우악!"

튕겨 나가 바닥에 나자빠진 미온은 반사적으로 칼을 뽑아 그에게 들이댔다. 하지만 자신을 내려다보는 사내를 보며 그는 칼 끝을 떨어야 했다.

"……키릭스 세자르."

자신을 짓누르듯 내려다보는 새빨간 눈동자. 실로 최악의 시간, 최악의 장소에 최악의 인물이었다.

"호오, 생각보다 오래 살아 있네?"

키릭스는 귀여운 재롱이라도 감상하듯 미온을 바라봤다. 검조차 뽑지 않았다. 원한다면 의식하지도 못한 순간 그의 목숨을 가져갈 수 있으니까.

하지만 그러지 않았다. 도리어 팔을 뻗어 미온을 일으켰다. 미온은 그의 팔을 뿌리치며 외쳤다.

"무슨 속셈이야!"

"카론을 생각나게 만드는 눈빛이네? 겁먹지 마. 나는 단지 그녀를 버리고 제 손으로 기억까지 지웠던 나약한 네가 이 정도까지 발전한 게 대견해서 호의를 베풀려는 것뿐이야."

"무, 무슨!"

키릭스는 근처에 있는 창고 문을 열고 미온의 팔을 잡아 그 안에 집어넣었다. 엄청난 힘에 이끌린 미온은 어둑한 창고 안으로 내팽개쳐졌다.

키릭스는 문을 닫았다. 곧이어 다급한 발소리가 문밖에서 들려왔다.

"키릭스 씨! 탈주자를 추적하고 있습니다! 못 보셨습니까?"

"전혀."

"그럴 리가요. 분명 이쪽으로밖에는 도망칠 길이……."

"이쪽으로는 오지 않았어. 다른 데로 가 봐."

미온은 문에 귀를 기울인 채 엿듣고 있었다. 무슨 생각인지, 키릭스는 정말 자신을 돕고 있었다. 하지만 상황이 기대대로 흘러가지는 않았다.

"아무래도 이 창고 안이 의심스럽습니다."

"어이. 내가 못 봤다고 했잖아."

"하지만 분명 여기밖에는 숨을 곳이 없습니다. 일단 조사해 보겠습니다."

"지나친 성실함은 인생을 단축시키는 법이지."

그 무감정한 말이 끝나는 순간 미온의 온몸에 소름이 돋았다. 비명 소리는 들리지 않았다. 단지 공기를 날카롭게 찢는 소리, 길게 뿜어져 나온 액체가 벽을 적시는 소리, 묵직한 덩어리들이 바닥에 떨어지는 소리들이 한데 뒤섞여 들어왔을 뿐이었다.

모든 것이 정적에 휩싸이고 문이 열렸다. 열리는 문틈 사이로 뜨거운 핏물이 흘러 들어왔다. 미온은 떨리는 눈동자로 문 앞의 광경을 바라봤다.

"고맙지?"

두 자루의 검을 든 키릭스는 싸늘하게 웃었다. 그의 뒤에는 사람들의 피와 살점, 뼈와 내장만이 벽과 바닥에 들러붙어 식어 가고 있었다. 들리는 소리라곤 도려내져 나뒹구는 심장들이 간헐적으로 피를 쏟는 소리뿐이었다.

숨을 쉴 때마다 짙은 혈액이 콧속으로 스며드는 것만 같았다. 미온은 반사적으로 일어나 키릭스의 멱살을 잡았다.

"어째서 당신이라는 사람은!"

"생명의 은인한테 무슨 짓이야?"

"넌 악마야! 그냥 사람 가지고 노는 게 즐거울 뿐이잖아!"

"후후. 악마에게 신세진 기분이 어때. 그리 나쁘지 않지?"

키릭스는 미온의 턱을 들어 올리며 싱긋 웃었다. 또다시 그의 팔을 뿌리친 미온은 그를 노려보며 뒷걸음질 쳤다. 키릭스는 정말 어쩔 수 없는 녀석이라며 웃었다.

"그 여자가 걱정되지? 어서 가 봐. 여기서 쭉 직진하면 그녀가 있는 곳이 나와."

"왜 날 도와주는 거야!"

"꼭 살아남아서 그녀를 만나야 해. 그래야 절망하니까."

"뭐?"

키릭스는 표정 잃은 미온을 뒤로하며 걸어갔다.

그래야 절망한다고? 미온은 고개를 돌려 긴 복도를 바라봤다. 어둠에 잠긴 길 끝의 음영은 절대 젖혀선 안 되는 장막처럼 불길해 보였다.

23.

습격이 벌어진 곳은 베르스 왕실만이 아니었다. 카론이 있는 지휘부에도 소수의 특공대가 기습을 감행한 것이다.

그들의 목적은 지휘부의 교란과 참모장 카론의 암살이었지만 설령 목적을 달성한다 하더라도 몸 성하게 빠져나갈 가능성은 거의 없으니 실로 대범한 기습이었다.

"이건 대범하다기보다는……."

현재 10여 명의 척탄병들이 이곳으로 진입을 시도하고 있다는 보고를 듣고도 카론은 긴장은커녕 도리어 이해할 수 없다는 표정을 보였다.

'이건 이자벨 크리스탄센답지 않은데.'

카론은 이자벨을 실제로 본 적은 몇 번 안 되지만 그녀가 자신보다도 더 냉정하고 침착한 여자라는 것 정도는 알고 있었다. 아무리 라이오라를 잃었어도 그녀는 여전히 막강한 전투력을 보유하고 있다. 그런데 이런 조급한 기습으로 시간을 벌려고 든다?

앞서 보고받은 베르스 왕실 기습도 마찬가지로 저급했다. 이것은 전쟁을 길게 볼 줄 모르는 조잡한 지휘관이나 할 짓이지 그녀가 명령했다고 하기에는 너무도 조야한 전술이었다.

세계를 상대로 전쟁을 벌일 정도의 배짱을 가진 이자벨이라면 좀 더 치밀하고 좀 더 치명적으로 자신을 옥죄어 왔어야 마땅했다. 문득 카론의 머릿속에 어떤 예상이 떠올랐다.

'이자벨의 신변이 무슨 일이 생긴 것은 아닐까.'

어떤 사건이 생겨 그녀가 지휘권을 잃은 것은 아닐까 상상했다. 그리고 놀랍게도 카론의 그런 가설은 사실이었다. 현재 키르케도 마찬가지로 판단하고 있으리라. 그렇다면 지금이 바로 총공격의 적기였다.

"일단 이곳에서 피하셔야 합니다."

부관이 다급하게 말하자 카론은 불쾌한 듯 눈매를 찡그렸다.

"내가 왜 피해야 하지?"

"예? 그거야 지금 이곳은 위험하기 때문에……."

그때 카론 뒤에 앉아 있던 거구의 사내가 몸을 일으키며 말했다.

"전쟁이란 참 재밌지. 살인이 미덕이 되는 유일한 상황이니까. 아주 인간적이야."

"루터, 최소 한 명은 살려라. 정보를 캐야 한다."

"노력해 보지."

낡은 신부복으로 거구의 몸을 감싼 루터는 하품을 하며 문밖으로 나갔다. 목숨을 걸고 이곳으로 진입하는 적들에게는 몹시 불행한 소식이었다.

24.

"국왕이 왕실에서 도주하고 있습니다!"

한편 베르스 왕궁을 공략하던 장교는 미처 포위망이 완성되기 전에 국왕을 태운 왕족 전용 마차가 왕실에서 도망치고 있다는 보고를 받았다. 국왕 생포도 임무 중의 하나였기 때문에 당연히 잡아야만 했다. 하지만 인코그니토의 장교는 유능했다.

"흥. 속 보이는 양동이로군."

헬렌의 양동작전을 간파한 그는 자신만만한 어조로 명령했다.

"그건 미끼다. 진짜 국왕이 타고 있는 마차는 지금 다른 길로 도망치고 있을 터! 분명 미끼의 반대 방향이겠지. 두 개 소대로 추적대를 편성해 양쪽 모두를 잡아라. 감히 누굴 속이려고."

명령은 즉시 이행되었다. 이오타 산 명마를 쓰는 기마대는 마차 정도는 단숨에 따라잡을 수 있을 정도로 빠르다. 전속력으로 왕실을 빠져나오는 마차를 에워싼 기마대가 라이플을 들이댔다.

"도망칠 곳은 없다! 투항해라!"

곧이어 마차 창문 밖으로 손이 나와 백기를 펄럭였다.

"무기를 버리고 나와!"

그러자 순순히 문이 열리며 바짝 마른 사람이 나왔다.

"사, 살려 주세요. 전 그냥 명령만 받고……."

그를 본 군인들의 얼굴이 일그러졌다. 국왕이 아니라 군무대신이었던 것이다.

"역시 이 마차는 가짜였군."

그 무렵 몰래 출발시켰던 다른 마차도 따라잡히고 있었다. 양동작전을 완전히 간파한 기마대는 위협사격을 하며 마차를 세웠다. 마부는 말을 멈추고 두 손을 들어 올렸다.

"후후. 이딴 어쭙잖은 잔재주로 우리를 속이시겠다? 당장 나와!"

하지만 마차 문은 열리지 않았다. 그렇다고 국왕을 생포해야 하는 기마대가 마차를 벌집으로 만들 수는 없었다.

"국왕이면 국왕답게 당당하게 나오지 못하겠냐!"

당당하게 생포되는 게 진짜 국왕다운 것인지는 알 도리가 없지만, 그 협박이 먹혔는지 천천히 문이 열렸다. 그리고 고급스러운 정장을 빼입은 사내가 마차 밖으로 나왔다. 기마대는 눈매를 좁히며 그를 바라봤다.

"뭐야. 만두하고는 닮은 구석이 없는데? 게다가 너무 젊잖아!"

"아이고, 수고하십니다. 법무대신 위고르입니다."

"구, 국왕이 아니라고?"

그들은 어리둥절했다. 두 개의 마차 모두 진짜 국왕이 아니라면 무슨 이득이 있어서 이런 짓을 저질렀단 말인가!

그때 위고르가 손가락을 까딱거리며 측은한 듯 혀를 찼다.

"이런, 이런, 이런. 베르스를 물로 보면 곤란하지요. 아직도 모르시겠습니까?"

"뭘 모른다는 거냐!"

위고르는 임무를 완수했다는 뿌듯함에 기분이 좋았다. 태어나 처음으로 누구 앞에서도 당당할 수 있을 것 같았다. 그는 가슴을 쭉 펴며 한껏 웃었다.

"당신들이 진 거야."

25.

최후의 보루가 되어 버린 왕궁에서는 호사스러운 가구와 예술품들이 우악스럽게 다뤄지고 있었다.

"다 쌓아서 장애물을 만들어! 최대한 적의 진입을 지연시켜!"

헬렌은 카랑카랑하게 명령했다. 집 한 채 값을 가볍게 넘어간다는 금박 의자와 식탁들이 켜켜이 쌓여 적들의 진입을 저지했다.

이렇게 왕실의 보물들이 하찮은 나무판자 취급 받는 것에 슬퍼하는 사람은 아무도 없었다. 본래 인간은 생존 앞에서는 다른 모든 가치를 망각하는 법이다.

적들은 바리케이드들을 부수면서 계속 전진했지만 하나를 부술 때마다 두 개가 만들어졌다. 물론 이것은 시간 벌기일 뿐, 이대로는 언젠가는 함락될 운명이었다. 헬렌은 입술을 깨물며 회중시계를 꺼냈다.

'슬슬 시간이 되었군.'

그녀는 결심한 듯 시계를 꽉 쥐며 사람들을 바라봤다. 창과 검을 든 헬스트 나이츠와 근위대가 긴장된 눈빛으로 그녀의 입을 주시하고 있었다. 그 입술이 열렸다.

"적들은 미끼를 물었다. 지금 적들의 병력은 분산되어 있다! 승리할 수 있는 기회는 오직 지금 한 번뿐! 알겠나. 흩어진 적들이 모이기 전에 적들을 섬멸시킨다!"

그 순간 바리케이드가 무너지며 적들이 쏟아져 들어왔다.

"전원 돌격! 왕국을 지켜라!"

그녀는 자신이 먼저 검을 뽑으며 그들에게 뛰어들었고 곧이어 엄청난 함성과 함께 베르스의 군대가 뒤를 따랐다.

밀고 들어오던 적들은 도리어 당황할 수밖에 없다. 설마 그런 오합지졸들로 자신들과 맞서리라고는 상상도 못 했던 것이다.

"빌어먹을. 이런 잔재주를!"

기마대 지휘관은 이제야 헬렌에게 당했다는 것을 알았다. 두 대의 마차를 잡기 위해 병력을 나눈 지금만큼은 수적 우세가 아니었다. 헬렌은 바로 지금 반격을 감행한 것이다.

지휘관은 당한 것은 인정했지만 위기감은 전혀 없었다. 그는 목을 우득 꺾으며 밀려오는 베르스 군대를 비웃었다.

"흥! 저 나약한 쓰레기들에게 진짜 전투가 뭔지 가르쳐 줘라!"

세계 공식 최약소국의 기사들에게 절대 무너질 리가 없다! 그는 그렇게 확신하며 검을 뽑았다.

26.

같은 시각 참모장 카론의 암살을 목표로 침투한 인코그니토의 척탄병들은 이미 죽음을 각오한 뒤였다. 죽음을 납득한 뒤의 인간은 초인적인 힘을 발휘하기 마련이다.

고작 10여 명으로 이뤄진 결사대는 이미 몇 배가 넘는 경호병들을 폭사시키며 카론의 코앞까지 밀고 들어갔다. 카론을 만나면 몸에 두르고 있는 고성능 폭약에 불을 당겨 주저 없이 옥쇄(玉碎)할 각오가 되어 있었다.

그러나 카론을 바로 앞에 놔둔 그들은 잊고 있던 죽음의 공포를 상기시켜 주는 악몽과 만났다.

"……나왔군."

올 게 왔다는 그들의 표정에 긴장감이 역력했다. 루터의 육중한 몸은 절망의 벽처럼 복도를 완전히 가로막고 있었다. 그는 온몸을 폭약으로 무장한 척탄병들에게 성큼성큼 걸어가며 말했다.

"좋은 제안을 하나 하지. 그냥 그대로 서 있는 것이다. 그럼 적어도 고통 없이 죽게 된다."

"우릴 우습게 보지 마!"

한 명이 권총을 꺼냈다. 그러나 그 순간 그는 자신의 눈앞을 새카맣게 뒤덮는 루터의 주먹을 목격했다.

그리고 머리가 수박처럼 깨져 버린 시체가 천장에 부딪친 뒤

바닥에 떨어졌다. 루터는 피에 젖은 주먹을 흔들어 보이며 비웃었다.

"시시하군. 죽을 각오로 여기까지 왔다면 그 의지를 보여라."

그때 다른 하나가 몸에 장치된 기폭 장치를 눌렀다.

"봐라! 이게 우리의 의지다!"

기폭 장치를 누르는 순간 몸에 두른 모든 폭약이 반응한다. 그는 고함을 내지르며 루터에게 뛰어들었고 곧 건물 전체를 뒤흔드는 폭발이 이어졌다.

척탄병들은 드디어 루터가 무너졌다고 생각했다. 그렇게 착각했다. 매캐한 먼지와 코를 찌르는 화약 냄새 속에서 단 한 발짝도 밀려나지 않은 루터의 모습이 드러났다. 그는 얼굴을 가린 두 팔을 서서히 내리며 웃었다.

"그래, 이건 좀 재미있구나."

척탄병들의 얼굴이 하얗게 질렸다. 희생자의 피와 살점으로 얼룩진 루터의 모습은 막 지옥에서 올라온 괴물이라 해도 믿을 정도였다.

삽시간에 거리를 좁힌 루터의 주먹이 날아들었다. 마치 커다란 대포알이 지나간 것처럼 주먹을 찌를 때마다 몸통이 으깨지고 팔과 머리가 날아갔다. 복도는 도살장으로 변해 갔다.

"여길 봐라! 이 괴물!"

그렇게 소리 지른 자는 마지막 남은 척탄병이었다. 아주 젊어서 청년이라 해도 믿을 정도인 데다가 작전상 군복조차 입지 않아 이런 임무에 어울릴 사람으로는 보이지 않았다.

그는 마치 대나무를 잘라 놓은 것처럼 짧고 굵은 원통형의 총을 들고 있었다. 루터는 그 우스꽝스럽게 생긴 무기를 보고는 비웃으며 물었다.

"뭐냐, 그건?"

그 순간 그 원통에서 시뻘겋게 달아오른 불덩이가 발사되었다. 엄청난 반동을 이기지 못한 청년의 두 손목이 으스러지며 뒤로 나가떨어졌다.

그 무기는 공병이 근거리에서 벽을 부술 때 쓰는 일종의 대포였다. 본래 바닥에 단단하게 고정시킨 뒤에 쓰는 것이지만 그것을 손으로 들고 쐈으니 뼈가 부러지는 것도 당연했다.

"……."

루터는 시선을 내려 자신의 복부를 바라봤다. 대포알이 관통한 자리에는 신기할 정도로 동그란 구멍이 뚫려 있었다.

참으로 현실감 없는 상처였다.

폭포수 같은 출혈이 시작되었지만 루터는 표정 하나 변하지 않았다.

"이것 참. 내 몸은 성할 날이 없군."

그는 바닥에 쓰러진 청년에게 걸어갔다. 청년은 공포와 투지로 범벅이 된 얼굴로 괴물을 쏘아보고 있었다.

"너, 이름이 뭐냐."

"그건 알아서 뭐해! 어서 죽여!"

"말해라. 날 죽인 놈의 이름 정도는 알고 싶다."

"……미카엘."

"천사의 이름이라. 참 얄궂기도 하지."

루터는 힘없이 중얼거렸다. 그때 그의 뒤로 카론이 다가왔다.

"루터, 괜찮은가?"

"괜찮고말고."

루터는 어째서인지 편안한 얼굴로 그렇게 말했다. 카론은 그의 부상을 봤다. 제아무리 루터라도 도저히 치료할 수 없는 수준이었다. 그는 루터의 마음을 읽었다.

"남길 말이 있나."

"이따위 세상에 남기고 싶은 건 아무것도 없어."

루터는 피와 함께 그 말을 뱉으며 무릎을 꿇었다. 보통 이럴 때는 지난 인생을 돌이켜보며 후회하고 참회한다던데, 그는 아무것도 아쉽지도 슬프지도 않은 것을 느끼고는 텅 빈 기분이 들었다.

어쩌면 그의 인생의 전부였던 누나가 죽었던 그날, 그의 영혼도 같이 죽은 것인지도 모른다. 단지 원한에 빙의된 육체만이 남아 구원도 희망도 없는 이 세상을 헤맨 것일지도 모른다. 그것도 이제 끝이었다.

루터는 자신의 몸을 훑어보며 웃었다.

"참 더럽게 질긴 목숨이야. 이제 끊어 다오."

그는 눈을 감았다. 카론은 부관의 칼을 빌려 왼손에 쥐었다.

내려치는 칼날이 루터의 굵직한 목을 갈랐다.

칼 따위는 단숨에 튕겨 내던 그의 육체는 이때만큼은 기이할 정도로 단숨에 잘려 나갔다. 마치 처음부터 잘려 있던 것처럼.

27.

"거기 너희들! 멈춰!"

베르스와 인코그니토 사이의 사투가 벌어지고 있는 본당 정문을 10여 명의 병력이 지키고 있었다. 혹시라도 도주할지 모르는 적 왕족들을 막기 위해서였다.

그런데 그런 그들 앞에 엉뚱한 자들이 지나갔다. 세 명의 소년 소녀였는데, 화려해 보이는 제복을 입은 데다가 상당히 중요해 보이는 물통을 들고 낑낑거리며 운반하는 폼이 '도저히 그냥 보내줄 수 없을 만큼' 의심스러워 보이는 시동들이었다.

"멈추랬지!"

위협에도 아랑곳 않고 잰걸음으로 도망치던 시동들을 병사들이 둘러쌌다. 그들은 파랗게 질린 얼굴로 두 팔을 들었다.

"살려 주세요!"

"이 물통 속에 뭐가 들어 있지?"

병사들이 의심스러운 눈초리로 물었다. 이런 난장판 속에서 소중하게 운반해야 할 물통이라면 대체 무엇일지 알 수가 없었던 것이다.

"술입니다."

"뭐, 술?"

뚜껑을 열어 보니 정말 그랬다. 진하게 휘발된 알코올이 코끝을 자극했다.

"이건 베르스 왕실이 몇 대에 걸쳐 보관하던 귀한 술입니다. 보물과 다를 바 없어요. 당신들 같은 평민들은 죽을 때까지 맛볼 기회도 없을걸요?"

"호오, 그렇게 대단한 술이라 이거지?"

"안 대단하면 뭐 하러 이 판국에 목숨 걸고 옮기겠습니까?"

창백한 인상의 미소년이 도리어 답답하다는 듯 되묻자 병사들은 서로를 바라보며 침을 꿀꺽 삼켰다. 그러고 보니 작전에 투입된 이후 몇 개월 동안 술 한 방울 못 마시지 않았던가.

"이거 놓고 꺼져! 이 술은 우리가 전리품으로 가져가겠다!"

"네? 안 돼요! 이게 얼마나 귀한 건데!"

"에이이! 귀하니까 가져가는 거지!"

그러면서 그들은 곧바로 술통에 입을 댔다.

"아아아! 마시면 안 돼요! 그 술을 마시면⋯⋯."

1분 후.

"마비된다고, 바보들아."

지스는 바닥에 쓰러져 몸을 부들부들 떠는 병사들을 싸늘하게 내려다보며 말했다. 방금 전까지의 애처로운 소년과는 밉살스러울 만큼 딴판이었다.

병사들 중 하나가 떨리는 손으로 지스의 발목을 잡았다.

"수, 술에…… 뭘 탄 거냐……."

"내가 먹는 약 한 달치."

같이 물통을 나르던 크리스와 랑시가 손짓을 하자 수풀에 숨어 있던 나머지 스왈로우 나이츠들이 몰려왔다. 쇼탄이 온몸이 오그라든 병사들을 보고는 그 폭발적인 약효에 혀를 찼다.

"어떻게 하면 약으로 이 지경을 만들 수 있지, 지스 경. 넌 대체 평소에 무슨 약을 먹고 있었던 거냐."

지스는 '비싼 약이야. 꼭 갚아!'라고 쏘아붙였다. 이 황당무계한 작전을 계획한 루이가 팔짱을 끼며 깔깔 웃었다.

"와하하하! 언제나 남자의 인생을 망치는 두 가지 유혹은 술과 요염한 유부녀지. 이건 만고불변의 진리야."

어쩐지 경험에서 우러나는 것 같은 발언에 레녹이 눈을 흘겼다.

"모든 남자가 너 같다고 생각하지 마."

크리스도 두 손을 모았다.

"당신은 타락했군요."

랑시도 치를 떨었다.

"반성해! 이 남자의 수치!"

"야! 적어도 너한테만큼은 그런 말 듣고 싶지 않아!"

열화와 같은 반응에 루이는 '아, 우리들 솔직해지자고! 지금

이 병사들이 남자의 본능을 증명하고 있잖아!' 라고 항변했지만 아무도 호응해 주지 않았다.

"자, 그럼 들어갑시다. 이제부터는 우리들이 힘을 쓸 차례입니다."

루시온은 본당 안을 바라봤다. 확 풍겨오는 피비린내가 내부의 상황을 짐작케 만들었다.

그는 검을 꽉 쥐며 그 속으로 들어갔다. 레녹과 쇼탄, 루이가 그의 뒤를 따랐다.

28.

엔디미온이 걷고 있는 긴 복도는 놀라울 만큼 적막했다. 마치 진공의 공간처럼 모든 것들이 숨죽인 채 죽어 가고 있었다. 아무리 가도 보이는 것이라고는 시체들뿐이었다. 앞서 이 길을 지나간 누군가가 이 섬뜩한 적막을 창조한 것이 분명했다.

'……지독해.'

그는 입을 틀어막으며 걸어갔다. 현기증이 올라왔지만 걸음을 멈추지는 않았다. 지옥으로 통하는 입구라 해도 믿을 것 같았다.

베아트리체가 있는 연구실 입구에 거의 도착했을 즈음, 엔디미온은 횃불 밑에서 일렁이는 불길한 그림자를 목격했다.

'누, 누구?'

그 그림자는 마치 환각처럼 눈앞에서 흩어졌다. 그리고 몇 걸음 더 떼기도 전에 등 뒤가 서늘해졌다.

"이런 실력으로 여기까지 와서 대체 뭘 하고 있나요."

"키스 경!"

미온은 깜짝 놀란 얼굴로 뒤를 돌아봤다. 하지만 곧 표정이 굳었다. 피에 젖은 키스가 두 자루의 검을 들고 있었다.

온몸에서 풍기는 자극적인 살기 어디에도 예전의 상냥함은 없었다. 언제나 눈웃음을 머금던 붉은 눈동자는 슬퍼 보일 만큼 메말라 있었다. 미온은 이 복도를 깨끗하게 '청소' 한 자가 누구인지 알 수 있었다.

"정말…… 키스 경이에요?"

처음이었다. 키스와 키릭스를 구분할 수 없었던 것은.

"실망했습니까? 이제 본래 내 모습이에요. 키스 세자르라는 사람은 당신이 상상하는 것보다 훨씬 더 키릭스에 가까운 존재랍니다. 때로는 나도 내가 키스인지 키릭스인지 알 수 없을 때가 많습니다."

타자기를 치는 것 같은 무미건조한 소리가 미온을 찔렀다. 미온은 세차게 고개를 저었다. 인정하고 싶지 않았다. 자신과 동료들을 대했던 그 모든 키스의 얼굴들이 모조리 가면이라고는 믿고 싶지 않았다. 그는 키스의 손을 꼭 잡으며 외쳤다.

"같이 가요! 같이 가서 베아트리체를 구해요!"

하지만 키스는 그의 손을 풀었다.

"혼자 가세요."

"어, 어째서! 당신은 누구보다 그녀를 보고 싶어 하잖아요! 그것 때문에 날 미워했으면서!"

"그러니까 갈 수 없는 겁니다."

그녀를 보게 된다면 애써 결심한 이별이 흔들릴 것 같으니까.

"그리고 먼저 정리해야 할 일이 하나 있어서요. 난 여기서 기다릴 사람이 있어요."

"키스 경!"

"참 다행이네요. 내가 사라지면 누가 그녀를 지켜 줄까 걱정했는데, 이렇게 당신이 왔으니까."

그리고 키스는 검을 들어 미온의 목을 겨눴다.

"어서 가세요. 이곳은 내가 막고 있을 테니."

"……키스."

"이번에도 그녀를 구하지 못한다면 정말로 당신을 미워할 겁니다."

키스는 몸을 돌려 사라지기 전 잠시 미온을 돌아봤다. 억누르던 아쉬움이 몰아쳤다. 이것이 마지막 순간이라는 것을 그는 잘 알고 있었다. 그와 얽힌 2년간의 추억들이 머릿속을 지나갔다.

참으로 행복했던 시간. 하지만 불행도 행복도 언젠가는 끝나기 마련이다. 그는 차분히 그 추억을 마무리했다.

"미온 경."

"……."

"그동안 즐거웠어요."

어색하게 웃는 키스의 얼굴이 엔디미온의 물기 어린 시선 속에 비춰졌다. 착하고 여리고 진심밖에 몰라서 측은해 보이는 그 얼굴이 바로 그의 진짜 얼굴이었다.

제6화

긴 복도

1.

키스는 그대로 뒤돌아 걸었다. 자신의 이름을 외치는 미온을 바라보지 않았다. 머릿속을 울리는 베아트리체의 처연한 목소리도 외면했다.

……키스 ……가지 마.

키스는 자신의 모든 것을 걸고 온 길을 스스로 되돌아갔다. 허약하기 짝이 없는 금발의 호스트에게 그녀를 양보하고 싶은 마음은 추호도 없었다.

가능하다면 기꺼이 평생을 같이하고 싶다. 하지만 인생은 언제나 선택의 연속이고 하나를 위해 다른 하나는 포기해야 하는 법이었다. 키스는 그녀를 지키기 위해 그녀를 포기했다. 만나고 싶기 때문에 만나서는 안 될 때도 있는 것이다.

그대 슬픈 가슴 내 위에 엎드려 울먹인다 해도
나 말 아니 하고 차디차리니
지금은 그대 마음껏 매정하소서.

"이해해 줘. 이런 사랑도 있는 거야."

그는 희미하게 읊조리며 점점 더 그녀에게서 멀어져 갔다. 만나고 알고 사랑하고 헤어지는 것들은 모든 인간들의 공통된 슬픈 이야기다. 키스는 몇 번이나 그 사실을 뼈저리게 실감했다.

저 멀리서 다른 그림자가 다가오기 시작했다. 키스는 마치 거울을 향해 걸어가고 있다는 기분이 들었다.

"하늘에 계신 나의 아버지. 거기 그냥 계시옵소서."

점점 더 두 그림자가 가까워지고 있었다. 흩어진 두 조각이 하나로 돌아가려는 것처럼.

"그러면 나도 이 땅 위에 남아 있으리다."

아주 긴 복도, 햇빛 한 점 들지 않는 이곳은 이미 무덤이었다. 둘은 걸음을 멈추고 서로를 마주 봤다. 긴 시간을 돌아 처음으로 회귀했다. 키릭스는 입꼬리를 올렸다.

"어때. 지금까지 즐거웠어? 키스 세자르라는 존재하지도 않는 인물의 인생을 살면서 말이야."

"키스는 분명히 존재해요. 지금 당신 앞에 있잖아요?"

"아니. 존재하지 않아."

키릭스는 단호하게 말했다. 키스는 영문을 알 수 없는 비웃음에 인상을 찌그렸다.

"뭐, 당신이 죽든 내가 죽든 이제 모두 끝나는 이야기니까."

서로의 영혼이 연결되어 있기 때문에 누구의 죽음도 모두의 죽음이 된다. 이자벨이 만들어 놓은 치명적 신관(信管)이었다.

"참 이상해. 내가 죽길 원한다면 그냥 네가 자살하면 될 텐데…… 왜 굳이 날 죽이려고 하는 거야?"

"그 이유는 나보다 당신이 더 잘 알고 있을 겁니다."

키스가 그렇게 말하며 검을 뽑자 키릭스도 능숙하게 뒤로 물러나 거리를 만들며 검을 뽑았다.

"그래. 누가 이겨도 남는 것은 파멸. 그런 게 공평한 인생이지."

서늘한 노래 가사처럼 키릭스가 흥얼거렸다.

"키스, 왜 이자벨이 키릭스를 둘로 나눴을까."

"알게 뭡니까. 흑마술적인 흥미 때문이었겠지요."

키스는 대수롭지 않게 대답했다. 하지만 키릭스는 생각이 달랐다.

"정말 그렇게 생각해? 그녀가 단지 호기심 때문에 이런 거창한 일을 저질렀을까?"

키스는 대답하지 않았다. 그 무서운 여자의 머릿속은 알고 싶지도 않았다.

"왜 키릭스를 둘로 나눴냐 하면 말이지, 그녀는 키릭스를 너무도 미워했기 때문이야."

"키릭스가 그 여자한테 무슨 원한이라도 샀습니까? 내 기억에는 전혀 없는데."

키스는 불쾌한 듯 삐죽거렸다.

"그래, 키릭스는 죄가 없지. 하지만 키릭스의 아버지는 죄가 많거든."

"당신이 죽인 그 황제 말입니까?"

키스는 경멸적으로 내뱉었다. 키릭스는 뭐가 재미있는지 한참을 웃다가 말을 이었다.

"아까 전에 이자벨이 엄청나게 재미있는 비밀을 하나 알려 줬어. 들려줄까?"

키스는 또 눈썹을 찡그렸다. 한 인간이 둘로 나눠졌고 서로의 영혼까지 공유하게 된 이 지랄 맞은 상황에서 또 뭔 놈의 비밀이 더 있단 말인가.

"날 이기면 알려 줄게."

그 순간 칼끝이 움직였다. 빈틈이라고는 찾아볼 길이 없는 키릭스의 검을 걷어내자마자 다른 칼날이 뱀처럼 키스를 휘감았다. 서로의 검이 엉켰다.

2.

문에 기대어 죽어 있는 경비 둘을 치운 뒤 엔디미온은 연구실의 두꺼운 철문을 열었다.

"……!"

거대한 연구실이었다. 미온은 모든 것이 생명체 같다고 생각했다. 연구실 전체를 뒤덮은 알 수 없는 튜브와 케이블들이 넝쿨의 일종처럼 엉켜 있었고 검붉은 액체가 끓고 있는 유리구들이 사방에서 움트고 있었다.

커다란 강철의 기계는 배설물처럼 천공지를 내뱉고 있었고 그 기계를 이루는 크고 작은 톱니바퀴들이 서로 맞물리며 소음을 생산했다. 그리고 모든 것들이 가스등의 파리한 색광(色光)을 받아 마치 살아 움직이는 생명체처럼 일렁거렸다.

이것이 바로 이자벨이 세상을 정화시키기 위해 만들어 낸 기계, 멘토의 실체였다.

멘토란 극단적으로 증폭된 텔레마코스가 세계 모든 인간들의 머릿속에 침투해 정신을 개조시키는 세뇌 장치와 다름없었다. 미온은 가장 차가운 형태의 광기가 존재한다면 이것이리라 생각했다.

"베아트리체!"

멘토의 광기를 뚫고 미온의 고함 소리가 울렸다. 그 기계 숲 속에서 멘토의 심장이 된 그녀를 찾기란 그리 쉬운 일이 아니었다.

한참을 헤맨 그가 중심부에 있는 베아트리체를 발견했을 때 그녀는 잠들어 있는 듯 눈을 감고 있었다. 얇고 새하얀 옷에 은색 서클릿을 쓴 채 동화 속의 공주님처럼 누워 있었다.

"베아트리체! 정신 차려! 내 말 들려?"

미온이 그녀에게 달려가 좁은 어깨를 살짝 잡았다. 그 순간 감전된 것처럼 그녀의 마음이 밀려들어 왔다.

슬프고 두렵고 외로운 감정의 미립자들. 어린 시절의 미온이 그녀를 껴안았을 때마다 느꼈던 바로 그 감정이었다.

뇌에 심어진 자철광에 의해 완전히 정신이 붕괴된 그녀는 이미 의식이 없었다. 단지 본능과 무의식이 과거를 헤매며 과거의 사람만을 기억하고 있을 뿐이었다.

"……키스 ……가지 마."

그녀는 두 팔을 뻗어 미온의 얼굴을 매만졌다. 미온은 표정 잃은 얼굴로 새하얀 그녀를 바라봤다.

더 이상 그녀의 기억 속에 자신은 없다는 것을 알았다. 헤어진 뒤 그녀의 염력은 단 한 번도 그를 부른 적이 없었다. 그것이 미온을 보호하는 길이라는 걸 알았기 때문에 그녀는 스스로 엔디 미온을 망각했던 것이다.

언제나 그녀가 부른 사람은 키스였다. 미온이 그녀를 잊지 못

하고 이곳까지 오게 된 것은 염력도 세뇌도 아닌 그의 진심이었던 것이다.

"이렇게 만들어 정말 미안해."

미온은 그녀의 손을 움켜쥐며 울음을 터트렸다. 그때 포기하지 않았다면 그녀를 지킬 수 있었을까. 그때로 돌아갈 수 있다면 결코 주저하지 않겠다고 외쳤지만 시간이란 냉정해서 1초도 돌이킬 수가 없는 것이다.

그때.

"엔디미온 경, 왜 이자벨 님을 배신했습니까."

침울한 목소리와 함께 칼날이 번뜩였다. 그는 본능적으로 피했지만 곧 뜨끔한 통증이 터졌다.

미온은 깊게 베인 어깨를 꽉 누르며 앞을 바라봤다. 단도를 든 채 다가오는 금발 청년의 얼굴은 석고상 같았다.

"······리젤."

"그분이 몇 번이나 당신을 구해 줬는지 알고 있습니까?"

"······."

"얼마나 당신을 사랑하는지 알고나 있습니까?"

"······."

"지금이라도 말하세요. 평생 그분과 함께하겠다고. 그러면 적어도 당신은 죽지 않습니다."

"리젤, 똑바로 들어."

미온은 그를 바라보며 말했다.

"난 베아트리체와 함께 이곳에서 나간다. 다시는 포기하지 않아!"

"배신자."

그 순간 미온은 피를 토했다. 가슴을 찔리거나 한 것이 아니었다. 미온의 눈앞이 흐려졌다. 리젤의 단도에는 독이 묻어 있었다. 리젤이 품속에서 작은 유리병을 꺼냈다.

"이게 해독제입니다. 마시지 않으면 당신은 10분 안에 죽습니다. 선택하세요."

리젤은 바닥에 해독제를 내려놓았다. 예전의 그 날과 같았다. 키릭스가 베아트리체를 데려가며 건넸던 므네모시아. 마신다면 모든 괴로움과 죄책감은 사라지고 평온한 일상을 보장받는다.

미온은 이 얄궂은 반복에 쓴웃음을 지었다.

"그래, 누구나 의지를 포기하면 편안해지지. 왜냐하면 더 이상 포기할 게 없어지니까."

미온은 자신의 대답을 대신해 검을 뽑았다.

"엔디미온 경, 정말 죽을 생각입니까."

"죽으려는 게 아니야. 살려고 하는 거지."

"저를 이길 수 있을 거라 생각하십니까?"

"리젤, 넌 아무리 불리한 상황이라도 이자벨 님을 포기하지 않겠지?"

"물론입니다."

"나도 똑같은 거야."

"……."

미온의 검술은 딱 잘라 말해 형편없다. 하지만 약하다 해서 도망칠 것인가, 그런 게 현명한 삶의 방식일까.

이기는 싸움만 허락하는 인생이란 존재하지 않는다. 비단 영웅만이 아니다. 극히 평범한 사람의 인생 속에도 희박한 승률 앞에서 싸워야 할 때가 분명히 온다. 중요한 것은 그 순간을 대처하는 삶의 태도다.

두 손으로 검을 거머쥔 미온이 리젤에게 뛰어들었다. 그의 커다란 베기 속으로 파고든 리젤의 단도가 춤을 췄다. 리젤의 뺨이 찢어지며 피가 튀었다. 동시에 단도가 미온의 가슴을 긋고 지나갔다.

3.

"하악! 하악!"

"생각보다는 제법이다만 여기까지다!"

가쁜 숨을 내쉬며 쓰러져 있는 헬렌의 몸을 밟은 기마대의 장교는 지독한 여자라며 치를 떨었다.

일방적인 학살이 될 줄 알았던 본궁 내의 혈투는 생각보다 훨씬 더 치열하게 전개되었다. 쓰러진 사상자들 중에는 기마대도 다수였고 아직도 주변에는 고함 소리와 검과 검이 맞부딪치는 소리가 계속되고 있었다.

어느 한쪽이 완전히 전멸하기 전까지는 끝나지 않을 기세였다.

"너희 대장이 잡혔다!"

장교는 헬렌의 목에 칼을 들이대며 소리쳤다.

"지휘관이 잡혔을 때 항복하는 것은 수치가 아니다! 모두 무장을 해제해라!"

리더가 잡힌 것을 본 헬스트 나이츠는 주춤거렸다. 그때 헬렌이 소리쳤다.

"제 발로 물러설 참이냐! 난 상관하지 말고 싸워!"

그 순간 화가 난 장교가 검으로 헬렌의 손을 찔렀다. 안타까운 비명이 터졌다. 바닥에 못 박힌 그녀의 손바닥에서 피가 쏟아졌다. 장교가 고함쳤다.

"장난하는 줄 아나! 마지막 경고다! 지금 항복하지 않는다면 이 여자와 너희들 모두를 고문한 뒤에 천천히 죽여 주겠다."

장교의 협박이 통하기 시작했다. 살기 가득한 고함 소리에 억누르던 공포가 터진 것이다.

떨리는 다리를 겨우겨우 추스르며 싸우던 베르스의 기사들은 두려움을 느꼈다. 그리고 싸움은 겁먹은 쪽이 지기 마련이다. 그들의 표정을 본 장교의 입가에 회심의 미소가 번졌다.

"자, 무기를 버려라. 너희들은 귀족가의 고귀한 핏줄 아닌가. 이런 데서 개죽음 당하고 싶진 않겠지? 항복하면 포로로 최대한

의 예우를 갖춰 주겠다. 내 명예를 걸고 약속하지."

사실 그는 적들을 살려 줄 생각이 조금도 없었다. 이런 약소국의 귀족 따위 포로로 잡아 봐야 거추장스럽기만 한 것이다. 장교는 시커먼 속마음을 감추며 거만을 떨었다.

"어서 버려! 나도 더 이상 여자와 싸우고 싶지 않다. 이래 봬도 여성을 존중하는 신사란 말이야."

그때 잘도 지껄이던 장교의 등 뒤에서 루이의 목소리가 들렸다.

"지랄한다. 존중하는 여자 손에 구멍은 왜 내?"

"뭐, 뭐야! 너희들은!"

장교가 뒤돌아본 곳에는 빛이 날 만큼 출중한 외모의 사내 네 명이 서 있었다. 그가 믿을 수 없다는 듯 고함쳤다.

"설마 네놈들, 정문을 지키던 녀석들을 다 해치우고 올라온……."

"하하하! 이 몸의 출중한 검술을 보고는 모조리 무릎을 꿇더구나! 후후후, 그래서 혹자는 이 루이 님을 갓! 오브! 소드! 라고 부르지."

기병대들의 얼굴에 '열 명을 혼자서?' 라는 경악이 터졌다. 루이의 유치찬란한 공갈이 어쩐지 통하고 있었다.

하지만 그것도 잠시뿐, 장교의 입가에 회심의 미소가 번졌다. 그가 루이의 뒤편을 손가락으로 가리키며 말했다.

"큭큭. 그래? 대단하시군. 그 신기(神技), 한 번 더 보여 주시

지그래.”

스왈로우 나이츠는 불안한 얼굴로 뒤를 돌아봤다. 험상궂은 사내 무리들이 칼을 뽑은 채 자신들에게 다가오고 있었다. 헬렌의 계략으로 잠시 왕궁 밖으로 분산시켰던 기병대들이 돌아온 것이었다. 최악이었다.

그들을 본 쇼탄이 떨리는 목소리로 중얼거렸다.

“저어, 루시온 경. 이것까지 다 계획에 포함된 거겠지? 그렇다고 말해!”

루시온은 곤혹스러운 표정으로 대답했다.

“한 명당 열 명씩 상대하면 될 것 같습니다만.”

“여자도 동시에 열 명은 상대해 본 적이 없는데!”

“살아남으세요. 살아남으면 제가 당신 빚 대신 갚아 드리지요.”

“……이보세요. 여기서 죽어도 빚 갚을 일은 없어요.”

루시온은 피식 웃으며 검을 다잡았다.

“잘되었군요. 어찌 되든 빚은 없어진 거니까.”

“거 남의 인생이라고 무지하게 긍정적이구면.”

쇼탄도 한숨을 내쉬며 검을 뽑았다. 장교가 외쳤다.

“고작 네 마리 추가된 거다. 항복이고 뭐고 다 쓸어버려!”

사정없이 뛰어드는 적들을 보며 루이가 고함을 내질렀다.

“오지 마! 이 미친놈들아!”

결국 열 명의 군인을 단박에 무릎 꿇게 했다는 검황 루이블랑은 쫓아오는 십여 명의 병사들을 등 뒤에 달고는 '우아아아아아! 살려 줘!'라는 솔직한 비명을 지르며 도주했다.

단숨에 저 복도 끝까지 점이 되어 사라지는 루이를 바라보던 쇼탄이 중얼거렸다.

"……빌어먹을 갓 오브 소드. 하여튼 도움이 안 돼요."

그 말이 끝나기도 전에 쇼탄의 머리 위로 칼날이 떨어졌다. (어차피 이판사판이 된) 쇼탄의 눈이 빛났다.

"우습게 보지 마!"

격렬하게 맞받아친 쇼탄의 두 팔에 힘줄이 돋았다. 상대의 표정에 긴장감이 서렸다. 쇼탄의 힘이 생각보다 훨씬 셌던 것이다. 쇼탄은 히죽 웃으며 조금씩 그를 밀어냈다.

"미안하지만 나도 무지렁이는 아니거든?"

그렇게 둘의 검이 엉켜 있을 때 새로운 병사가 그에게 뛰어들었다. 카론이나 키스처럼 다수의 적을 상대하는 검술은 전혀 모르는 쇼탄이었다. 결국 쇼탄은 세차게 고개를 저으며 궁상맞은 비명을 질렀다.

"우아아아아아! 살려 줘! 아니, 살려 주세요! 전 여기선 죽으면 안 돼요! 거렁뱅이인 데다가 빚도 엄청 많아요!"

왠지 죽는 편이 좋을 것 같은 울적한 변명을 내지르던 찰나, 레녹이 바람처럼 끼어들며 검을 막았다. 쇼탄이 감격에 찬 얼굴로 외쳤다.

"고마워! 지금까지 난 네가 엄청나게 치졸하고 이기적이고 속좁은 녀석인 줄 알았는데!”

“듣기 싫어! 내가 싫으면 싫다고 해! 나도 너 싫으니까!”

레녹은 안경 너머 찡그린 눈매로 쏘아붙였다.

갑작스럽게 난입한 스왈로우 나이츠를 본 장교는 밟고 있던 헬렌을 걷어찬 뒤에 그들에게 성큼성큼 걸었다. 살벌한 웃음이 만면에 가득했다.

“이 나라는 남창들도 기사가 되냐? 아주 겁대가리를 상실했구만. 토막을 내 주마!”

“그 말 취소해라. 아니, 취소하게 만들어 주지.”

그 앞에 당당히 선 루시온이 긴 칼날을 들이대며 말했다. 감정이 절제된 나직한 목소리와 의외로 제대로 잡혀 있는 자세에 장교는 움찔했다.

하지만 지나치게 깔끔한 루시온의 자세에 곧 안심했다. 실전을 겪은 자신과는 비교되지 않는다고 장담했다.

“흥. 교과서로 공부한 놈이로군. 샌님 같은 놈.”

“흥. 교과서도 읽은 적 없는 놈이로군. 무식한 놈.”

의외로 발칙한 말투에 화가 치민 장교가 빠르게 검을 찔렀다. 그것을 우아하게 흘려보낸 루시온은 침착하게 상대의 다리를 훑었다. 그리 빠르고 격렬한 것 같지 않은데도 루시온의 칼끝이 장교의 허벅지를 찢고 지나갔다. 그 묵직한 촉감을 느끼며 루시온은 아주 짧은 순간 키스와의 추억을 떠올렸다.

"루시온 경, 시간 있으면 저 좀 도와주실래요오?"

이른 오후였다. 테라스에 앉아 책을 읽던 루시온을 향해 창 너머에 있던 키스가 방긋방긋 웃으며 손짓을 했다. 어쩐지 불안한 기분이 들어 나간 뒤뜰에는 스왈로우 나이츠의 검들이 널려 있었다.

"루시온 경, 칼날을 세워 본 적이 있나요?"

"책으로만 배웠습니다."

"그거면 충분합니다아."

결국 키스와 루시온은 쪼그려 앉아 검을 갈기 시작했다. 하지만 대장간의 편리한 회전식 숫돌이 아니라서 루시온은 쩔쩔 맬 수밖에 없었다.

그는 휴대용 숫돌만으로도 완벽하게 칼날을 세우는 키스를 보며 기가 질렸다. 어쩐지 졸린 표정으로 대충대충 하는 것 같았지만 정말 오랫동안 검을 다룬 사람이 아니라면 불가능한 솜씨였다.

"키스 경."

"네에?"

"그런데 이 검들을 왜 손질하는 겁니까?"

이때는 엔디미온이 입단하기도 전이었다. 전쟁 같은 것은 영원히 없을 것만 같던 한가한 나날들의 반복. 그런데도 게으른 키스가 일부러 검을 손보는 것이 루시온은 이해가 가질 않았다. 하지만 키스는 말없이 웃기만 했다.

"전쟁이 일어나도 우리가 검을 쥘 일은 없을 것 같습니다만."

키스는 빛을 받아 반짝거리는 루비 같은 눈동자로 루시온을 바라봤다.

"루시온 경, 우리는 전쟁에 관심이 없어도 전쟁은 우리에게 관심이 있답니다아."

"······."

"물론 가장 좋은 검의 활용법은 쓰지 않는 것이지요."

쪼그려 있던 키스는 털썩 바닥에 앉으며 하늘을 바라봤다.

"하지만 만약 써야만 하는 때가 온다면 그때는 칼날이 날카로우면 날카로울수록 좋은 거랍니다."

언제나처럼 웃는 얼굴에 나긋나긋한 목소리였다. 하지만 더운 한여름이었는데도 불구하고 그 말에 숨은 뜻이 섬뜩해 루시온은 소름이 끼쳤다.

그날 이후 틈 날 때마다 스왈로우 나이츠의 검들을 손질한 장본인은 바로 루시온이었다.

그의 날카로운 칼끝이 적의 심장을 위협할 때마다 자신만만하던 장교의 표정은 점점 무너져 갔다.

"뭐 이런 자식이!"

자신이 검을 휘두를 때마다 얄밉게 빠져나가며 급소를 노리는 루시온에게 장교는 짜증을 냈다. 아무리 자신이 지쳐 있는 상태에서 싸운다고 해도 이런 도련님 하나 요리 못 해서야 되겠는가. 이렇게 분이 터질 때마다 침착한 루시온의 페이스에 말려들어

갔다.

"……!"

순간 갑자기 공세로 바꾼 루시온의 날카로운 일격이 장교의 오른손을 휘감았다. 놓친 검이 바닥에 떨어지고 루시온의 칼끝이 그의 목에 닿았다.

"내 승리다."

장교는 기품이 넘치는 루시온을 보며 분을 참지 못했다. 하지만 그뿐이었다. 그는 곧 두 손을 들었다.

"……졌다. 죽여라."

"난 네가 아니다. 무의미한 살인은 싫다."

순간 장교의 눈빛이 바뀌었다.

"너, 사람 죽여 본 적 없구나?"

"살인이 자랑인가!"

처음으로 흔들리는 루시온의 표정을 본 장교의 손이 뒤춤으로 향했다. 그곳에는 군용단검이 숨겨져 있었다.

역시 도련님은 안 된다. 아무리 싸움을 잘해도 결국 죽여야만 끝낼 수 있는 싸움에서 결정적인 순간 머뭇거리고 마는 것이다. 산전수전 다 겪은 장교는 그렇게 비웃으며 단검의 칼자루를 쥐었다.

그 순간 루시온의 칼날이 그의 목에 반쯤 파고들었다. 루시온의 새파란 눈동자가 그를 쏘아봤다.

"착각하지 마라. 못 죽이는 게 아니라 안 죽이는 거니까. 그리고 그 뒤에 있는 무기, 바닥에 던져라."

장교의 목에서 피가 흘렀다. 목 동맥이 끊기기 일보직전이었다. 그는 이를 갈며 단도를 바닥에 던졌다.

"부하들에게 항복하라고 말해."

"흥! 내가 왜 그런 치욕을…… 큭!"

루시온이 칼을 비틀자 흐르는 핏줄기가 더욱 굵어졌다. 그의 손끝에 목숨이 달려 있었다.

"지휘관이 잡혔을 때 항복하는 것은 수치가 아니라며?"

장교는 루시온의 눈을 똑바로 바라봤다. 정말로 항복하지 않으면 죽일 기세였다.

"항복하지 않겠다면 나도 첫 살인을 저지를 수밖에."

검의 가장 좋은 활용법은 쓰지 않는 것이지만 써야만 한다면 날카로울수록 좋다. 키스가 했던 그 무서운 말을 루시온은 지켜냈다. 장교는 한숨을 내쉬었다.

"알았다. 항복하지. 빌어먹을, 베르스가 이토록 지독한 줄 알았다면 좀 더 많은 병력을 보냈을 텐데."

지휘관이 항복을 선언하자 다른 병사들도 검을 버렸다. 베르스 측의 기사는 채 열 명도 남지 않은 상황이었다.

항복을 받은 뒤 루시온은 벽에 몸을 기대며 가쁜 숨을 내쉬었다. 긴장이 풀리자 심장이 뛰며 온몸이 떨려 왔다.

서로를 죽이기 위해 검을 휘두르는 상황에 카론처럼 익숙할 리가 없었다. 루시온도 있는 대로 용기를 짜내 두려움을 꾹 참아

낸 것이다. 적은 물론 동료조차 조금도 눈치챌 수 없도록.

싸움이 끝난 뒤 그 가면이 벗겨진 루시온을 본 레녹이 다가와 신기한 듯 말했다.

"당신도 이럴 때가 있군요."

"벼, 별로 겁먹은 것 아닙니다."

불행하게도 말과 몸이 따로 놀고 있었다. 쇼탄은 문득 잊고 있던 한 인간을 떠올렸다.

"아, 잠깐! 루이는 어떻게 된 거지?"

갓 오브 소드 루이는 일찌감치 도주한 뒤 행방불명이었다. 쇼탄은 다시 검을 들며 루이가 있는 곳으로 가려 했다(그냥 영원히 잊고 싶다는 생각도 들었다만).

그때 멀리서부터 루이가 걸어오는 것이 보였다. 쇼탄은 표정을 잃었다. 그의 룸메이트가 피투성이였던 것이다.

"루이!"

"하하하. 쇼탄. 너 살아 있었냐?"

루이는 힘없이 그렇게 중얼거리며 바닥에 쓰러졌다. 쇼탄은 쓰러진 루이의 상체를 들어 올리며 소리쳤다.

"그놈들한테 당했어? 야! 정신 차려! 루이!"

"흥. 이 몸에게 세 명 정도야 가뿐하지."

"허세 부리지 마! 너 어딜 다친 거야! 당장 치료해 줄게!"

"쇼탄."

"응!"

루이는 울어 버릴 것 같은 쇼탄의 손을 꼭 잡으며 말했다.

"나 또 엉덩이 찔렸…… 우악!"

그 말이 끝나기도 전에 쇼탄은 머슴 같은 힘으로 루이를 집어던졌다. 엉덩이를 움켜쥐며 벌떡 일어선 루이가 소리쳤다.

"야! 니가 태어나 두 번이나 엉덩이 찔린 사람의 심정을 알기나 해!"

"에이이이! 그깟 엉덩이 아무려면 어때!"

"이놈! 엉덩이를 얕보다니! 탱탱한 엉덩이는 남자의 생명이란 말이다!"

"뭘 모르시는구먼! 남자의 생명은 구릿빛 피부야!"

"시끄러! 이 여름 한정아! 진짜 남자의 생명은 말이지, 바로 그……."

그때 심드렁하게 지켜보던 헬렌이 루이의 엉덩이를 무자비하게 걷어찼다.

"크어어어억! 내 생명이!"

피 뿜는 엉덩이를 움켜쥔 채 굴러다니는 루이를 뒤로하며 헬렌은 루시온에게 다가갔다. 그녀는 영 내키지는 않지만 어쩔 수 없다는 얼굴로 짧게 말했다.

"그대들의 헌신, 진심으로 감사한다."

아마 이것이 헬스트 나이츠가 스왈로우 나이츠에게 건넨 최초의 감사일 것이다.

"우리들도 기사니까요."

루시온은 쓴웃음을 지으며 대답했다.

"그런데 키스는 어디 있나. 그리고 그…… 왕실의 골칫덩이 녀석도 보이질 않는군. 도망칠 녀석 같지는 않은데 말이야."

그 말에 루시온은 잠시 생각에 잠겼다. 그러고는 그리워하는 얼굴로 말했다.

"아마 둘 다 어딘가에서 누군가를 지키고 있을 겁니다."

4.

"참 다행이지 뭐야. 솔직히 카론에게는 잔인해지기 힘들었는데 너한테는 얼마든지 잔인할 수 있거든?"

키릭스의 칼끝이 키스의 몸을 훑을 때마다 옷이 찢기고 피가 튀었다. 카론의 것과는 달리 키릭스와 키스의 검술은 근원이 똑같다. 그래서 키스가 어떻게 움직이든 키릭스는 그것을 간파하고 유린할 수 있는 것이다.

마치 상대가 카드를 훤히 보고 있는 것처럼 불공평한 싸움. 키스는 수치심을 느꼈다. 완전히 발가벗겨진 느낌이었다.

"이런 게 진짜와 가짜의 차이일까나?"

키릭스는 자신에게 칼끝 한 번 스치지 못하는 키스를 마음껏 조롱했다. 막아내기에도 벅찬 키스는 가쁜 숨만 내쉴 뿐 아무것도 대꾸하지 못했다.

지금 키스가 살아 있는 이유는 단지 증오로 맺힌 키릭스의 가학성이 키스의 편안한 죽음을 허락하지 않았기 때문이었다.

"카론도 이 모습을 봤다면 좋았을 텐데 말이야."

"닥쳐!"

화가 치밀어 오른 키스가 일격을 날렸지만 이번에도 키릭스는 너무도 손쉽게 피했다. 소용없음을 알고 뒤로 빠지려는 키스의 움직임 역시 완전히 봉쇄되었다.

집요하게 달라붙는 키릭스의 그림자가 키스의 몸을 완벽하게 옭아맸다. 아무리 빨리 움직이려 해도 키릭스는 키스의 뒤에 있었다.

"희망을 버리지 마. 그래야 절망하니까."

"……!"

두 자루의 검이 동시에 교차하며 키스의 등에 긴 상처가 벌어졌다. 쓰러질 것 같은 키스는 이를 꽉 물며 몸을 돌렸지만 곧바로 키릭스가 검을 내리쳤다.

'흘려야 해!'

보통 기사라면 검과 몸까지 깨끗하게 두 동강 내는 키릭스의 검을 정면으로 받는 것은 자살행위다. 하지만 상처가 벌어진 몸은 늪에 빠진 것 같았고 어쩔 수 없이 두 칼을 겹쳐 키릭스의 일격을 막았다.

온몸이 산산조각 나는 것 같은 충격과 함께 뼈들이 어긋나는 소리가 들렸다. 그 순간 정신을 잃은 키스는 검을 놓쳤다.

"키스, 아직 죽으면 곤란해."

키릭스의 다른 팔이 움직이며 키스의 가슴을 길게 찢었다. 승부는 결정 났다. 키스는 천천히 바닥에 쓰러졌다. 빛을 잃은 붉은 눈동자에는 초점이 없었다.

미동조차 없는 그의 입술 사이로 핏물이 흘러나오기 시작했다. 희미하게 내뱉는 숨소리만이 그의 생명이 거의 끝자락에 달했음을 알려 주고 있었다.

키릭스는 무표정하게 그런 키스를 내려다보았다.

"네가 죽으면 모든 게 끝날 거라 생각하지?"

반쯤 혼절한 키스는 아무런 대답도 하지 못했다.

"그렇다면 나는 네가 죽을 권리를 박탈하겠다."

그렇게 선고한 키릭스가 검을 내리찍었다. 정확하게 키스의 오른쪽 쇄골을 끊은 그 칼끝은 그대로 어깨를 관통해 바닥에 박혔다.

형용할 수 없는 격통(激痛). 풀어진 키스의 동공이 좁혀지며 허리가 활처럼 휘었다. 키릭스는 싸늘하게 웃으며 천천히 그 칼을 뽑았다.

"아아아아아아악!"

고통에 찬 비명 소리가 복도를 메웠다.

5.

중독의 효과란 무섭다. 단 5분 만에 미온의 얼굴은 온몸의 피가 빨려 나간 것처럼 창백했다. 심장이 터질 것처럼 뛰기 시작했고 감각은 급격하게 사라져 갔다. 쥐고 있는 검의 촉감조차 느껴지지 않았다.

"엔디미온 경, 그러지 마세요. 빨리 죽여 줄게요."

리젤은 울상이 된 얼굴로 말했다. 이것은 조롱도 협박도 아닌 진심이었다. 키릭스와는 달리 리젤은 되도록 빨리 미온을 죽이고 싶었다. 죽여서 고통으로부터 해방시켜 주고 싶었다.

어린아이 같은 마음, 그 뒤틀린 배려를 미온은 단호하게 거절했다.

"또다시…… 베아트리체를 빼앗기지 않겠어. 절대로!"

리젤은 찢겨 나간 뺨에서 흐르는 피를 닦았다. 평소 같으면 절대 허용하지 않았을 그 상처는 미온의 의지였다. 리젤이 본능적으로 몸을 틀지 않았다면 정말 미온의 칼날이 그의 머리를 갈랐으리라.

리젤은 이 지루한 세상 속에서 유일하게 친구로 삼고 싶었던 금발의 청년이 절대 자신에게 항복하지 않으리라는 것을 알았다.

"알았어요. 그 심장, 멈추게 해 드릴게요."

리젤은 단검을 들었다. 상식적으로는 장검과 단검이 싸웠을 때 전자가 압도적으로 유리하다. 하지만 리젤처럼 노련하고 기민한 자가 단검을 잡았을 때는 경우가 달랐다.

최대한 상체를 낮추며 파고드는 리젤에게 미온이 검을 내리쳤지만 리젤이 사라지듯 미온의 우측으로 방향을 꺾자 칼날은 바닥을 때렸다.

"……!"

미온은 급히 몸을 틀며 다시 칼을 휘둘렀다. 호선을 그리는 칼끝이 바닥을 긁으며 불꽃이 일어났다. 하지만 이번에도 리젤은 미온의 눈앞에서 사라졌다.

공중으로 뛰어오른 리젤은 벽을 박차며 다시 도약했다. 그는 미온의 뒤로 뛰어내리며 하얗게 드러난 목덜미를 노렸다. 단련된 리젤의 눈에 흰하게 노출된 미온의 급소들이 포착되었다.

지금까지 얼마나 많은 사람들의 혈관을 끊었던가. 그는 자신이 언제부터 살인을 시작했는지, 또 얼마나 했는지 기억조차 하지 못했다. 사람들이 자기가 식사한 횟수를 일일이 기억하지 않는 것처럼.

그런데 미온의 목덜미를 향해 단검을 내지르며 리젤은 태어나 처음으로 이상한 감정을 느꼈다. 오묘하고 불편한 감정이었다. 이것을 끝으로 다시는 누군가를 죽이고 싶지 않다는 생각이 들었다. 리젤은 자신이 처음 느낀 그 감정이 죄책감이라는 사실을 알지 못했다.

제발 그만두세요.

"아?"

리젤은 무방비나 다름없는 미온의 목을 긋지 못했다. 머릿속에 소녀의 목소리가 울린 것이다.

그 짧은 순간의 빈틈, 미온은 몸을 돌리며 그 회전력을 실은 베기를 리젤에게 날렸다. 커다란 반원을 그리는 미온의 칼끝이 리젤의 목을 아슬아슬하게 스치고 지나갔다.

충분히 결판이 날 만한 일격이었지만 동물적인 리젤의 반사 신경과 중독된 미온의 빈틈이 그의 목숨을 살렸다. 미온은 계속 공격하지 못했다. 이미 온몸에 퍼진 독기가 신경들을 다 끊어 놓았던 것이다.

"제발 움직여 줘!"

미온은 그렇게 소리쳤지만 금이 간 육체는 그대로 가라앉기 시작했다. 미온은 눈물에 얼룩진 분한 표정으로 리젤을 노려봤다. 검을 꽉 쥔 두 손에 피가 번졌다.

이미 떨어트렸어야 옳을 검을 아직까지 쥘 수 있었던 것은 상식적으로는 설명할 수 없는 영역이었다. 하지만 이것으로 끝이었다.

"엔디미온 경…… 나, 천사의 목소리를 들었어요. 당신도 들려요?"

미온의 심장은 코앞이었다. 손만 뻗으면 찔러 비틀 수 있는 거리. 그런데도 리젤은 넋이 나간 얼굴로 뒷걸음질 쳤다. 말라붙은 황무지에 폭우가 쏟아지듯 자신의 마음을 뒤흔드는 목소리에 어쩔 줄을 몰라 했다.

"리젤?"

미온은 깜짝 놀란 얼굴로 베아트리체를 바라봤다. 그녀는 잠들어 있는 모습 그대로 누워 있었다.

그때 전송관을 통해 격앙된 목소리가 들렸다. 기계식 확성기를 이용한 전송관은 기지 전체에 뻗어 있으므로 모든 사람에게 전달되는 음성이었다.

"전군은 들어라! 이자벨 크리스탄센은 세계를 정화하려는 우리의 숭고한 목적을 배신하고 개인적 사리사욕을 위해 악용하려는 불순한 속셈을 드러냈다. 그래서 우리 인코그니토의 간부진은 부득이 그녀를 감금하고 지휘권을 박탈했음을 알린다. 이후 모든 지휘는 우리 간부진의 명령에 의해 결정될 것이다. 그리고 곧 최종 작전 자바워크가 기동될 것이다. 세계의 정화는 얼마 남지 않았다. 모두 목숨을 아끼지 말고 싸워라! 인코그니토에 영광 있기를!"

인간이 어디까지 추해질 수 있는지 증명이라도 하려는 듯 그들은 자랑스럽게 외쳤다. 리젤은 멍한 얼굴로 그 전송관을 바라봤다.

"……이자벨 님."

순간 그의 눈빛에 살기가 돌았다. 그의 머릿속에 가장 빠른 시간 안에 이자벨에게 돌아갈 수 있는 지도가 그려졌다. 단검을 다 잡은 그는 미온에게 다가갔다.

"이자벨 님을 구하러 가야겠어요."

"……리젤."

"역시 당신은 죽이고 싶지 않아요. 이자벨 님도 이해해 주실 거예요."

그러고는 해독제를 집어 미온의 손에 쥐여 주며 말했다.

"연구실 반대쪽 문을 열고 나가 오른쪽으로 돌면 감춰진 출구가 있어요."

"리젤."

그는 환하게 웃었다. 그것은 어쩐지 이 세상과 동떨어진 웃음이었다.

"잘 가세요."

"리젤!"

그는 미온의 외침을 뒤로한 채 문밖으로 뛰쳐나갔다.

6.

"이자벨, 우리는 이미 어떤 죄를 짓고 지옥에 떨어져 있는 것이 아닐까."

키릭스는 그녀의 마지막을 알리는 전송관을 올려다보며 그렇게 말했다. 그러고는 천천히 뒤를 돌아봤다. 격통에 의해 강제로 정신이 돌아온 키스가 피에 젖은 얼굴로 자신의 쌍생(雙生)을 바라보고 있었다.

키스가 억지로 몸을 일으킬 때까지 키릭스는 그를 죽이지 않았다. 그런 것은 만찬이 나오기도 전에 끝나 버리는 저녁식사처럼 허전할 뿐이었다.

"키스, 왜 그냥 자살하지 않지?"

"자살은 내가 태어났다는 사실을 스스로 부정하는 거니까요."

"호오, 그토록 애착이 넘치는 인생이었나?"

"당신은 꿈도 못 꿀 만큼."

키스가 검을 가로로 세우며 순식간에 거리를 좁혔다. 그의 칼끝이 날카로운 일격을 뿜었다.

이번에는 키릭스도 그의 움직임을 읽지 못했다. 키스는 나름대로 교활했다. 오직 한 자루의 검만 왼손에 들었던 것이다. 두 검을 동시에 쓰지 않는 이상 키스는 더 이상 키릭스의 복제가 아니다. 키릭스에게 간파당하지 않는 것이다.

게다가 지금 키스가 쓰고 있는 검술은 카론의 것이었다. 키릭스는 순간 의표를 찔린 듯 뒤로 물러섰다.

"짜증 나게 하는군!"

카론이 쓰는 검술은 하늘로 던진 동전을 네 조각 낼 만큼 정교하며 물길처럼 상대의 힘을 흘려 버린다. 상대적으로 체력이 약한 카론의 단점을 보완하는 독특한 검술. 검과 함께 상대의 몸을 두 동강 내는 초인적인 키스에게는 도무지 어울리지 않는 섬세하고 우아한 검술이었다.

하지만 키릭스의 신경을 무척 거슬리게 만들 수 있는 검술이기도 했다.

"마지막의 마지막까지 신경질 나게 만드는 놈이야."

키릭스에게 카론만큼은 특별한 존재였다. 그런 그의 검술을 키스가 쓴다는 것 자체가 키릭스를 짜증 나게 만들기 충분했던 것이다.

치기 어린 마음이었지만 확실히 키릭스에게는 유아적인 구석이 있었다. 하지만 화가 났다뿐이지 키릭스의 몸에는 상처 하나 없고 체력도 거의 줄지 않았다. 상황은 압도적으로 키릭스에게 유리했다.

키스는 자신의 몸 상태를 체크했다. 사실 이렇게 일어난 것도 기적에 가까웠다.

'잘해 봐야 5분 정도…….'

그 안에 승부를 내지 못하면 더 이상 몸이 견뎌 내질 못한다. 문득 키스는 아까 전 키릭스가 꺼낸 말이 떠올랐다. 이자벨이 남긴 말은 무엇이었을까. 자신을 이기면 알려 준다던 그 말은 대체 무엇일까. 키스는 지배당할 것 같은 키릭스의 눈을 바라봤다.

'그래, 너는 나의 악마다. 악마가 거는 유혹은 못 이긴 척 받아주는 게 예의지.'

키스는 키릭스를 쓰러트리고 그 말을 듣기로 결심했다. 검을 다 잡았다.

7.

그 시각 북부 콘스탄트의 왕실로 '납치된' 쇼메는 국왕 바쉐론과 대면하고 있었다.

처음 바쉐론은 쇼메를 만날 생각조차 없었다. 그저 쇼메는 전쟁이 끝난 뒤 이오타를 접수하기 위한 명분으로만 쓰고 버릴 생각이었다. 하지만 쇼메는 그 무례에 태연하게 대꾸했다.

"지금 나와 거래하지 않으면 이 나라에 아주 큰 재앙이 올 텐데도?"

국왕은 그 점쟁이 같은 말을 믿지는 않았지만 무시할 수도 없는 노릇이었다. 결국 그는 마지못해 쇼메의 알현을 허락했다.

"자네와는 평화회담 이후 두 번째로 만나는군."

늦게 오찬(午餐)에 나타난 바쉐론 왕은 노년에 접어든 나이에 어울리지 않는 강골(强骨)이었다. 길게 내린 머리칼과 빛나는 눈빛이 전사와 같은 그에게는 본능적으로 고개를 조아리게 만드는 위엄이 있었다.

그런 그가 쇼메를 보자마자 불쾌한 기색을 드러냈다. 응당 왕이 나타나면 자리에서 일어나 한쪽 무릎을 꿇는 것이 예의인데 테이블 끝에 앉아 있는 쇼메는 오만한 얼굴로 손만 흔드는 것이 아닌가. 게다가 식사까지 먼저 하고 있었다.

"배가 고파서 먼저 실례했습니다."

쇼메 특유의 신경전이 시작되었다. 오찬에 참가한 왕실 대신들은 실로 모욕적이라며 쇼메를 노려봤지만 오갈 데 없는 금발의 왕자는 조금도 주눅 든 기색이 없었다.

격노할 줄 알았던 국왕은 태연하게 자리에 앉으며 말했다.

"짐이야말로 실례했군. 곧 나의 사위가 될 사람이 배가 고파서야 곤란하지."

'흐음. 역시 능숙하시군.'

바쉐론은 쇼메의 빈정거림에 걸려들 정도로 어수룩하지 않았다. 나라를 피로 물들이며 왕위를 거머쥔 자이니 상대하기가 무척 까다로운 것이 당연했다.

쇼메는 그의 건장한 따님을 떠올리자 머리가 지끈거렸지만 곧 정색을 하며 되물었다.

"지금은 전쟁 중입니다."

"두말할 필요도 없네."

"전쟁의 목적은 승리겠지요?"

"만고불변의 진리지."

"그러니 이 왕국이 패배한다면 무척 가슴 아프시겠습니다."

순간 그 발칙한 발언을 참지 못한 늙은 대신이 테이블을 쾅 치며 쇼메를 노려봤다.

"그 입 다물라! 이 위대한 북부 콘스탄트 왕국을 어디까지 모욕할 생각인가!"

쇼메는 기분이 좋았다. 어디를 가도 꼭 저런 다혈질의 멍청이가 있어서 이야기가 쉽게 진행되는 거라고 생각했다. 쇼메는 핏빛 와인잔을 들어 올리며 말했다.

"죄송합니다. 패배가 듣기 거북하셨다면 멸망으로 바꾸겠습니다."

"이, 이놈!"

중신들은 모조리 자리에서 벌떡 일어섰다. 허리춤에 칼이 있었다면 당장이라도 뽑을 기세였다.

하지만 정작 바쉐론 국왕만은 시큰둥하게 사슴 고기를 썰며 힐끗 쇼메를 바라볼 뿐이었다.

"자네의 그 놀라운 발언들에 합당한 근거가 있길 바라네."

쇼메는 국왕의 비웃음을 봤다. '그런 협잡질에 내가 흔들리기라도 할 것 같나?'라고 말하는 것 같았다.

아이히만이 귀에 못이 박히도록 말했듯이 거래와 도박의 공통점이 있다면 언제나 냉정한 사람이 승리한다는 것이다. 바쉐론은 아직 연륜이 부족한 쇼메의 상대로는 조금 버거울지도 몰랐다.

'흥. 대단한 자제력이로군. 하지만 이 말을 듣고도 계속 태연할 수 있을까.'

쇼메는 생각보다 일찍 첫 번째 카드를 꺼냈다.

"이자벨 크리스탄센이 왜 전쟁을 일으켰는지 아십니까."

"이 왕국을 빼앗기 위해서일 테지. 그럴 만한 배포가 있는 여자니까."

국왕은 도리어 이자벨을 치켜세웠다. 물론 자신보다는 모자라다는 전제가 깔려 있는 칭찬이었다. 그 순간 쇼메의 입가에 승리의 미소가 번졌다.

"만약 그렇게 생각하신다면 이자벨이 국왕 전하보다 훨씬 배포가 큰 여자로군요."

처음으로 바쉐론의 표정이 굳었다.

"지금 뭐라고 했나."

그는 고기를 자르던 나이프를 내려놓으며 쇼메를 바라봤다. 바쉐론에게 있어서 그것은 묵과할 수 없는 모욕이었다.

대신들의 안색이 창백해졌다. 거대한 오찬 테이블 위에 무서운 정적이 퍼졌다. 그 적막을 뚫고 쇼메의 낭랑한 목소리가 바쉐론을 찔렀다.

"이자벨이 전쟁을 일으킨 진짜 이유, 궁금하지 않으십니까?"

쇼메가 슬슬 줄다리기를 하려던 찰나 바쉐론은 그 줄을 잘라 버렸다.

"들을 가치도 없다."

"……!"

쇼메는 바쉐론이 자신의 생각보다도 굳건한 성이라는 것을 느꼈다. 국왕은 새하얀 냅킨으로 입가를 닦으며 경호 기사들을 눈빛으로 불렀다.

"입맛이 떨어졌군. 식사는 이걸로 마치겠다. 그리고 쇼메 왕자를 객실로 호위해라. 전쟁이 끝날 때까지 철저하게 보호하도록."

국왕은 잠시 풀어놓은 새를 다시 새장 속으로 가두는 것처럼 명령했다. 쇼메는 끊어진 줄을 다시 이어야만 했다.

"그 진짜 이유 때문에 당신의 왕국이 멸망하게 될 텐데도 들을 가치가 없습니까?"

대신들은 입을 쩌억 벌렸다. 또 멸망을 운운했다. 게다가 국왕을 '당신'이라고 불렀다는 것 자체만으로도 참수감이다. 설령 가족이라고 해도 그렇게 부를 수는 없었다.

국왕의 이마에 주름이 생겼다. 무서울 정도로 눈매를 벼렸기 때문이었다. 국왕이 냅킨을 던지며 말했다. 마치 맹수가 으르렁거리는 소리 같았다.

"좋다. 그럼 너의 잘난 세 치 혀를 즐겨 보도록 하지! 그러나 네 혀가 짐을 만족시키지 못한다면 아무리 짐의 사위가 될 사람이라 해도 그냥 넘어가지는 않을 것이다."

"걱정하지 마시길. 한순간도 지루할 겨를이 없으실 겁니다."

쇼메는 오만한 눈매로 웃었지만 내심 손끝이 짜릿할 정도의 긴장감을 느꼈다. 역시 마라넬로, 교황, 이자벨과 함께 세계를 나눠 먹은 괴물이다. 그의 약점을 비집고 들어가 이오타를 되찾을 수 있는 기회는 지금 단 한 번뿐이었다. 쇼메는 최대한 침착함을 유지하며 입을 열었다.

"자바워크라 불리는 작전이 있습니다."

쇼메의 영민한 기억력은 아이히만이 건네준 서류의 내용을 쉼표 하나 틀리지 않고 완벽하게 암기하고 있었다. 그는 이후 10여 분가량 빠르지도 느리지도 않은 목소리로 최종 작전 자바워크에 대해 풀어 놓았다.

곧 있으면 콘스탄트 전체가 전염병과 독가스라는 보이지 않는 군대에 점령될 것이며 지금 당장 막지 않으면 바쉐론은 콘스탄트 마지막 국왕이 된다는 것을.

이야기를 모두 들은 바쉐론은 무거운 얼굴로 말했다.

"그래서 그 전염병과 독가스가 이 나라 어디에 숨어 있다는 건가."

"거기서부터 협상을 하고 싶습니다."

"협상?"

"제가 그 위치를 제공한다면 저를 이오타의 왕으로 인정하고 향후 20년간 이오타를 침략하지 않겠다는 의정서를 써 주십시오."

쇼메는 확실한 승기를 잡았다고 느꼈다. 위치를 모른다면 콘스탄트는 실로 복구할 길 없는 피해를 입게 된다. 그것을 막는 대가로 자신을 이오타의 왕좌에 올리고 불가침 조약을 맺는 것은 바쉐론으로는 분명한 이익이었다.

하지만 그 예상은 깨졌다.

"하하하하! 지금 말을 믿으란 말인가?"

바쉐론은 처음으로 커다랗게 웃었다. 눈치를 보던 대신들도 같이 웃기 시작하자 쇼메의 안색이 변했다.

"제 말이 거짓으로 들리십니까?"

바쉐론은 엄청나게 재미있는 농담이라도 들었을 때처럼 웃음을 참으며 대답했다.

"아이디어는 참신하지만 속아 주기에는 너무 비현실적이로군."

"지금 비현실적이라고 하셨습니까?"

"그런 어처구니없는 계획 자체가 비현실적이지. 상식적으로 그런 일이 생길 리가 있겠나."

막연한 낙관론, 지금까지 벌어진 적이 없는 일이기 때문에 앞으로도 벌어질 리가 없다는 한심한 발상이었다.

쇼메는 저 바쉐론마저 혈통이 아닌 실력으로 오랫동안 절대자로 군림하며 '자신이 인정하지 않으면 실제로도 존재하지 않는다는' 착각에 지배당했다는 것을 알았다.

쇼메는 날카롭게 되받아쳤다.

"그런 말은 제가 알려 드린 위치를 수색한 다음에 하셔도 늦지 않을 텐데요."

"그럴 필요도 없다!"

바쉐론은 커다랗게 외치며 자리에서 일어섰다. 왕은 무조건 옳다는 저급한 권위 의식이 폭발하고 만 것이다.

"자네의 말은 즐거웠지만 또한 불쾌하기 짝이 없었네. 왕을 모욕한 자가 어떤 처벌을 받는지 경험시켜 줘야 할 정도로 말이야."

그는 경호 기사들에게 손짓했다.

"저 애송이의 팔과 다리를 잘라라. 혈통을 유지하는 데 필요한 건 심장뿐이다."

처음부터 바쉐론은 쇼메와 아무것도 거래할 생각이 없었다. 인질 주제에 자신과 감히 동등하게 거래하려 한다는 것 자체를 용납할 수 없었다. 쇼메는 그 무서운 선고를 받고도 국왕을 똑바로 바라봤다.

"바쉐론 국왕, 당신이 이 정도로 멍청할 줄은 몰랐소!"

"저 혀도 잘라라."

기사들이 쇼메 주변으로 몰려왔다. 반항하는 쇼메를 바닥에 내동댕이친 기사들이 그를 짓밟았다. 그의 편은 아무도 없었다.

쇼메는 노예나 짐승보다 더한 취급을 받으며 엉망으로 얻어맞았지만 비명 한 번 지르지 않았다. 바쉐론은 쓰러진 쇼메에게 다가가 머리를 밟으며 말했다.

"이제 네 위치가 어디쯤인지 알았나? 사람은 분수에 맞게 살아야 하는 것이다. 오갈 곳 없는 너를 구해 줬으면 짐을 주인처럼 받드는 것이 도리거늘. 마지막으로 기회를 주마. 평생을 짐에게 복종한다면 너를 용서해 주겠다."

바쉐론은 이것을 빌미로 영원히 쇼메를 묶어 둘 계획이었던 것이다. 그는 나라를 잃은 가련한 왕자가 이런 둘도 없는 자비를 거절할 리 없다고 단정했다. 하지만 쇼메는 코웃음 쳤다.

"개소리하지 마라, 천민."

쇼메는 사납게 쏘아보며 내뱉었다. 국왕은 난생처음 들은 욕설에 이를 갈았다.

"짐의 검을 가져와라! 내 직접 이놈의 사지와 혀를 자르겠다!"

그때였다. 문이 덜컥 열리며 뛰어 들어온 전령이 무릎을 꿇었다.

"각 도시들로부터 급보입니다! 사, 사망자가 속출하고 있습니다. 정체를 알 수 없는 가스에 중독되어……."

순간 바쉐론의 얼굴이 하얗게 질렸다. 쇼메는 쓴웃음을 지었다. 자바워크가 가동된 것을 기뻐해야 하는 것일까. 그는 비틀거리며 자리에서 일어났다.

하지만 이번에는 아무도 쇼메를 막지 못했다. 의자에 앉은 그는 오만방자하게 테이블 위에 다리를 걸치며 말했다.

"그래도 참 다행이네요. 아직 이 도시는 시작하지 않았으니까. 하지만 곧 그 비현실적인 작전이 이 왕궁도 덮치겠지요?"

바쉐론은 분노에 몸을 떨었다. 이러니저러니 해도 이제 칼자루를 쥔 쪽은 쇼메였다.

"그래, 네 거래를 받아들이지. 의정서를 쓰겠다. 널 이오타의 왕으로 인정하마."

평생 남에게 고개 숙인 적 없는 국왕으로서는 엄청난 굴욕이었지만 쇼메는 싸늘하게 웃으며 고개를 저었다.

"어쩌죠? 계약 조건이 바꿨습니다."

"뭐, 뭐라고!"

"아까 조건에 추가해서 10만의 병력을 내게 양도할 것. 이오타의 재건에 필요한 모든 비용을 지불할 것. 그리고 무엇보다 이모뻘 되는 당신 딸내미와는 절대로 결혼 안 해!"

어쩐지 마지막 조건이 가장 절박하게 들렸다.

"그런 말도 안 되는 소리를!"

"이제 당신의 위치가 어디쯤인지 알았습니까? 망해 가는 왕국을 구해 줬으면 전 재산을 내줘도 아깝지 않은 것이 도리지요."

"감히 날 협박하다니!"

"난 협박한 적 없습니다. 선택은 당신의 몫이지요. 단지 선택이 늦어지면 늦어질수록 당신의 왕국은 점점 더 몰락할 것이고 내 조건도 점점 더 까다로워질 거라는 사실만 알아 두시기 바랍니다."

쇼메는 일그러져 가는 바쉐론의 표정을 즐기며 품속에서 낡은 케이스를 꺼내 담배를 물고는 불을 댕겼다. 아이히만의 것이었다.

8.

왕실이 안전하다는 보고를 받은 키르케는 전군에 공격 명령을 내렸다. 키르케와 알테어, 카론이 지휘하는 3군은 거의 일방적으로 적을 두드렸다. 라이오라라는 검과 이자벨이라는 머리를 잃은 이오타 측은 제대로 대응도 못 한 채 전선에서 밀려나고 있었다.

"이, 이대로 죽으라는 거냐!"

"대체 수뇌부는 뭐하고 거야?"

전방의 병사들은 '목숨을 걸고 사수하라'는 명령만 되풀이하는 한심한 수뇌부를 비난했다. 새로 지휘권을 잡은 인코그니토의 간부들은 이런 상황에 대처할 수 있을 만큼 유능하지 못했다.

전쟁에는 문외한에 가까웠던 그들은 전면전을 앞두고도 서로 더 권력을 쥐기 위해 다투고 조악한 기습전을 남발하고 실로 파멸적인 작전 자바워크에만 열을 올리는 등 약점만 드러내고 있었던 것이다. 카론의 분석력은 그 약점을 포착했다.

"이자벨이 어디 있는지 모른다고?"

카론은 적 장교를 생포해서 얻어낸 정보를 듣고는 선뜻 이해가 가질 않았다. 그 어떤 포로들도 이자벨이 있는 곳을 알지 못했다. 숨기고 있거나 자신은 모른다는 정도가 아니라 군 내부의 누구도 알지 못하며 단지 텔레마코스를 통해서만 명령을 전달받는다는 것이었다.

"이상해."

카론은 도저히 이해할 수 없었다. 그때 어떤 불길한 추측이 머릿속을 스쳤다. 수사관이었기 때문에 떠올릴 수 있었던 추리력이었다.

'설마!'

곁에 있던 부관은 조각 같은 카론의 표정에 금이 가는 것을 보며 깜짝 놀랐다. 결사대가 자신을 죽이러 코앞에 들이닥쳐도 냉정 그 자체였던 카론이 갑자기 무슨 이유로 저러는지 알 수가 없었던 것이다. 카론이 다급하게 외쳤다.

"지도를 가져와!"

"예? 작전 지도는 여기 있습니다."

"그거 말고 베르스 지도를 가져와라. 당장!"

이 판국에 어째서 후방 지도를 찾는단 말인가. 부관은 어리둥절한 얼굴로 지도를 들고 와 데스크 위에 펼쳤다.

카론의 투명한 흑청색 눈동자가 그 지도를 훑었다. 곧 그의 입술에서 신음 소리가 터졌다.

"……셀른."

"예?"

"즉시 셀른으로 부대를 급파해!"

"세, 셀른이 어디입니까?"

콘스탄트 출신의 부관이 베르스의 작은 소도시를 알 턱이 없었다. 카론은 급히 코트를 입으며 말을 정정했다.

"아니, 내가 직접 가겠다. 10분 내로 준비를 마쳐라."

"예에?"

전시에 지휘관이 작전 지역을 이탈하다니! 부관을 비롯한 모든 참모들은 경악했다. 하지만 카론은 길게 말할 겨를 없다는 듯 쏜살같이 밖으로 나가며 말했다.

"이자벨은 셀른에 있다."

사람들은 동그래진 눈으로 카론이 떠난 자리를 바라봤다. 카론의 추리를 감탄할 실마리조차 없었지만 그의 추리에는 분명 확실한 단서가 있었다. 인코그니토의 경솔한 기습 작전이 도리어 카론에게 단서를 준 것이었다.

수백 기의 기병대가 아무도 모르게 국경을 넘어 왕실을 습격하는 것은 사실상 불가능하다. 그렇다면 적들은 전쟁이 시작되기 전에 이미 베르스 내부에 들어와 있었던 것이다.

그리고 그런 대규모의 부대가 사람들의 눈을 피해 숨어 있기 가장 좋은 곳이란 이미 폐허가 된 도시 셀른이었다.

카론은 키스와 엔디미온을 떠올렸다. 현재 행방불명된 그들 역시 셀른에 있는 것이 분명했다.

'흥. 바보들.'

무모하기 짝이 없는 녀석들이라고 투덜거리면서도 발걸음은 점점 더 빨라지고 있었다.

9.

"후후. 처음부터 불었으면 이런 꼴 안 당했을 텐데 말이야."

반란을 일으킨 인코그니토의 간부들이 이자벨을 바라보고 있었다. 의자에 묶여 있는 이자벨의 온몸에는 고문의 흔적이 역력했다. 그 모든 고문에도 그녀는 자바워크를 기동하는 암호를 알려 주기는커녕 비명 한 번 지르지 않았다.

하지만 치사량에 가까운 자백제에는 그녀도 견디지 못했다. 그녀의 발밑에는 주사기들이 널려 있었다. 비극적이게도 그 약물을 만든 사람은 이자벨이었다.

그때 노크 소리와 함께 경비병이 들려왔다.

"리젤 경이 왔습니다."

간부들을 눈살을 찌푸리며 서로를 바라봤다. 리젤은 이자벨의 심복 중 심복이다. 이자벨이 이런 꼴이 된 것을 보게 된다면 당장 자신들을 죽이려고 들 것이 뻔했다. 그들 중 하나가 말했다.

"무장해제시키고 포박해서 데려와."

"하지만……."

"닥치고 내 명령대로 해! 허튼 짓 하면 이자벨을 죽여 버리겠다고 전해."

칼자루는 이자벨의 목숨을 쥐고 있는 간부들 측에 있었다.

잠시 후 리젤은 두 손을 등 뒤로 묶인 채 끌려왔다. 그는 고개를 꺾은 채 정신을 잃은 주인을 보고는 나직하게 말했다.

"곧 구해 드릴게요."

그 말이 끝나기도 전에 간부 하나가 리젤의 머리에 총을 겨눴다.

"우릴 원망하지 마라. 대의를 위해서는 이럴 수밖에 없었으니까."

"당십니까? 이자벨 님을 저렇게 만든 게?"

리젤은 총을 겨눈 상대를 향해 환하게 웃었다. 그 상식 밖의 행동에 간부가 눈살을 찌푸리는 찰나 리젤을 묶은 밧줄이 거짓 말처럼 풀어졌다. 실은 처음부터 묶여 있지 않았다.

"자, 잠깐만!"

리젤은 마치 장난감 다루듯 상대의 손목을 비틀어 권총을 빼 앗은 뒤 아무렇지도 않게 두 눈을 깊이 찔렀다. 찢어지는 비명 속에서 리젤이 다른 간부들을 향해 웃었다.

"잘 보세요. 당신들도 곧 이렇게 될 겁니다."

리젤은 두 눈을 움켜쥔 채 비명을 내지르는 간부의 머리에 총 구를 대고 주저 없이 방아쇠를 당겼다. 귀가 울리는 총성과 함께 비명이 끊겼다. 그 순간 간부 중 하나가 이자벨에게 뛰어갔다.

"함부로 움직이면 이 여자를 죽……."

리젤은 무표정하게 그를 쐈다. 정확히 머리가 관통된 그의 몸 이 힘없이 쓰러졌다. 그는 싱글싱글 웃으며 말을 이었다.

"경고입니다. 이자벨 님 근처라도 가면 죽게 됩니다. 뭐, 어차 피 다 죽이겠지만."

"겨, 경비병! 뭐하나! 어서 저놈을 죽여!"

하지만 리젤 뒤에 서 있는 경비병들은 미동도 하지 않았다. 간 부들의 안색이 바뀌었다. 처음 리젤을 포박하지 않은 것부터 경 비병들이 저지른 일이었다. 일반 병사들과 친한 쪽은 리젤이지 간부들이 아니었던 것이다.

"자, 지금이라도 죄를 뉘우치고 이자벨 님께 충성을 맹세하시는 분들은 살려 드리겠습니다."

그 말이 끝나기가 무섭게 판단력 좋은 간부 하나가 뛰어나와 무릎을 꿇었다.

"주, 죽을죄를 졌습니다. 평생 여왕님의 종이 되겠습니다!"

총구가 불을 뿜었다. 리젤은 고개를 조아리다 즉사한 시체를 바라보며 흥얼거렸다.

"거짓말이었습니다."

간부들은 뭐 저런 미친놈이 다 있냐는 절망의 시선으로 리젤을 바라봤다. 개중에는 바지가 젖은 사람들도 있었다. 피와 오물이 한데 뒤섞여 지저분한 악취가 피어올랐다.

리젤은 총을 버렸다. 아무래도 총은 저들에게 너무 자비로운 것 같다는 생각이 들었던 것이다. 분노의 끝에 달하면 통제할 수 없는 웃음이 나온다고 한다. 그는 병사의 검을 받아 들고는 활짝 웃으며 그들에게 걸어갔다.

"어린애처럼 왜들 그래요? 그냥 포기하세요. 그래야 덜 아파요."

10.

힘겹게 검과 검을 마주하던 키스는 순간 믿기지 않는 모습을 포착했다.

'설마?'

키스는 눈을 의심했다. 키릭스의 검술 속에서 빈틈을 본 것이었다. 그것은 자세가 바뀌는 찰나의 순간 반짝였던 틈으로, 마치 새하얀 백자 밑바닥의 미세한 흠집처럼 빈틈이라 할 수조차 없는 사소함이었다.

하지만 상대는 검술의 천재인 키릭스다. 키스는 조심스러웠다. 어쩌면 그것조차 키릭스가 파 놓은 함정일 수도 있었다.

"왜 표정이 그래? 피를 너무 쏟아 정신이 이상해진 거냐?"

키릭스는 자신 있게 밀고 들어왔다. 그때 또다시 그 빈틈이 벌어졌다 닫혔다. 어쩌면 카론도 그 빈틈을 발견했던 것일지도 모른다.

'어째서……'

키스는 머리가 복잡했다. 키스도 키릭스도 기적 따위는 믿지 않는다. 그러니 갑자기 하늘이 키스에게 키릭스의 빈틈을 알려 줬을 리는 없다. 그렇다면 어째서 키릭스 본인도 모르는 키릭스의 약점이 자신의 눈에 보이는가.

진짜는 가짜보다 완벽하다.

그러니 키스는 더 완벽한 키릭스의 빈틈을 볼 수 없어야만 했다.

그 순간 키스의 온몸에 충격파가 밀려왔다. 미처 흘려내지 못한 키릭스의 검이 키스의 것과 맞부딪친 것이다. 충격을 이기지 못한 키스의 검이 산산이 깨졌다. 그는 튕기듯 밀려나가 거세게 벽과 충돌했다.

"크윽!"

키스의 입에서 다시 피가 터졌다. 허리가 부서진 것 같은 통증이 머리끝까지 몰려 숨을 쉴 수가 없었다. 키스는 입술을 꽉 깨물며 벽에 의지해 떨리는 몸을 지탱했다. 이대로 정신이 끊어질 것만 같았다.

"뭐야, 그 한심한 꼴은? 카론도 지금 네 모습을 봤으면 좋았을 텐데 말이야."

키릭스의 조롱이 얼굴을 때렸다. 그러고는 마지막 일격을 위해 자세를 바꿨다.

바로 그 순간이었다. 벽을 박차며 키스가 뛰어들었다. 물론 키릭스는 전혀 놀라지 않았다. 가련할 정도로 필사적인 키스의 공격 따위 조금도 위협적이지 않았다.

두 자루의 검이 키스의 등을 뚫고 나왔다. 그리고 둘의 그림자가 뒤엉키며 움직임이 멈췄다.

그 정적 속에서 키릭스가 중얼거렸다.

"……뭐야, 이거."

키릭스는 무표정한 얼굴로 자신의 심장을 찌른 검을 바라봤다. 부서져 밑동만 남은 키스의 검이 집착처럼 박혀 있었다.

초보자도 안 하는 실수. 키릭스는 피식 헛웃음을 내뱉으며 칼을 뽑았다.

"역시 이자벨의 말이 맞았군."

꿰뚫린 상처 속에서 뜨거운 혈액이 분출했다. 고통스러울 법
도 할 텐데 키릭스는 마치 승리자 같은 미소와 함께 키스의 뺨을
매만졌다.

피에 젖은 그 손이 창백한 뺨을 쓸고 지나가자 키스는 불쾌한
지 거세게 고개를 돌렸다. 키릭스가 슬어 가는 목소리로 물었다.

"이제부터 뭐할 거야? 베르스로 돌아가 카론을 만날 거야?"

"마지막까지 기분 나쁜 농담은 하지 마시죠. 여기가 우리 무
덤이니까."

키릭스가 죽으면 키스도 죽는다. 서로를 미워하는 둘에게 이
자벨이 이어 준 치명적인 공생 관계. 그런데도 영문을 알 수 없
는 소리만 하는 키릭스를 키스가 쏘아붙였다.

하지만 키릭스는 재미있다는 듯 웃으며 말을 이었다.

"이자벨이 여기 오기 전에 재미있는 과학 상식 하나를 알려줬
어. 그래서 뭐라고 했냐 하면……."

키스의 귓가에 자조에 젖은 키릭스의 목소리가 맴돌았다.

"영혼은 인간 구성의 최소 단위라서 더 이상 나눌 수도 공유
할 수도 없다는 거야."

키스는 멍한 얼굴로 그 말을 들었다. 처음에는 무슨 소리인지
알 수가 없었지만 점점 더 그 '파멸의 공식'이 가지는 의미를 알
게 되며 키스의 표정도 변해 갔다. 여우 같은 두 눈이 두려움으

로 떨리기 시작했다.

키릭스가 쿨럭이며 말을 이었다.

"그리고 난 영혼이 없는 존재래."

"닥쳐! 거짓말! 헛소리! 미친 자식! 말도 안 되는 소리 하지 마!"

대체 어디서부터 속고 있었던 것일까. 키스는 비명에 가까운 고함을 쏟아냈다. 키릭스는 그런 겁먹은 키스의 얼굴을 바라보며 입꼬리를 올렸다.

"자아, 키스라는 긴 꿈에서 깨어난 기분이 어떠신가…… 키릭스 세자르 씨."

"닥쳐! 난 키스야!"

그 찢어지는 절규에 키릭스가 대답했다.

"곧 알게 되겠지. 내가 죽어도 네가 살아 있다면 넌 키릭스야."

"아니야! 그런 일은 없어!"

키릭스는 쿨럭이며 웃었다. 이제는 고통에도 증오에도 현실감이 없었다. 종이를 오려 만든 달처럼 모든 것이 창백하고 얄팍했다. 하긴, 따지고 보면 누구 인생이나 다 그렇지 않던가.

"내가 말했지? 네 죽음을 박탈하겠다고. 넌 이제 영원히 키스로는 죽을 수 없어. 꿈을 깨라. 네 인생 지금 돌려주마. 비록 형편없이 일그러진 인생이지만 이제부터라도 노력한다면 조금쯤은 어린 시절부터 갇혀 있던 그 황무지에서 빠져나올지도 모르지."

"······키릭스."

"살아라. 그게 내가 너에게 주는 가장 큰 고통이다."

그 나직한 속삭임이 복도를 울렸다. 그는 복도 끝에서부터 불어오는 바람 소리를 들었다. 그 길고 긴 복도를 잇댄 가스등의 불빛들이 조금씩 무채색에 잠겨 갔다. 그 희박한 의식 속에서 키릭스는 키릭스를 바라봤다. 몸 밖으로 흘러나오는 혈액을 느꼈는데 항시 그 속에서 끓어오르던 증오가 이제야 식어 가기 시작했다. 차가운 바닥을 그리던 혈선들이 천천히 죽어 갔다.

키릭스는 난생처음 아늑함을 느꼈다. 죽음의 직전에야 편안해질 수 있는 불행한 행복, 그 거대한 졸음 속에서 그는 또 다른 자신을 향해 말했다.

웃는 저 꽃과 우는 저 새들이 그 운명이 모두 다 같구나.
삶에 열중한 가련한 인생아. 너는 칼 위에서 춤추는 자로
구나.

이제 더 이상 황무지의 바람 소리는 들리지 않았다. 희미하게 웃는 키릭스의 두 눈이 감기기 시작했다.

11.

카론이 병력을 이끌고 도착한 셀른에는 어슴푸레한 폐허의 잔영 외엔 아무것도 없었다. 부관은 설레설레 고개를 저었다.

"역시 아닌 것 같습니다. 이런 곳에 적의 우두머리가 있을 리가……."

"수색해. 반드시 있다."

"하, 하지만 지금은 이런 곳에서 시간을 낭비할 때가……."

지금은 전쟁 중이다. 이 사실을 무시무시한 사령관 키르케가 알았다가 자신까지 문책당할 것을 생각하니까 오금이 다 저려 왔다. 하지만 카론은 주변을 둘러보며 중얼거렸다.

"피 냄새가 난다."

"예?"

부관은 코를 킁킁거렸지만 코가 얼어붙을 것 같은 새벽의 냉기만 들어오자 재채기를 했다.

하지만 카론은 분명히 느끼고 있었다. 기지에서 올라오는 지독한 혈향을.

그때 선두에 있던 병사 한 명이 달려와 외쳤다.

"민간인 2인을 발견했습니다!"

"민간인?"

"금발의 청년과 소녀입니다. 모두 부상이 심합니다."

곧이어 나타난 그들을 보자 카론의 눈동자가 커졌다.

"엔디미온 경!"

"……카론 경."

미온의 얼굴에 안도의 빛이 퍼졌다. 만신창이가 된 그는 목숨처럼 베아트리체를 품고 있었다. 그에게 달려간 카론이 외쳤다.

"괜찮은가? 지금 치료해 주겠다."

"고마워요. 나보다 베아트리체를 먼저……."

"그런데 키스는 어디 있나."

미온은 흠칫 놀라며 입을 다물었다. 카론은 일부러 냉정하게 재촉했다.

"말해라. 지금 어디 있나."

"키스 경은……."

그때였다. 카론은 미묘한 진동에 마른 가지를 떨구는 고목을 바라봤다. 그리고 그 진동이 점점 더 커지는 것을 느꼈다.

카론이 병사들을 돌아보며 소리쳤다.

"모두 몸을 숙여!"

병사들이 어리둥절해하는 찰나 거대한 폭음과 함께 대지가 울렸다. 지진을 방불케 하는 진동에 놀란 말들이 울부짖으며 병사들을 떨어트렸다.

거대한 폐허들이 무너져 내리며 굉음을 뱉었다. 미온이 베아트리체를 꽉 껴안으며 소리쳤다.

"지, 지하 기지가!"

그리고 그들은 믿을 수 없는 광경을 보았다. 우레와 같은 굉음과 함께 시뻘겋게 타오르는 불기둥들이 하늘 높이 치솟은 것이다.

연쇄 폭발한 지하 기지의 불길이 하나둘씩 환풍구를 타고 솟구쳐 오르기 시작했다. 잠시 후 대지가 가라앉기 시작했다.

"뭐, 뭐야!"

셀른 중심부에서부터 시작된 함몰은 걷잡을 수 없이 퍼져 나갔다. 마치 이 땅이 도시 전체를 집어삼키려는 것처럼 그 아가리가 커지고 있었다. 병사들은 겁에 질린 얼굴로 카론을 바라봤다.

카론이 날카롭게 명령했다.

"즉시 도시 밖으로 탈출한다!"

미온이 카론의 팔을 잡아끌며 말했다.

"카론 경."

"시간 없어! 너도 빨리……."

"키스 경은 저 안에 있어요."

그 떨리는 목소리를 들은 카론은 표정 잃은 얼굴로 셀른을 바라봤다. 눈앞에 펼쳐진 모든 것들이 화염 속으로 가라앉고 있었다.

12.

의무병의 부축을 받으며 걸어가던 미온은 무엇인가를 목격했다. 그의 시선을 살짝 스쳐 간 사람이었다. 미온이 그곳으로 가려 하자 의무병이 만류했다.

"혼자 움직이시면 위험합니다."

"저어, 금방 갔다 올게요. 베아트리체를 치료해 주세요."

의무병의 손을 뿌리치다시피 한 미온은 숲 속으로 뛰어갔다. 곧이어 한 청년의 뒷모습을 볼 수 있었다. 어느 틈인가 콘스탄트 군복을 입고 있었지만 미온은 금방 그의 정체를 알아챌 수 있었다.

"리젤 씨!"

리젤은 모자를 벗으며 미온을 돌아봤다. 그는 멋쩍은 듯 뺨을 긁적거리며 웃었다.

"당신에게도 들킬 정도라니 이제 어디 가서 첩보원이라는 말도 못 하겠군요."

이자벨의 명령으로 기지를 폭발시킨 사람은 바로 리젤이었다. 이자벨은 문제가 벌어지면 증거를 없앨 생각으로 처음부터 대량의 초강력 폭약을 기지 곳곳에 배치해 두었던 것이다. 이자벨다운 결벽이었다.

"이자벨 님은 어디 있습니까!"

"음, 마차에 계세요."

"도망치지 말아요. 이제 갈 곳도 없잖아요."

그 말에 리젤은 고개를 저으며 말했다.

"걱정하지 마세요. 이 세상엔 이자벨 님의 능력을 탐내는 권력자들이 너무도 많답니다. 심지어 이 세상 밖에서도 이자벨 님을 원하고 있어요. 이자벨 님에게 베아트리체를 제공하고 마라넬로 황제에게 키릭스의 어머니를 제공한 것도 그들이었으니까. 뭐, 필요하다면 다시 콘스탄트와 손을 잡을 수도 있지요."

"그, 그런……."

"엔디미온 경, 우린 어디라도 갈 수 있어요."

소름 끼치는 미소였다. 항상 권력자들이 원하는 것은 정의도 평화도 아닌 자신들의 터무니없는 야망을 실현시켜 줄 수 있는 마술이었다. 그리고 그것을 위해서는 얼마든지 배신하고 착취하고 잔인해질 수 있는 것이다.

이자벨이 인간에게 절망한 이유는 그것만으로도 충분했다.

"이자벨 님을 만나게 해 주세요. 제가 설득할 수 있어요!"

"에에, 하지만……."

"리젤 씨도 이자벨 님이 더 이상 힘들어하는 걸 원치 않잖아요! 그분이 속죄할 수 있는 기회는 지금밖에 없어요. 부탁이에요."

리젤은 난감한 얼굴로 머리를 긁적거렸다. 잠시 생각하던 리젤이 결국 방긋 웃으며 고개를 끄덕였다.

"좋아요. 당신은 믿을 수 있어요."

마차는 그리 멀지 않은 곳에 숨겨져 있었다. 리젤과 함께 마차로 걸어가는 미온은 희망을 느꼈다. 이번에는 그녀를 설득할 수 있다고 믿었다. 그녀의 목에 얽혀 있는 사슬을 끊어 주겠다고 다짐했다.

하지만 이번에도 시간은 희망보다 한 발자국 앞서 갔다. 그녀는 다른 방식으로 그 사슬을 끊었던 것이다.

타아아아아아앙—

마차 안에서 울린 총소리에 새들이 날아올랐다. 막 해가 떠오른 숲에는 투명한 빛줄기들이 내리고 있었다. 공기는 맑고 투명했으며 밤새 얼어붙은 이슬들은 보석처럼 반짝였다.

지친 영혼이 하늘로 올라가기에 어울리는 날이었다.

그리고 5년이 흘렀다.

최종화

THE END OF SWALLOW KNIGHTS TALES

1.

"아아아, 이런 날 늦잠이라니이이이!"

나는 이른 아침부터 새하얀 스왈로우 나이츠 제복을 차려입으며 본당으로 뛰었다. 오늘이 무슨 날인지는 왕궁 사방에 걸려 있는 베르스와 이오타의 국기만 봐도 알 수 있을 것이다.

오늘은 우리의 페르난데스 라스팔마스 국왕 전하와 이오타의 쇼메 블룸버그 국왕이 관세동맹을 맺는 날인 것이다.

베르스와 이오타가 동등한 입장에서 손을 잡을 날이 오리라고는 꿈에도 몰랐다. 그리고 이 감개무량한 공휴일에 나는 왕실에 지명되어…… 잡일을 하러 뛰어가고 있다.

나는 내 옆에서 뛰고 있는 쇼탄을 보며 말했다.

"쇼탄 공도 지명이에요?"

"그게 아니면 내가 왜 휴일 아침부터 전력질주를 하고 있겠냐. 말 시키지 마라. 숨 찬다."

전쟁이 끝난 뒤 왕실은 쇼탄에게 세 개의 훈장과 백작 작위를 하사했다. 그런데 정작 중요한 빚은 전혀 안 갚아 준 것이다(게다가 전쟁 중에도 이자가 붙었다).

고기도 먹어 본 놈이나 먹는다고 권력을 이용하는 방법을 전혀 모르는 쇼탄은 결국 예전처럼 몸으로 때우기로 결심했다. 그래서 오늘도 쇼탄 백작은 귀빈들에게 음식을 나르기 위해 전력으로 뛰고 있는 것이다. 힘내라, 백작 나리!

아, 참고로 나는 스왈로우 나이츠가 왕궁을 사수할 때 없었다는 이유로 전혀 작위를 주지 않았다. '하하하, 어차피 내 인생 이러니까……'라고 마냥 웃기에는 가끔 눈물이 난다.

"그런데 루이 공도 돈 벌러 가요?"

나는 반대쪽을 바라봤다. 루이 백작이 뛰고 있었다. 그가 술이 덜 깬 얼굴로 투덜거렸다.

"한 마디도 하지 마. 토 나올 거 같아."

"……."

이쪽도 비렁뱅이 백작이었다. 놀랍게도 바람둥이의 로드맵 같던 루이는 우리 중 가장 먼저 결혼했다. '미녀들은 세상의 보배'라고 부르짖는 그가 결혼을 선택할 수밖에 없었던 이유야 굳이 말 안 해도 짐작하실 수 있으시리라.

하지만 이러니저러니 해도 이유식을 사기 위해 불철주야 뛰고 있는 루이 백작의 모습은 꽤나 대견해 보인다.

아, 그리고 루이는 자기 자식을 호스트 시키겠다며 애를 낳기도 전부터 나를 대부(代父)로 삼았다. 그런데 낳고 보니 딸이었다. 뭐가 뭔지 모르겠다.

"아, 그리고 보니까 최근 크리스 소식 들었어요?"

"엽서 왔더라. 십일조 내라고."

"……."

크리스티앙은 성직자가 되어 스왈로우 나이츠를 떠났다. 작위 대신 성직을 달라고 전하에게 간청했던 것이다. 완전 복종 오르넬라 성녀님의 총애를 받는 크리스에게는 성직자의 엘리트 코스가 활짝 열려 있었다.

하지만 크리스는 '성직은 희생'이라는 말을 잊지 않고 빈민촌의 신부를 자청해 구호소를 운영하고 있다. 정말 훌륭한 녀석이다. 그 구호소의 운영비를 우리한테까지 뜯어내고 있다는 점만 빼면 말이다.

"랑시한테도 소포 왔어요. 열심히 격투가의 길을 걷고 있다고."

"……치마 입었을 때가 좋았지."

조슈아 랑시는 형 무라사 랑시와 함께 방랑을 떠났다. 왠지 가기 싫어졌다고 게으름을 피우는 무라사를 뻥뻥 걷어차서 끌고 나갔으니 참으로 대단한 기세다. 확실히 조슈아도 랑시 집안의 남자가 맞는지 사춘기에 접어든 그는 몇 년 만에 나보다도 키가 훌쩍 커 버렸고, 킥으로 나무를 쪼개고 주먹으로 자연석을 깨며 검으로 철판을 자른단다. 이 분위기에서 스커트를 입으면 엄청 위험한 남자가 되어 버리지만 다행스럽게도 더 이상 치마를 입지 않는다.

성인이 되면 돌아오겠다고 했으니 올해 중에 올 것 같다. 어쩐지 긴 머리를 뒤로 묶고 두 손을 붕대로 감은 채 가늘고 날카로운 눈매로 눈웃음을 보일 것 같아 상상만으로도 엄청나게 기대된다.(아니, 솔직히 좀 무섭다.)

그런데…… 돌아와도 이제 지명보다는 경호 업무로 파견하는 게 좋을 것 같은데 말이지.

"아 맞아, 미온. 레녹이 오늘 오전까지 금주 결산 보고서 올리라고 어제 말했어."

"으아아아아! 그런 건 빨리 말해 줘요, 좀!"

레녹은 행정부에 들어갔다. 놀랍게도 작위를 받는 대신 '업무지옥'이라 불리는 용의 굴 행정부 직원을 자청한 것이다.

사실 레녹은 아이히만을 무척이나 존경하고 있었다고 한다. 하긴, 오직 업무 능력만으로 사람을 평가하는 행정부는 레녹의 깐깐한 성격에 가장 어울리는 곳일지도 모른다.

현재 그는 스왈로우 나이츠의 손익 실적을 담당하며 언제 동료였냐는 듯 우리들의 목을 콱콱 조르고 있다.

그런데 어째서 내가 레녹에게 보고서를 올리냐고? 아, 얘기 안 했던가? 난 키스 경의 후임으로 새로운 스왈로우 나이츠의 단장이 되었다. 덕분에 하루하루가 살인적으로 바쁘다(키스가 얼마나 게을렀는지 알 수 있는 부분이다).

으음, 본래 단장은 루시온 경이 맡아야 하지만 그 양반도 스왈로우 나이츠를 떠났다.

"오늘 루시온 경도 오나요?"

"바빠서 못 올 것 같다는데?"

"우와. 진짜 섭섭하구먼."

루시온은 아버지의 부음을 듣고 가문으로 돌아갔다. 자기에게 주어진 인생을 외면하면 한 발자국도 앞으로 나갈 수 없다는 지극히 '루시온스러운' 말을 남기고.

자신의 가문을 경멸한다고 바뀌는 것은 아무것도 없다. 싫다면 스스로 바꿔야 한다. 가문 안에서부터 말이다.

자신의 가문을 이어 받은 루시온은 1년 만에 아버지의 무역업을 몇 배로 성장시켰다. 지금은 쇼메 국왕과 손을 잡고 세계 무역 시장을 뒤흔들고 있다.

오늘 이오타와 무역동맹을 맺은 것도 루시온의 힘이 크다. 어쩌면 이 사람, 20년 정도 후에는 세계를 지배하지 않을까 하는 두려움마저 든다.

"지스킬도 안 와요?"

"귀찮으니까 이쪽에서 오래."

"거기까지 어떻게 가!"

지스킬 윈터차일드는 현재 옛 마키시온 제국의 소드람에 있다. 지스의 불치병은 20대를 넘기기 힘들다고 한다. 그래서 스스로 치료제를 만들기 위해 연구소에 들어간 것이다.

내가 메데이아 교수를 소개시켜 제자로 들어갔는데 곧이어 교수님으로부터 '무지무지 귀여워'라는 답장이 왔다. 그 성격파탄의 어떤 부분이 귀엽다는 건가? 항상 하는 말이지만 여자들의 마음이란 알다가도 모를 일이다.

"그런데 왜 우리만 이 모양이야?"

나와 쇼탄, 루이가 동시에 투덜거리며 뛰었다. 에, 그러면 영광스러운 스왈로우 나이츠의 멤버가 이제 오갈 곳 없는 우리 세 명만 남았다고 생각하실 분들도 있을 것이다. 설마! 그래서야 장사가 되겠는가.

현재 스왈로우 나이츠의 지명 기사는 약 250명, 쌍둥이 집사들을 포함한 관리직은 자그마치 천 명이 넘는단다. 에헴!

'왕실이 전국의 귀부인들을 모조리 등쳐먹을 야망이라도 품고 있는 거냐!' 라면서 격분하실 분들도 있겠지만…… 에에, 실은 여기에는 말 못 할 이유가 좀 있어요. 그 이유는 잠시 후에 보여 드릴게요.

우리는 헐떡거리면서 걸음을 멈췄다. 분홍빛 꽃잎이 날리는 본당 앞에는 각국에서 초청받은 귀빈들의 입장 행렬이 붉은 카펫 위로 가득했고, 귓속 가득 들어차는 웅장한 팡파르가 사방에

울려 퍼지고 있었다.

2.

거대한 연회장은 베르스와 이오타의 동맹을 축하하러 온 전세계의 내빈들로 가득했다. 이것만 봐도 베르스가 더 이상 약소국이 아니라는 사실을 알 수 있을 것이다. 뭐, 그렇다고 백만 대군을 거느린 강대국이 된 것도 아니지만—한 가지 확실한 것은 더 이상 이 나라에 굶는 사람은 없다는 것이다. 장담하건대 이게 세계정복보다 더 어려운 일이다.

나는 위고르 대공의 옷매무새를 다듬고는 그의 목에 타이를 감아 줬다. 이런 커다란 행사는 처음이었던 위고르는 살짝 긴장한 표정으로 물었다.

"엔디미온 경. 어때. 나, 괜찮아 보여?"

위고르 님은 전쟁 후 그 수훈을 인정받아 아이히만 대공의 뒤를 이어 국가 유일 대공 칭호를 하사받았다. 게다가 최초의 총리대신이 되었으니 그야말로 만인지상 일인지하(萬人之上 一人之下)! 왕국의 2인자라 해도 과언이 아니다.

지금쯤 하늘에서는 아이히만 할아범이 '푸하하하하! 이제야 기저귀를 뗐구나, 애송이!' 라는 악담을 퍼붓고 있으리라.

나는 활짝 웃으며 대답했다.

"걱정 마세요. 멋져요. 어떤 여자도 반할 것 같…… 흐읍!"

위고르는 황급히 내 입을 막으며 주변을 두리번거렸다.

"그, 그런 말 좀 하지 마! 마누라님이 들으면 내 목을 뽑아 버릴 거야!"

게다가 여전히 공처가였다. 그때 연회장 가득 커다란 목소리가 울려 퍼졌다.

"곧 페르난데스 라스팔마스 국왕 전하께서 입장하십니다."

사람들이 한쪽 무릎을 꿇으며 곧 성대하게 국가가 울려 퍼졌다. 곧이어 훤칠한 청년이 웃으며 걸어 나왔다.

사람들은 탄성을 쏟았다. 나조차도 (분하지만) 감탄할 수밖에 없었다. 이제 막 성인이 된 페르난데스 전하의 용안에 눈이 멀어 버릴 것 같았다. 위험천만한 속삭임들이 사방에서 들려오기 시작했다.

"아아, 누구와 혼인하실까. 아니, 평생 결혼 같은 거 안 했으면."

그럼 이 왕국 대가 끊기는뎁쇼?

"하룻밤이라도 좋으니까 같은 침대에서 잠들고 싶어라."

침대만 빌려 주는 거라면 들어줄 수 있을지도…….

"저대로 냉동시켜 평생 저 모습을 감상할 수 있다면 좋으련만."

남의 국왕 멋대로 죽이지 마!

페르난데스 국왕 전하의 키는 키스만큼이나 훤칠하게 커 버렸다. 만두 선왕님의 키와 비교하노라면 새삼 대자연의 신비에 감탄하게 된다. 또한 여전히 부드럽고 기품이 넘치지만 예전의 연약한 인상은 모두 사라져 온몸이 남자다운 당당함으로 가득했다. 부디 진화는 이쯤에서 멈추고 만두 선왕님의 형상으로 발전하지는 말아 줬으면 하는 발칙한 소망이 있다.

그때 제냐 공주님이 갑자기 걸어 나와 내빈들에게 손을 흔드는 오빠의 팔을 점프해 잡아챘다.

"모두에게 발표하겠다! 난 오빠랑 결혼할 거야. 자! 어서 축하해!"

그 순간 국가를 연주하던 파이프 오르간 연주자가 너무 놀라 건반을 내려찍었다. '콰과과과광!' 하는 세기말의 효과음과 함께 연회장은 경악스러운 적막에 잠겨 버렸다.

"……망했다."

위고르가 세계 멸망이라도 본 얼굴로 중얼거렸다. 그때 사람들의 얼빠진 표정을 살피던 제냐가 씨익 웃으며 말했다.

"농담이야."

아하하하, 역시 공주님의 개그 실력은 정말이지…… 심장 터지는 줄 알았잖아요!

"하지만 기억해 둬. 오빠와 결혼하는 여자에게는 저주를 내릴 테니까! 오호호호호호!"

어쩐지 농담이라는 말을 남기지 않은 제냐 공주님이 퇴장하자 내빈들은 '방금 뭐였지', '뭐냐, 이 나라'라는 황망한 얼굴로 웅성거렸다.

죄송합니다. 사실 이게 그다지 밝히기 싫은 우리나라 고유의 분위기랍니다.

사회자는 말을 더듬거리며 어떻게든 파국을 막으려 애쓰고 있었다.

"예, 예정에 없던 제냐 공주님의 축사가 있었습니다. 그럼 이오타에서 내방해 주신 위대한 쇼메 블룸버그 국왕께서 입장하십니다."

나는 심드렁한 얼굴로 눈썹을 움찔했다. 곧이어 경쾌한 이오타 국가가 울려 퍼지며 금발의 사내가 빠른 걸음으로 들어왔다. 사람들은 또다시 경악했다.

"허억! 저, 저런!"

쇼메는 검은 가죽 바지에 붉은색 재킷 그리고 선글라스 차림이었다. 게다가 자기 나라 왕관을 손가락에 걸고 빙글빙글 돌리며 귀찮다는 듯 들어오는 게 아닌가.

쇼메를 처음 보는 사람도 '저 사람 성격 나쁘다!' 라는 것을 단박에 느끼게 되는 감동적인 순간이었다.

'으이구. 철 좀 들어!'

나는 고개를 푹 숙이며 한숨을 내쉬었다. 쇼메는 무릎을 꿇은 내빈들을 훑어보며 툭하고 내뱉었다.

"됐으니까 일어나요. 난 이것 말고도 할 일이 많으니까."

콘스탄트에서 바쉐론 국왕과 거래를 한 쇼메는 전쟁이 끝난

뒤 바쉐론이 눈물을 삼키며 내준 군대를 몰고 이오타로 돌아갔
다.

곧바로 불순 세력들을 숙청하고 왕위를 거머쥔 쇼메는 마치
마술처럼 빠른 시간 안에 무너진 이오타를 재건했다(물론 그 마술
의 비밀은 쇼메가 바쉐론에게서 뜯어낸 거금이었다).

인트라 무로스를 부활시킨 쇼메는 스스로 그 막강한 방첩기관
의 국장을 겸임하며 내전 중이던 옛 마키시온 제국령의 왕국들
을 이리저리 뒷조종했다.

그런 사정 안 봐주는 책략으로 쇼메는 5년 만에 옛 이오타의
두 배에 달하는 영토를 확장했던 것이다. 그는 마치 날개 돋은
사자와 같았다, 라고 역사책에 기록되어 있다.

"쳇."

그래, 잘난 거 인정한다. 사후에 대왕이라는 칭호가 붙는다 해
도 이상할 게 없어. 하지만 말이지 난 마냥 쇼메를 찬양할 수는
없단 말이지. 설령 쇼메가 우주를 정복해도 마찬가지야. 왜냐하
면······.

3.

무역동맹에 합의한 전하와 쇼메는 담소를 위해 응접실로 향했
다. 그리고 불행하면서도 불길하게도 내가 그 접대를 담당하게

된 것이다. 날 지명한 인간은 바로 망할 놈의 쇼메였다.

"야, 천민. 이런 짓 하려고 내 제안 거절한 거냐?"

인간이 만들어 낼 수 있는 최대한의 인내심을 발휘하며 차를 따르는 내 귓가에 숨 쉬듯 자연스러운 쇼메의 빈정거림이 들렸다. 나는 공손하게 고개를 숙이며 대답했다.

"닥치고 차나 드세요, 국왕님아."

"맛없어."

'이 짜샤! 마셔 보지도 않고 어떻게 알아!'

결국 부글거리며 폭발한 내 얼굴을 본 쇼메가 담배를 피워 물고는 또박또박 말했다.

"다. 시. 타. 와."

대체 이 양반이랑 전생에 무슨 악연이 있기에…… 나는 차 수레를 힘차게 몰아 쇼메와 충돌해 버리고 싶다는 욕망을 꾹꾹 누르며 다시 홍차를 타 왔다. 당연한 말이지만 소금을 듬뿍 넣어서.

자, 냉큼 마셔라. 마시고 피를 토하란 말이다, 망할 쇼메!

"이번엔 맛있어?"

"그럼요."

"그럼 네가 마셔."

"네?"

확실히 쇼메는 왕이 되더니 더욱 영악해졌다. 안 좋은 쪽으로.

"네가 다 마셔. 당장."

"아하하하하. 소인이 어떻게 국왕님의 차에 손을……."

"안 마시면 동맹 취소할 거야. 너 하나 때문에 이 나라가 위태 롭게 돼도 괜찮아?"

"조, 좀 많이 치졸하시다는 생각 안 하시나요?"

"원래 정치는 치졸한 거야. 마셔. 쭈욱."

낭패다. 예전보다 소금 두 배는 많이 탔는데!

나는 바들바들 떨리는 손으로 일일 권장 나트륨 섭취량의 네 배를 들이켰다. 한 대 때려 주고 싶을 정도로 얄미운 미소와 함 께 쇼메가 말했다.

"맛있지?"

"네…… 짭짤하게 간이 된 것이 아주 일품이네요."

"그래, 국왕한테 개기면 이렇게 되는 거야."

쇼메는 내 이마를 쿡 찌르며 말했다.

사건의 발단은 5년 전으로 거슬러 올라간다. 대체 무슨 생각 인지 쇼메는 나를 자신의 기사로 지목했고 물론 난 단박에 거절 했다.

당연하지 않은가? 검술도 형편없고 그렇다고 두뇌 회전이 비 상하지도 못한 내가 무슨 수로 쇼메를 지킨단 말인가.

이오타의 왕이 된 쇼메가 위험에 처하기라도 하면 가까스로 안정된 세계가 다시 혼돈에 빠진다. 게다가 쇼메는 적도 많다. 그렇기에 그의 기사는 카론 경이나 미레일 경처럼 자타가 공인 하는 A+ 등급이어야 했다.

하지만 내 깊은 뜻도 몰라본 쇼메 이 양반은 그 이후 지금까지도 이런 지긋지긋하고 유치찬란한 방법으로 착한 사람 희롱하는 것이다. 매우 뒤끝이 안 좋은 사나이였다.

"하하. 항상 두 분은 사이가 좋은 것 같군요."

맞은편의 페르난데스 전하께서 웃으며 말하는 순간 우리 둘은 극약을 마신 표정으로 전하를 바라봤다. 역시 전하가 한 수 위다. 쇼메는 더 이상 한 마디도 할 수 없었다.

4.

쇼메는 너무도 일찍 이오타로 돌아갔다. 식사조차 돌아가는 마차에서 해결하기로 했단다. 해야 할 일이 산처럼 쌓여 있기 때문이었다.

아이히만이 그러했듯 그도 아마 평생을 숨차게 살아갈 것이다. 예전 니샤 왕국과 동맹을 맺기 위해 함께했던 마차 안에서 그가 나에게 말했다. 몹시도 지친 목소리였다.

그거 알아? 미친 짓을 하면서도 미치지 말아야 한다는
게 가장 힘들어.

어쩌면 키스 경도 이자벨 님도 아이히만 대공도 마라넬로 황제도 라이오라 씨도 키르케 씨도 그리고 키릭스 씨도 쇼메가 말한 그 무서운 딜레마를 짊어지고 있었던 것이 아닐까.

그가 나를 기사로 지목한 이유를 조금은 알 것 같다. 선글라스를 쓰며 마차에 올라타는 쇼메의 뒷모습이 너무도 외로워 보였다. 나는 불현듯 그에게 달려갔다.

"쇼메!"

근위병들이 검을 뽑으며 나를 가로막았다.

"무엄하다! 떨어져라!"

"천민, 또 뭐냐?"

쇼메는 손짓으로 근위병을 물렸다.

"조만간 놀러 갈게요. 같이 미레일 경 묘소에 들러요."

선글라스 너머에 있는 쇼메의 눈은 보이지 않았다. 뭐라고 말하려다가 다시 입을 다문 그는 곧 코웃음을 치며 마차에 올라탔다.

"맘대로 해라. 번거로운 녀석."

시선을 피하는 그의 얼굴에 살짝 미소가 지나간 것 같았다.

5.

다시 연회장으로 들어온 나는 군중들 속에서 성령을 목격했다.

"와아! 오르넬라 성녀님!"

"어머나, 미온 구운. 너무 오랜만이야."

성령이 내 얼굴에 담배 연기를 뿜었다. 술 냄새, 담배 냄새, 향수 냄새. 타락의 삼위일체가 완벽하게 균형을 이룬 무신론자 성녀님 그대로였다.

아하하하. 지나치게 여전하십니다.

"잘 지내고 계세요?"

어떻게 지내고 계시는지 이미 훤히 보이지만.

"그러엄. 신앙으로 충만한 하루하루를 보내고 있단다."

"……다른 부분도 충만하신 것 같습니다만."

오르넬라 님을 다시 만난 것은 전쟁 후 지금이 처음이다. 이분도 그만큼 바빴던 것이다.

화형 집행을 기다리며 교황청에 감금되어 있던 성녀님은 신전기사 연합이 쿠데타를 일으키며 풀려나게 되었다. 교황 레오 3세가 죽은 후 교황청의 요직들을 독점하려 했던 추기경 집단에 대한 군부의 반발이었다.

성기사들은 무의미한 성전으로 국가를 위태롭게 만들었다는 명분으로 각 교구의 간부 대부분을 처형하거나 유수시켰고, 대신 새로운 지도자로 오르넬라 성녀님을 추대했다.

"기사단장의 뺨을 때렸다는 소식 들었어요. 어쩌자고 그러셨어요!"

오르넬라 님이 그녀를 옹립하려는 신전기사 연합 단장의 뺨을 힘차게 후려갈겼다는 소식은 이미 전설이다. 그녀는 실웃음을 보이며 대답했다.

"신의 목소리를 들었거든. 도무지 반성할 줄 모르는 놈은 후려쳐 버리라고."

"맙소사."

그녀는 화가 났던 것이다. 누구는 눈물을 머금고 교황을 죽여야 했는데 이놈들은 정신 못 차리고 빈 왕좌를 서로 먹겠다며 엎치락뒤치락 하는 꼬락서니를 도저히 참을 수 없었던 것이다.

그런데 정말로 그녀의 손에 신의 기운이 묻어 있었는지 기사단장은 자신을 모욕한 오르넬라 님을 참수하지 않았다. 도리어 그녀에게 임시로 교황청을 이끌어 달라고 간청했다.

어쩔 수 없이 그 청을 들어 준 오르넬라 님은 지금까지 권력의 중심권 밖에 있던 가난한 신학자들과 변방의 신부들을 모두 불러들여 공정한 투표와 심사를 거친 뒤 새로운 교황과 추기경들을 선출했다. 그리고 자신은 쿨하게 물러났다.

현재 오르넬라 님은 남부와 북부 콘스탄트의 내전을 종식시키고 하나로 통일시키기 위해 동분서주하고 있다.

"아깝지 않아요? 최초의 여자 교황이 될 수도 있었는데."

"권력이 세상을 향해 말했지. 너는 내 것이다. 그러자 세상은 권력을 왕좌에 앉은 죄인으로 만들었지."

오르넬라 님은 조용히 말을 이었다.

"사랑이 세상을 향해 말했지. 나는 네 것이다. 그러자 세상은

사랑에게 머물 수 있는 자유를 주었지. 그래서 난 후자를 택한
거야."

성녀님은 내 머리를 쓰다듬고는 샴페인이 있는 곳으로 걸어갔
다. 나는 방긋 웃었다. 어째서 기사단장이 그녀를 죽이지 못했는
지 알 것 같았다.

6.

얼마 후 나는 또 의외의 손님을 맞이했다. 바로 카론 경과 이
멜렌 님이었다. 이 세상에는 희귀병이 하나 있는데 나이를 먹을
수록 젊어지는 병이다. 그리고 대표적인 환자가 바로 카론 경이
었다.

카론 샤펜투스 36세, 그런데 저 얼굴 어디에 36년의 흔적이
있는데? 이 세상 모든 36세 남성들에게 백번 사죄해도 모자를
죄악의 동안이었다.

게다가 이멜렌 님도 여전히 작고 인형처럼 귀여워서 모르는
사람이 보면 카론 경 딸이라고 해도 믿을 것 같은…… 얼레?

"얼렐레?"

나는 내 눈을 의심했다. 설마 저것이 착시인지 몇 번이나 확
인했는데도 아무래도 진짜로 보이자 나는 비명을 지르며 이멜렌
님에게 뛰어갔다.

"우아아아앗! 그건 대체 뭡니까아아아!"

나는 누군가의 말투를 흉내 내며 이멜렌 님의 배에 찰싹 밀착했다. 그녀의 배가 살짝 불러 있었던 것이다.

맙소사! 이런 굉장한 사건을 남몰래(당연하지만) 저지르다니! 나는 의미심장한 미소를 지으며 카론 경을 바라봤다. 이멜렌 님은 몹시 기쁜지 방글방글 웃고 있었지만 카론 경은 싸늘한 어조로 내게 경고했다.

"내 아내에게 가까이 오지 마라. 호스트가 전염되니까."

아니, 호스트가 무슨 장티푸스입니까! 나는 입술을 삐죽 내밀고는 '애야, 넌 절대 네 아빠같이 쌀쌀맞은 사람 되면 안 된단다. 인생이 피곤해져요' 라며 중얼거렸다.

"엔디미온 경."

"네?"

"여전하구나."

카론 경은 이제야 엷은 웃음을 보였다. 나는 헤헤 웃으며 회답했다.

전쟁이 끝나자마자 카론 경은 군복을 벗었다. 왕족에 버금가는 대우를 해 주겠다는 콘스탄트의 제안도 단숨에 거절한 그는 이멜렌 님에게 돌아갔다. 그러고는 지금까지 계속 집필에 몰두하고 있는 중이다. 테라스에 앉아 한가롭게 책을 읽다 잠들고 때로는 부인과 함께 피크닉을 떠나며 늦은 밤 고요한 서재에 앉아 글을 쓰고 있는 카론 경의 모습을 상상하고 있노라니 우리 중 가장 행복한 사람이 아닐까 하는 생각마저 든다.

참 재미있는 사실인데 카론 경은 은퇴한 다음에 더욱더 '은의 기사'라고 불리게 되었다는 것이다. 정말이지 명예라는 것은 버렸을 때 찾아오기 마련이다.

"엔디미온 경, 키스 소식은 있나?"

갑작스러운 질문에 나는 씁쓸한 얼굴로 고개를 저었다. 카론 경도 나도 그 날의 폭발에 휘말려 키스가 죽었을 거라고는 믿지 않았다. 지금쯤 또 어딘가에서 스왈로우 나이츠 같은 단체를 만들어 마음껏 게으름을 피우고 있겠지.

고양이처럼 잠들어 있는 키스의 얼굴을 떠올리자 또다시 눈물이 고였다. 우리가 짊어져야 할 괴로움들을 혼자 다 가지고 떠나버린 것 같았다.

카론 경이 말했다.

"때가 되면 돌아올 것이다. 단지 너무도 버리고 올 것이 많아 시간이 걸릴 뿐이야."

친구니까 꺼낼 수 있었던 그 단호한 말에 나는 고개를 끄덕였다. 어떻게 동의하지 않을 수 있을까. 정말이지 카론 경은 예나 지금이나 가슴 시릴 만큼 따뜻한 사람이다.

7.

마지막으로 만난 분은 알테어 님이었다. 그녀가 내 두 눈을 가리며 물었다.

"누구게?"

"저어…… 보통 이런 장난은 뒤에서 눈을 가리고 하는데요."

그녀가 손바닥을 치우자 내 눈앞에는 그녀가 순진하게 웃고 있었다. 고개를 기울인 알테어 님의 얼굴은 아찔할 정도로 귀여웠다. 자제력이 부족한 사내라면 십중팔구 와락 껴안았으리라 (그리고 생을 마감한다).

"즐거우신 것 같아요."

"그거야 미온을 만났으니까."

그녀는 헤헤 웃으며 내 두 손을 잡고 흔들었다. 아신의 힘을 잃은 알테어 님은 돌아와 달라는 교황청의 간청을 받아들였다.

그녀는 더 이상 아신이 아니었지만 여전히 국민들의 인기를 한 몸에 받는 여신이었다. 교황청이 다시 국민들의 지지를 받기 위해 알테어 님은 꼭 필요한 존재였던 것이다.

그래서 그녀가 선택한 직책은 제복 디자이너였다. '뭐?'라고 반문해도 답은 똑같다. 교황청에서 만드는 모든 옷은 이제 알테어 님이 디자인하게 되었다.

"알테어 님, 최근 교황청 제복의 노출도가 심해진 것 같던데……."

"왜? 시원하고 좋지 않아?"

여기 들어오면서 반바지 입은 교황청 근위대를 본 것은 역시 착시가 아니었다. 하긴 그런 옷을 입고는 전쟁 못 하겠지. 새로운 방식으로 전쟁을 억제하고 있는 그녀였다.

"그런데 키르케 님은 안 오셨나요?"

"으음, 이해가 안 되는 일이 생겼어."

"뭐, 뭔데요?"

"친선 차원에서 내가 키르케를 위해 만든 군복을 보냈거든. 그런데 바쉐론 국왕이 보더니 마음에 드는지 계속 입으라고 했다나 봐. 그 다음부터 연락도 다 끊고 잠적해 버렸어. 왜 그럴까. 이해가 안 가."

"······전 이해가 갈 것도 같네요."

불쌍한 키르케 님의 절규가 여기까지 들려오는 것 같다. 이참에 아예 군인을 그만둘지도 모를 일이다.

다시 일을 하기 위해 다른 곳으로 가려던 찰나 알테어 님이 말했다.

"미온."

"네?"

"나 결혼해."

난 흠칫 놀라 몸을 돌렸다.

"가, 갑작스럽네요."

"나보다 두 살 많은 기사야. 좋은 사람이야. 다음 달에 할 거야."

그녀는 내 대답을 기다리는지 그렇게 말하고는 입을 다물었다. 어째서일까. '축하합니다'라는 말을 하지 못했다.

전쟁이 끝난 뒤 내게 가장 먼저 달려온 분은 알테어 님이었다. 하지만 내 옆에 베아트리체가 있는 것을 보고는 말없이 교황청으로 돌아갔다. 어쩌면 이럴 수가 있냐고 화를 내도 좋은데 그녀는 내게 한 마디도 하지 않았다. 분명 펑펑 울었을 것이다. 그리고 받아들이려 애썼을 것이다.

그런데 그런 그녀가 결혼한다는 말에 섭섭한 마음이 들어 축하한다는 말조차 하지 못하는 내게 화가 났다.

나는 숨을 크게 몰아쉰 뒤에 그녀를 바라보며 활짝 웃었다.

"축하해요."

"……."

"미안해요."

그녀는 눈물을 흘렸다. 나는 고개를 숙였다.

8.

모든 행사가 끝나자 나는 어쩐지 힘이 빠져 집으로 향했다. 나도 왕궁 내에서 꽤 인정받고 있다는 증거로 전하로부터 저택을 하사받았다. 재미있게도 예전에 카론 경이 이멜렌 님과 살던 그 집이었다. 물론 그리 큰 집은 아니지만 베아트리체와 같이 살기에는 전혀 부족함이 없다.

"다녀왔어."

"미온."

그녀의 희미한 목소리가 나를 반겼다. 그녀를 구한 뒤 행운과 불행이 함께 찾아왔다. 행운이라면 가망이 없을 거라 말했던 그녀의 정신이 비록 아주 느리지만 본래대로 돌아오고 있다는 것이고, 불행이라면…… 더 이상 나를 기억하지 못한다는 것이다.

그녀는 정원의 꽃들을 매만지던 작은 손으로 내 뺨을 쓰다듬었다. 꽃향기가 맴돌았다.

"오늘은 어땠어?"

그녀는 어눌한 발음으로 내게 물었다. 날 바라보는 하늘빛 눈동자는 당장이라도 눈물이 방울질 듯 촉촉했다. 나는 그녀를 부드럽게 안으며 속삭였다.

"오늘도 좋은 일밖에 없었어."

처음부터 다시 시작하는 것이다. 이제는 그때보다 더 잘해 줄 수 있으니까 10년이 걸리든 20년이 걸리든 처음부터 다시 그녀를 행복하게 해 주면 된다. 지치지 않을 자신이 있으니까.

"미온, 키스가 느껴져."

"뭐?"

나는 깜짝 놀란 얼굴로 그녀를 바라봤다. 그러고는 떨리는 목소리로 물었다.

"지금…… 어디 있어?"

베아트리체는 눈을 감고는 추억하듯 말했다.

"내가 태어난 곳에."

9.

나는 새로운 업무를 위해 리더구트로 돌아갔다. 뭐랄까, 사실
이쪽이 본업에 가깝다. 내가 문을 열고 들어가자 지명을 기다리
는 신입 기사들이 반짝반짝거리는 눈으로 나를 바라봤다.

"오셨습니까, 단장님!"

"수고하셨습니다, 단장님!"

사방에서 기세 좋게 인사를 하자 나는 어색하게 웃으며 답례
했다. 어째 분위기가 영 달라졌다고 생각하실 분들도 많을 것 같
다. 그도 그럴 것이 스왈로우 나이츠 단 일곱 명이서 왕실을 지
켜 냈다는 포장하기 참 좋은 전설이 소문을 타고 퍼져 나가더니
어쩐지 인기 절정의 기사단이 되어 버린 것이다.

자고 일어나니 유명해졌다는 건 이럴 때 쓰는 말이리라. 게다
가 평민이라도 미남, 미소년이면 오케이니까 전 세계에서 지원
자들이 몰려들기 시작했다. 그래서 지금은 입단 조건도 무지하
게 까다로워졌고(업계 용어로 물 관리라고도 부른다), 리더구트도
증축에 증축을 거듭해 정신 차리고 보니까 펠리오스 무녀의 탑
에 버금가는 매머드급 남성 기숙사가 만들어져 버렸다.

어째 이거 광기 같지만 아무튼 뭐 이렇게 되었다. 그리고 이

많은 남정네들을 관리해야 하는 게 단장인 나 엔디미온 키리안
이다. 이러니 내가 피를 토할 만큼 바쁜 것도 당연하지 않은가
(그런데도 왕실은 자꾸 날 내부 지명하고 난리다)!

"단장님, 괜찮으시다면 이것 치우는 게 어떨까요."

신입 기사 한 명이 부담스러울 정도로 존경스러운 눈빛으로
날 바라보며 물었다. 이제 15살 정도 되어 보이는 풋풋한 소년
이었다. 그가 가리킨 것은 낡고 커다란 소파였다.

"아무래도 내부 분위기와 전혀 어울리지 않는 것 같습니다."

나는 웃으며 고개를 저었다.

"치우면 안 돼요."

"예? 어째서……."

"곧 저 위로 돌아올 사람이 한 명 있거든요."

"누, 누군데요?"

나는 대답 없이 그 소파를 쓰다듬었다. 방금 전까지 그 사람이
누워 있었던 것 같은 온기가 손끝에 전해졌다.

"언젠가는 돌아올 거라 믿어요."

나는 어리둥절해하는 기사에게 그렇게만 말하고 로비를 나갔
다. 그 사이에도 로비에서는 수십여 명의 기사들이 호명을 받아
지명을 떠나거나 지명에서 돌아오고 있었다. 마치 터미널 같았
다.

나는 지하로 내려가 검고 두꺼운 문 앞에 섰다. 이 뒤는 통제
구역이며 신전기사단 스왈로우 나이츠의 비밀이 숨겨져 있는 곳

이기도 했다.

이곳을 지키는 열두 쌍둥이 집사들은 나를 보자 무표정한 얼굴로 동시에 허리를 굽혔다. 전쟁이 끝나자 아무렇지도 않게 돌아와 리더구트를 청소하고 있는 것을 발견하고는 혹시 이 녀석들 리더구트의 정령 같은 존재가 아닐까 의심할 정도였다.

"후우, 또 일이네."

나는 쓴웃음을 지으며 주머니 속에서 열쇠를 꺼냈다. 검은 문에 그것을 넣고 돌리자 커다란 문이 열리며 언제 봐도 대단한 장관이 눈앞에 펼쳐졌다.

질서 정연하게 배열된 데스크들이 끝도 없이 이어져 있었고 그곳에는 천 명에 가까운 직원들이 서류를 작성하고 또 분류해 나갔다. 또한 사방에 배치되어 있는 서른 명의 텔레레이디들은 전 세계와 이어져 있어 끝없이 정보를 받고 또 보내고 있었다.

이게 대체 뭐냐고? 바로 스왈로우 나이츠가 존재하는 이유다. 페르난데스 전하는 다른 범상한 국왕들과는 달리 정보의 중요성을 알고 있었다. 단 한 줄의 정보가 수만 명의 사람들을 구할 수도 죽일 수도 있다는 이자벨 님의 지론을 받아들인 것이다.

그래서 전하는 나와 함께 스왈로우 나이츠를 왕실 정보 기관으로 재편하기로 결심했다. 지명은 더 이상 귀부인들만의 전유물이 아니다. 철저하게 훈련받은 스왈로우 나이츠들은 제비처럼 전 세계로 날아가 정보를 수집해 돌아온다. 때로는 위험을 미리 감지해 보고하며 때로는 첩보원이 되어 감시 활동을 하기도 한다.

실시간으로 수집되는 정보들은 남부 콘스탄트의 과일값부터 악투르 군의 이동 경로까지 다양하다. 그리고 이 모든 정보들은 세밀하게 분류되어 정보가 필요한 왕실의 각 부서로 보내지거나 비싼 값으로 타국에 팔리기도 한다.

이것이 바로 새로운 스왈로우 나이츠다. 그리고 나는 이자벨 님의 뒤를 잇는 셈이었다. 나도 많이 생각이 바뀌었다. 정의를 지키기 위해 굳이 말을 타고 검을 뽑아야 할 필요는 없는 것이다.

"늦으셨네요, 엔디미온 경."

서류를 잔뜩 들고 지나가던 리젤이 방긋 웃었다. 그가 기운을 찾은 것은 최근의 일이다. 여전히 좀 속을 알 수 없는 구석이 있지만 정보에 관한 한 프로페셔널인 리젤이 아니었다면 이 방대한 조직을 결코 완성시킬 수 없었을 것이다. 그런 그가 조금 긴장한 얼굴로 내게 말했다.

"엔디미온 경, 어떤 사람들이 우리 측과 접촉하려 하고 있습니다."

"어떤…… 사람?"

"세계 밖에서 온 사람들입니다."

"……!"

내 심장이 빠르게 뛰기 시작했다. '세계 밖'에 대해서는 예전부터 강대국들과 은밀히 거래했다는 소문 외에는 아무것도 밝혀진 것이 없다.

하지만 어쩌면 아주 오래전부터 우리를 지켜보고 조종했던 자들일지도 모른다. 왜냐하면 베아트리체도 키릭스의 어머니도 이자벨 님의 기계 장치들도 모두 그들이 제공했기 때문이었다.

그리고 무엇보다 키스가 지금 그 '세계 밖'에 있지 않은가. 그런 그들이 왜 나를 만나려는 것일까. 혹시 아직까지도 숨겨져 있는 위험한 비밀이 남아 있는지도 모른다. 하지만 부딪치지 않으면 아무것도 알 수가 없다.

나는 단호하게 말했다.

"만나겠어요."

"조심하셔야 해요. 이자벨 님을 죽음으로 몰아넣은 놈들이에요."

"그러니까 더욱더 만나야 해요."

어쩐지 이 일로 키스를 다시 만나게 될 것 같다는 기분이 들었다. 나는 주저 없이 대답했다.

10.

어둠이 내리자 왕궁은 퇴근하는 사람들로 분주했다. 지체 높은 사람들은 준비된 마차를 탔고 아닌 사람들은 삼삼오오 모여 술집이나 각자의 보금자리로 돌아갔다.

나는 그 행렬에서 벗어나 언덕을 넘어 홀로 집으로 향했다. 제법 쌀쌀해진 밤공기에 몸을 웅크린 채 이지러진 달무리 밑을 종종걸음으로 걷던 나는 문득 어떤 생각이 들어 걸음을 멈추고 주변을 둘러봤다.

수풀 곳곳에서 반딧불이가 빛을 속삭이고 있었다. 그러고 보니 이 길은 예전 카론 경이 다녔던 길이었다. 또한 나와 키스가 다녔던 길이기도 했다. 그리고 지금 내가 이 길을 다시 걷고 있다. 시간이 흐르는 소리가 들려왔다.

처음 스왈로우 나이츠에 들어왔을 때가 떠올랐다. 햇빛이 포근하게 내려앉은 리더구트에는 게으른 키스가 소파에 누워 잠들어 있었고 나는 도통 지명을 받지 못해 입술을 삐죽 내민 채 신전을 청소하고 있었다. 카론 경은 싸늘한 냉기를 뿜으며 범죄자들과 싸우고 있었고 아이히만 대공은 쩌렁쩌렁 고함을 내지르며 행정부를 지배하고 있었으며 국왕 전하는 만사태평한 얼굴로 금동상을 닦고 있었다.

우리 왕국이 아니었다면 절대 벌어지지 않았을 엉뚱한 사건들이 매일매일 터졌던 그날의 바람이 지금 이별을 고하며 내게 불어왔다.

나는 그것을 한껏 들이켰다. 영원할 것 같았던 그날들은 어느새 추억으로 변했고 나는 또 새로운 날들이 내 앞에 이어져 있는 것을 보았다. 지금이라도 뒤를 돌아보면 그 날로 돌아갈 수 있을 것만 같았지만—추억은 다시 돌아오지 않기 때문에 가치를 지님을 나는 알고 있다. 추억이 때로 아픈 이유도 그 때문이리라. 나는 활짝 웃으며 외쳤다.

고마웠어요! 언제까지나 잊지 않을게요!

불현듯 눈물이 흘렀지만 곧 닦아 내고는 걸음을 옮겼다. 소복이 쌓인 시간의 재 위에 하나둘 발자국이 찍혀 갔다.

〈Swallow Knights Tales 완결〉

제멋대로 만화극장

Swallow Knights Tales